CUERNOS

«Como en la primera novela de Hill, *El traje del muerto*, las hebras de lo sobrenatural están fuertemente entretejidas con lo psicológico, lo que otorga a su obra una resonancia de ensoñación. Es esta cualidad la que sitúa a Hill a la altura de los mejores escritores del género fantástico (y la que distingue su estilo del de su padre, Stephen King).» *Los Angeles Times*

«Tan buena como *El traje del muerto*, *Cuernos* es una segunda novela de la que estar orgulloso, un acercamiento fresco y duro a lo que significa llegar a un acuerdo con el diablo y con lo peor de uno mismo.» *San Francisco Chronicle*

«Joe Hill comparte el don de su padre para construir la fantasía y el terror en un mundo real convincentemente detallado y para utilizar los elementos fantásticos de su ficción para iluminar a los humanos. *Cuernos* no es sólo terrorífica; es perspicaz, a menudo divertida y en ocasiones dulce y romántica». *St. Petersburgh Times*

«El verdadero meollo de la novela disecciona las relaciones del hombre con el bien y el mal sin sacrificar un ápice de suspenso.[...] *Cuernos* atrapa en cada página.» *Tulsa World*

«Es en ocasiones inquietante, curiosa, espeluznante y divertida, y con suspenso en todo momento». *Portland Press Herald*

«Hill no decepciona [...]. *Cuernos* es diabólicamente buena. [...] Él es un escritor estupendo con una gran imaginación. Posee un talento especial para llevar al lector y a sus personajes a lugares muy extraños.» *Wilmington News Journal*

«*Cuernos* es un apasionante paso adelante en la obra de Hill, que profundiza en las complejidades de *El traje del muerto* al tiempo que se mantiene fiel al alma de este género.» *The Onion A. V. Club*

«Su forma de escribir es al mismo tiempo despiadada y compasiva [...]. Su ficción es imaginativa y vívida, sin sacrificar la realidad psicológica de los protagonistas. [...] *Cuernos* es más compleja que su primera novela, y más rica en los detalles físicos y psicológicos. [...] En última instancia, lo que ha hecho famoso a Joe Hill y sostiene su obra y la convierte en una lectura obligatoria es que es un contador de historia extremadamente bueno. En ficción no importa qué más se pueda decir de un artista, esto es lo que cuenta.» *Seattle PI*

«Hill es un escritor con un talento increíble, un sentido del humor malvado y un control del ritmo magistral. Leeré todo lo que escriba con mucho gusto, ya que él continúa elevando la reputación de la ficción con clase.» Rod Lott, *Bookgasm*

JOE HILL
CUERNOS

SUMA
de letras

CUERNOS
Título original: *Horns*
D.R. © Joe Hill, 2010

D.R. © de esta edición:
Santillana Ediciones Generales, SA de CV
Av. Universidad 767, col. de Valle
CP 03100, teléfono 54 20 75 30
www.sumadeletras.com.mx

Primera edición: octubre de 2010

ISBN: 978-607-11-0716-9

Impreso en México

Para Leonora con amor, siempre

«Satán es uno de nosotros; mucho más que Adán o Eva.»
Michael Chabon, *On Daemons and Dust*

INFIERNO

Capítulo

1

Ignatius Martin Perrish pasó la noche borracho y haciendo cosas terribles. A la mañana siguiente se despertó con dolor de cabeza, se llevó las manos a las sienes y palpó algo extraño: dos protuberancias huesudas y de punta afilada. Se encontraba tan mal —débil y con los ojos llorosos— que al principio no le dio mayor importancia, tenía demasiada resaca como para pensar en ello o preocuparse.

Pero mientras se tambaleaba junto al retrete se miró al espejo situado sobre el lavabo y vio que por la noche le habían salido cuernos. Dio un respingo, sorprendido, y, por segunda vez en doce horas, se orinó en sus propios pies.

Capítulo

2

S e subió los pantalones color caqui —llevaba puesta la ropa del día anterior— y se inclinó hacia el lavabo para verse mejor. No eran unos cuernos normales, tenían la longitud de su dedo anular y eran gruesos en la base pero después se estrechaban hasta terminar, verticales, en punta. Estaban recubiertos de la misma piel clara del resto del cuerpo excepto en los extremos, que eran de un rojo feo y chillón, como si los picos que los remataban acabaran de rasgar carne humana. Tocó uno y comprobó que las puntas estaban sensibles y un poco doloridas. Recorrió con los dedos cada lado de los cuernos y notó la densidad del hueso debajo de la firme tersura de la piel.

Lo primero que pensó es que se lo había buscado. La noche anterior se había internado en el bosque, pasada la fundición, hasta el lugar donde Merrin Williams había sido asesinada. La gente había dejado recordatorios junto al cerezo negro enfermo, cuya pelada corteza dejaba entrever la médula. Había fotografías de Merrin apoyadas con delicadeza en las ramas, un vaso con espigas, tarjetas combadas y manchadas por la exposición a los elementos. Alguien —probablemente la madre de Merrin— había dejado una cruz decorativa con rosas amarillas de nailon engrapadas y una virgen de plástico que sonreía con la estupidez beatífica propia de los retrasados mentales.

Aquella sonrisa idiota lo ponía enfermo. Lo mismo que la cruz, plantada en el lugar exacto donde Merrin se había desangrado de un golpe en la cabeza. Una cruz con rosas amarillas. Qué estupidez. Era como una silla eléctrica con cojines de estampado floral, una broma macabra. Le irritaba que alguien hubiera decidido llevar a Jesucristo a aquel lugar. Llegaba con un año de retraso y no había estado allí cuando Merrin lo necesitó.

Había arrancado la cruz y la había estampado contra el suelo. Después le habían entrado ganas de orinar, y lo hizo sobre la virgen, pero como estaba borracho se salpicó también los pies. Tal vez estaba siendo castigado por esa blasfemia. Pero no, tenía la sensación de que había algo más. Ahora bien, no conseguía recordar qué. Había bebido mucho.

Movió la cabeza a uno y otro lado estudiando su imagen en el espejo, palpándose los cuernos una y otra vez. ¿A qué profundidad llegaría el hueso? ¿Tendrían los cuernos sus raíces hundidas en el cerebro? Al pensar en ello, el cuarto de baño se oscureció, como si la lámpara del techo hubiera perdido intensidad por un momento. La oscuridad, sin embargo, procedía de atrás de sus ojos, dentro de su cabeza y no de la instalación eléctrica. Se agarró al lavabo y esperó a que se le pasara el mareo.

Fue entonces cuando lo supo. Se iba a morir, estaba claro. Había algo que crecía dentro de su cabeza, un tumor. Los cuernos no eran reales. Eran metafóricos, imaginarios. Tenía un tumor devorándole el cerebro que le hacía ver cosas raras. Y si ya tenía visiones, seguramente no había curación posible.

La idea de que podía estar a punto de morir vino acompañada de una gran sensación de alivio, casi física, como cuando se sale a la superficie después de haber estado demasiado tiempo bajo el agua. En una ocasión Ig había estado a punto de morir ahogado y de niño había tenido asma, por lo que simplemente ser capaz de respirar ya era motivo de satisfacción.

—Estoy enfermo —resopló—. Me estoy muriendo.

Decirlo en voz alta le hizo sentirse mejor.

Se estudió en el espejo con la esperanza de que los cuernos desaparecieran ahora que sabía que eran una alucinación, pero no fue así. Seguían allí. Se revolvió el pelo, tratando de ver si podía ocultarlos, al menos hasta que pudiera ir al médico, pero dejó de intentarlo cuando se dio cuenta de que era una estupidez tratar de esconder algo que sólo él podía ver.

Caminó por la habitación con las piernas temblorosas. Las mantas se habían caído a ambos lados de la cama y la sábana bajera aún conservaba la huella arrugada de las curvas de Glenna Nicholson. No recordaba haberse metido en la cama con ella, ni siquiera se acordaba de haber llegado a casa, otra laguna de las muchas en lo sucedido la noche anterior. Hasta ese momento estaba convencido de haber dormido solo y de que Glenna había pasado la noche en otro sitio. Con otra persona.

La noche anterior habían salido juntos, pero después de unas cuantas copas Ig no había podido evitar ponerse a pensar en Merrin, para el aniversario de cuya muerte faltaban unos pocos días. Cuanto más bebía, más la echaba de menos, y más consciente era de lo poco que se parecía Glenna a ella. Con sus tatuajes y sus uñas postizas, su estantería llena de novelas de Dean Koontz, sus cigarrillos y sus antecedentes penales, Glenna era la anti-Merrin. Le irritaba verla sentada al otro lado de la mesa, estar con ella le parecía una especie de traición, aunque no sabía muy bien si a Merrin o a sí mismo. Al final decidió que tenía que largarse de allí, Glenna no paraba de intentar acariciarle los nudillos con un dedo, un gesto que pretendía ser tierno pero que por algún motivo le molestaba. Se fue al cuarto de baño y se escondió allí durante veinte minutos. Cuando volvió, el reservado estaba vacío. La esperó durante una hora, bebiendo, hasta que comprendió que no iba a volver y que no lo sentía. Pero en algún momento de la noche ambos habían acabado juntos en la misma cama que habían compartido durante los últimos tres meses.

Escuchó el murmullo de la televisión en la habitación contigua. Eso significaba que Glenna seguía en el apartamento, que no se había marchado aún a la peluquería. Le pediría que lo llevara en coche al médico. El alivio fugaz que le había producido pensar que se estaba muriendo había desaparecido y ahora temblaba al pensar en el panorama que le aguardaba. Su padre intentando no llorar, su madre haciéndose la fuerte, goteros, tratamientos, radioterapia, vómitos, comida de hospital.

Caminó silenciosamente a la habitación contigua, el salón, donde Glenna estaba sentada en el sofá con una camiseta sin mangas de Guns N' Roses y un pantalón de pijama descolorido. Estaba encorvada hacia delante, con los hombros apoyados en la mesa baja, metiéndose un último trozo de dona en la boca. Delante de ella había una caja de donas de supermercado de hacía tres días y una botella de dos litros de coca-cola light. Estaba viendo un talk show.

Cuando le oyó llegar, Glenna le miró con los ojos entrecerrados y expresión desaprobatoria. Después siguió mirando la televisión. El tema del programa ese día era *Mi mejor amigo es un sociópata* y una colección de catetos obesos se disponían a tirarse los trastos a la cabeza.

No había reparado en los cuernos.

—Creo que estoy enfermo —dijo Ig.

—No me jodas. Yo también tengo resaca.

—Que no es eso… Mírame. ¿No me ves nada raro?

Preguntaba para asegurarse.

Glenna giró lentamente la cabeza y le miró con los ojos entornados. Todavía llevaba el rímel de la noche anterior, aunque se le había corrido un poco. Glenna tenía una cara agradable, redondeada y de rasgos suaves, y un cuerpo atractivo lleno de curvas. Pesaba veinte kilos más que Ig. No es que estuviera gorda, sino que Ig estaba exageradamente delgado. Le gustaba ponerse encima de él cuando cogían, y cuando apoyaba los codos en su pecho podía dejarlo completamente sin aire, en un gesto inconsciente de asfixia erótica. Muchos músicos habían muerto así. Kevin Gilbert, Hideto Masumoto, probablemente. Michael Hutchence, claro, aunque no era alguien en quien le apeteciera pensar precisamente en ese momento. *Llevamos el diablo en el cuerpo.* Todos nosotros.

—¿Sigues borracho?

Como no contestó, Glenna movió la cabeza y después siguió viendo la televisión.

Estaba claro, entonces. De haberlos visto se habría puesto de pie chillando. Pero no podía verlos porque no estaban ahí. Sólo existían en su imaginación. Probablemente, si se mirara ahora en el espejo tampoco los vería. Pero entonces reparó en su reflejo en una ventana, y los cuernos seguían allí. El cristal le devolvía la imagen de una figura vidriosa y transparente, un fantasma diabólico.

—Creo que necesito ir al médico.

—¿Sabes lo que necesito yo?

—¿Qué?

—Otra dona, creo —contestó inclinándose hacia la caja abierta—. ¿Crees que debería comerme otra?

Le respondió con una voz neutra que apenas reconocía:

—¿Qué te lo impide?

—Ya me he comido una y no tengo hambre. Pero me apetece comérmela.

Volvió la cabeza y le miró con los ojos brillantes y una expresión entre asustada y suplicante.

—Me apetece comerme toda la caja.

—Toda la caja —repitió Ig.

—Ni siquiera quiero usar las manos, sólo meter la cabeza en la caja y empezar a comer. Ya sé que es asqueroso.

Pasó un dedo por las donas, contándolas.

—Seis. ¿Pasa algo si me como las seis?

Le resultaba difícil concentrarse en algo que no fuera el miedo y la presión que sentía en las sienes. Lo que Glenna acababa de decir no tenía ningún sentido. Era otra cosa absurda en aquella mañana de pesadilla.

—Si lo que quieres es tomarme el pelo, te pido que no lo hagas. Ya te he dicho que no me encuentro bien.

—Quiero otra dona.

—Pues cómetela. A mí me da igual.

—De acuerdo. Si crees que no pasa nada… —dijo Glenna, y cogió otra dona, la partió en tres pedazos y empezó a comer, metiéndoselos en la boca uno detrás de otro sin tragárselos.

Pronto tuvo la dona entera en la boca, llenándole ambas mejillas. Le dio una arcada, después inspiró profundamente por la nariz y empezó a tragar.

Iggy la miró asqueado. Nunca la había visto hacer algo parecido; de hecho nunca había visto nada semejante desde el colegio, cuando los chicos se dedicaban a hacer guarradas con la comida en la cafetería. Cuando hubo terminado, respiró entrecortadamente unas cuantas veces y después lo miró por encima del hombro con expresión de ansiedad.

—Ni siquiera me ha sabido bien. Me duele el estómago —dijo—. ¿Crees que debería comerme otro?

—¿Por qué quieres comerte otro si te duele el estómago?

—Porque quiero ponerme gordísima. No gorda como estoy ahora, sino lo suficiente como para que no quieras saber nada de mí.

Sacó la lengua y se llevó la punta al labio superior en un gesto pensativo.

—Anoche hice algo asqueroso que quiero contarte.

Pensó otra vez que nada de aquello estaba ocurriendo realmente. Si era alguna clase de sueño febril, desde luego era persistente, convincente por su lujo de detalles. Una mosca pasó volando delante de la pantalla del televisor. Un coche se deslizó sin hacer ruido por la carretera. Los momentos se sucedían con una naturalidad que añadía realismo a la situación. Ig tenía un talento innato para sumar. Matemáticas había sido la asignatura que mejor se le daba en el colegio, después de Ética, que para él no era una verdadera asignatura.

—Me parece que no quiero saber lo que hiciste anoche —dijo.

—Precisamente por eso quiero contártelo. Para darte asco, para darte una razón para marcharte. Me siento tan mal por todo lo que te ha pasado y por lo que la gente dice de ti que ya no soporto levantarme a tu lado por las mañanas. Quiero que te vayas, y si te cuento lo que he hecho, la asquerosidad que he hecho, te irás y volveré a ser libre.

—¿Qué es lo que dicen de mí? —preguntó. Era una pregunta estúpida. Ya lo sabía.

Glenna se encogió de hombros.

—Cosas que le hiciste a Merrin. Que eres un pervertido y eso.

Ig se quedó mirándola, transfigurado. Le fascinaba que cada cosa nueva que decía fuera peor que la anterior y lo cómoda que parecía sentirse diciéndolas, sin asomo de vergüenza ni de embarazo.

—¿Qué es lo que querías decirme?

—Anoche me encontré a Lee Tourneau después de que desaparecieras. ¿Te acuerdas de que Lee y yo estuvimos saliendo en el colegio?

—Me acuerdo.

Lee e Ig habían sido amigos en otra vida, pero todo eso ya había quedado atrás, había muerto con Merrin. Era difícil seguir teniendo amigos íntimos cuando la gente te considera sospechoso de un crimen sexual.

—Anoche en el Station House, cuando estaba sentada en uno de los reservados de la parte de atrás después de que tú desaparecieras, me invitó una copa. Llevaba siglos sin hablar con él y se me había olvidado lo agradable que es. Nunca te mira por encima del hombro; estuvo encantador conmigo. En vista de que tú no volvías, sugirió que te buscáramos en el estacionamiento y dijo que si te habías marchado, él me traería a casa. Pero cuando estuvimos fuera empezó a besarme como en los viejos tiempos, como cuando salíamos. Y yo me dejé llevar y le hice una mamada; allí mismo, delante de dos tipos que nos estaban mirando. No había hecho nada parecido desde que tenía diecinueve años y tomaba speed.

Ig necesitaba ayuda. Necesitaba salir del apartamento. El ambiente era sofocante y sentía opresión y pinchazos en los pulmones.

Glenna se había inclinado de nuevo sobre la caja de donas con una expresión plácida, como si acabara de contarle algo sin ninguna importancia, como que se había acabado la leche o que otra vez estaban sin agua caliente.

—¿Crees que debo comerme otra? —preguntó—. Ya no me duele el estómago.

—Haz lo que te dé la gana.

Glenna se giró y lo miró con un brillo de rara excitación en sus ojos pálidos.

—¿Lo dices en serio?

—Me importa un demonio —dijo—. Come como una foca todo lo que quieras.

Glenna sonrió y le salieron dos hoyuelos en las mejillas. Después se abalanzó sobre la mesa y cogió la caja con una mano. La sujetó, hundió la cara en ella y empezó a comer. Mientras masticaba, hacía ruidos, se relamía y respiraba de forma extraña. De nuevo tuvo una arcada y sacudió los hombros, pero siguió comiendo, usando la mano libre para meterse más dona en la boca, aunque tenía las mejillas llenas e hinchadas. Una mosca zumbaba nerviosa alrededor de su cabeza.

Ig pasó junto al sofá en dirección a la puerta. Glenna se enderezó un poco, tomó aire y puso los ojos en blanco. Su expresión era de pánico y tenía las mejillas y la boca húmeda recubiertas de azúcar.

—Hum —gimió—. Hum.

Ig no sabía si gemía de placer o de infelicidad.

La mosca se posó en una de las comisuras de su boca. Ig la vio allí un instante e inmediatamente Glenna sacó la lengua al tiempo que atrapaba la mosca con la mano. Cuando apartó la mano la mosca había desaparecido. La mandíbula subía y bajaba, triturando todo lo que había dentro de la boca.

Ig abrió la puerta y salió. Mientras la cerraba, vio a Glenna inclinando otra vez la cabeza hacia la caja…, como el buceador que ha llenado los pulmones de aire y se dispone a sumergirse de nuevo en las profundidades.

3

Condujo hasta la Modern Medical Practice Clinic, donde atendían sin cita previa. La reducida sala de espera estaba casi llena, hacía calor y había una pequeña niña gritando, tumbada de espaldas en el centro de la habitación mientras profería aullidos y sollozos que sólo interrumpía para tomar aire. Su madre estaba agachada junto a ella susurrándole con furia, frenética, una retahíla de amenazas, maldiciones y frases del tipo «Te lo advierto». En una ocasión intentó agarrar a su hija por el tobillo y ésta le dio una patada en la mano con un zapato negro de hebilla.

El resto de las personas de la sala de espera se dedicaban a ignorar la escena, supuestamente absortas mirando revistas o el televisor sin sonido que había en una esquina. El programa en antena era *Mi mejor amigo es un sociópata*. Algunos miraron a Ig cuando entró, unos pocos con expresión esperanzada, pues tal vez imaginaban que era el padre de la niña que había llegado para sacarla de allí y darle una buena reprimenda. Pero en cuanto le vieron, apartaron la mirada, pues enseguida supieron que no estaba allí para ayudar.

Deseó haberse puesto un sombrero. Se llevó la mano a la frente a modo de visera, como si le molestara la luz, con la esperanza de ocultar así los cuernos. Pero si alguien reparó en ellos no lo dejó traslucir.

La pared del extremo de la habitación estaba acristalada y al otro lado había una mujer sentada frente a una computadora. La recepcionista estaba mirando a la madre de la niña que gritaba, pero cuando Ig se acercó, levantó la vista y sonrió.

—¿En qué puedo ayudarle? —preguntó mientras extendía la mano para coger una carpeta con formularios.

—Necesito que un médico me vea esto —dijo Ig levantando la mano ligeramente para mostrar los cuernos.

La mujer guiñó los ojos en dirección a los cuernos y después esbozó una mueca comprensiva.

—No tienen buena pinta —dijo, y se giró hacia la pantalla de la computadora.

Cualquiera que fuera la reacción que Ig esperaba —y no estaba muy seguro de cuál—, no era ésta. La mujer había reaccionado ante los cuernos como si se tratara de un dedo roto o de un sarpullido, pero al menos había reaccionado. Parecía haberlos visto. Aunque de ser eso cierto, no entendía por qué se había limitado a hacer un puchero y a apartar la vista.

—Tengo que hacerle unas cuantas preguntas. ¿Nombre?

—Ignatius Perrish.

—¿Edad?

—Veintiséis.

—¿Tiene médico de cabecera?

—Hace años que no he ido al médico.

La mujer levantó la cabeza y le miró pensativa, frunciendo el ceño, e Ig pensó que le iba a regañar por no ir al médico a hacerse revisiones periódicas. La niña gritó más fuerte aún y cuando miró hacia ella la vio golpear a su madre en la rodilla con un coche de bomberos de plástico rojo, uno de los juguetes que había apilados en una esquina para que los niños se entretuvieran mientras esperaban. La madre se lo arrancó de las manos y la niña volvió a tirarse al suelo y a dar patadas al aire como una cucaracha panza arriba, gimiendo con renovadas fuerzas.

—Estoy deseando decirle que haga callar a esa mocosa —comentó la telefonista en tono alegre, como quien no quiere la cosa—. ¿Qué le parece?

—¿Tiene una pluma? —preguntó Ig con la boca seca mientras cogía la carpeta—. Voy a rellenar los impresos.

La recepcionista se encogió de hombros y dejó de sonreír.

—Muy bien —dijo mientras le entregaba un bolígrafo de mala manera.

Ig le dio la espalda y miró los impresos, pero no conseguía centrar la vista.

Esa mujer había visto los cuernos y no le habían extrañado. Y luego había dicho aquello sobre la niña que gritaba y la madre que era incapaz de hacerla callar. *Estoy deseando decirle que calle a esa mocosa.* Quería saber si a Ig le parecía bien que hiciera eso. Lo mismo que Glenna, que le había preguntado si estaría mal meter la cara en la caja de donas y comer como un cerdo en un pesebre.

Buscó dónde sentarse. Había dos sillas libres, situadas a ambos lados de la madre. Conforme Ig se acercaba, la niña llenó los pulmones y emitió un chillido agudo que hizo temblar los cristales de las ventanas y estremecerse a algunos de los que esperaban. Avanzar hacia aquel sonido era como internarse en una poderosa ventisca.

Cuando Ig se sentó, la madre se hundió en la silla y empezó a darse golpecitos en la pierna con una revista enrollada, algo que no era, presentía Ig, lo que tenía ganas de hacer realmente con ella. La niña parecía por fin agotada después de su último chillido y ahora estaba tumbada de espaldas mientras las lágrimas rodaban por su cara fea y enrojecida. La madre también estaba colorada. Puso los ojos en blanco y miró a Ig con cara de sufrimiento. Pareció reparar brevemente en los cuernos, pero enseguida apartó la vista.

—Siento todo este escándalo —dijo, y a continuación le tocó la mano en un gesto de disculpa.

Y cuando lo hizo, cuando la piel de la mujer rozó la suya, Ig supo que se llamaba Allie Letterworth y que llevaba cuatro meses acostándose con su profesor, con el que se citaba en un motel cerca del campo de golf en el que recibía las clases. La semana pasada se habían quedado dormidos después de una intensa sesión de sexo. Allie había dejado el teléfono móvil apagado y por eso no había oído las numerosas llamadas desde el campamento de verano al que iba su hija para preguntarle dónde estaba y cuándo pensaba ir a recoger a la niña. Cuando por fin llegó, con dos horas de retraso, la niña estaba histérica, con la cara colorada, moqueando, los ojos inyectados en sangre y una mirada furiosa. Tuvo que comprarle un peluche y un helado para calmarla y conseguir su silencio; era el único modo de evitar que su marido se enterara. De haber sabido la carga que suponía un hijo, jamás lo habría tenido.

Ig retiró la mano.

La niña empezó a gruñir y a dar patadas en el suelo. Allie Letterworth suspiró, se inclinó hacia Ig y dijo:

—Por si le sirve de consuelo, me encantaría darle una patada en ese culo de niña mimada, pero me preocupa qué diría toda esta gente si la pego. ¿Cree que...?

—No —dijo Ig.

Era imposible que supiera las cosas que sabía de ella, pero el hecho era que las sabía, como también sabía su número de teléfono y su dirección. También estaba seguro de que Allie Letterworth no se pondría a hablar de darle una patada a su mimada hija con un extraño. Lo había dicho como alguien que habla consigo mismo.

—No —repitió la mujer, abriendo la revista y cerrándola inmediatamente—. Supongo que no puedo. Me pregunto si no debería levantarme y marcharme. Dejarla aquí y largarme. Podría quedarme con Michael, esconderme del mundo, dedicarme a beber ginebra y coger todo el día. Mi marido podría acusarme de abandono pero, al fin y al cabo, ¿qué demonios me importa? ¿Quién podría querer la custodia compartida de *eso*?

—¿Michael es su profesor de golf? —preguntó Ig.

La mujer asintió distraída; le sonrió y dijo:

—Lo gracioso es que nunca me habría apuntado con él de haber sabido que era negro. Antes de Tiger Woods no había negros en los campos de golf, excepto llevando los palos; de hecho era uno de los pocos sitios donde podías librarte de ellos. Ya sabe cómo son los negros, siempre pegados al teléfono móvil diciendo palabrotas. Y la forma que tienen de mirar a las mujeres blancas... Pero Michael ha estudiado, habla como un blanco. Y lo que dicen de las vergas negras es cierto. Me han cogido montones de tipos blancos y ninguno la tenía como Michael. —Arrugó la nariz y añadió—: La llamamos el hierro cinco.

Ig se puso en pie de un salto y se dirigió a toda prisa a la ventanilla de recepción. Garabateó deprisa la respuesta a algunas preguntas y devolvió la carpeta.

A su espalda la niña gritó:

—¡No! ¡No pienso sentarme!

—Me parece que voy a tener que decirle algo a la madre de esa niña —dijo la recepcionista mirando en dirección a la mujer y a su hija sin prestar atención a la carpeta—. Ya sé que no es culpa suya que su hija sea una cretina chillona, pero no me puedo quedar callada.

Ig miró a la niña y a Allie Letterworth, quien estaba inclinada otra vez sobre su hija, pinchándola con la revista enrollada y susurrándole furiosa. Ig volvió la vista a la recepcionista.

—Claro —dijo vacilante.

La mujer abrió la boca y después dudó, mirándole ansiosa.

—Lo que pasa es que no quiero montar un numerito.

Los extremos de los cuernos empezaron a palpitar con un desagradable calor. Una parte de él se sorprendió —tan pronto, y sólo los tenía desde hacía una hora— de que la mujer no hubiera actuado en cuanto él le dio permiso.

—¿Un numerito? —preguntó mientras se daba tirones a la incipiente barba—. Es increíble las cosas que la gente deja hacer a sus hijos en estos tiempos. ¿No le parece? Pensándolo bien, no se puede echar la culpa a los niños de que sus padres no sepan educarlos.

La recepcionista sonrió. Una sonrisa valiente, agradecida. Al verla, Ig notó que una sensación distinta le recorría los cuernos. Un placer glacial.

La mujer se levantó y miró de nuevo en dirección a la madre y su hija.

—¿Señora? —llamó—. Perdone, ¿señora?

—¿Sí? —dijo Allie Letterworth levantado la vista esperanzada, probablemente pensando que ya les tocaba ver al médico.

—Ya sé que su hija está disgustada, pero si pudiera hacerla callar... ¿No le parece que podría demostrar un poco de consideración hacia el resto de nosotros? ¿Le importa mover el culo y llevársela fuera, donde no tengamos que oír sus berridos? —preguntó la recepcionista con su sonrisa plastificada y postiza.

Allie Lettersworth palideció y en sus mejillas lívidas sólo quedaron unas cuantas manchas rojas. Sujetó a su hija por la muñeca. La niña tenía ahora la cara del color de la grana e intentaba soltarse de su madre clavándole las uñas en la mano.

—¿Cómo? —preguntó—. ¿Qué ha dicho usted?

—¡He dicho —gritó la recepcionista dejando de sonreír y dándose golpecitos furiosos en la sien derecha— que si su hija no deja de gritar me va a explotar la cabeza, y que...!

—¡Váyase a la mierda! —gritó la madre mientras se ponía en pie tambaleándose.

—Si tuviera usted la más mínima consideración por los demás...

—¡A la mierda!

—... Sacaría de aquí a esa niña, que está gritando como un cerdo degollado...

—¡Puta reprimida!

—Pero no, se queda ahí sentada tocándose el chocho...

—Vamos, Marcy —dijo Allie tirando a su hija de la muñeca.

—¡No! —dijo la niña.

—¡He dicho que nos vamos! —insistió la madre, arrastrándola hacia la salida.

En el umbral de la calle la niña logró zafarse de la mano de su madre. Atravesó corriendo la habitación, pero tropezó con el camión de bomberos y cayó al suelo de rodillas. Empezó a gritar de nuevo, más fuerte que nunca, y se tumbó de costado sujetándose la rodilla ensangrentada. Su madre la ignoró. Tiró el bolso y empezó a chillar a la recepcionista, que le gritó más fuerte todavía. Los cuernos de Ig le palpitaban con una peculiar y placentera sensación de satisfacción y poder.

Estaba más cerca que nadie de la niña y la madre no parecía tener intención de hacer nada, así que la cogió de la muñeca para ayudarla a ponerse en pie. Cuando la tocó supo que se llamaba Marcia Letterworth y que aquella mañana había volcado el desayuno adrede en el regazo de su madre, como castigo por obligarla a ir al médico a que le quemaran las verrugas. No quería ir y su madre era mala y estúpida. Sus ojos, llenos de lágrimas, eran de un azul intenso, como la llama de un soplete.

—Odio a mamá —le dijo—. Quiero quemarla con un cerillo cuando esté en la cama. Quiero quemarla y que desaparezca.

Capítulo
4

La enfermera que le pesó y le tomó la tensión le contó que su ex marido estaba saliendo con una chica que conducía un Saab deportivo amarillo. Sabía dónde lo estacionaba y quería aprovechar la hora de la comida para rayarle la pintura de uno de los lados con las llaves del coche. Quería también ponerle caca de perro en el asiento del conductor. Ig permaneció sentado muy quieto en la camilla, con los puños cerrados y sin hacer ningún comentario.

Cuando la enfermera le retiró el manguito de tomar la tensión, le rozó el brazo desnudo con los dedos y entonces supo que ya había destrozado otros coches, muchas veces. El de un profesor que la había suspendido por copiar en un examen, el de una amiga que había sido indiscreta después de que le contara un secreto, el del abogado de su ex marido, sólo por el hecho de representarlo legalmente. Podía verla, a la edad de doce años, arañando con un clavo uno de los laterales del viejo Oldsmobile de su padres, dibujando una fea raya blanca tan larga como el coche.

La sala de exploración estaba helada, con el aire acondicionado al máximo, y para cuando el doctor Renard entró, Ig temblaba de frío y también de nervios. Agachó la cabeza para enseñarle los cuernos y le dijo al doctor que era incapaz de distinguir lo real de lo irreal. Le dijo que creía que estaba teniendo alucinaciones.

—Le gente no para de contarme cosas —dijo—. Cosas horribles. Cosas que quieren hacer y que nadie admitiría querer hacer. Una niña me acaba de decir que quiere prenderle fuego a su madre cuando esté en la cama. Su enfermera me ha dicho que quiere destrozar el coche de una pobre chica. Tengo miedo, no sé lo que me está pasando.

El doctor le examinó los cuernos arrugando el entrecejo con aspecto preocupado.

—Son cuernos —dijo.

—Ya sé que son cuernos.

El doctor Renard movió la cabeza.

—Y las puntas parecen estar inflamadas. ¿Le duelen?

—Una barbaridad.

—Ajá —dijo el doctor, y se pasó una mano por la boca—. Déjeme medirlos.

Rodeó la base con una cinta métrica y después los midió de sien a sien y de punta a punta. Garabateó algunos números en su cuaderno de recetas. Los palpó con sus dedos callosos, explorándolos con cara de concentración, pensativo, e Ig supo algo que no quería saber. Supo que el doctor Renard unos días atrás había estado de pie a oscuras en su dormitorio, mirando por la ventana bajo una cortina levantada y masturbándose mientras observaba a las amigas de su hija de diecisiete años divirtiéndose en la piscina.

El médico dio un paso atrás. Sus ojos grises denotaban preocupación. Parecía estar sopesando una decisión.

—¿Sabe lo que me gustaría hacer?

—¿El qué? —preguntó Ig.

—Rallar oxicodona y esnifar un poco. Me prometí a mí mismo que nunca esnifaría en el trabajo, porque me hace parecer estúpido, pero no sé si seré capaz de esperar seis horas.

Ig tardó unos instantes en darse cuenta de que el médico estaba esperando sus comentarios sobre lo que le acababa de decir.

—¿Podríamos concentrarnos en lo que me ha salido en la cabeza? —preguntó.

El médico se encogió de hombros. Volvió la cabeza y respiró despacio.

—Escuche —dijo Ig—. Por favor. Necesito ayuda. Alguien tiene que ayudarme.

El médico le miró reacio.

—No sé si esto me está pasando de verdad. Creo que me estoy volviendo loco. ¿Por qué no reacciona la gente cuando ve los cuernos? Si yo viera a alguien con cuernos me mearía en los pantalones.

Que, de hecho, era lo que había pasado cuando se miró en el espejo.

—Cuesta recordar que están ahí —dijo el médico—. Una vez aparto la vista de ellos se me olvida que los tiene; no sé por qué.

—Pero ahora los está viendo.

El doctor asintió.

—¿Y nunca ha visto nada parecido?

—¿Está usted seguro de que no debería meterme una raya de oxi? —preguntó el médico. De repente el rostro se le iluminó—. Podríamos compartirla. Ponernos juntos.

Ig negó con la cabeza.

—Por favor, escúcheme. —El doctor hizo una mueca de desagrado, pero asintió—. ¿Por qué no llama a otros médicos? ¿Por qué no se toma esto más en serio?

—Si le soy sincero —contestó el doctor—, resulta un poco difícil concentrarse en su problema. No dejo de pensar en las pastillas que llevo en el maletín y en esa amiga de mi hija, Nancy Hughes. Dios mío, quiero cogérmela. Pero cuando pienso en ello me pongo un poco enfermo. Todavía lleva un aparato dental.

—Por favor —insistió Ig—. Le estoy pidiendo su opinión médica, su ayuda. ¿Qué puedo hacer?

—Putos pacientes —dijo el médico—. Sólo les importan sus propios problemas.

Capítulo
5

Condujo. No pensó adónde y durante un rato no importó. Bastaba con seguir moviéndose.

Si había un lugar en el mundo que pudiera considerar su hogar, era su coche, su Gremlin AMC de 1972. El apartamento era de Glenna. Ya vivía allí antes de que él se mudara y seguiría haciéndolo cuando terminaran, cosa que parecía que estaba ocurriendo ahora. Durante un tiempo había vuelto a casa de sus padres, inmediatamente después del asesinato de Merrin, pero no se sintió en casa, ya no pertenecía a ese lugar. Lo único que le quedaba ahora era el coche, que era un vehículo pero también un lugar donde vivir, el espacio donde había transcurrido gran parte de su vida, momentos buenos pero también malos.

Los buenos: hacer el amor con Merrin dentro de él, golpeándose la cabeza con el techo y la rodilla con la palanca de cambios. Los amortiguadores traseros estaban gastados y chirriaban con las sacudidas del coche, un sonido que obligaba a Merrin a morderse el labio para no reírse mientras tenía a Ig entre las piernas. Los malos: la noche en que Merrin fue violada y asesinada junto a la vieja fundición mientras él estaba durmiendo en el coche, odiándola en sueños.

El Gremlin había sido su refugio cuando no tenía adónde ir, cuando no había nada que hacer excepto conducir por Gideon, deseando que algo ocurriera. Las noches en que Merrin tenía que trabajar o estudiar se dedicaba a dar vueltas con su mejor amigo, el alto, delgado y medio ciego Lee Tourneau. Solían conducir hasta el río, donde a veces había una hoguera y gente que conocían, un par de camionetas estacionadas en el malecón, una nevera llena de Coronitas. Se sentaban en el capó del coche y observaban las chispas del fuego elevarse y desaparecer en la noche, las llamas reflejándose en las oscuras y rápidas aguas. Hablaban sobre formas graciosas de morir, un tema de conversación que se les antojaba de lo más normal, allí tan cerca del río Knowles. Ig opinaba que lo peor era morir ahogado, y lo sabía por experiencia. El río lo había engullido una vez y lo había empujado hacia el fondo, metiéndose en su garganta. Y había sido precisamente Lee Tourneau quien se tiró a salvarlo. Lee opinaba que había una forma peor de morir y que Ig carecía de imaginación. Morir quemado era muchísimo peor que morir ahogado, se mirara por donde se mirara. Pero, claro, es que él había tenido una mala experiencia con un coche en llamas. Así que ninguno hablaba por hablar.

Las mejores noches eran las que pasaban en el Gremlin los tres, Merrin, Lee y él. Lee se metía como podía en el asiento trasero —era galante por naturaleza y siempre dejaba que Merrin se sentara delante con Ig— y después se tumbaba con el dorso de la mano apoyado en la frente, cual Oscar Wilde tendido en su diván, haciéndose el deprimido. Solían ir al autocine Paradise a beber cerveza mientras veían cómo unos locos con caretas de hockey perseguían a adolescentes semidesnudos y los degollaban con una sierra mecánica entre vítores y toques de claxon. Merrin llamaba a estas salidas «citas dobles»; Ig la tenía a ella y Lee tenía su mano derecha. Para Merrin, gran parte de la diversión de salir con los dos era meterse con Lee, pero la mañana en que la madre de éste murió, Merrin fue la primera en ir a su casa y abrazarlo mientas lloraba.

Por un brevísimo instante consideró la posibilidad de ir a ver a Lee. Lo había salvado en una ocasión; tal vez podría hacerlo de nuevo. Pero entonces se acordó de lo que le había contado

Glenna una hora antes, aquella cosa horrible que le había confesado mientras se comía las donas. *Me dejé llevar y le hice una mamada; allí mismo, delante de dos tipos que nos estaban mirando.* Trató de sentir lo que se suponía que debería sentir: intentó odiarlos a los dos, pero no lo consiguió, ni siquiera un poco. Tenía otros problemas más importantes. Dos problemas que le crecían en la cabeza.

Y además, no era como si Lee le hubiera dado una puñalada por la espalda, robándole a su amada delante de sus propias narices. No estaba enamorado de Glenna y tampoco pensaba que ella estuviera —o lo hubiera estado alguna vez— enamorada de él, y en cambio Glenna y Lee tenían un pasado juntos, habían sido novios hacía mucho tiempo.

Con todo, no era lo que uno le haría a un amigo, pero lo cierto es que él y Lee ya no eran amigos. Después de que mataran a Merrin, Lee había excluido, sin animadversión declarada, como si nada, a Ig de su vida. En los días siguientes a que encontraran el cuerpo de Merrin había habido algunos gestos de solidaridad, pero ninguna promesa de que Lee estaría a su lado, ninguna sugerencia de verse. Después, en las semanas y los meses que siguieron Ig se dio cuenta de que siempre era él quien llamaba a Lee y nunca al revés, y de que éste no se esforzaba demasiado por mantener una conversación. Lee siempre había hecho gala de cierto desapego emocional, de modo que era posible que Ig no se hubiera dado cuenta al principio de hasta qué punto lo habían dejado tirado. Transcurrido un tiempo, sin embargo, las constantes excusas de Lee para no verse con él empezaron a cobrar significado. Puede que Ig no fuera muy bueno interpretando las intenciones de los demás, pero siempre se le habían dado bien las matemáticas. Lee era ayudante de un congresista de New Hampshire y no podía relacionarse con el principal sospechoso de un crimen sexual. No hubo peleas, situaciones incómodas. Ig comprendió y lo dejó en paz. Lee —el pobre, el mutilado, el estudioso y solitario Lee— tenía un futuro e Ig no.

Tal vez porque se había puesto a pensar en el banco de arena, terminó estacionado cerca de Knowles Road, en el arranque del puente de Old Fair Road. Si estaba buscando un sitio donde ahogarse, no podría haber encontrado otro mejor. El banco de arena se adentraba más de treinta metros en la corriente antes de desaparecer en las aguas profundas, rápidas y azules. Podría llenarse los bolsillos de piedras y meterse. También podía subir al puente y saltar. Para asegurarse, bastaría con lanzarse hacia las rocas en lugar de hacia el río. Sólo de pensar en el golpe se estremeció de dolor. Salió, se sentó en el capó y escuchó el zumbido de los camiones que se dirigían hacia el sur sobre su cabeza.

Había estado allí muchas veces. Como la vieja fundición de la autopista 17, el malecón era un destino al que iba gente demasiado joven para tener un destino. Recordó una de las veces que había estado, con Merrin, y cómo les había sorprendido la lluvia y se habían refugiado bajo el puente. Entonces estaban en el colegio. Ninguno de los dos conducía y no tenían un coche en el que meterse. Así que compartieron una cesta mojada de almejas fritas sentados en la cuesta de piedra y matojos bajo el puente. Hacía tanto frío que podían verse el aliento y él envolvió las manos frías y mojadas de ella con las suyas.

Ig había encontrado un periódico de dos días atrás y cuando se cansaron de simular que lo leían, Merrin dijo que deberían hacer algo especial con él. Algo que levantara los ánimos a cualquiera que mirara al río bajo la lluvia. Corrieron colina arriba, bajo la llovizna, a comprar velas de cumpleaños en el Seven Eleven y después corrieron de vuelta. Merrin le enseñó a hacer barcos con las páginas del periódico, encendieron las velas, las metieron dentro y después los botaron, uno a uno, bajo la lluvia y el cielo del atardecer: una larga cadena de pequeñas llamas brillando serenas en la húmeda oscuridad.

—Juntos somos algo grande —le dijo ella pegando tanto sus fríos labios al lóbulo de la oreja de él que su aliento a almeja le hizo estremecerse. Merrin temblaba con un ataque de risa.

—Merrin Williams e Iggy Perrish convirtiendo el mundo en un lugar mejor, barco de papel tras barco de papel.

No vio o no quiso ver cómo los barcos se empapaban con el agua de lluvia y se iban hundiendo a menos de cien metros de la orilla, con las velas extinguiéndose una a una.

Recordar aquel momento y cómo era él cuando estaban juntos hizo detenerse el remolino de pensamientos desbocados que bullía en su cabeza. Quizá por primera vez en todo el día se sintió capaz de hacer inventario y reflexionar sin ser presa del pánico sobre lo que le estaba ocurriendo.

Consideró de nuevo la posibilidad de haber sufrido una ruptura con la realidad, de que todo lo que había experimentado a lo largo de aquel día fuera producto de su imaginación. No sería la primera vez que confundiera fantasía con realidad y sabía por experiencia que era especialmente dado a extrañas alucinaciones religiosas. No olvidaba aquella tarde que pasó en la casa del árbol de la imaginación. En ocho años raro había sido el día en que no había pensado en ello. Claro que si la casa del árbol había sido una fantasía —y ésa era la única explicación posible—, había sido una fantasía compartida. Él y Merrin habían descubierto juntos aquel lugar y lo que ocurrió en él era uno de los hilos secretos que los mantenían unidos, algo sobre lo que estrujarse los sesos cuando se aburrían yendo a algún lado en coche o en mitad de la noche después de que les hubiera despertado una tormenta y no consiguieran volver a dormirse.

—Sé que es posible que varias personas tengan la misma alucinación —dijo una vez Merrin—. Sólo que nunca pensé que pudiera pasarme a mí.

El problema de pensar que los cuernos no eran más que una alucinación persistente e inquietante, un ataque de locura que llevaba tiempo amenazando con sobrevenirle, era que no tenía más remedio que enfrentarse a la realidad que tenía delante. De nada servía decirse que estaba todo en su cabeza si continuaba sucediendo. No hacía falta que se lo creyera; no creérselo no cambiaba las cosas. Los cuernos seguían allí cada vez que levantaba la mano para tocarlos. Incluso si no se los tocaba, notaba la fría brisa de la ribera del río en las puntas, doloridas y sensibles. Tenían la solidez convincente y concreta del hueso.

Perdido en sus pensamientos, no oyó el coche de policía que se acercaba colina abajo hasta que se detuvo detrás del Gremlin y el conductor puso en marcha brevemente la sirena. El corazón le dio un vuelco y se volvió con rapidez. Uno de los policías se asomaba por la ventanilla desde el asiento del pasajero del coche.

—¿Qué pasa contigo, Ig? —dijo el poli, que no era cualquier poli, sino que se llamaba Sturtz.

Llevaba una camisa de manga corta que dejaba ver sus brazos musculosos de piel bronceada por la continua exposición al sol. Era una camisa ajustada y Sturtz era un hombre atractivo. Con su pelo rubio peinado por el viento y los ojos ocultos detrás de unas gafas de espejo parecía salido de un anuncio de cigarrillos.

Su compañero, Posada, al volante, intentaba presentar el mismo aspecto, pero sin mucho éxito. Era demasiado delgado y la nuez le sobresalía más de la cuenta. Ambos llevaban bigote, pero el de Posada era fino y ligeramente ridículo, y le daba un aspecto de *maître* francés en una comedia de Cary Grant.

Sturtz sonrió. Siempre se alegraba de verlo. Ig nunca se alegraba de ver a un agente de policía, pero ponía especial cuidado en evitar a Sturtz y a Posada, quienes, desde la muerte de Merrin, habían tomado la costumbre de seguirlo, haciéndole parar si conducía a tres kilómetros por encima del límite de velocidad y registrando su coche, multándolo por tirar basura, por estar sin hacer nada, por vivir.

—Nada nuevo. Sólo estoy aquí de pie —contestó.

—Llevas ahí de pie media hora —le dijo Posada mientras su compañero salía del coche—. Hablando solo. La mujer que vive ahí abajo ha hecho entrar en casa a sus hijos porque la estabas asustando.

—Pues imagínate si llega a saber quién es —dijo Sturtz—. Nuestro querido vecino pervertido sexual y sospechoso de asesinato.

—En su defensa hay que decir que no ha asesinado a ningún niño.

—Todavía no —dijo Sturtz.

—Ya me voy —dijo Ig.

—Tú te quedas —dijo Sturtz.

—¿Qué quieres hacer? —preguntó Posada.

—Quiero detenerlo por algo.

—¿Por qué?

—No sé. Lo que sea. Quiero endilgarle algo. Una bolsa de coca, un arma sin licencia, cualquier cosa. Es una pena que no tengamos nada. Estoy deseando cargarle un problema.

—Cuando hablas así me dan ganas de plantarte un beso en la boca —dijo Posada.

Sturtz asintió, en apariencia indiferente a tal declaración de amor. Entonces fue cuando Ig se acordó de los cuernos. Ya estaban otra vez, como con el médico y la enfermera, como con Glenna y con Allie Letterworth.

—Lo que de verdad me apetece —dijo Sturtz— es agarrarlo por algo y que se resista. Tener una excusa para partirle los dientes a ese desgraciado.

—Sí, me encantaría verte hacerlo —dijo Posada.

—¿Tienen idea de lo que están diciendo? —preguntó Ig.

—No —contestó Posada.

—Más o menos —dijo Sturtz, y guiñó los ojos como si estuviera intentando leer algo de lejos—. Estamos hablando de si deberíamos detenerte sólo para divertirnos un rato, pero no sé por qué.

—¿No sabes por qué quieren detenerme?

—Sí, eso sí lo sé. Lo que quiero decir es que no sé por qué estamos hablando de ello. No es algo que discutamos normalmente.

—¿Por qué quieren detenerme?

—Por la cara de maricón que tienes siempre. Esa cara de maricón me enfada, porque no me gustan los mariposones —le dijo Sturtz.

—Y yo tengo ganas de agarrarte porque puede que te resistas y entonces Sturtz te hará agacharte sobre el capó y te pondrá las esposas —dijo Posada—. Eso me dará algo en qué pensar esta noche mientras me masturbo, sólo que los imaginaré desnudos.

—¿Así que no es porque piensen que maté a Merrin? —preguntó Ig.

Sturz dijo:

—No, ni siquiera creemos que lo hiciste. Eres demasiado gallina. Habrías confesado.

Posada rio. Sturtz añadió:

—Apoya las manos en el techo del coche. Quiero echar un vistazo. Voy a mirar en la parte de atrás.

Fue un alivio poder apartar la vista de ellos y estirar los brazos para apoyar las manos en el techo del coche. Posó la frente contra el cristal de la ventanilla del pasajero y su frescor lo calmó.

Sturtz caminó hasta el maletero del coche y Posada se quedó detrás de Ig.

—Necesito las llaves —dijo Sturtz.

Ig levantó la mano del techo del coche y se dispuso a sacarlas del bolsillo.

—Mantén las manos sobre el coche —dijo Posada—. Yo las cogeré. ¿En qué bolsillo?

—El derecho —dijo Ig.

Posada deslizó una mano en el bolsillo de Ig y metió un dedo en el llavero. Sacó las llaves y se las tiró a Sturtz. Éste las agarró al vuelo y abrió el maletero.

—Me gustaría meterte otra vez la mano en el bolsillo —dijo Posada—. Y dejarla ahí. No sabes qué esfuerzo me cuesta no abusar del poder que me da ser policía en estas situaciones. Nunca imaginé hasta qué punto mi trabajo consistiría en poner las esposas a tipos macizos semidesnudos. Y tengo que admitir que no siempre he sido bueno.

—Posada —dijo Ig—, en algún momento deberías hacer saber a Sturtz lo que sientes por él.

Al decirlo sintió un dolor pulsátil en los cuernos.

—Ah, ¿sí? —preguntó Posada. Parecía sorprendido, pero también curioso—. A veces lo he pensado, pero luego... estoy seguro de que me partiría la cara.

—De eso nada. Estoy convencido de que está deseando que lo hagas. ¿Por qué crees que se deja siempre el primer botón de la camisa sin abrochar?

—Sí, ya me había dado cuenta de que siempre lo lleva abierto.

—Deberías bajarle el cierre y hacerle una mamada. Sorprenderlo. Calentarlo. Probablemente está esperando a que des tú el primer paso. Pero no hagas nada hasta que yo me haya ido, ¿sí? Para algo así se necesita intimidad.

Posada se colocó las manos delante de la boca y exhaló, comprobando el olor de su aliento.

—Mierda —dijo—, hoy no me he lavado los dientes. —Después chascó los dedos—. Pero hay chicles en la guantera.

Se dio la vuelta y caminó deprisa hacia el coche de policía murmurando para sí.

La puerta del capó se cerró de un golpe y Sturtz regresó junto a Ig.

—Ojalá tuviera un motivo para arrestarte. Ojalá me hubieras puesto la mano encima. Podría mentir y decir que me has tocado. Que te me has insinuado. Siempre me has parecido medio maricón, con esos aires afeminados y esa mirada que parece que estás a punto de echarte a llorar. No puedo creer que Merrin te dejara meterte en sus pantalones. Quien fuera que la violó seguramente le echó la primera buena cogida de toda su vida.

Ig se sentía como si se hubiera tragado una brasa de carbón encendida y se le hubiera quedado atascada, detrás del pecho.

—¿Qué harías si un tipo te tocara? —preguntó.

—Le metería la porra por el culo. A ver si le gusta. —Se detuvo a pensar un momento y añadió—: A no ser que estuviera borracho. Entonces seguramente dejaría que me la mamara.

Hizo una nueva pausa antes de preguntar, con un tono de voz un tanto esperanzado:

—¿Es que piensas tocarme para que así pueda meterte...?

—No —contestó Ig—. Pero creo que tienes razón en lo que dices de los gays, Sturtz. Hay que poner límites. Si dejas que un maricón te toque, pensará que tú también eres maricón.

—Ya sé que tengo razón, no necesito que me lo digas. Así que fin de la conversación. Te puedes largar. No quiero verte merodeando debajo de ningún puente nunca más. ¿Entendido?

—Sí.

—De hecho, sí quiero verte merodeando por aquí. Con drogas en la guantera. ¿Entiendes?

—Sí.

—Bien, que quede claro. Ahora largo.

Sturtz dejó caer las llaves del coche de Ig en el suelo. Ig esperó a que se alejara antes de agacharse a recogerlas y se sentó al volante del Gremlin. Echó un último vistazo al coche de policía por el espejo retrovisor. Sturtz estaba sentado en el asiento del copiloto sujetando unos papeles con las dos manos y fruncía el ceño tratando de decidir qué escribir. Posada estaba girado en su asiento, con el rostro vuelto hacia su compañero y una expresión mezcla de deseo y glotonería. Se pasó la lengua por los labios y después agachó la cabeza, desapareciendo detrás del salpicadero y de su campo de visión.

Capítulo
6

Había conducido hasta el río para idear un plan, pero a pesar de todas las vueltas que le había dado al asunto seguía tan confuso como una hora antes. Pensó en sus padres e incluso llegó a conducir un par de manzanas en dirección a la casa de éstos, pero al cabo de poco tiempo pegó un volantazo y dio la vuelta por una carretera secundaria. Necesitaba ayuda, pero no creía que ellos fueran capaces de dársela. Lo ponía nervioso pensar en lo que le ofrecerían en su lugar…, qué deseos secretos querrían compartir con él. ¿Y si su madre tenía el vicio de coger con niños pequeños? ¡O su padre!

Y de todas formas, todo había cambiado desde la muerte de Merrin. Les dolía ver lo que le había ocurrido desde el asesinato. No querían saber cómo vivía, jamás habían puesto un pie en la casa de Glenna. Ésta le había preguntado por qué no comían juntos alguna vez y había insinuado que quizá él se avergonzaba de estar con ella, lo cual era cierto. También les dolían las sospechas que habían recaído sobre ellos, porque en la ciudad todo el mundo creía que Ig había violado y asesinado a Merrin Williams y había escapado de la ley porque sus padres, ricos y bien relacionados, habían movido unos cuantos hilos, pedido unos cuantos favores y ejercido presiones para entorpecer la investigación.

Su padre había sido famoso durante un tiempo. Había tocado con Sinatra y Dean Martin, había grabado discos con ellos. También había hecho sus propias grabaciones, para Blue Tone, a finales de los sesenta y principios de los setenta, cuatro discos, y había entrado en la lista de los Top Cien con un tema instrumental de lo más chill y cool titulado *Fishin' with Pogo*. Se casó con una bailarina de Las Vegas, intervino en varios shows de televisión y en un puñado de películas y terminó por instalarse en New Hampshire, para que la madre de Ig pudiera estar cerca de su familia. Más tarde se había convertido en un profesor famoso en la escuela de música Berklee y en ocasiones tocaba con la Boston Pops, orquesta filial de la Filarmónica de Boston.

A Ig siempre le había gustado escuchar a su padre, mirarlo mientras tocaba. Aunque decir que su padre tocaba casi parecía una equivocación; a menudo daba la impresión de que la trompeta lo tocaba a él. La manera en que se le inflaban las mejillas y después se hundían, como si el instrumento lo fuera a engullir; la forma en que las llaves doradas parecían aferrarse a sus dedos como pequeños imanes pegados a un metal, haciéndolos saltar y bailar con espasmos sorprendentes e inesperados. La forma en que cerraba los ojos, inclinaba la cabeza y sus caderas se contoneaban atrás y adelante, como si el instrumento fuera un taladro penetrando más y más en el corazón de su ser, sacando la música de algún lugar de la boca del estómago.

El hermano mayor de Ig había abrazado la tradición musical familiar con ímpetu vengador. Terence salía cada la noche en la televisión protagonizando su propio show nocturno, mezcla de musical y comedia, *Hothouse,* que había salido de la nada y pronto se había impuesto a los otros protagonistas de la televisión nocturna. Terry tocaba la trompeta en situaciones que aparentemente desafiaban a la muerte, había hecho *Anillo de fuego* en un círculo de fuego con Alan Jackson, había participado en *High & Dry* con Norah Jones, sumergidos los dos en un tanque que se iba llenando de agua. La música no había sonado demasiado bien, pero el espectáculo había sido un éxito. En esa época Terry estaba ganando dinero al por mayor.

Además tenía su propia manera de tocar, distinta de la de su padre. El pecho se le hinchaba tanto que daba la impresión de que en cualquier momento se le iba a saltar un botón de la camisa. Los ojos le sobresalían de las órbitas como si estuviera permanentemente sobresaltado. Se movía hacia atrás y hacia delante desde la cintura como un metrónomo. La cara le resplandecía de alegría y en ocasiones su trompeta parecía soltar carcajadas. Había heredado el don más valioso de su padre: cuanto más practicaba algo, más natural le salía y más auténtico y vívido sonaba.

Cuando eran adolescentes, Ig odiaba escuchar a su hermano practicando y solía inventar excusas para evitar ir con sus padres a sus actuaciones. Se ponía enfermo de celos y era incapaz de dormir la noche anterior a una función importante en el colegio o, más tarde, en locales de música. Odiaba especialmente ver actuar a Terry en compañía de Merrin, a duras penas soportaba verla disfrutar con la música. Cuando Merrin seguía con el cuerpo el ritmo de la música de Terry, Ig se imaginaba a su hermano agarrándola por las caderas con unas manos invisibles. Pero aquello ya estaba superado desde hacía mucho tiempo, y de hecho ahora el mejor momento del día era ver *Hothouse* cuando tocaba Terry.

Ig habría podido tocar también de no ser por su asma. Nunca había logrado acumular el suficiente aire en los pulmones para hacer gemir la trompeta de aquella manera. Sabía que su padre quería que tocara, pero cuando se forzaba a hacerlo se quedaba sin oxígeno, empezaba a notar una horrible presión en el pecho y se le nublaba la vista. En alguna ocasión había llegado a perder el conocimiento.

Cuando fue evidente que nunca llegaría a ninguna parte como trompetista, lo intentó con el piano, pero aquello tampoco salió bien. Su profesor, un amigo de su padre, era un borracho con los ojos inyectados en sangre que apestaba a humo de pipa y que dejaba a Ig solo practicando una pieza complejísima compuesta por él mientras se echaba la siesta en la habitación de al lado. Después de aquello su madre había sugerido el bajo, pero para entonces Ig ya no estaba interesado en tocar un instrumento. En ese momento sólo le interesaba Merrin. Una vez que se enamoró de ella, dejó de necesitar a su familia y sus instrumentos musicales.

Tarde o temprano tendría que verlos. A su madre, a su padre y también a Terry. Su hermano estaba en la ciudad, había llegado en el último vuelo nocturno para el ochenta cumpleaños de su abuela, que era al día siguiente, aprovechando que *Hothouse* se había interrumpido para las vacaciones de verano. Era la primera vez que Terry estaba en Gideon desde la muerte de Merrin y no iba a quedarse mucho tiempo, sólo dos días. Ig no lo culpaba por querer marcharse enseguida. El escándalo había saltado justo cuando su show empezaba a despegar y podría haber sido el fin de su carrera. Decía mucho de Terry el que hubiera regresado a Gideon, un lugar donde se arriesgaba a ser fotografiado en compañía de su hermano, el violador y asesino, una fotografía por la que el *Enquirer* pagaría hasta mil dólares. Pero lo cierto es que Terry nunca había creído que Ig fuera culpable de nada. Había sido su principal y más encendido defensor en un momento en que su cadena de televisión habría preferido emitir un comunicado del tipo «Sin comentarios» y dejar aquello atrás.

Podría evitarles de momento, pero tarde o temprano tendría que arriesgarse a enfrentarse a ellos. Pensó que tal vez las cosas serían distintas con su familia. Tal vez serían inmunes a él y sus secretos continuarían siendo secretos. Los quería y ellos lo querían a él. Tal vez podría aprender a controlarlo, a neutralizarlo, lo que quiera que fuera aquello. Quizá los cuernos desaparecieran. Habían venido sin avisar, ¿no podrían irse de la misma manera?

Se pasó la mano por sus cabellos lacios y escasos —¡se estaba quedando calvo a los veintiséis!— y después se apretó la cabeza con las palmas. Odiaba el ritmo frenético al que se sucedían sus pensamientos, la velocidad con que se sucedían unas a otras las ideas. Se tocó los cuernos con las yemas de los dedos y gritó de miedo. Estuvo a punto de suplicar: *Por favor, Dios, por favor...* Pero se contuvo y no dijo nada.

Le subió un cosquilleo por los antebrazos. Si ahora era un demonio, ¿podría seguir hablando de Dios? Tal vez le golpearía un rayo, le fulminaría con una ráfaga blanca. ¿Ardería?

—Dios —susurró.

No ocurrió nada.

—Dios, Dios, Dios —repitió.

Agachó la cabeza y escuchó, esperando a que pasara algo.

—Por favor, Dios, haz que desaparezcan. Lo siento si anoche hice algo que te enojó. Estaba borracho —dijo.

Contuvo el aliento, levantó los ojos y se miró en el espejo retrovisor. Los cuernos seguían allí. Estaba empezando a acostumbrarse a ellos. Se estaban convirtiendo en parte de su cara. Este pensamiento le hizo estremecerse de asco.

Por el rabillo del ojo, a su derecha, vio una ráfaga color blanco. Enderezó el volante y detuvo el coche después de subirse al bordillo de la acera. Había estado conduciendo de forma inconsciente, sin prestar atención a dónde estaba y sin tener ni idea de a dónde se dirigía. Había llegado, sin proponérselo, a la iglesia del Sagrado Corazón de María, donde durante las tres cuartas partes de su vida había acudido a misa con su familia y donde había visto a Merrin por primera vez.

Se quedó mirando el templo con la boca seca. No había estado allí ni en ninguna otra iglesia desde que mataron a Merrin; evitaba mezclarse con la gente, las miradas de los feligreses. Tampoco quería hacer las paces con Dios; más bien sentía que Dios tenía que hacer las paces con él.

Tal vez si entrara y rezara los cuernos desaparecieran. O tal vez..., tal vez el padre Mould supiera qué hacer. Entonces tuvo una idea: el padre Mould sería inmune al influjo de los cuernos. Si había alguien capaz de resistirse a su poder, pensó Ig, por fuerza tendría que ser un hombre de la Iglesia. Tenía a Dios de su lado y la protección de la casa de Dios. Tal vez podría hacerse un exorcismo. Unas gotas de agua bendita y unos cuantos padrenuestros quizá le devolvieran a la normalidad.

Dejó el coche encaramado en la acera y recorrió a pie el sendero asfaltado que conducía a la iglesia del Sagrado Corazón. Estaba a punto de abrir la puerta cuando se detuvo y retiró la mano. ¿Qué pasaría si, al tocar el picaporte, la mano empezaba a arder? ¿Y si no lograba entrar?, se preguntó. ¿Y si al tratar de cruzar el umbral alguna oscura fuerza le repelía, haciéndole caer de espaldas? Se imaginó tambaleándose por la nave, con humo brotándole del cuello de la camisa, los ojos salidos de las órbitas como los de un personaje de caricatura, se imaginó asfixiándose víctima de horribles dolores.

Se obligó a agarrar el picaporte. Una de las hojas de la puerta cedió a la presión de su mano, una mano que no ardía, ni le escocía ni le dolía en modo alguno. Escudriñó en la oscuridad de la iglesia, por encima de las filas de bancos barnizados de color oscuro. Olía a madera especiada y a viejos himnarios, con sus gastadas tapas de piel y hojas quebradizas. Siempre le había agradado aquel olor y le sorprendió comprobar que seguía gustándole, que no le hacía atragantarse.

Cruzó el umbral, extendió los brazos y esperó. Se examinó un brazo y a continuación el otro, esperando ver humo salir de los puños de la camisa. No pasó nada. Se llevó una mano al cuerno de la sien derecha. Seguía allí. Esperaba notar un hormigueo, un dolor pulsátil, algo. Pero no sintió nada. La iglesia era una caverna silenciosa y oscura, iluminada tan sólo por el brillo pastoso de las vidrieras policromadas. María a los pies de su hijo mientras éste agonizaba en la cruz. Juan bautizando a Jesús en el río.

Pensó que debía ir hasta el altar, arrodillarse y suplicar a Dios que le diera una tregua. Una plegaria se formó en sus labios: *Por favor, Dios, si haces que desaparezcan los cuernos te serviré siempre. Volveré a venir a la iglesia, me haré sacerdote. Difundiré la palabra de Dios en calurosos países del Tercer Mundo donde todo el mundo tenga la lepra, si es que la lepra sigue existiendo.*

Pero, por favor, haz que desaparezcan, haz que vuelva a ser el de antes. No llegó a pronunciarla, sin embargo. Antes de que pudiera dar un paso, escuchó un suave ruido metálico de hierro chocando contra hierro que le hizo volver la cabeza.

Seguía en la entrada que conducía al patio y a su izquierda había una puerta, ligeramente entreabierta, que daba a una escalera. Abajo había un pequeño gimnasio abierto que los parroquianos podían usar para distintos propósitos. De nuevo un sonido de hierro chocando con suavidad. Ig empujó la puerta con la mano y, conforme ésta se abría, por ella se coló una melodía country.

—¿Hola? —llamó desde el umbral.

Otro ruido metálico y luego un resoplido.

—¿Sí? —respondió el padre Mould—. ¿Quién es?

—Ig Perrish, señor.

Siguió un momento de silencio que dio la impresión de prolongarse demasiado.

—Baja —dijo el padre Mould.

Ig bajó las escaleras.

En la pared opuesta del sótano una hilera de tubos fluorescentes iluminaba una colchoneta de gimnasia, algunas pelotas hinchables gigantes y una barra de equilibrios, el material de las clases de gimnasia para niños. Sin embargo, junto al hueco de la escalera algunas de las luces estaban apagadas y estaba más oscuro. Contra las paredes había dispuestas varias máquinas de ejercicios cardiovasculares. Cerca del pie de las escaleras había un banco de pesas sobre el que estaba tumbado de espaldas el padre Mould.

Cuarenta años atrás Mould había sido delantero en el Syracuse y más tarde marine. Había servido en el Triángulo de Acero y conservaba el aspecto físico corpulento e imponente de un jugador de hockey, el aura de seguridad y autoridad de un soldado. Caminaba despacio, abrazaba a las personas que le hacían reír y eran tan amoroso como un viejo San Bernardo al que le gusta dormir encima del sofá aunque sabe que no debe. Llevaba un chándal gris y unas adidas desgastadas y pasadas de moda. Su crucifijo colgaba de uno de los extremos de la barra de pesas y se balanceaba suavemente cada vez que ésta subía o bajaba.

Detrás del banco estaba la hermana Bennett, que también tenía la complexión de un jugador de hockey, con hombros anchos y una cara ruda y masculina y el pelo corto recogido con una cinta violeta detrás de la cabeza. Llevaba un chándal morado a juego. La hermana Bennett había dado clases de Ética en St. Jude's y era aficionada a dibujar diagramas de flujo en la pizarra para demostrar cómo determinadas decisiones conducían inexorablemente a la salvación (un rectángulo que rellenaba de nubes gordas y esponjosas) o al infierno (un cuadrado en llamas).

El hermano de Ig, Terry, siempre se burlaba de ella inventándose diagramas de flujo para divertir a los compañeros de clase con los que ilustraba cómo, tras una variedad de encuentros sexuales de tipo lésbico, la hermana Bennett terminaba en el infierno, donde descubría los placeres de entregarse a prácticas sexuales con el demonio. Con ellos Terry se había convertido en la estrella de la cafetería en lo que fue su primer flirteo con la fama. Y también con la mala reputación, ya que fue delatado —por un soplón anónimo cuya identidad seguía sin conocerse— y llamado al despacho del director. La reunión fue a puerta cerrada, pero eso no evitó que se escucharan los golpes secos de la pala de madera de pádel del padre Mould contra el trasero de Terry o los gritos de éste después del golpe número veinte. Todos en el colegio lo oyeron. Los sonidos se transmitieron por el anticuado circuito de calefacción que tenía salidas en todas las aulas. Ig se había retorcido en su silla sufriendo por Terry y había terminado por taparse los oídos para no escuchar. A Terry se le prohibió actuar en el recital de fin de curso —para el que había estado meses practicando— y suspendió Ética.

El padre Mould se sentó y se secó la cara con una toalla. Estaba más oscuro al pie de las escaleras y a Ig se le ocurrió que tal vez no pudiera ver sus cuernos.

—Hola, padre —dijo.

—Ignatius, hace siglos que no te veo. ¿Dónde te has metido?

—Vivo en el centro —dijo Ig con la voz ronca por la emoción. No estaba preparado para el tono amistoso del padre Mould, para su afectuosa amabilidad—. Ya sé que debería haber venido. Varias veces lo pensé, pero…

—¿Estás bien, Ig?

—No lo sé. No sé lo que me está pasando. En la cabeza… Míreme la cabeza, padre.

Se acercó y se inclinó un poco, hacia la luz. Veía la sombra de su cabeza en el suelo de cemento desnudo, con los cuernos formando dos siluetas puntiagudas que brotaban de sus sienes. Tenía miedo hasta de ver la reacción del padre y lo miró con timidez. El rostro de éste conservaba aún el fantasma de una sonrisa amable y frunció el ceño mientras estudiaba los cuernos con una mirada entre ausente y desconcertada.

—Anoche me emborraché e hice cosas horribles —dijo Ig—. Y cuando me desperté me encontré así y no sé qué hacer. No sé qué me está pasando. Pensé que usted me diría qué puedo hacer.

El padre Mould le siguió mirando unos segundos con la boca abierta, perplejo.

—Bueno, chico —dijo por fin—. ¿Quieres que te diga qué hacer? Creo que deberías irte a casa y ahorcarte. Eso sería probablemente lo mejor, en serio. Lo mejor para todo el mundo. En el almacén de detrás de la iglesia hay cuerda. Si creyera que me vas a hacer caso te la traería yo mismo.

—Pero ¿por qué…? —empezó a decir Ig. Tuvo que aclararse la garganta antes de poder seguir—. ¿Por qué quiere que me mate?

—Porque asesinaste a Merrin Williams y el abogado caro de tu padre te salvó el cuello. La pequeña Merrin Williams. Yo la quería mucho. No era muy lista, pero tenía un buen culo. Deberías haber ido a la cárcel. Hermana, ayúdeme.

Y se tumbó de espaldas para hacer otra serie de pesas.

—Pero, padre —dijo Ig—, yo no lo hice. Yo no la maté.

—Sí, claro —dijo el padre Mould mientras apoyaba las manos en la barra sobre su cabeza. La hermana Bennett se situó en la cabecera del banco de hacer pesas—. Todo el mundo sabe que fuiste tú, así que más te valdría matarte. De todas maneras vas a ir al infierno.

—Ya estoy en él.

El padre gruñó mientras bajaba y subía las pesas. Ig se dio cuenta de que la hermana le miraba fijamente.

—No te culparía si te suicidaras —dijo la hermana sin más preámbulo—. Yo misma, la mayoría de los días, cuando llega la hora de comer ya tengo ganas de suicidarme. Odio cómo me mira la gente, los chistes de lesbianas que hacen a mis espaldas. Si tú no quieres la soga del cobertizo tal vez la aproveche yo.

Mould levantó las pesas, jadeando.

—Pienso en Merrin Williams todo el tiempo. Por lo general cuando me estoy cogiendo a su madre. Su madre viene mucho por la iglesia últimamente a hacer cosas para mí, casi siempre a cuatro patas. —Se reía al pensar en ello—. Rezamos juntos casi todos los días, casi siempre para que te mueras.

—Pero usted... ha hecho voto de castidad —dijo Ig.

—Castidad por los huevos. Seguro que Dios se da con un canto en los dientes con tal de que me mantenga alejado de los monaguillos. Tal y como yo lo veo, esa mujer necesita consuelo, y desde luego no va a ser ese mamarracho cuatro ojos con el que se ha casado quien se lo dé. Al menos no de la clase que ella necesita.

La hermana Bennett dijo:

—Me gustaría ser otra persona. Escaparme. Quiero gustarle a alguien. ¿Yo te he gustado alguna vez, Iggy?

Ig tragó saliva.

—Bueno..., supongo, un poco.

—Quiero acostarme con alguien —continuó la hermana Bennett como si no le hubiera oído—. Alguien con quien dormir abrazado, no me importa si es hombre o mujer. Me da lo mismo. Lo que no quiero es seguir sola. Puedo firmar cheques en nombre de la parroquia y a veces me dan ganas de vaciar la cuenta y largarme con el dinero. A veces me cuesta verdadero trabajo refrenarme.

—Lo que me extraña —dijo Mould— es que nadie en esta ciudad se haya atrevido a darte un escarmiento por lo que le hiciste a Merrin, que nadie te haya dado a probar tu propia medicina. Yo pensaba que algún ciudadano consciente se decidiría a hacerte una visita una noche y a llevarte a dar un relajante paseo por el campo. Precisamente al árbol donde mataste a Merrin, y que te colgarían de él. Si no tienes la decencia de hacerlo tú mismo, entonces eso es lo mejor que podría pasar.

Ig se sorprendió al darse cuenta de que se estaba relajando, de que ya no tenía los puños cerrados y respiraba con normalidad. El padre Mould parecía bambolearse en el banco de pesas. La hermana Bennett cogió la pesa y la encajó en su soporte con un ruido metálico.

Ig levantó la mirada hacia ella y le preguntó:

—¿Y qué se lo impide?

—¿Impedirme el qué?

—Coger el dinero y largarse.

—Dios —contestó la hermana—. El amor a Dios.

—¿Y qué ha hecho Dios por usted? —le preguntó Ig—. ¿Acaso la consuela cuando la gente se ríe de usted a sus espaldas? Es aún peor, ¿o es que no está usted sola en el mundo por su culpa? ¿Cuántos años tiene?

—Sesenta y uno.

—Sesenta y uno son muchos años. Ya casi es demasiado tarde. Casi. ¿Es capaz de esperar siquiera un día más?

La hermana se llevó una mano a la garganta. Tenía los ojos muy abiertos y una expresión alarmada. Luego dijo:

—Será mejor que me vaya.

Se dio la vuelta y caminó deprisa hacia las escaleras.

El padre Mould apenas pareció darse cuenta de que se iba. Se había incorporado y tenía las muñecas apoyadas en las rodillas.

—¿Ha terminado de levantar pesas? —le preguntó Ig.

—Me queda una serie.

—Déjeme que le ayude —dijo Ig acercándose al banco.

Mientras le pasaba las pesas al padre, sus dedos rozaron los nudillos de éste y supo que cuando Mould tenía veinte años él y otros cuantos chicos del equipo de hockey se habían tapado la cara con pasamontañas y habían perseguido a un coche lleno de jóvenes de la organización Nación del Islam que habían viajado hasta Syracuse desde Nueva York para hablar sobre derechos civiles. Mould y sus amigos les obligaron a bajarse del coche y los persiguieron hasta el bosque con bates de beisbol. Cogieron al más lento de todos y le partieron las piernas por ocho sitios diferentes. Tardó dos años en volver a caminar sin la ayuda de un andador.

—Usted y la madre de Merrin… ¿de verdad han estado rezando para que me muriera?

—Más o menos —dijo Mould—. Si te digo la verdad, la mayoría de las veces que invoca el nombre del Señor está desnuda encima de mí.

—¿Y sabe por qué no me ha castigado? —preguntó Ig—. ¿Por qué Dios no ha contestado a sus plegarias?

—¿Por qué?

—Pues porque Dios no existe. Sus plegarias caen en saco roto.

Mould volvió a levantar las pesas —con gran esfuerzo— y a bajarlas. Luego dijo:

—Eso es una estupidez.

—Es todo mentira. Dios nunca ha existido. Es usted quien debería aprovechar esa soga.

—No —dijo Mould—. No puedes obligarme. No quiero morir. Me encanta mi vida.

Vaya, vaya, así que no tenía poder para que la gente hiciera cosas que no quería hacer. Ig se había preguntado sobre esa cuestón.

Mould puso cara de estar realizando un esfuerzo y gruñó, pero no era capaz de levantar otra vez la pesa. Ig se alejó del banco y se dirigió hacia la escalera.

—Eh —dijo Mould—. Necesito ayuda.

Ig se metió las manos en los bolsillos y empezó a silbar *When the Saints Go Marching In.* Por primera vez en lo que llevaba de mañana se sentía bien. Oía a Mould jadear y resoplar a sus espaldas, pero subió las escaleras sin mirar atrás.

La hermana Bennett pasó junto a Ig cuando éste salió al patio. Llevaba unos pantalones rojos y una camisa sin mangas con un estampado de margaritas y se había recogido el pelo. Se quedó mirándole y casi dejó caer el bolso.

—¿Se marcha usted? —le preguntó Ig.

—El caso es… que no tengo coche —contestó la hermana—. Cogería el de la parroquia, pero me da miedo que me atrapen.

—Acaba de limpiar la cuenta corriente de la parroquia, ¿qué importancia tiene el coche?

La hermana se quedó mirándolo un momento. Después se inclinó y le besó en una de las comisuras de la boca. Al contacto de sus labios Ig supo que cuando tenía nueve años le había contado una mentira a su madre, y que un día no había podido resistir el impulso de besar a una de sus alumnas, una bonita chica de dieciséis años llamada Britt, y de la renuncia secreta y desesperada de sus creencias espirituales. Supo todas estas cosas y las comprendió, aunque no le importaron.

—Que Dios te bendiga —dijo la hermana Bennett.

Ig no pudo evitar soltar una carcajada.

Capítulo
7

No le quedaba otra opción que irse a casa a ver a sus padres, así que enfiló el coche en esa dirección y condujo hasta allí.

El silencio del coche le desasosegaba. Probó encender la radio, pero le ponía nervioso, era peor que el silencio. Sus padres vivían a quince minutos a las afueras de la ciudad, lo que le daba tiempo suficiente para pensar. No había tenido tantas dudas sobre cómo reaccionarían desde que pasó la noche en la cárcel, cuando le arrestaron para interrogarlo sobre la violación y el asesinato de Merrin.

El detective, un tipo llamado Carter, había empezado el interrogatorio deslizando una foto sobre la mesa que los separaba. Después, solo en su celda, veía la fotografía cada vez que cerraba los ojos. Merrin estaba pálida, tumbada de espaldas sobre un lecho de hojas, con los pies juntos, los brazos extendidos a ambos lados del cuerpo y los cabellos desparramados. La cara era de un color más oscuro que el suelo, tenía la boca llena de hojas y un reguero de sangre oscura que arrancaba del nacimiento del pelo y le bajaba por uno de los lados de la cara hasta el pómulo. Alrededor del cuello todavía llevaba su corbata, que le cubría pudorosamente el pecho izquierdo. No conseguía alejar la imagen de sus pensamientos. Le atacaba los nervios y le producía calambres en el estómago, hasta que, en un determinado momento —no tenía manera de saber cuándo, pues en la celda no había reloj—, se arrodilló frente al retrete de acero inoxidable y vomitó.

Temía ver a su madre al día siguiente. Aquélla fue la peor noche de su vida y suponía que también la de su madre. Nunca hasta entonces le había dado problemas. Esa noche seguro que no podía dormir, y la imaginaba sentada en la cocina en camisón, pálida y con los ojos enrojecidos, ante una infusión que se había quedado fría. Su padre tampoco podría dormir, se quedaría levantado para estar con ella. Se preguntó si se limitaría a sentarse a su lado en silencio, los dos asustados y quietos, sin otra cosa que hacer más que esperar, o si su padre estaría nervioso y malhumorado, caminando por la cocina, explicándole a su madre lo que iban a hacer, cómo iban a arreglar aquella situación y exactamente quién iba a pagar por lo ocurrido.

Ig estaba decidido a no llorar cuando viera a su madre y no lo hizo. Tampoco lloró ella. Se había maquillado como si hubiera quedado a comer con el comité directivo de la universidad y su rostro alargado tenía una expresión alerta y tranquila. Su padre era el que tenía aspecto de haber llorado y le costaba sostener la mirada. Además le olía mal el aliento.

Su madre le dijo:

—No hables con nadie que no sea el abogado.

Eso fue lo primero que salió de sus labios. Dijo:

—No confieses nada.

Su padre lo repitió:

—No confieses nada.

Después lo abrazó y empezó a llorar. Entre sollozos dijo:

—No me importa lo que haya pasado.

Fue entonces cuando Ig supo que le creían culpable. Era algo que no se le había pasado por la imaginación. Al contrario, pensaba que aun si lo hubiera hecho —incluso aunque le hubieran sorprendido *in fraganti*— sus padres le creerían inocente.

Aquella tarde salió de la comisaría de Gideon y la luz intensa y oblicua de octubre le hizo daño en los ojos. No habían presentado cargos. Nunca le acusaron formalmente de nada, pero tampoco lo descartaron como sospechoso en ningún momento. Al día de hoy, seguía siendo «una persona de interés» para la investigación.

Se habían recogido pruebas en el lugar del crimen, tal vez incluso muestras de ADN —Ig no estaba seguro, ya que la policía no había revelado los detalles—, y había estado convencido de que, una vez analizadas, sería exonerado públicamente de toda culpa. Pero hubo un incendio en el laboratorio de Concord y las muestras tomadas del cuerpo de Merrin y en la escena del asesinato se habían echado a perder. Los medios de comunicación se habían cebado con Ig. Era difícil no ser supersticioso, no tener la sensación de que había fuerzas oscuras confabuladas en su contra. Estaba salado. La única prueba forense que había sobrevivido era una huella de un neumático Goodyear. Los de su Gremlin eran Michelin. Pero esto no era concluyente: no había una prueba sólida que lo incriminara, pero tampoco había ninguna que demostrara su inocencia. Su coartada —que había pasado la noche solo, durmiendo en su coche en la parte de atrás de un Dunkin' Donuts perdido en medio de ninguna parte— sonaba a excusa barata y desesperada, incluso a sus propios oídos.

Durante aquellos primeros meses desde que volvió a casa de sus padres, éstos lo trataron y mimaron como si fuera un niño otra vez. Como si reposara en la cama con gripe y sus padres estuvieran decididos a ayudarlo a ponerse bien a base de tranquilidad y buenos alimentos. Caminaban de puntillas, como si temieran que el ruido de sus quehaceres cotidianos pudiera trastornarlo. Resultaba curioso que demostraran tanta consideración con él cuando al mismo tiempo lo creían capaz de hacer cosas tan horribles a una chica a la que ellos también habían querido.

Pero una vez que las pruebas en su contra tuvieron que ser descartadas y la espada de Damocles de la justicia dejó de pender sobre su cabeza, sus padres se habían distanciado y refugiado en sí mismos. Mientras enfrentaba un juicio por asesinato lo habían querido y se habían mostrado dispuestos a luchar hasta el final por él, pero en cuanto quedó claro que no iría a la cárcel parecieron aliviados de perderlo de vista.

Durante nueve meses siguió viviendo con ellos, pero cuando Glenna le propuso compartir el alquiler no tuvo que pensarlo demasiado. Después de mudarse sólo veía a sus padres cuando iba a visitarlos. No se veían en la ciudad para comer, para ir al cine o de compras, y ellos nunca habían estado en su apartamento. Algunas veces, cuando los visitaba, se encontraba con que su padre estaba fuera, en un festival de jazz en Francia o en Los Ángeles trabajando en la banda sonora para una película. Nunca conocía los planes de su padre con antelación y éste no lo llamaba para decirle que estaba fuera de la ciudad.

Mantenía charlas con su madre en el porche en las que nunca hablaban de nada importante. Cuando Merrin murió acababa de recibir una oferta de trabajo en Inglaterra, pero lo ocurrido había trastocado su vida por completo. A su madre le dijo que pensaba volver a la universidad, que iba a solicitar plaza en Brown y Columbia. Y era verdad. Tenía los impresos encima del microondas en el apartamento de Glenna. Uno de ellos lo había usado a modo de plato para comerse un trozo de pizza y el otro estaba lleno de marcas de tazas de café. Su madre le seguía la corriente, lo animaba y celebraba sus planes sin hacerle preguntas embarazosas, como por ejemplo si ya había concertado entrevistas con las universidades o si pensaba buscar trabajo mientras esperaba a saber si le habían admitido en alguna. Ninguno de los dos quería echar abajo el frágil espejismo de que las cosas estaban volviendo a la normalidad, de que tal vez lo de Ig tenía solución, de que podría seguir adelante con su vida.

En sus visitas esporádicas a casa de sus padres sólo se encontraba realmente a gusto cuando estaba con Vera, su abuela, que vivía con ellos. No estaba seguro ni siquiera de si se acordaba de que le habían arrestado y acusado de violación y asesinato. Pasaba casi todo el tiempo en una silla de ruedas desde que le pusieron una prótesis de cadera que, inexplicablemente, no le había devuelto la capacidad de andar, e Ig solía sacarla a pasear por el camino de grava y atravesaba el bosque al norte de la casa de sus padres hasta Queen's Face, una alta pared de piedra muy popular entre los aficionados al ala delta. En un día cálido y ventoso de julio podía verse a cinco o seis de ellos a lo lejos, planeando y remontando las corrientes de aire en sus cometas de colores tropicales. Cuando iba allí con su abuela y miraba a los pilotos enfrentándose a los vientos que soplaban en la proximidades de Queen's Face, casi le parecía volver a ser el mismo que cuando Merrin estaba viva, alguien a quien le agradaba hacer cosas por los demás, alguien que disfrutaba respirando aire puro.

Cuando subía por la colina que conducía a su casa vio a Vera en el jardín delantero, sentada en su silla de ruedas con un vaso de té helado en una mesita auxiliar junto a ella. Tenía la cabeza ladeada sobre el pecho; estaba dormida, se había quedado traspuesta al sol. Tal vez la madre de Ig había estado sentada con ella, pues sobre la hierba había una manta de viaje arrugada. El sol daba en el vaso de té transformando sus bordes en un aro de luz, en un halo plateado. La escena era de total placidez, pero en cuanto Ig detuvo el coche, el estómago se le encogió. Ahora que había llegado no quería bajarse. Le aterraba enfrentarse a aquellos a quienes había venido a ver.

Salió del coche. No podía hacer otra cosa.

Al lado del sendero de entrada había un Mercedes negro que no reconoció, con matrícula de Alamo. Era el coche de alquiler de Terry. Ig se había ofrecido a recogerlo en el aeropuerto, pero éste le había dicho que no merecía la pena. Llegaría tarde y además quería tener su propio coche, así que quedaron en verse el día siguiente. Por eso Ig había salido con Glenna la otra noche y había terminado borracho y solo en la antigua fundición.

De todos los miembros de su familia, al que menos le asustaba ver era a Terry. Fuera lo que fuera lo que éste le confesara, adicciones secretas o miserias, Ig estaba dispuesto a perdonarle. Se lo debía. Tal vez, de alguna manera, a Terence era a quien había ido a ver realmente. Cuando Ig estaba pasando el peor momento de su vida, Terry había salido cada día en los periódicos asegurando que las acusaciones contra su hermano eran una farsa, un completo disparate, y que su hermano era incapaz de hacer daño a alguien a quien quería. Ig pensaba que si había alguien capaz de ayudarle ahora, sin duda era Terry.

Caminó por el césped hasta donde estaba Vera. Su madre la había dejado mirando a la larga ladera de hierba que descendía hasta desaparecer en un cercado, al final de la colina. Dormía con la cabeza apoyada sobre el hombro, tenía los ojos cerrados y al respirar emitía un leve silbido. Al verla descansar así, Ig se relajó un poco. Al menos no tendría que hablar con ella, no se vería obligado a escucharla mientras le revelaba algún vergonzoso secreto. Era un alivio. Se quedó mirando el rostro delgado, cansado y surcado de arrugas y le invadió un sentimiento de ternura casi dolorosa al recordar las mañanas que habían pasado juntos bebiendo té y comiendo galletas de mantequilla de cacahuete mientras veían *El precio justo*. Llevaba el pelo recogido en la nuca, pero algunas horquillas se habían soltado y mechones del color de la luna le caían sobre las mejillas. Apoyó con suavidad una mano sobre las de ella sin ser consciente de lo que ese gesto traía consigo.

A su abuela, supo entonces, no le dolía la cadera, pero le gustaba estar en una silla de ruedas de manera que la gente tuviera que llevarla de un lado a otro y estar pendiente de ella en todo momento. Tenía ochenta años y eso le daba derecho a ciertas cosas. En especial le gustaba mangonear a su hija, quien pensaba que su mierda no apestaba porque tenía el dinero suficiente para limpiársela con billetes de veinte dólares, estaba casada con un venido a menos y era madre de una estrella de la telebasura y un asesino depravado. Claro que eso suponía una mejora respecto a lo que había sido antes: una prostituta de medio pelo que había tenido la suerte de cazar a un cliente relativamente famoso con una vena sentimental. A Vera seguía sorprendiéndole que su hija hubiera sido capaz de salir de Las Vegas con un marido y un monedero lleno de tarjetas de crédito en lugar de una sentencia de diez años de cárcel y una enfermedad venérea incurable. En su fuero interno estaba convencida de que Ig conocía el pasado de puta barata de su madre, que ello lo había llevado a desarrollar un odio patológico hacia las mujeres y que por eso había matado a Merrin. Estas cosas siempre eran tan freudianas... Y evidentemente esa Merrin no había sido más que una oportunista, contoneándose delante de las narices del chico desde el primer día, a la caza de un anillo de compromiso y la fortuna familiar. Con sus minifaldas y sus camisetas escotadas, Merrin Williams había sido, en opinión de Vera, poco menos que otra puta.

Ig le soltó la muñeca como si ésta fuera un cable de alta tensión pelado. Se le escapó un grito y, tambaleándose, dio un paso atrás. Su abuela se revolvió en su silla y abrió un ojo.

—Ah —dijo—, eres tú.

—Lo siento. No quería despertarte.

—Ojalá no lo hubieras hecho. Quería dormir. Era más feliz durmiendo. ¿Creías que quería verte?

Ig notó un intenso frío que le llenaba el pecho. Su abuela miró hacia otro lado.

—Cuando te miro me dan ganas de morirme.

—¿En serio? —preguntó.

—Ya no puedo ver a mis amigas. Tampoco puedo ir a la iglesia. Todo el mundo se queda mirándome. Todos saben lo que hiciste. Me dan ganas de morirme. Y encima te presentas aquí y me sacas de paseo. Odio cuando me sacas de paseo y la gente nos ve juntos. No sabes qué esfuerzos hago para disimular que te odio. Siempre me diste mala espina. Esa manera de jadear después de correr. Siempre respirabas por la boca, como un perro, sobre todo cuando había niñas guapas cerca. Y siempre has sido lento. Mucho más lento que tu hermano. He intentado decírselo a Lydia. No sé cuántas veces he podido decirle que no eras trigo limpio. Se negaba a escucharme y ahora mira lo que ha pasado. Y todos tenemos que vivir con ello.

Se tapó los ojos con la mano y le temblaba la barbilla. Conforme se alejaba Ig, la escuchó llorar.

Cruzó el porche delantero y entró por la puerta abierta a la oscuridad del recibidor. Por un momento pensó en subir a su antigua habitación y echarse en la cama. Tenía ganas de estar un rato solo, en la fresca penumbra, rodeado de sus pósteres de conciertos y sus libros de la infancia. Pero entonces, al pasar delante del despacho de su madre, oyó un ruido de papeles y se giró automáticamente para mirarla.

Lydia estaba inclinada sobre su escritorio, pasando páginas. De vez en cuando sacaba una del montón y la metía en su cartera de piel. Así inclinada, se le marcaba el trasero debajo de la falda del traje de raya diplomática. Su padre la había conocido cuando trabajaba de bailarina en Las Vegas y aún conservaba unas nalgas de vedete. Ig recordó lo que había leído en la mente de Vera, la convicción secreta de que su madre había sido una puta y cosas peores, pero acto seguido desechó la idea, con la certeza de que se trataba de una fantasía senil. Su madre trabajaba en el concejo estatal de arte de New Hampshire, leía novelas rusas e incluso cuando era vedete llevaba sólo plumas de avestruz.

Cuando Lydia vio a Ig mirándola desde el umbral de la puerta, el maletín se le deslizó de la rodilla. Intentó sujetarlo, pero no llegó a tiempo y los papeles cayeron en cascada al suelo. Unos pocos lo hicieron lentamente, planeando sin prisa, del mismo modo en que caen los copos de nieve, e Ig pensó de nuevo en la gente que volaba en ala delta. Había gente que subía hasta Queen's Face para tirarse al vacío. Era un lugar muy apreciado por los suicidas. Tal vez ésa debería ser su siguiente parada.

—Iggy —dijo su madre—, no sabía que ibas a venir.

—Ya lo sé. He estado dando vueltas con el coche y no se me ocurría otro lugar adonde ir. He tenido una mañana infernal.

—Ay, cielo —dijo frunciendo el ceño con expresión cariñosa.

Llevaba tanto tiempo sin recibir muestras de afecto de nadie y estaba tan necesitado de ellas que la mirada de su madre le dejó tembloroso y casi sin fuerzas.

—Me está pasando algo horrible, mamá —dijo sin apenas voz. Por primera vez en toda la mañana se sintió a punto de llorar.

—Ay, cielo —repitió su madre—, ¿y no podías haber ido a otro sitio?

—¿Perdón?

—No tengo ganas de escuchar tus problemas.

La punzada que había sentido detrás de los ojos empezó a remitir y las ganas de llorar se marcharon tan rápido como habían venido. Los cuernos le latían con una sensación dolorosa, no del todo desagradable.

—Pero es que tengo problemas.

—Pues no quiero oírlos. No quiero saber nada.

Se arrodilló y empezó a recoger los papeles y a meterlos en el maletín.

—¡Madre! —dijo Ig.

—¡Cuando hablas me dan ganas de cantar! —gritó su madre dejando el maletín y tapándose los oídos con las manos—. ¡La, la, la, la! No quiero oírte cuando te pones a hablar. Quiero quedarme sin respirar hasta que desaparezcas.

Tomó aire con fuerza y contuvo la respiración, hinchando las mejillas.

Ig cruzó la habitación hasta ella y se agachó, obligándola a mirarlo. Su madre estaba en cuclillas con las manos en los oídos y la boca firmemente cerrada. Ig cogió el maletín y empezó a meter papeles.

—¿Así es como te sientes cuando me ves?

Su madre asintió con furia. Los ojos le brillaban mientras le miraba fijamente.

—Te vas a asfixiar, mamá.

Su madre siguió mirándole unos instantes y después abrió la boca y tomó una gran bocanada de aire. Lo miró mientras metía los papeles en el maletín.

Cuando habló, lo hizo con un hilo de voz aguda y rápidamente, comiéndose las palabras:

—Quiero escribirte una carta, una bonita carta con letra bonita en mi papel de cartas especial para decirte cuánto te queremos tu padre y yo y cuánto sentimos que no seas feliz y que sería mejor para todo el mundo que te fueras.

Ig terminó de meter los papeles en el maletín y se quedó agachado, sujetándolo sobre las rodillas.

—¿Irme adónde?

—¿No querías irte de excursión a Alaska?

—Con Merrin.

—¿Y conocer Viena?

—Con Merrin.

—¿Y estudiar chino en Pekín?

—Merrin y yo habíamos hablado de ir a Vietnam y dar clases de inglés, pero no creo que hubiéramos llegado a hacerlo nunca.

—No me importa adónde vayas siempre que no tenga que verte una vez a la semana. Siempre que no tenga que oírte hablar de ti mismo como si no pasara nada, porque sí pasa y las cosas nunca se van a arreglar. Me hace sentirme desgraciada y necesito ser feliz otra vez, Ig. —Le dio el maletín—. Ya no quiero que seas mi hijo —continuó su madre—. Es demasiado duro. Me gustaría haber tenido sólo a Terry.

Ig se inclinó hacia delante y la besó en la mejilla. Al hacerlo fue consciente del rencor que le había guardado durante años por las estrías que le había causado su embarazo. Había arruinado su silueta de *Playboy*. Terry había sido un bebé menudo, considerado, que había dejado intactas su piel y su figura, pero Ig lo había jodido todo. Una vez, antes de tener hijos, un jeque del petróleo en Las Vegas le había ofrecido cinco mil dólares por pasar una sola noche con ella. Aquéllos sí que habían sido buenos tiempos. Dinero fácil y cómodo.

—No sé por qué te he dicho todo eso —dijo Lydia—. Me odio a mí misma. Nunca he sido una buena madre.

Después pareció darse cuenta de que la había besado y se pasó la palma de la mano por la mejilla. Se habían esforzado por contener las lágrimas, pero cuando tomó conciencia del beso sobre su piel sonrió.

—Me has besado. ¿Eso quiere decir que te marchas? —dijo con voz temblorosa y esperanzada.

—Nunca estuve aquí —contestó Ig.

Capítulo
8

Cuando regresó al recibidor miró por la puerta mosquitera hacia el porche y al mundo soleado que había detrás y pensó que debía marcharse en ese instante, salir de allí antes de que se encontrara con alguien más, su padre o su hermano. Había cambiado de opinión en lo de buscar a Terry, había decidido evitarlo, después de todo. Teniendo en cuenta las cosas que le había dicho su madre, pensó que era mejor no poner a nadie más a prueba.

Y sin embargo no cruzó la puerta de entrada, sino que se volvió y empezó a subir las escaleras. Pensó que, ya que estaba allí, debería ir a su habitación y ver si quería llevarse algo con él antes de marcharse. ¿Marcharse adónde? Aún no lo sabía. De lo que sí estaba seguro, sin embargo, era de que no volvería a pisar aquella casa.

Las escaleras tenían un siglo de antigüedad y crujieron y protestaron mientras Ig las subía. En cuanto hubo llegado arriba, la puerta al final del rellano, a la derecha, se abrió y su padre asomó la cabeza. Ig había vivido esta escena cientos de veces: su padre se distraía con facilidad y era incapaz de oír a alguien subiendo las escaleras sin asomarse a ver quién era.

—Ah —dijo—, Ig. Pensaba que eras…

Pero su voz se apagó. Su vista viajó desde los ojos de Ig a sus cuernos. Se quedó allí parado en camiseta interior y tirantes, descalzo.

—Vamos, dímelo —dijo Ig—. Ahora es el momento en que me cuentas algo horrible que has estado callándote. Probablemente algo sobre mí. Así que dilo y me quitaré de en medio.

—Lo que quiero es simular que estoy muy ocupado en mi despacho para así no tener que hablar contigo.

—Vaya, no está mal.

—Verte es demasiado duro.

—Ya lo sé. Acabo de hablar de ello con mamá.

—Pienso en Merrin, en lo buena chica que era. ¿Sabes? En cierta manera yo la quería. Y me dabas envidia. Nunca he estado enamorado de nadie como lo estaban ustedes dos. Desde luego no de tu madre, esa puta obsesionada por el estatus social. La peor equivocación de mi vida. Todo lo malo que hay en mi vida es resultado de mi matrimonio. Pero Merrin era un encanto. Era imposible oírla reírse sin una sonrisa. Cuando pienso en cómo la violaste y la mataste me dan ganas de vomitar.

—Yo no la maté —dijo Ig con la boca seca.

—Y lo peor de todo —continuó Derrick Perrish— es que ella era mi amiga y me admiraba. Y yo te ayudé a quedar libre. —Ig le miró fijamente—. Fue el tipo que dirige el laboratorio forense estatal, Gene Lee. Su hijo murió de leucemia hace unos pocos años, pero antes de que muriera le ayudé a conseguir entradas para un concierto de Paul McCartney y logré que los dos conocieran a Paul después y todo el rollo. Cuando te arrestaron, Gene se puso en contacto conmigo. Me preguntó si eras culpable y yo contesté —se lo dije a él— que no podía darle una respuesta sincera. Dos días después hubo aquel incendio en el laboratorio estatal de Concord. Gene no estaba destinado allí —él trabaja en Manchester—, pero siempre he dado por hecho...

A Ig se le revolvieron las entrañas. Si las pruebas forenses recogidas en la escena del crimen no hubieran sido destruidas, habría sido posible determinar su inocencia. Pero habían ardido, y con ellas todas sus esperanzas y todas las cosas buenas que había en su vida. En algunos momentos de paranoia le había dado por pensar que había una conspiración secreta para condenarlo y acabar con él. Ahora comprobaba que estaba en lo cierto: había habido fuerzas secretas conspirando contra él, sólo que estaban orquestadas por personas decididas a protegerle.

—¿Cómo pudiste hacer una cosa semejante? ¿Cómo pudiste ser tan estúpido? —preguntó Ig, sin aliento y con un sentimiento de conmoción muy cercano al odio.

—Eso es lo que me pregunto todos los días. La cosa es que cuando el mundo se vuelve contra tus hijos y les saca los dientes, tu deber es interponerte en su camino. Eso es algo que todo el mundo entiende. Pero esto…, Merrin era como una hija para mí. Estuvo viniendo a esta casa todos los días durante diez años. Confiaba en mí. Le compraba palomitas en el cine, iba a sus partidos de *lacrosse,* jugábamos a las cartas. Era preciosa y te quería, y tú le partiste el cráneo. Hice mal en encubrirte. Deberías haber ido a la cárcel. Cuando te veo aquí en casa me dan ganas de borrarte esa estúpida cara de mártir de un buen golpe. ¡Como si tuvieras motivos para sentirte desgraciado! Has salido impune de un asesinato. Literalmente. Y encima me has implicado a mí. Me siento sucio. Cuando hablo contigo se me pone la carne de gallina. ¿Cómo pudiste hacerle eso a Merrin? Era una de las mejores personas que he conocido. Desde luego era lo que más me gustaba de todo lo que tuviera que ver contigo.

—A mí también —dijo Ig.

—Quiero volver a mi despacho —dijo su padre con la boca abierta y respirando pesadamente—. Te veo y necesito irme. A mi despacho. A Las Vegas, a París. A donde sea. Quiero marcharme y no volver nunca.

—Y realmente piensas que yo la maté. ¿Nunca te has preguntado si todas esas pruebas que Gene y tú destruyeron podían haberme salvado? Con todas las veces que te aseguré que yo no lo había hecho…, ¿nunca se te pasó por la cabeza que a lo mejor —sólo a lo mejor— era inocente?

Su padre lo miró unos instantes, incapaz de contestar. Después dijo:

—No. La verdad es que no. Lo que me sorprendió fue que no lo hubieras hecho algo antes. Siempre he pensado que eras un asqueroso pervertido de mierda.

Capítulo
9

Se detuvo un minuto entero en el umbral de su habitación. No entró ni se tumbó en la cama, como había pensado hacer. Le volvía a doler la cabeza, en las sienes, en la base de los cuernos. Por el rabillo del ojo sentía palpitar la oscuridad al mismo ritmo que su pulso.

Necesitaba descansar más que nada en el mundo. Quería que se acabara toda aquella locura. Necesitaba la caricia fría de una mano en su frente. Quería que Merrin volviera, quería llorar hundiendo la cara en su regazo y notar sus dedos acariciándole la nuca. Todos sus recuerdos de paz estaban asociados a ella. La brisa de una tarde de julio, tumbados en la hierba junto al río. Un día lluvioso de octubre, bebiendo sidra en el cuarto de estar de ella envueltos en una manta. Su nariz fría junto a la oreja.

Recorrió la habitación con la vista y observó los detritos de su vida acumulados. Vio la funda de su vieja trompeta sobresaliendo un poco desde debajo de la cama, la cogió y la apoyó en el colchón. Dentro estaba el instrumento plateado. Estaba brillante y las llaves suaves, como desgastadas por el uso.

Y en efecto lo estaban. Incluso cuando supo que debido a la debilidad de sus pulmones no podría tocar nunca más, por razones que ya no lograba entender había seguido practicando. Cuando sus padres lo mandaban a la cama se ponía a tocar en la oscuridad. Tumbado de espaldas bajo las sábanas, recorría las llaves con los dedos. Tocaba a Miles Davis, a Wynton Marsalis y a Louis Armstrong. Pero la música estaba sólo en su cabeza. Porque aunque colocaba los labios en la boquilla, no se atrevía a soplar, por miedo a invocar la oleada de vértigo y de nieve negra. Todas esas horas practicando sin un propósito útil se le antojaban una absurda pérdida de tiempo.

En un súbito ataque de furia vació el contenido de la funda. Cogió la trompeta y toda su parafernalia —lengüetas, aceite para engrasar las llaves, boquilla de repuesto— y lo lanzó contra la pared. Lo último que cogió fue la sordina, una Tom Crown que parecía un adorno navideño de gran tamaño hecha de cobre bruñido. Hizo ademán de tirarla pero los dedos se negaban a abrirse, no le dejaban lanzarla. Era un objeto bellamente fabricado, pero no era ésa la razón por la que continuaba tomándola. En realidad no sabía por qué lo hacía.

Lo que se hacía con una Tom Crown era encajarla en la campana de la trompeta para ahogar el sonido. Si se usaba correctamente producía un gemido lascivo e insinuante. Ig la miró con el ceño fruncido. En su cabeza había un pensamiento que no lograba identificar. No se trataba de una idea, todavía no. Más bien una noción confusa, que iba y venía. Algo que tenía que ver con las trompetas, con sus parientes las cornetas, los antepasados de éstas, los cuernos, y con la manera de sacarles el máximo partido.

Dejó la sordina y volvió su atención a la funda de la trompeta. Sacó el colchón de hule espuma, metió una muda de ropa y después se puso a buscar su pasaporte. No porque estuviera pensando en salir del país, sino porque quería llevarse todo lo importante, de forma que no tuviera que regresar.

El pasaporte estaba metido entre las páginas de la Biblia en edición de lujo que guardaba en el primer cajón del armario, la versión autorizada del rey Jacobo encuadernada en piel blanca y con la palabra de Dios inscrita en letras doradas. Terry la llamaba «Biblia Neil Diamond». La había ganado de pequeño participando en un juego de preguntas y respuestas en la escuela dominical. Cuando se trataba de preguntas sobre la Biblia, Ig se sabía todas las respuestas.

Sacó el pasaporte del libro sagrado y después se detuvo a mirar una columna de puntos y líneas borrosas escritas en lápiz en las guardas. Era la clave del código Morse. Ig la había copiado al final de la «Biblia Neil Diamond» hacía más de diez años. En una ocasión pensó que Merrin le había mandado un mensaje en Morse, y pasó dos semanas componiendo una respuesta empleando el mismo código. Seguía escrita allí, en una sucesión de círculos y guiones, su plegaria favorita de cuantas contenía el libro.

Metió la Biblia también en la funda de la trompeta. Seguro que contenía algún consejo útil para una situación como la suya, un remedio homeopático para casos de «diablitis» aguda.

Era hora de irse, antes de encontrarse a nadie más, pero al pie de las escaleras notó la boca seca y pastosa y descubrió que le costaba trabajo tragar. Se dirigió a la cocina y bebió del grifo. Cogió agua con las manos y se mojó la cara. Después se agarró a la pila, agachó la cabeza y la sacudió como hacen los perros. Se secó con un paño de cocina y disfrutó de su tacto áspero con la piel sensible y aterida. Finalmente tiró el paño y se volvió. Su hermano estaba de pie detrás de él.

10

Terry estaba apoyado contra la pared, junto a la puerta batiente. No tenía muy buen aspecto, tal vez por efecto del *jet lag*. Estaba sin afeitar y tenía los párpados hinchados y cargados, como si le hubiera dado un ataque de alergia. Terry era alérgico a todo: al polen, a la mantequilla de cacahuete... En una ocasión había estado a punto de morir por una picadura de abeja. La camisa de seda negra y los pantalones de tweed le quedaban flojos, como si hubiera perdido peso.

Se miraron el uno al otro. No habían estado juntos en la misma habitación desde el fin de semana en que mataron a Merrin y entonces Terry no tenía mucho mejor aspecto, el dolor que sentía por ella y por Ig le había dejado mudo. Poco después se había ido a la Costa Este —en teoría para ensayar, aunque Ig sospechaba que los ejecutivos de la Fox le habían convocado a una reunión urgente para evaluar los daños después de lo ocurrido— y desde entonces no había vuelto, algo que no era sorprendente. A Terry nunca le había gustado demasiado Gideon, ni siquiera antes del asesinato.

Terry dijo:

—No sabía que estabas aquí. No te he oído entrar. ¿Qué te pasa, te han salido cuernos?

—Pensé que necesitaba un cambio de look. ¿Te gustan?

Su hermano negó con la cabeza.

—Quiero decirte algo.

La nuez le subía y bajaba por la garganta.

—Pues únete al club —dijo Ig.

—Quiero decirte algo, pero al mismo tiempo no quiero decírtelo. Me da miedo.

—Suéltalo. No hay problema. Seguro que no es tan malo. No creo que nada de lo que me digas me moleste. Mamá acaba de decirme que no quiere volver a verme y papá que le gustaría que me hubieran metido en la cárcel el resto de mi vida.

—¡No!

—Sí.

—Demonios, Ig —dijo Terry con los ojos llorosos—. Me siento fatal. Por todo. Por cómo te han ido las cosas. Sé perfectamente cuánto la querías. Yo también la quería, de hecho. Era una chica genial.

Ig asintió.

—Quería que supieras… —dijo Terry con voz entrecortada.

—Adelante —le animó Ig con suavidad.

—…Que yo no la maté.

Ig le miró fijamente mientras notaba pinchazos de pequeñas agujas en el pecho. La idea de que Terry hubiera podido violar y asesinar a Merrin jamás se le había pasado por la imaginación. Era imposible.

—Claro que no —dijo.

—Los quería y deseaba verlos felices. Nunca le habría hecho daño.

—Lo sé.

—Y de haber sabido que Lee Tourneau iba a matarla habría tratado de impedirlo —continuó Terry—. Creía que Lee era su amigo. Y quería contártelo, pero Lee me obligó a guardar silencio. Me obligó.

—¿Qué? —gritó Ig.

—Es una persona horrible, Ig —dijo Terry—. No lo conoces. Crees que sí, pero no tienes ni idea.

—¿Qué? —volvió a gritar Ig.

—Nos tendió una trampa a los dos y desde entonces mi vida es un infierno —dijo Terry.

Ig corrió hacia el recibidor, se dirigió a oscuras hasta la entrada y salió dando un portazo. Cuando la luz le dio en los ojos se tambaleó, tropezó en las escaleras y cayó al suelo. Se levantó jadeando. Se le había caído la funda de la trompeta —prácticamente había olvidado que la llevaba— y la recogió de la hierba.

Corrió por el césped sin saber apenas lo que hacía. Tenía húmedas las comisuras de los párpados y pensó que estaba llorando, pero cuando se llevó los dedos a la cara vio que en realidad estaban sangrando. Se tocó los cuernos. Las puntas de éstos habían perforado la carne y la sangre le caía por la cara. Notaba un latido continuo en los cuernos y aunque tenía cierta sensación de dolor también experimentaba un placer nervioso en las sienes, parecido al alivio que sigue al orgasmo. Avanzó a trompicones profiriendo maldiciones, obscenidades entrecortadas. Odiaba el esfuerzo que le costaba respirar, odiaba la sangre pegajosa en las mejillas y las manos, ese cielo demasiado azul, el olor de su cuerpo. Odiaba, odiaba. *Odiaba.*

Perdido como estaba en sus pensamientos, no reparó en la silla de ruedas de Vera y casi se chocó con ella. La miró brevemente. Se había vuelto a quedar traspuesta y roncaba con suavidad. Esbozaba una leve sonrisa, como si estuviera soñando algo agradable, y la paz y la serenidad que emanaban de su rostro le enfurecieron y le revolvieron el estómago. Quitó el freno a la silla y le dio un empujón.

—Perra —dijo, mientras su abuela empezaba a rodar colina abajo.

La abuela levantó la cabeza que tenía apoyada en el hombro. Después la volvió a apoyar y la levantó de nuevo, moviéndose un poco. La silla avanzaba traqueteando por el césped recién cortado. A veces una de las ruedas chocaba contra una roca, pero pasaba por encima y seguía rodando. Ig se acordó de cuando tenía quince años y había bajado la pista Evel Knievel montado en un carro de supermercado. Un punto de inflexión en su vida, en realidad. ¿Había ido entonces tan deprisa? Era increíble cómo cogía velocidad una silla de ruedas, la forma en que la vida de una persona cogía velocidad, cómo la vida se transformaba en una bala camino del blanco y era imposible detenerla o desviarla de su trayecto. Lo mismo que la bala, uno no puede saber adónde se dirige, sólo es consciente de la velocidad y la inminencia del impacto. Vera iba probablemente a más de cuarenta por hora cuando la silla se estrelló contra la cerca.

Caminó hacia su coche respirando ahora con tranquilidad. La opresión que había notado en el pecho se había evaporado con la misma rapidez con que había llegado. El aire olía a hierba recién cortada, calentada por el sol de agosto, y al verde de las hojas de los árboles. No sabía adónde iría a continuación, sólo que se marchaba. Una culebra rayada se deslizó por la hierba detrás de él, negra y verde, de apariencia viscosa. La seguía otra y detrás una más. Ig no les prestó atención.

Mientras se sentaba detrás del volante empezó a silbar. Realmente hacía un día estupendo. Dio la vuelta con el coche por el sendero de grava y se dirigió colina abajo. La autopista le esperaba.

FUEGOS ARTIFICIALES

Capítulo
11

L e estaba enviando un mensaje.

Al principio no supo que era ella, ignoraba quién lo estaba haciendo. Ni siquiera sabía que se trataba de un mensaje. Empezó unos diez minutos después de iniciarse la misa, un destello de luz dorada en la periferia de los ojos tan intenso que le hizo parpadear. Se frotó el ojo tratando de hacer desaparecer el borrón cada vez mayor que flotaba ante él. Cuando pudo ver algo mejor miró a su alrededor buscando el origen de aquella luz, pero no lo encontró.

La chica estaba sentada al otro lado del pasillo, una fila delante de él. Llevaba un vestido blanco de verano y nunca la había visto antes. No podía dejar de mirarla, no porque pensara que tenía algo que ver con la luz, sino porque era la persona más atractiva de todas cuantas había sentadas en los bancos del otro lado del pasillo. No era el único que pensaba así: un muchacho desgarbado con el pelo tan rubio que parecía blanco estaba sentado justo detrás de ella y a veces parecía inclinarse para mirarle el escote por encima del hombro. Ig nunca había visto antes a la chica, pero el joven le sonaba del colegio, aunque tal vez fuera de un curso superior.

Buscó furtivamente un reloj o una pulsera que pudiera estar atrapando la luz y reflejándola en su ojo. Pasó revista a las personas que llevaban gafas con montura metálica, a las mujeres con pendientes de aro, pero no consiguió identificar a quien emitía aquellos molestos destellos. La mayor parte del tiempo, sin embargo, se dedicó a mirar a la chica, con sus cabellos rojos y los brazos desnudos. Había algo en la blancura de esos brazos que los hacía parecer más desnudos que los de otras mujeres de la iglesia que también iban sin mangas. Muchas pelirrojas tenían pecas, pero ésta parecía esculpida en un bloque de jabón blanco.

Cada vez que dejaba de buscar el origen de los destellos de luz y volvía la cara hacia delante, las ráfagas doradas le atacaban de nuevo como llamas cegadoras. Ese centelleo constante en el ojo izquierdo le estaba volviendo loco, era como una luciérnaga volando en círculos alrededor de su cabeza, aleteando junto a la cara. Hasta dio un manotazo intentando espantarla.

Fue entonces cuando ella se delató ahogando una carcajada, con el cuerpo temblándole por el esfuerzo para contener la risa. Después lo miró, una mirada lenta desde el rabillo del ojo, satisfecha y divertida. Sabía que la habían atrapado y que no tenía sentido disimular. Ig era consciente de que ella había querido que la viera, que había seguido enviándole destellos hasta que él la había localizado. Este pensamiento le hizo ruborizarse. Era muy guapa, aproximadamente de su misma edad y llevaba el pelo recogido en una trenza con una cinta de seda del color de las cerezas negras. Sus dedos jugueteaban con una fina cruz de oro que le colgaba del cuello y la hacían girar de manera que, al atrapar la luz del sol, proyectaba un destello cruciforme. Lo hacía sin prisas, convirtiendo el gesto en una suerte de confesión. Finalmente escondió la cruz.

Después de aquello Ig fue incapaz de prestar la más mínima atención a lo que el padre Mould decía desde el altar. Deseaba más que nada que aquella chica lo mirara de nuevo, pero durante mucho tiempo no lo hizo, como si mostrara un dulce rechazo. Pero después le dirigió otra mirada lenta y furtiva. Con los ojos fijos en él, hizo tres destellos con la cruz: dos cortos y uno largo. Pasados unos segundos le envió otra secuencia, esta vez tres destellos cortos. Mantenía la vista fija en él mientras le hacía guiños con la cruz y sonreía, pero era una sonrisa ausente, como si se hubiera olvidado de por qué sonreía. Lo concentrado de su mirada sugería que estaba intentando hacerle comprender algo, que lo que hacía con la cruz era importante.

—Creo que es código Morse —dijo el padre de Ig en voz baja con la boca entrecerrada, como un preso hablando con otro en el patio de la cárcel.

Ig se estremeció en una reacción refleja nerviosa. En los últimos minutos el Sagrado Corazón de María se había transformado en un programa de televisión que suena de fondo, con el volumen bajado hasta convertirse en un murmullo. Pero cuando su padre habló, Ig dio un respingo y tomó de nuevo conciencia de dónde estaba. También descubrió alarmado que tenía el pene ligeramente erecto y caliente contra el muslo. Era necesario que volviera a su estado normal. En cualquier momento tendrían que levantarse para el himno final y el bulto sobresaldría bajo sus pantalones.

—¿Qué? —preguntó.

—Te está diciendo que dejes de mirarle las piernas —dijo Derrick Perrish hablando entre dientes, como hacen en las películas— o te pondrá un ojo morado.

Ig carraspeó tratando de aclararse la garganta.

Para entonces Terry estaba intentando ver qué ocurría. Ig estaba sentado junto al pasillo, con su padre al lado, y junto a éste, su madre y después Terry, de manera que su hermano mayor tenía que alargar el cuello para ver a la chica. Su hermano la inspeccionó detenidamente —ella se había vuelto de nuevo hacia el altar— y después susurró con voz audible:

—Lo siento, Ig, no tienes nada que hacer.

Lydia le dio en la cabeza con el libro de himnos. Terry dijo:

—¡Diablos, mamá!

Y se ganó otro coscorrón.

—Esa palabra no se dice aquí —susurró su madre.

—¿Por qué no le das a Ig? —protestó Terry—. Él es el que está espiando a las pelirrojas, teniendo pensamientos lascivos. Está ansioso, se le nota en la cara. Mira esa expresión de avidez.

—De hambre —dijo Derrick.

La madre de Ig lo miró y él notó cómo le ardían las mejillas. A continuación su madre miró a la chica, que no les hacía ningún caso y simulaba estar interesada sólo en el padre Mould. Pasados unos instantes Lydia hizo una mueca y miró hacia el altar.

—Esto está bien —dijo—. Estaba empezando a pensar que Ig era gay.

Entonces llegó la hora de cantar y todos se pusieron de pie. Ig miró a la chica de nuevo mientras ésta se levantaba envuelta en un haz de luz y con un halo de fuego sobre su pelo rojo brillante y lustroso. Se volvió y lo miró de nuevo, abriendo la boca para cantar pero emitiendo en su lugar un pequeño gemido, suave pero penetrante. Se disponía a enviarle un nuevo destello con la cruz cuando la delgada cadena de oro se soltó y se deslizó en su mano.

Ig la miró mientras inclinaba la cabeza e intentaba arreglarla. Entonces ocurrió algo que le hizo perder ventaja. El chico rubio y guapo que estaba de pie detrás de ella se inclinó e hizo un gesto torpe y vacilante hacia su cuello. Estaba intentando abrocharle la cadena. La chica dio un respingo y se alejó de él con una mirada sorprendida y poco amistosa.

El chico rubio no se ruborizó ni pareció inmutarse. Parecía una estatua clásica más que un joven, con esa calma obstinada y preternatural, las facciones levemente adustas de un joven césar, alguien capaz, con sólo mover un dedo, de convertir a un puñado de desventurados cristianos en comida para los leones. Años más tarde su corte de pelo, ese casco ajustado rubio pálido, lo popularizaría Marshall Mathers, pero entonces aún resultaba correcto y anodino. También llevaba una corbata que le daba aspecto elegante. Dijo algo a la chica pero ésta sacudió la cabeza. Su padre se inclinó, sonrió al muchacho y se puso a arreglar el colgante.

Ig se relajó. César había cometido un error táctico, al tocarla cuando no se lo esperaba. En vez de seducirla la había molestado. El padre de la chica estuvo un rato intentando arreglar el collar, pero después rio y negó con la cabeza porque no tenía arreglo, y ella rió también y se lo quitó de las manos. Su madre les dirigió a ambos una mirada severa y la chica y el padre se pusieron otra vez a cantar.

Terminó la misa y el murmullo de las conversaciones llenó la iglesia como el agua llena una bañera, como si el templo fuera un contenedor con un volumen particular y su silencio habitual estuviera siendo reemplazado por el ruido. Ig siempre había sido bueno en matemáticas y se puso a reflexionar sobre capacidad, volumen, constantes y, sobre todo, valores absolutos. Después demostraría estar dotado para la ética lógica, pero quizá se tratara de una prolongación natural de su facilidad para resolver ecuaciones y desenvolverse con los números.

Quería hablar con ella, pero no se le ocurría qué decir y en cuestión de segundos perdió su oportunidad. Cuando la chica caminaba entre los bancos en dirección al pasillo le dirigió una mirada, repentinamente tímida aunque sonriente, y enseguida el joven césar estaba a su lado, alto en comparación con ella, contándole algo. El padre de la chica intervino de nuevo, le dio un empujoncito hacia delante y de alguna manera se interpuso entre ella y el joven emperador. El padre sonrió al muchacho, una sonrisa agradable y cordial, pero conforme hablaba, seguía empujando a su hija hacia delante, haciéndola desfilar, aumentando la distancia entre ella y el chico de cara serena, noble y sensata. Éste no pareció inmutarse y no trató de acercarse de nuevo a la chica, sino que asintió paciente e incluso se hizo a un lado para dejar pasar a la madre de la muchacha y otras mujeres de más edad, ¿tías tal vez?

Con su padre dándole empujoncitos no hubo ocasión de hablar con ella. Ig la vio marcharse deseando que volviera la vista y le saludara con la mano, pero no lo hizo. Por supuesto que no lo hizo. En ese momento el pasillo estaba atestado con gente disponiéndose a salir. El padre de Ig apoyó una mano en el hombro de éste dándole a entender que esperarían hasta que aquello se hubiera despejado un poco. Ig vio salir al joven césar. Iba acompañado de su padre, un hombre con un espeso bigote rubio cuyos extremos le llegaban hasta las patillas, dándole aspecto de uno de los malos de un western de Clint Eastwood, de esos que se colocan a la izquierda de Lee Van Cleef y caen muertos en la primera tanda de disparos de la escena final de la película.

Por fin el tráfico del pasillo disminuyó y el padre de Ig levantó la mano de su hombro para darle a entender que ya podían salir. Ig salió de la fila de bancos y dejó pasar a sus padres, tal y como hacía siempre, para poder hablar con Terry. Miró nostálgico hacia el banco de la chica como si esperara que estuviera de nuevo allí y al hacerlo notó una ráfaga de luz dorada en el ojo derecho, como si todo hubiera vuelto a empezar. Se estremeció, cerró el ojo y después caminó hacia el banco.

La pequeña cruz de oro había quedado olvidada sobre la cadena enrollada, en un rectángulo de luz. Tal vez la había dejado allí y después se había olvidado con la premura de su padre por alejarla del chico rubio. Ig la cogió suponiendo que estaría fría. Pero estaba caliente, deliciosamente caliente, como una moneda olvidada al sol.

—¿Iggy? —le llamó su madre—. ¿No vienes?

Cerró el puño alrededor del collar, se volvió y echó a caminar deprisa por el pasillo. Tenía que alcanzarla, era su oportunidad de impresionarla, de presentarse como el rescatador de objetos perdidos, de demostrarle que era al mismo tiempo observador y considerado. Pero cuando llegó a la puerta ella había desaparecido. La vio fugazmente en el asiento trasero de una camioneta marrón, sentada con una de sus tías. Sus padres iban delante y el coche acababa de ponerse en marcha.

Bueno, no pasaba nada. Siempre quedaba el domingo siguiente y cuando Ig se la devolviera, la cadena ya no estaría rota y sabría exactamente qué decir cuando se presentara.

Capítulo
12

Tres días antes de que Ig y Merrin se conocieran, a Sean Philips, un militar retirado que vivía en el norte de Pool Pond, le despertó a la una de la madrugada una detonación penetrante y ensordecedora. Por un momento, todavía adormilado, pensó que estaba de nuevo a bordo del portaaviones *Eisenhower* y que alguien acababa de lanzar un torpedo. Después escuchó el chirrido de neumáticos y risas. Se levantó del suelo —se había caído de la cama y lastimado la cadera— y retiró la cortina de la ventana a tiempo de ver un Road Runner desvencijado marchándose a toda velocidad. El buzón de correos había saltado por los aires y yacía deforme y humeante en la grava. Estaba tan agujereado que parecía que lo habían ametrallado.

A la tarde siguiente hubo otra explosión, esta vez en los contenedores situados detrás de Woolsworth. La detonación se produjo con gran estruendo y vomitó fragmentos de basura en llamas que volaron a un metro de altura. Después cayó un granizo candente de periódicos y papel de envolver y varios coches que estaban aparcados cerca resultaron dañados.

El domingo en que Ig descubrió el amor —o por lo menos el deseo sexual— con aquella extraña chica sentada al otro lado del pasillo en la iglesia del Sagrado Corazón, hubo una tercera explosión en Gideon. Un gigantesco petardo con una fuerza explosiva equivalente más o menos a un cuarto de cartucho de trinitrotolueno explotó en un retrete de un McDonald's en Harper Street. Voló en pedazos el asiento, resquebrajó la taza y destrozó la cisterna, inundando el suelo y llenando los lavabos de un humo negro y grasiento. Se evacuó el edificio hasta que el jefe de bomberos dictaminó que era seguro volver a entrar. El incidente se publicó en la primera página del *Gideon Ledger* del lunes en un artículo que concluía con una súplica del jefe de bomberos dirigida a los responsables donde se les pedía que pararan antes de que alguien perdiera los dedos o un ojo.

Había habido explosiones por toda la ciudad durante semanas. Todo empezó un par de días antes de la fiesta del 4 de julio y continuó después de las vacaciones con una frecuencia cada vez mayor. Terence Perrish y su amigo Eric Hannity no eran los únicos culpables. No habían destruido ninguna propiedad que no fuera la suya y ambos eran demasiado jóvenes como para andar haciendo destrozos a la una de la mañana, volando buzones de correos.

Y sin embargo…

Y sin embargo Eric y Terry habían estado en la playa en Seabrook cuando el primo de Eric, Jeremy Rigg, entró en la tienda de pirotecnia y salió con una caja de cuarenta y ocho de los antiguos petardos que afirmaba que habían sido hechos a mano en los viejos tiempos, antes de que las leyes sobre seguridad infantil hubieran puesto restricciones al contenido y alcance de los explosivos. Jeremy le había pasado seis a Eric como regalo de cumpleaños retrasado, según decía, aunque el verdadero motivo podía ser que le diera pena, pues el padre de Eric llevaba un año sin empleo y sufría de mala salud.

Es posible que Jeremy Rigg fuera el paciente cero en el epicentro de una plaga de explosiones y que las numerosas explosiones aquel verano pudieran atribuírsele en su totalidad. O tal vez Rigg compró los cohetes sólo porque otros chicos también lo hacían, porque estaba de moda. Tal vez hubo múltiples focos de infección. Ig nunca llegó a saberlo y para cuando terminó el verano ya no importaba. Era como preguntarse por qué existe el mal en el mundo o adónde va alguien cuando muere. Un interesante ejercicio de filosofía, pero absolutamente inútil, ya que el mal y la muerte se dan independientemente del cómo, el porqué y el para qué. Lo único que importaba era que a principios de agosto tanto Eric como Terry, igual que todos los adolescentes de Gideon, estaban poseídos por la fiebre de volar cosas por los aires.

Los petardos recibían el nombre de cerezas de Eva, aunque eran bolas rojas del tamaño de una manzana, con la textura granulosa de un ladrillo y la silueta de una mujer medio desnuda impresa en uno de los lados. Un bomboncito de pechos respingones y una figura imposible tipo reloj de arena: tetas como balones de playa y cintura de avispa más delgada que los muslos. Como único gesto de pudor, sobre el pubis llevaba lo que parecía ser una hoja de arce, lo que llevó a Eric a afirmar que era una seguidora de los Toronto Maple Leafs y por tanto una puta canadiense que estaba pidiendo a gritos que le hicieran volar las tetas.

La primera vez que Eric y Terry usaron uno de aquellos petardos fue en el garaje de Eric. Echaron uno en el cubo de la basura y salieron corriendo. La explosión que siguió derribó el bote, lo hizo rodar por el suelo de cemento y la tapa saltó hasta el techo. Cuando cayó, humeaba y estaba doblada por la mitad, como si alguien hubiera intentado plegarla en dos. Ig no estaba allí pero Terry le contó la historia, añadiendo que los oídos les habían zumbado tanto después de la explosión que no se habían escuchado silbar el uno al otro. La cadena de demoliciones prosiguió con otros objetos. Una Barbie tamaño natural, un neumático viejo que echaron a rodar colina abajo con un petardo pegado dentro y una sandía. Ig no estuvo presente en ninguna de estas detonaciones, pero su hermano siempre le contaba lo que se había perdido sin escatimar detalles. Así Ig supo, por ejemplo, que de la Barbie no había quedado nada salvo un pie negruzco que cayó del cielo y chocó contra el techo del coche de Eric, donde bailó una

especie de claqué incorpóreo y absurdo, que el olor del neumático quemado te revolvía el estómago y que Eric Hannity estaba
demasiado cerca de la sandía cuando explotó y por tanto se ensu-
ció totalmente. Estos detalles fascinaban y atormentaban a Ig y
para mediados de agosto estaba deseando presenciar personalmente uno de estos episodios de pirotecnia.

Así que una mañana en que descubrió a Terry en la despen-
sa intentando esconder un pavo congelado de doce kilos de peso
en su mochila del instituto enseguida supo para qué era. No le
pidió que le dejara acompañarlo ni intentó negociar con él a base
de amenazas del tipo «O me dejas ir contigo o se lo cuento a mamá». En lugar de ello observó a su hermano mientras éste force-
jeaba con la mochila y después, cuando se hizo evidente que el
pavo no cabía, dijo que debían hacer un hatillo. Cogió su impermeable de la entrada, enrollaron el ave con él y cada uno cogió
una manga. Así, cargándolo entre los dos, era fácil transportarlo
e Ig no necesitaba pedir nada a su hermano.

Consiguieron llevar el pavo así hasta el lindero del bosque
y después, al poco de enfilar el camino que conducía a la antigua
fundición, Ig vio un carro de supermercado medio hundido en el
barro de la orilla. La rueda derecha delantera chirriaba estrepito-
samente y el carro iba soltando un continuo reguero de óxido,
pero sirvió para transportar el pavo durante más de dos kilómetros. Terry obligó a Ig empujarlo.

La vieja fundición era un desgarbado torreón de estilo me-
dieval hecho de ladrillo oscuro. Tenía una chimenea retorcida en
uno de los lados y los agujeros de lo que antes habían sido ventanas le daban aspecto de queso gruyère. Estaba rodeada de unas
pocas hectáreas de un antiguo estacionamiento ya en desuso, con
un pavimento casi desintegrado por tantas grietas, por las que
asomaban ásperos matojos de hierba. Aquella tarde el lugar estaba muy concurrido, con niños montando en patineta entre las
ruinas y una fogata en un bote de basura situado en la parte de
atrás. Un grupo de delincuentes juveniles —dos chicos y una chi-

ca con aspecto de adicta— estaban de pie alrededor de las llamas. Uno de ellos sostenía un palo en el que había insertado lo que parecía un filete deforme. Estaba chamuscado y retorcido y desprendía un humo azul y dulzón.

—Mira —dijo la chica, una rubia mofletuda con acné y jeans a la cadera. Ig la conocía. Estaba en su curso. Glenna no sé qué—. Ya tenemos la comida.

—Carajo, esto parece el día de Acción de Gracias —dijo uno de los chicos, que llevaba una camiseta con las palabras *Autopista al infierno.* Hizo un gesto con la mano hacia el fuego del bote de basura—. Vamos.

Ig acababa de cumplir los quince y se sentía inseguro en compañía de chicos mayores. La tráquea se le empezó a cerrar, como cuando le daban ataques de asma. Terry en cambio estaba a sus anchas. Dos años mayor y poseedor ya de licencia de conducir, tenía un aire de elegancia y el entusiasmo propio de un showman nato, siempre dispuesto a divertir a su público. Así que habló por los dos. Siempre lo hacía, era su función.

—Parece que la comida está ya hecha —dijo haciendo un gesto con la cabeza hacia el palo—. Se te está quemando la salchicha.

—¡No es una salchicha! —chilló la chica—. ¡Es una mierda! ¡Gary está asando mierda de perro!

La risa la hacía gritar y doblarse en dos. Llevaba unos jeans viejos y gastados y un top de una talla demasiado pequeña que parecía de esos que venden a mitad de precio en el Kmart. Pero encima llevaba una bonita chaqueta de cuero negro de corte europeo. No quedaba con el resto del atuendo ni con el tiempo que hacía y lo primero que Ig pensó fue que era robada.

—¿Quieres probar? —preguntó el chico de la camiseta de *Autopista al infierno.* Retiró el palo del fuego y se lo ofreció a Terry—. Está en su punto.

—Basta ya —dijo Terry—. Estoy en el colegio y soy virgen, toco la trompeta en una banda y encima la tengo pequeña. Me parece que ya como suficiente mierda.

Los delincuentes juveniles estallaron en carcajadas, tal vez no tanto por las palabras sino por quién las había dicho —un chico delgado y atractivo con una bandana estampada con la bandera de Estados Unidos algo descolorida anudada al cuello sujetando su abundante melena negra— y por cómo las había dicho, en un tono exuberante, como si se estuviera burlando de otra persona y no de sí mismo. Terry usaba los chistes como llaves de yudo, un mecanismo para desviar la atención de los demás de su persona, y si no encontraba otro blanco para sus bromas no tenía problemas en prestarse él mismo para el trabajo, una inclinación que le resultaría muy útil años más tarde, cuando era el entrevistador estrella de *Hothouse*, suplicando a Clint Eastwood que le diera un puñetazo en la nariz y después le firmara un autógrafo en la nariz rota.

Autopista al infierno miró más allá del asfalto roto, hacia un chico que estaba de pie en el arranque de la pista Evel Knievel.

—Eh, Tourneau. Ya está la comida.

Más risas, aunque la chica, Glenna, de repente pareció incómoda. El chico en lo alto del camino ni siquiera miró hacia donde estaban y siguió con los ojos fijos en la colina sujetando una patineta bajo el brazo.

—¿Te vas a tirar o no hay huevos? —gritó *Autopista al infierno* cuando el chico no contestó.

—¡Vamos, Lee! —gritó la chica agitando un puño en el aire en señal de ánimo—. ¡Dale duro!

El chico en lo alto del circuito le dirigió una breve mirada desdeñosa y en ese momento Ig lo reconoció, recordó haberlo visto en la iglesia. Era el joven césar. Aquel día había ido vestido con corbata y ahora también llevaba una, con una camisa de manga corta abotonada hasta el cuello, pantalones cortos color caqui y tenis Converse abotonados sin calcetines. Sólo por llevar la patineta conseguía dar a su indumentaria un aire vagamente alternativo, en el que el acto de llevar corbata resultaba una pose irónica, del tipo que adoptaría el cantante de un grupo de música punk.

—No se atreve —dijo el otro chico que estaba de pie junto al bote de basura y tenía el pelo largo—. Joder, Glenna, ¿no ves que es maricón?

—Vete a la mierda —dijo Glenna. A los que estaban reunidos en torno al bote de basura su cara de ofendida les resultó de lo más cómica. *Autopista al infierno* se rio tan fuerte que el palo tembló y el zurullo asado cayó al fuego.

Terry dio una palmada en el brazo de Ig y se pusieron en marcha. Ig no lamentaba irse, había algo en aquel grupito que le resultaba insoportable. No tenían nada que hacer. Que para esa gente una tarde de verano se redujera a quemar mierda y herir los sentimientos de los demás le resultaba bastante triste.

Se acercaron al chico rubio y lánguido —Lee Tourneau, al parecer— aflojando el paso conforme llegaban a lo alto de la pista Evel Knievel. Aquí la colina descendía abruptamente en dirección al río, un destello azul que se adivinaba entre los negros troncos de los pinos. En otro tiempo había sido un camino de tierra, aunque era difícil imaginar un coche circulando por él debido a lo empinado y erosionado que estaba, una plataforma vertiginosa ideal para dar unas cuantas vueltas de campana. Dos tuberías oxidadas semienterradas asomaban del suelo y entre ellas había un surco de tierra aplanada, una depresión en el terreno brillante y desgastada por el paso de miles de bicicletas y cien mil pies descalzos. Vera, la abuela de Ig, le había contado que en los años treinta y cuarenta, cuando la gente tiraba cualquier cosa al río, la fundición había usado esas cañerías para verter su escoria en el agua. Casi parecían raíles, una vía férrea a la que le faltaba únicamente un carro de mina o de montaña rusa para recorrerla. A ambos lados de las cañerías el circuito estaba cubierto de tierra amontonada y reseca por el sol, salientes rocosos y basura. El camino de tierra prieta entre las cañerías era el mejor sitio por donde bajar e Ig y Terry aflojaron el paso, esperando a que Lee Tourneau se tirara.

Sólo que no lo hizo. No tenía la menor intención. Dejó la patineta en el suelo —tenía una cobra pintada y ruedas grandes y nudosas— y la empujó atrás y adelante con un pie, como para asegurarse de que rodaba bien. Después se agachó, la cogió y simuló comprobar una de las ruedas.

Los delincuentes juveniles no eran los únicos que lo acosaban. Eric Hannity y un puñado de chicos más estaban al pie de la colina mirando hacia él y lanzándole alguna que otra pulla. Uno lo conminó a gritos a que se dejara de mariconadas y se tirara de una vez. Desde el bote de basura Glenna gritó de nuevo:

—¡Dale duro, chico!

Pero a pesar de lo dicho su voz delataba desesperación.

—Esto es lo que hay —le dijo Terry a Lee Tourneau—: puedes elegir entre acabar lisiado o ser un pringado cobarde.

—¿Qué quieres decir? —preguntó Lee.

—Lo que quiero decir es: ¿te vas a tirar o no? —explicó Terry con un suspiro.

Ig, que había bajado muchas veces por el circuito en su bicicleta de montaña, dijo:

—No pasa nada. No tengas miedo. La tierra entre las tuberías está muy lisa y...

—No tengo miedo —dijo Lee, como si Ig le estuviera acusando.

—Pues entonces tírate —dijo Terry.

—Una de las ruedas se atasca —dijo Lee.

Terry rio. Una risa mezquina.

—Vamos, Ig.

Ig empujó el carro de supermercado y lo colocó entre las cañerías. Lee miró el pavo y frunció el ceño en señal de interrogación, pero no dijo nada.

—Lo vamos a volar —dijo Ig—. Ven a verlo.

—El carro tiene un asiento para bebés —dijo Terry—. Por si necesitas que te llevemos.

Era un comentario cruel e Ig dirigió una mirada comprensiva a Lee, pero la cara de éste tenía una expresión neutra, digna del capitán Spock en el puente de mando del *Enterprise*. Se hizo a un lado sujetando la patineta contra el pecho para dejarlos pasar.

Los chicos los estaban esperando al final de la pista. También había un par de chicas, mayores, tal vez incluso universitarias. No estaban en la orilla con los chicos, sino tomando el sol en Coffin Rock, con pantalones vaqueros cortos y biquini.

Coffin Rock era un islote a unos doce metros de la orilla, una gran piedra blanca que brillaba bajo el sol. Los kayaks de las chicas descansaban en una franja arenosa que se internaba río arriba. La visión de aquellas chicas tumbadas en la roca hizo a Ig amar el mundo. Dos morenas —muy bien podían ser hermanas— con cuerpos bronceados y musculosos y piernas largas estaban sentadas hablando entre sí en voz baja y observando a los chicos. Incluso de espaldas a Coffin Rock, Ig era consciente de ellas, como si las chicas y no el sol fueran la fuente principal de la luz que iluminaba la orilla.

Alrededor de una docena de chicos se habían congregado para asistir al espectáculo. Estaban sentados con estudiada indiferencia en las ramas de los árboles que colgaban sobre el agua o a horcajadas en sus bicicletas simulando un aburrimiento displicente. Era otro de los efectos secundarios de las chicas sobre la roca. Cada uno de los chicos quería parecer mayor que el resto, en realidad demasiado mayor para estar allí. Si con sus miradas ariscas y su pose de superioridad lograban sugerir que sólo estaban allí porque tenían que cuidar de un hermano pequeño, mucho mejor.

Como Terry sí estaba cuidando de su hermano pequeño, posiblemente tenía derecho a sentirse feliz. Sacó el pavo congelado del carro de supermercado y caminó con él hacia Eric Hannity, quien salió de detrás de una roca cercana sacudiéndose el polvo de los pantalones.

—Vamos a cocinar a esa zorra —dijo.

—Pido un muslo —dijo Terry, y algunos de los chicos no pudieron contener la risa.

Eric Hannity era de la edad de Terry, un salvaje brusco y sin modales, malhablado y con unas manos ásperas capaces de parar un gol, lanzar una caña de pescar, reparar un motor sencillo y dar una paliza. Era un superhéroe y encima su padre era ex soldado y además había sido herido, no en un tiroteo, sino en el curso de un incidente en el cuartel. Otro oficial en su tercer día, había dejado caer por accidente una 30.06 cargada y el disparo había alcanzado a Bret Hannity en el abdomen. Ahora tenía un negocio de cromos de beisbol, aunque Ig había pasado con él el tiempo suficiente para sospechar que en realidad a lo que se dedicaba era a pelearse con su compañía de seguros por una indemnización de cien mil dólares que supuestamente tenía que llegarle cualquier día, pero que no acababa de materializarse.

Eric y Terry llevaron el pavo congelado hasta el tocón de un árbol viejo que estaba podrido en el centro, formando un agujero. Eric empujó el pavo con el pie hasta que entró. Había el espacio justo, y la grasa y la piel del animal sobresalían por los bordes. Los dos huesos rosados de las patas, envueltos en carne cruda, estaban apretados uno junto al otro de forma que la cavidad del pavo donde debía ir el relleno se fruncía en un gran pliegue.

Eric sacó sus últimos dos petardos del bolsillo y dejó uno aparte, sin hacer caso del chico que lo cogió y de los otros que se reunieron en torno a él, observándolo entre murmullos apreciativos. Ig pensó que había hecho aquel gesto precisamente para despertar tal reacción. Terry cogió el petardo y lo metió en el pavo. La mecha, de más de quince centímetros, sobresalía obscenamente del agujero del trasero del pavo.

—Más les vale esconderse —dijo Eric— si no quieren darse un baño de pavo. Y devuélvanme el otro petardo. Si alguien se va con él, este pájaro no va a ser el único que acabe con uno en el culo.

Los chicos se dispersaron y se agazaparon bajo el terraplén, resguardándose detrás de los árboles. A pesar de sus esfuerzos por simular indiferencia, se respiraba un aire de nerviosa expectación.

La chicas de la roca también demostraban interés, conscientes de que estaba a punto de ocurrir algo. Una de ellas se puso de rodillas y formando una visera con la mano miró hacia Terry y Eric. Ig deseó con una punzada de dolor que existiera alguna razón para que lo mirara también a él.

Eric apoyó un pie en el borde del tocón y sacó un mechero, que encendió con un chasquido. La mecha empezó a escupir chispas blancas. Terry y Eric se quedaron allí un momento, mirando pensativos hacia abajo, como si dudaran de si había prendido bien. Después empezaron a retroceder, pero sin prisa. Estuvo muy bien llevado, una pequeña actuación de estudiada tranquilidad. Eric había aconsejado a los demás que se escondieran y todos habían obedecido corriendo. Comparados con ellos, Terry y Eric parecían imperturbables y con nervios de acero, quedándose allí para prender la mecha y después retirándose con toda tranquilidad de la zona de la explosión. Dieron veinte pasos pero no se agacharon ni se escondieron detrás de nada y continuaron mirando hacia el pavo. La mecha chisporroteó durante tres segundos y después se paró. Y no ocurrió nada.

—Mierda —dijo Terry—. Tal vez se mojó.

Dio un paso hacia el tocón.

Eric le sujetó el brazo.

—Espera. A veces…

Pero Ig no pudo escuchar el resto de la frase. Nadie pudo. El pavo de doce kilos de Lydia Perrish explotó con un chasquido ensordecedor, un sonido tan intenso, tan repentino y penetrante que las chicas de la roca chillaron, igual que muchos de los chicos. Ig también habría gritado, pero la explosión parecía haberle dejado sin aire en los pulmones y sólo logró emitir un silbido.

El pavo voló en pedazos envuelto en llamas. Parte del tocón también salió volando y trozos de madera surcaron el aire. El cielo se abrió y de él cayó una lluvia de carne. Huesos todavía recubiertos de carne cruda y temblorosa cayeron golpeando las hojas de los árboles y rebotando en el suelo. Jirones de pavo chapotearon en el río. Después circularon historias según las cuales las chicas de Coffin Rock habían acabado decoradas con trozos de pavo crudo, empapadas en sangre de ave de corral, como la tipa esa de la película *Carrie*, pero eran puras exageraciones. Los fragmentos de pavo que llegaron más lejos cayeron a más de seis metros de la roca.

Ig sentía los oídos como si se los hubiera taponado con algodón. Alguien gritó de emoción a lo lejos, o al menos eso pensó. Pero cuando se volteó a mirar vio a una chica chillando de pie casi detrás de él. Era Glenna, con su sorprendente chaqueta de cuero y su top ajustado. Estaba junto a Lee Tourneau y le agarraba dos dedos con una mano. La otra la tenía levantada con el puño cerrado, en un gesto triunfal algo idiota. Cuando Lee se dio cuenta se soltó de su mano sin decir palabra.

El silencio se llenó de otros sonidos. Gritos, aullidos, risas. En cuanto hubieron caído del cielo los últimos restos de pavo los chicos salieron de sus escondites y empezaron a dar saltos. Algunos cogieron trozos de hueso, los tiraron al aire y simularon agacharse para esquivarlos, recreando el momento de la detonación. Otros se subieron a las ramas bajas de los árboles, como si hubieran pisado una mina y salido despedidos por los aires. Se columpiaban atrás y adelante aullando. Un chico se puso a bailar, por alguna razón simulaba tocar la guitarra, aparentemente sin saber que tenía un jirón de piel de pavo en el pelo. Parecía la escena de un documental sobre antropología. Por un momento los chicos, la mayoría de ellos al menos, parecían haberse olvidado de que tenían que impresionar a las chicas de la roca. En cuanto el pavo explotó, Ig había mirado hacia el río para comprobar que estaban bien. Ahora seguía mirándolas mientras se ponían de pie riendo y conversando animadamente entre ellas. Una hizo un gesto con la cabeza río abajo y después caminó hacia el banco de arena donde estaban los kayaks. No tardarían en irse.

Ig pensó qué podría inventarse para evitar que se fueran. Tenía el carro de supermercado y lo empujó unos pocos metros por el camino de bicicletas y después de nuevo colina abajo subido en las ruedas traseras, sólo por la necesidad de hacer algo, pues siempre pensaba mejor si se movía. Se tiró una vez y después otra, tan concentrado estaba en sus pensamientos que apenas era consciente de lo que hacía.

Eric, Terry y los otros chicos se habían congregado alrededor de los restos humeantes del árbol para inspeccionar los daños. Eric enseñó el último petardo que le quedaba.

—¿Qué vas a volar ahora? —preguntó alguien.

Eric arrugó el ceño pensativo pero no contestó. Los chicos que estaban a su alrededor empezaron a hacer sugerencias y pronto estuvieron todos gritando. Alguien se ofreció a traer un jamón, pero Eric negó con la cabeza.

—Ya hemos hecho algo con carne.

Otro dijo que deberían meter el petardo en uno de los pañales usados de su hermana pequeña y un tercero apuntó que sólo si ella también estaba dentro, lo que suscitó risas generalizadas.

Después alguien repitió la pregunta. —¿*Qué vas a volar ahora?*— y esta vez hubo silencio mientras Eric tomaba una decisión.

—Nada —dijo y se metió el petardo en el bolsillo.

Los chicos emitieron ruidos de decepción pero Terry, que se sabía muy bien su papel, hizo un gesto de aprobación.

Entonces empezaron las ofertas. Un chico dijo que se lo cambiaba por las películas porno de su padre; otro por las películas *caseras* que hacía su padre.

—En serio, mi madre es una puta en la cama —dijo, y los chicos casi se cayeron al suelo de la risa.

—Las posibilidades de que les dé mi último petardo —dijo Eric mientras apuntaba hacia Ig con el dedo pulgar— son las mismas de que un maricón de ustedes se suba al carro de supermercado y baje la colina montado en él desnudo.

—Yo me tiro —dijo Ig—. Desnudo.

Las cabezas se volvieron hacia él. Estaba a varios metros del grupo de muchachos que rodeaban a Eric y al principio nadie pareció saber quién había hablado. Después hubo risas y silbidos de incredulidad. Alguien le tiró a Ig un muslo de pavo. Éste lo esquivó y el muslo le pasó por encima de la cabeza. Cuando se enderezó vio a Eric mirándolo fijamente mientras se pasaba el último petardo de una mano a la otra. Terry estaba de pie justo detrás de Eric. Tenía una expresión glacial y sacudió la cabeza de forma casi imperceptible, como diciendo: *Ni se te ocurra.*

—¿Es en serio? —preguntó Eric.

—¿Me darás el petardo si bajo la colina subido al carro sin ropa?

Eric lo miró pensativo con los ojos entrecerrados.

—Toda la cuesta. Y desnudo. Si el carro no llega abajo del todo pierdes. Me importa un huevo si te partes la crisma.

—Hey —dijo Terry—, no te voy a dejar hacerlo. ¿Qué mierda quieres que le diga a mamá cuando te rompas la cabeza?

Ig esperó a que se acallaran las risas antes de responder simplemente:

—No pienso hacerme daño.

Eric dijo:

—Trato hecho. Esto no me lo pierdo.

—Esperen un momento —dijo Terry riendo y agitando una mano en el aire. Corrió sobre la tierra seca hasta Ig, rodeó el carro y lo cogió del brazo. Cuando se agachó para hablarle al oído sonreía, pero habló con voz baja y áspera—: ¿Quieres olvidarte de esas idioteces? No vas a bajar por esa cuesta con la verga al aire. Vamos a parecer dos retrasados mentales.

—¿Por qué? Nos hemos bañado desnudos aquí y la mitad de esos chicos ya me han visto sin ropa. La otra mitad —dijo Ig mirando a la concurrencia— no sabe lo que se ha perdido.

—No tienes ninguna posibilidad de bajar la cuesta en este trasto sin caerte. Joder, es un carro de supermercado. Tiene unas ruedas así.

Juntó los dedos pulgar e índice formando un pequeño círculo.

—Sí puedo hacerlo —dijo Ig.

Terry entreabrió los labios enseñando los dientes con una sonrisa que sugería furia y frustración. Pero sus ojos…, sus ojos delataban miedo. En la imaginación de Terry, Ig ya se había dejado la cara en la ladera de la colina y yacía hecho un ovillo a mitad del camino. Ig sintió por él un ramalazo de afectuosa compasión. Terry era un tipo genial, mucho mejor de lo que él llegaría a ser nunca, y sin embargo estaba asustado. El miedo constreñía su visión, de forma que no podía ver más que la parte mala de aquella situación. Ig no era así.

Eric intervino:

—Déjalo tirarse si quiere. No eres tú el que va a acabar despellejado. Él probablemente sí, pero tú no.

Terry siguió discutiendo unos segundos con Ig, no con palabras sino con la mirada. Lo que le hizo apartar la vista fue una suave carcajada desdeñosa. Lee Tourneau se había vuelto para susurrar algo a Glenna tapándose la boca con la mano. Pero por alguna razón la ladera de la colina estaba en silencio y todos le oyeron:

—Más nos vale no estar aquí cuando llegue la ambulancia a recoger a ese loco.

Terry se giró hacia él temblando de furia.

—No te vayas. Quédate ahí con esa patineta que eres demasiado cobarde para montar y disfruta del espectáculo. Así podrás ver lo que son un par de huevos. Toma nota.

El grupo de chicos rompió a reír. Las mejillas de Lee estaban encendidas y se habían vuelto del rojo más intenso que Ig había visto nunca en un rostro humano, el color del demonio en unos dibujos animados de Disney. Glenna le dirigió una mirada entre dolorida y disgustada y después se alejó un paso de él, como si estar al lado de un tipo tan poco cool fuera contagioso.

Aprovechando que estaba distraído con las risas de los chicos, Ig se escabulló de la mano de Terry y situó el carro en dirección a lo alto de la colina. Lo empujó a través de los matojos que crecían en el borde del sendero porque no quería que los otros chicos subieran detrás de él y supieran lo que él sabía, vieran lo que él veía.

No quería dar a Eric Hannity la oportunidad de echarse atrás. Su público se apresuró a seguirle entre empujones y gritos.

No había llegado muy lejos cuando las ruedecillas del carro se engancharon en un arbusto y giraron bruscamente hacia un lateral. Intentó enderezarlo con todas sus fuerzas mientras escuchaba un nuevo estallido de carcajadas a su espalda. Terry caminaba a buen paso a su lado y agarró la parte delantera del carro y lo enderezó mientras negaba con la cabeza y susurraba para sí: ¡Dios! Ig siguió empujando el carro hacia delante.

Unos cuantos pasos más y estuvo en la cima de la colina. Había tomado una decisión, así que no había motivos para sentir vergüenza. Soltó el carro y, tirando de la cintura de sus pantalones, se los bajó junto con los calzoncillos, enseñando a los chicos que estaban colina abajo su culo pálido y huesudo. Hubo gritos de conmoción y de exagerado desagrado. Cuando se enderezó, Ig sonreía. Se le había acelerado el corazón, pero sólo un poco, como alguien que pasa de caminar a emprender una ligera carrera, tratando de coger un taxi antes de que se lo quiten. Se quitó los pantalones sin quitarse los tenis y después hizo lo mismo con la camiseta.

—Así me gusta —dijo Eric Hannity—, que no seas tímido.

Terry rio —una risa levemente histérica— y miró hacia otro lado. Ig se volvió hacia su público. Tenía quince años y estaba desnudo, con los huevos y la verga al aire. El sol de la tarde le quemaba los hombros. El aire olía al humo procedente del bote de basura, donde *Autopista al infierno* seguía con su colega de pelo largo.

Autopista al infierno levantó una mano con el dedo índice y el meñique hacia arriba, formando el símbolo de los cuernos del demonio, y gritó:

—Eso es, cariño. Haznos un numerito cachondo.

Por alguna razón estas palabras afectaron a los chicos más que ninguna de las cosas que se habían dicho hasta entonces, tanto que algunos se doblaron de risa y parecieron quedarse sin respiración, como por efecto de algún tipo de toxina suspendida en el aire. Por su parte, Ig estaba sorprendido de lo relajado que se sentía desnudo a excepción de los tenis. No le importaba estar sin ropa delante de otros chicos, y las chicas de Coffin Rock sólo le verían fugazmente antes de que se sumergiera en el río, lo cual no le preocupaba, al contrario, le producía un alegre cosquilleo de excitación en la boca del estómago. Claro que había una chica que ya le estaba mirando, Glenna. Estaba de puntillas detrás de los otros espectadores con la boca abierta de par en par en una mezcla de incredulidad y diversión. Su novio, Lee, no estaba con ella. No les había seguido colina arriba, por lo visto no había querido ver unas pelotas de verdad.

Ig empujó el carro de supermercado y maniobró con él hasta colocarlo en posición de salida. Aprovechó el momento de caos para prepararse para el descenso. Nadie reparó en el cuidado con que alineó el carro con las tuberías semienterradas.

Lo que Ig había descubierto al recorrer pequeñas distancias subido al carro en el arranque de la colina era que las dos cañerías viejas y oxidadas que sobresalían del suelo distaban algo más de medio metro la una de la otra aproximadamente, el espacio justo para acomodar las ruedas traseras del carro. Había casi treinta centímetros de espacio a ambos lados, y cuando una de las dos ruedas delanteras se torcía e intentaba desviar al carro de su trayectoria, chocaba contra una tubería y se enderezaba. Había muchas posibilidades de que al descender por la empinada pendiente el carro chocara con una piedra y saltara. Pero no se desviaría ni tampoco se volcaría. No *podía* desviarse de su trayectoria. Rodaría entre las cañerías igual que un tren sobre raíles.

Seguía sujetando su ropa bajo el brazo, así que se volvió y se la lanzó a Terry.

—No te vayas a ninguna parte con ella. Enseguida habré terminado.

Ahora que había llegado el momento e Ig sujetaba el manillar del carro preparándose para despegar vio unas cuantas caras de alarma entre los chicos que miraban. Algunos de los mayores y de aspecto más sensato esbozaban una media sonrisa burlona pero sus ojos expresaban preocupación, conscientes por primera vez de que tal vez alguien debía poner fin a aquella situación antes de que las cosas llegaran demasiado lejos e Ig resultara herido. Se le ocurrió entonces que si no lo hacía *ya*, alguien podría poner alguna objeción.

—Nos vemos ahora —dijo, y antes de que nadie pudiera tratar de detenerle empujó el carro hacia delante y se encaramó a la parte trasera.

Era como un estudio de perspectiva, las dos tuberías descendiendo colina abajo y acercándose paulatinamente hasta un punto final, la bala y el cañón de la escopeta. Practicamente desde el momento mismo en que se subió al carro tuvo la sensación de zambullirse en un silencio casi eufórico, donde tan sólo se oía el chirrido de las ruedas y el tamborileo y el chasquido metálico del armazón de acero. Vio pasar a gran velocidad el río Knowles con su superficie negra destellando al sol. Las ruedas giraban hacia la derecha y después a la izquierda, chocaban contra las tuberías y enseguida se enderezaban, tal y como Ig había imaginado.

Llegó un momento en que el carro iba demasiado deprisa para que él pudiera hacer otra cosa que sujetarse fuerte. No había posibilidad de parar, de bajarse. No había contado con que alcanzaría esa velocidad tan rápido. El viento cortaba su piel desnuda y le quemaba, ardía en su descenso como un Ícaro en llamas. El carro chocó con algo, una piedra cuadrada, y el costado izquierdo se levantó del suelo. Era el final, iba a volcar a mucha velocidad, concretamente no sabía a cuánta, y su cuerpo desnudo saldría despedido sobre los barrotes del carro y la tierra lo rasparía hasta despellejarlo y rompería sus huesos en mil pedazos, igual que los huesos del pavo en la súbita explosión. Pero por fortuna la rueda delantera rozó la curva de la cañería e inmediatamente corrigió la trayectoria. El sonido de las ruedas girando más y más deprisa se había transformado en un silbido sin melodía, en un pitido lunático.

Cuando levantó la cabeza vio sólo el final del sendero con las tuberías estrechándose hasta terminar justo antes de la rampa de tierra que le proyectaría directamente sobre el agua. Las chicas estaban en el banco de arena junto a sus kayaks. Una de ellas le apuntaba con el dedo. Se imaginó volando sobre sus cabezas, como en la canción infantil: *Tiro-riro-rí, el gato y el violín. Hasta la luna brincó Ig.*

El carro llegó chirriando entre las cañerías y saltó desde la rampa como un cohete propulsado en la torre de lanzamiento. Chocó con la pendiente de tierra y salió despedido hacia el cielo. La luz del sol recibió a Ig como un guante de beisbol que recoge una pelota lanzada con suavidad, lo mantuvo sujeto un instante y después el carro voló por los aires. Su estructura metálica le golpeó en la cara y el cielo le soltó, dejándole caer en la oscuridad.

Capítulo

13

Conservaba recuerdos fragmentarios del tiempo que había pasado debajo del agua, pero después decidió que eran falsos, porque ¿cómo podía recordar nada si había estado inconsciente?

Lo que recordaba era oscuridad, un ruido ensordecedor y una vertiginosa sensación de estar dando vueltas. Un torrente atronador de almas tiró de él, lo expulsó de la tierra y de cualquier sensación de orden y lo precipitó a otro caos, más antiguo. Sintió horror, espanto de que aquello pudiera ser lo que le esperaba después de morir. Sentía que estaba siendo apartado no sólo de la vida sino también de Dios, de la idea de Dios, o de la esperanza, de la razón, de la idea de que las cosas tenían sentido, de que la causa era seguida del efecto, y pensó que no debería ser así, que la muerte no debería ser así ni siquiera para los pecadores.

Luchó en vano contra aquella corriente de ruido furioso. La negrura pareció disolverse y desaparecer, dejando ver un sucio atisbo de cielo, pero pronto volvió a cerrarse a su alrededor. Cuando notó que le faltaban las fuerzas y se hundía, tuvo la sensación de que alguien lo sostenía y lo impulsaba desde abajo. Después, de repente, había algo más sólido bajo sus pies. Parecía lodo. Pasado un instante escuchó un grito lejano y algo lo golpeó en la espalda.

La fuerza del impacto lo espabiló y alejó la oscuridad. Abrió los ojos y le cegó una dolorosa claridad. Tuvo una arcada y el agua de río le inundó la boca y las fosas nasales. Estaba tumbado de costado en el lodo con la oreja pegada al suelo, de forma que oía lo que podían ser las pisadas de unos pies que se acercaban o el fuerte latido de su corazón. La corriente lo había arrastrado desde la pista Evel Knievel, aunque en aquel primer momento de borrosa consciencia no sabía con certeza hasta dónde. A siete centímetros de su nariz una manguera de incendios podrida se deslizó sobre la tierra encharcada. Sólo cuando se hubo marchado se dio cuenta de que era una serpiente reptando hacia la orilla.

Poco a poco empezó a distinguir hojas de árbol ondeando silenciosas contra un cielo claro. Alguien estaba arrodillado junto a él y apoyaba una mano en su hombro. Empezaron a aparecer chicos, avanzando a trompicones entre la maleza y deteniéndose de golpe cuando lo veían.

Ig no podía ver quién estaba arrodillado a su lado, pero estaba seguro de que era Terry. Él lo había sacado del agua y lo había ayudado a respirar de nuevo. Se volvió de espaldas para mirar a su hermano. Un muchacho flaco y cetrino con un casco de pelo rubio casi blanco le devolvió una mirada inexpresiva. Lee Tourneau se alisaba la corbata sobre el pecho con aspecto distraído. Tenía empapados los pantalones color caqui e Ig no necesitó preguntar por qué. En ese momento, al mirar a la cara de Lee, decidió que él también iba a empezar a llevar corbata.

Terry apareció entre los arbustos, vio a su hermano y se detuvo abruptamente. Eric Hannity estaba justo detrás de él y al chocarse casi lo tiró al suelo. En ese momento ya había casi veinte chicos congregados alrededor de Ig.

Éste se sentó y se llevó las rodillas al pecho. Miró de nuevo a Lee y abrió la boca para hablar, pero cuando lo intentó notó una fuerte punzada de dolor en la nariz, como si se la estuvieran rompiendo otra vez. Se encorvó y expulsó por las fosas nasales un chorro de sangre que cayó al suelo.

—Perdón —dijo—. Perdón por la sangre.

—Creía que estabas muerto. Parecías un muerto. No respirabas. —Lee estaba temblando.

—Bueno, ahora sí respiro —dijo Ig—. Gracias.

—¿Gracias por qué? —preguntó Terry.

—Me ha sacado del agua —explicó Ig haciendo un gesto en dirección a los pantalones empapados de Lee—. Ha hecho que vuelva a respirar.

—¿Te has tirado a sacarlo? —preguntó Terry.

—No —dijo Lee. Después parpadeó, pareció completamente desconcertado, como si Terry le hubiera hecho una pregunta difícil, del tipo «Cuál es la capital de Islandia»—. Ya estaba en la orilla cuando llegué. No tuve que tirarme por él ni nada. En realidad ya estaba…

—Me ha sacado —repitió Ig interrumpiéndolo. No estaba dispuesto a dejarle ser modesto. Recordaba con bastante claridad la sensación de alguien en el agua junto a él, moviéndose a su lado—. Yo había dejado de respirar.

—¿Y le hiciste el boca a boca? —preguntó Eric Hannity claramente incrédulo.

Lee negó con la cabeza, todavía confuso.

—No, no. No ha sido así. Lo único que he hecho ha sido darle una palmada en la espalda cuando estaba…, bueno…, cuando estaba…

Llegado a este punto se quedó sin saber qué decir. Ig continuó por él:

—Gracias a eso lo eché todo. Me había tragado medio río. Tenía el pecho lleno de agua y él hizo que la expulsara. —Hablaba con los dientes apretados. El dolor que sentía en la nariz llegaba en forma de intensas punzadas, como sacudidas eléctricas. Incluso parecían tener un color concreto; si cerraba los ojos veía flashes de amarillo neón.

Los chicos miraban a Ig y a Lee con silencioso asombro. Lo que, al parecer, acababa de ocurrir pasaba sólo en sueños y en programas de televisión. Alguien había estado a punto de morir y otra persona lo había rescatado, y ahora el salvador y el salvado eran especiales, los protagonistas de su propia película, lo que les convertía a los demás en extras, como mucho en actores secundarios. Haber salvado realmente la vida a otra persona equivalía a ser alguien. Uno ya no era Joe Schmo, sino Joe Schmo el que sacó a Ig Perrish desnudo del río Knowles el día en que estuvo a punto de ahogarse. Y seguiría siendo esa persona el resto de su vida.

Por su parte, al mirar a Lee a la cara, Ig sintió cómo una obsesión empezaba a apoderarse de él. Lo había salvado. Había estado a punto de morir y aquel chico de cabellos pálidos con ojos azules e interrogantes le había devuelto a la vida. En el rito evangélico uno iba al río, se sumergía y después salía a la superficie dispuesto a emprender una nueva vida, e Ig tenía la sensación de que algo parecido le había ocurrido a él, que Lee también le había salvado espiritualmente. Quería comprarle algo, darle algo, averiguar cuál era su grupo de rock favorito para hacerse fan él también. Quería ofrecerse a hacerle las tareas.

Oyeron un ruido de hojas aplastadas, como si alguien condujera un carro de golf hacia ellos. Entonces la chica, Glenna, apareció, sin aliento y con la cara enrojecida. Se dobló por la cintura, apoyó una mano en un muslo redondeado y exclamó jadeante:

—Joder, cómo tiene la cara.

Después miró a Lee con el ceño fruncido.

—¿Lee? ¿Qué estás haciendo?

—Ha sacado a Ig del agua —dijo Terry.

—Ha conseguido que vuelva a respirar —añadió Ig.

—¿*Lee*? —preguntó con una mueca que sugería total incredulidad.

—No he hecho nada —dijo Lee moviendo la cabeza, e Ig no pudo evitar sentir que le crecía afecto por él.

El dolor que había estado golpeándole el puente de la nariz se había incrementado y se le había extendido a la frente, al espacio entre los ojos, y le penetraba el cerebro. Empezaba a ver las ráfagas amarillas incluso con los ojos abiertos. Terry se agachó junto a él y le tocó un brazo con la mano.

—Será mejor que te ayude a vestirte y que nos vayamos a casa —dijo. De alguna manera parecía escarmentado, como si fuera él y no Ig el culpable de haber hecho una estupidez peligrosa—. Creo que tienes la nariz rota. —Después miró a Lee y le hizo un gesto de agradecimiento con la cabeza—. Oye, hace rato me porté como un estúpido, en la colina. Gracias por ayudar a mi hermano.

—No te preocupes, no fue nada —dijo Lee, e Ig casi tuvo un escalofrío al pensar en lo agradable que era, en cómo se resistía a los halagos que le hacían.

—¿Vienes con nosotros? —le preguntó apretando los dientes por el dolor. Después miró a Glenna—. ¿Vienen los dos? Quiero contarles a mis padres lo que ha hecho Lee.

Terry dijo:

—Oye, Ig, es mejor que no les digas nada. No queremos que mamá y papá se enteren de lo que ha pasado. Diremos que te has caído de un árbol, ¿sí? Había una rama resbaladiza y te caíste de cara. Así nos evitamos complicaciones.

—Terry, tenemos que decírselo. Si no me hubiera sacado me habría ahogado.

El hermano de Ig abrió la boca para protestar, pero Lee lo interrumpió.

—No —dijo casi con brusquedad y miró a Glenna con los ojos muy abiertos.

Ella le devolvió una mirada similar y se agarró con un gesto extraño la chaqueta de cuero negro. Lee se levantó.

—Se supone que no estoy aquí. Y además no he hecho nada.

Caminó deprisa por el claro, cogió la mano regordeta de Glenna y tiró de ella en dirección a los árboles. En la otra mano llevaba la patineta nueva.

—Espera —dijo Ig poniéndose de pie. Al levantarse notó una ráfaga amarillo neón detrás de los ojos y la sensación de tener la nariz llena de cristales rotos.

—Tengo que irme. Los dos tenemos que irnos.

—Bueno. ¿Vendrás a casa algún día?

—Algún día.

—¿Sabes dónde es? Está en la autopista, justo a la altura…

—Todo el mundo sabe dónde está —dijo Lee y acto seguido desapareció entre los árboles tirando de Glenna. Ésta dirigió una última mirada consternada a los chicos antes de dejarse llevar.

El dolor que sentía Ig en la nariz se había vuelto más intenso y llegaba en forma de oleadas. Se llevó las manos a la cara por unos instantes y cuando las retiró estaban teñidas de rojo.

—Vamos, Ig —dijo Terry—. Tiene que verte un médico.

—A mí y a ti también —dijo Ig.

Terry sonrió y sacó la camiseta de Ig de la bola de ropa que tenía en la mano. Ig se sorprendió al verla, se había olvidado hasta ese momento de que estaba desnudo. Terry se la metió por la cabeza, ayudándole a vestirse como si tuviera cinco años en lugar de quince.

—Seguramente necesitaremos también un cirujano para que me extirpe del culo el zapato de mamá. Me va a matar cuando te vea —dijo Terry.

Cuando Ig sacó la cabeza por el cuello de la camiseta vio que su hermano lo miraba con clara preocupación.

—No se lo vas a contar, ¿verdad? En serio, Ig, si se entera de que te he dejado bajar por la colina montado en ese carro de supermercado me mata. A veces es mejor no decir nada.

—Pero yo mintiendo soy fatal. Mamá siempre me descubre. En cuanto abro la boca sabe que le estoy diciendo un cuento.

Terry pareció aliviado.

—¿Quién ha dicho que tengas que abrir la boca? Te duele mucho, así que limítate a llorar y deja que hable yo. Mentir es mi especialidad.

Capítulo
14

Lee Tourneau estaba otra vez temblando y empapado cuando Ig volvió a verlo dos días después. Llevaba la misma corbata, los mismos pantalones cortos y la patineta debajo del brazo. Era como si nunca hubiera llegado a secarse, como si acabara de salir del Knowles.

La lluvia lo había pillado desprevenido. Llevaba el pelo casi blanco pegado a la cabeza y no hacía más que sorber por la nariz. Del hombro le colgaba una mochila de lona empapada que le daba aspecto del típico chico repartidor de periódicos en una tira cómica de *Dick Tracy*.

Ig estaba solo en casa, algo poco habitual. Sus padres habían ido a Boston a una fiesta en casa de John Williams. Era el último año de la etapa de Williams como director de la Boston Pops y Derrick Perrish iba a actuar con la orquesta en el concierto de despedida. Habían dejado a Terry a cargo de la casa, y éste se había pasado casi toda la mañana en pijama viendo MTV y hablando por teléfono con una serie de amigos tan aburridos como él. Su tono al principio había sido alegre y perezoso, después alerta y curioso y, por fin, seco y neutro, el que adoptaba para expresar niveles máximos de desprecio. Al pasar por delante del salón, Ig lo había visto caminar de un lado a otro de la habitación, síntoma indiscutible de que estaba nervioso. Por último Terry había colgado el teléfono con un golpe y se había marchado escaleras arriba. Cuando bajó estaba vestido y tenía en la mano las llaves del Jaguar de su padre. Dijo que se iba a casa de Eric. Lo dijo con tono desdeñoso, como quien se enfrenta a un trabajo sucio, como alguien que al llegar a casa se encuentra los botes de basura volcados y su contenido desperdigado por el jardín.

—¿No tendría que acompañarte alguien con licencia de conducir? —le preguntó Ig. Terry sólo tenía el permiso provisional.

—Sólo si me paran —respondió Terry.

Salió e Ig cerró la puerta detrás de él. Cinco minutos más tarde la abría otra vez después de que alguien llamara. Había supuesto que se trataría de Terry, que había olvidado algo y volvía a recogerlo, pero era Lee Tourneau.

—¿Qué tal la nariz?

Ig se tocó el esparadrapo que le tapaba el puente de la nariz y bajó la mano.

—Nunca la tuve muy bonita. ¿Quieres pasar?

Lee dio un paso cruzando la puerta y se quedó allí mientras se formaba un charco a sus pies.

—Hoy pareces tú el que se ha ahogado —dijo Ig.

Lee no sonrió. Era como si no supiera hacerlo. Como si se hubiera puesto una cara nueva aquella mañana y no supiera usarla.

—Bonita corbata —dijo.

Ig se miró el pecho. Se había olvidado de que la llevaba puesta. Terry había puesto los ojos en blanco cuando Ig bajó de su habitación el martes por la mañana con una corbata anudada alrededor del cuello.

—¿Qué te has puesto? —había preguntado con sorna.

Su padre estaba en ese momento en la cocina, miró a Ig y después dijo:

—Muy elegante. Tú también deberías ponerte una alguna vez, Terry.

Desde entonces Ig se había puesto corbata todos los días, pero no habían vuelto a hablar del tema.

—¿Qué vendes? —preguntó Ig señalando la bolsa de lona con la cabeza.

—Cuestan seis dólares —contestó Lee. Abrió la cartera y sacó tres revistas distintas—. Elige.

La primera se titulaba simplemente *¡La verdad!* En la portada había una pareja de novios ante el altar de una iglesia de gran tamaño. Tenían las manos entrelazadas como si estuvieran rezando y la cara alzada hacia la luz oblicua que entraba por las vidrieras policromadas. La expresión de sus caras sugería que ambos habían estado aspirando helio; los dos parecían presa de una alegría maniaca. Detrás de ellos, un alienígena de piel grisácea, alto y desnudo, apoyaba sus manos de tres dedos en las cabezas de los novios, como si estuviera a punto de hacerlas chocar y partirles el cráneo con gran regocijo. El titular de portada decía «¡Casados por alienígenas!». Las otras revistas eran *Reforma fiscal ya* y *Las milicias en la América moderna*.

—Las tres por quince dólares —dijo Lee—. Son para recaudar dinero para el banco de comida de los Patriotas Cristianos. *¡La verdad!* es buenísima. Temas de ciencia-ficción sobre los famosos. Hay una historia sobre Steven Spielberg, de cómo llegó a visitar el Área 51, y otra sobre los tipos de Kiss, de cuando iban en un avión que fue golpeado por un rayo y se estropeó el motor. Se pusieron a rezar pidiéndole a Jesucristo que los salvara; entonces Paul Stanley lo vio sobre una de las alas y un minuto más tarde el motor se puso en marcha y el piloto consiguió enderezar el avión.

—Los de Kiss son judíos —dijo Ig.

A Lee no pareció preocuparle esta información.

—Sí, me parece que todo lo que publican es falso, pero da igual, era una buena historia.

A Ig esta observación se le antojó notablemente sofisticada.

—¿Y por las tres son quince dólares? —preguntó.

Lee asintió.

—Si vendes muchas te pueden dar un premio. De ahí saqué la patineta que luego soy demasiado gallina para usar.

—¡Eh! —exclamó Ig, sorprendido por la calma y la rotundidad con que Lee admitía ser un cobarde. Era peor oírselo a él que a Terry en la colina.

—No —dijo Lee impertérrito—. Tu hermano tenía razón. Pensé que podría impresionar a Glenna y a sus amigos haciéndome un rato el valiente, pero cuando estuve en lo alto de la pista me sentí incapaz. Lo único que espero es que si vuelvo a ver a tu hermano no me lo restriegue en la cara.

Ig tuvo un breve pero intenso ataque de odio hacia su hermano mayor.

—¡Como si él pudiera decir algo! Casi se mea en los pantalones cuando pensó que al llegar a casa le iba a contar a nuestra madre lo que me había pasado de verdad. Mira, para mi hermano, en cualquier situación, siempre está él primero y los demás después. Entra, tengo dinero arriba.

—¿Vas a comprar una?

—Quiero comprar las tres.

Lee parpadeó sorprendido.

—Entiendo que te interese *Las milicias en la América moderna* porque es de armas y de cómo distinguir un satélite espía de uno normal, pero ¿estás seguro de que quieres *Reforma fiscal ya*?

—¿Por qué no? Algún día tendré que pagar impuestos.

—La mayoría de la gente que lee esa revista lo que busca es no pagarlos.

Lee siguió a Ig a su habitación, pero se detuvo en el umbral de la puerta y miró a su alrededor con cautela. A Ig esa habitación nunca le había parecido nada del otro mundo —era la más pequeña de las del segundo piso— pero ahora se preguntaba si no tendría el aspecto de un dormitorio de chico rico a los ojos de Lee y si ello jugaría en su contra. Echó un vistazo a la habitación tratando de verla con los ojos de Lee. En lo primero que reparó fue en que la piscina se veía por la ventana y en que la lluvia arrugaba su superficie azul brillante. También estaba el póster con el autógrafo de Mark Knopfler sobre la cama. El padre de Ig había tocado la trompeta en el último álbum de los Dire Straits.

La trompeta de Ig estaba sobre la cama, descansando en una funda abierta. Ésta contenía además una variedad de tesoros: un fajo de dinero, entradas para un concierto de George Harrison, una foto de su madre en Capri y la cruz de la chica pelirroja con la cadena rota. Ig había intentado arreglarla con una navaja multiusos sin ningún éxito. Al final la había guardado y acometido una tarea distinta, pero relacionada. Había tomado prestado el volumen de la *M* de la *Enciclopedia británica* de Terry y había consultado la entrada referida al alfabeto Morse. Todavía recordaba con exactitud la secuencia de destellos cortos y largos que la chica pelirroja le había dirigido, pero cuando la tradujo, su primer pensamiento fue que se había equivocado. Era un mensaje muy simple, una sola palabra, pero tan chocante que un escalofrío le había recorrido la espalda y el cuero cabelludo. Después había intentado componer una respuesta apropiada, escribiendo a lápiz series de puntos y rayas en las guardas de la «Biblia Neil Diamond», ensayando diferentes contestaciones. Ella le había hablado con ráfagas de luz y tenía la sensación de que debía responderle con el mismo método.

Lee pasó la vista por toda la habitación, deteniéndose aquí y allí, y por fin en cuatro torres de acero llenas de CD que había apoyadas contra la pared.

—Tienes mucha música.

—Pasa.

Lee entró, encorvado por el peso de la mochila de lona.

—Siéntate —lo invitó Ig.

Lee se sentó en el borde de la cama, empapando el edredón. Giró la cabeza para mirar por encima del hombro las torres con los CD.

—Nunca he visto tanta música junta. Excepto quizá en la tienda de discos.

—¿Qué música escuchas tú?

Lee se encogió de hombros. Era una respuesta incomprensible. Todo el mundo escucha algún tipo de música.

—¿Qué discos tienes?

—No tengo.

—¿Nada?

—Nunca me ha interesado demasiado, supongo —dijo Lee con voz tranquila—. Además los CD son caros, ¿no?

A Ig lo desconcertaba la idea de que hubiera alguien a quien no le interesara la música. Era lo mismo que no estar interesado en ser feliz. Después reparó en lo último que había dicho Lee —*Además los CD son caros, ¿no?*— y por primera vez se le ocurrió que tal vez Lee no tuviera dinero para comprar música ni ninguna otra cosa. Pensó en su patineta nueva, pero había sido un premio a sus obras de caridad, o eso había dicho. Llevaba corbatas y camisas cortas abotonadas hasta el cuello, pero probablemente su madre lo obligaba a ponérselas cuando salía a vender sus revistas, para que tuviera aspecto de chico limpio y responsable. Los chicos pobres a menudo van muy arreglados. Eran los ricos los que vestían de forma desaliñada, combinando cuidadosamente un atuendo desarrapado: jeans de diseño de ochenta dólares convenientemente desgastados por profesionales y camisetas de aspecto raído directamente salidas de Abercrombie & Fitch. Luego estaba la asociación de Lee con Glenna y los amigos de Glenna, un grupo que parecía salido de un campamento de refugiados; los chicos bien no pasaban las tardes de verano en la fundición quemando desperdicios en una fogata.

Lee levantó una ceja —definitivamente se daba un aire al capitán Spock—, al parecer consciente de la sorpresa de Ig.

—Y tú ¿qué escuchas?

—No sé, un montón de cosas. Últimamente me ha dado por los Beatles. —Con «últimamente» se refería a los últimos siete años—. ¿A ti te gustan?

— No los conozco mucho. ¿Qué tal?

La posibilidad de que hubiera alguien en el mundo que no conociera a los Beatles dejaba a Ig estupefacto. Dijo:

—Bueno, ya sabes…, los Beatles: John Lennon y Paul Mc-Cartney.

—Ah, ésos —dijo Lee, pero por la manera de decirlo se notaba que sólo estaba simulando conocerlos. Aunque sin esforzarse demasiado.

Ig no dijo nada. Fue hasta la torre de CD y examinó su colección de los Beatles tratando de decidir por dónde debería empezar Lee. Primero pensó que por *Sgt. Pepper* y sacó el CD. Pero entonces se le ocurrió que tal vez a Lee no le gustara, que podría encontrar desconcertantes todas esas trompetas, acordeones y cítaras, esa loca amalgama de estilos, mezclas de rock que se convierten en coros de pub inglés que a su vez se transforman en jazz suave. Era probable que prefiriera algo que le resultara más familiar, como rock and roll. El *White Album* entonces. Claro que comenzar con el *White Album* era como empezar a ver una película en los últimos veinte minutos. Entendías el argumento, pero no sabías quiénes eran los personajes o por qué debía importarte lo que les pasara. En realidad los Beatles eran como una historia. Escucharlos era como leer un libro. Había que empezar por *Please Please Me*. Sacó todos los discos y los puso en la cama.

—Ésos son muchos discos. ¿Cuándo quieres que te los devuelva?

Ig no se había planteado prestárselos hasta que Lee lo hizo la pregunta. Lee lo había sacado de aquella oscuridad ensordecedora y lo había vuelto a llenar el pecho de aire sin recibir nada a cambio. Cien dólares de discos no eran nada. Nada.

—Puedes quedártelos —dijo.

Lee le miró confuso.

—¿A cambio de las revistas? Las revistas las tienes que pagar en efectivo.

—No. No son a cambio de las revistas.

—Entonces, ¿a cambio de qué?

—Por no dejar que me ahogara.

Lee miró la pila de CD y apoyó una mano, indeciso, sobre ella.

—Gracias —dijo—. No sé qué decir. Excepto que estás loco. Y que no tienes por qué hacerlo.

Ig abrió la boca y después la cerró, por un momento abrumado por la emoción, ya que Lee le agradaba demasiado como para responderle con lo primero que se le viniera a la cabeza. Lee lo miró de nuevo con curiosidad y asombro y enseguida apartó la vista.

—¿Tocas lo mismo que tu padre? —preguntó Lee sacando la trompeta de Ig de su funda.

—Mi hermano toca. Yo sé, pero no toco mucho.

—¿Por qué no?

—No puedo respirar.

Lee le miró sin comprender.

—Lo que quiero decir es que tengo asma y cuando intento tocar me quedo sin aire.

—Supongo que nunca vas a ser famoso, entonces.

No lo dijo con crueldad. Era una mera observación.

—Mi padre no es famoso. Toca jazz. Nadie se hace famoso tocando jazz.

Ya no, añadió para sí.

—Nunca he oído un disco de tu padre. No entiendo mucho de jazz. Es como esa música que sale de fondo en las películas sobre gánsteres, ¿no?

—Normalmente sí.

—Eso sí que me gustaría. Música para una escena de gánsteres, y con esas chicas vestidas con faldas cortas y rectas. Las *flappers*.

—Exacto.

—Entonces entran los matones con ametralladoras —dijo Lee. Parecía verdaderamente entusiasmado por primera vez desde su llegada—. Matones con sombrero de fieltro, y los barren a tiros. Hacen volar las copas de champán, a gente rica y a otros gánsteres.

Mientras hablaba, simulaba empuñar una metralleta.

—Esa música creo que sí me gusta. Música de fondo para matar gente.

—Tengo algo de eso. Espera.

Ig sacó un disco de Glenn Miller y otro de Louis Armstrong y los puso con los de los Beatles. Después, como Armstrong estaba debajo de AC/DC, pregunto:

—¿Te gustó *Black in Black*?

—¿Eso es un disco?

Ig cogió *Black in Black* y lo añadió al montón de Lee.

—Tiene una canción que se llama «Disparar por placer». Es perfecta para tiroteos y destrozos.

Pero Lee estaba inclinado sobre la funda de la trompeta examinando los otros tesoros de Ig. Había cogido el crucifijo de la chica pelirroja con la delgada cadena de oro. A Ig le molestó verlo tocándolo y le entraron unas ganas repentinas de cerrar la funda… lastimando los dedos a Lee si no se daba prisa en sacar la mano. Descartó ese impulso con energía, como si se tratase de una araña en el dorso de la mano. Le decepcionaba tener esa clase de sentimientos, aunque duraran unos instantes. Lee tenía el aspecto de un niño que ha sobrevivido a una inundación —todavía le goteaba agua fría de la punta de la nariz— e Ig deseó haber pasado por la cocina para prepararle chocolate caliente. Quería darle a Lee un plato de sopa y un pan tostado con mantequilla. Había muchas cosas que quería darle a Lee, pero no precisamente la cruz.

Caminó con paciencia hasta el otro lado de la cama y metió la mano en la funda para coger su fajo de billetes, metiendo el hombro de manera que a Lee no le quedaba más remedio que ponerse de pie y apartar la mano de la cruz. Ig contó varios billetes de cinco y diez dólares.

—Por las revistas —dijo.

Lee dobló el dinero y se lo metió en el bolsillo.

—¿Te gusta ver fotos de felpudos?

—¿Felpudos?

—De vaginas. —Lo dijo con la mayor naturalidad, como si continuaran hablando de música.

Ig se había perdido la transición.

—Claro. ¿A quién no?

—Mi distribuidor tiene todo tipo de revistas y en su almacén he visto algunas cosas raras. Alguna para volverse loco. Hay una revista toda de mujeres embarazadas.

—¡Agh! —exclamó Ig, entre asqueado y divertido.

—Vivimos tiempos turbulentos —dijo Lee sin demostrar gran desaprobación—. También hay una de mujeres mayores. *Todavía salida* es muy fuerte, con tipas de más de sesenta años tocándose el culo. ¿Tienes algo de porno? —La cara de Ig era la respuesta a la pregunta—. Déjame verlo.

Ig sacó un juego de tragabolas del armario, al fondo del cual había una docena de juegos de mesa apilados.

—El tragabolas —dijo Lee—. Qué bien.

Ig no le comprendió al principio. Nunca lo había pensado. Había escondido allí sus revistas porno porque nadie jugaba ya al tragabolas y no porque el juego tuviera algún tipo de significado simbólico.

Lo colocó sobre la cama y levantó la tapa y el juego. Sacó también la bolsa de plástico que contenía las bolas. Debajo había un catálogo de Victoria's Secret y el ejemplar de *Rolling Stone* con Demi Moore desnuda en la portada.

—Eso es material bastante blando —dijo Lee—. Ni siquiera tendrías que esconderlo, Ig.

Apartó la *Rolling Stone* y descubrió un número de *X-Men* debajo, aquel en el que sale Jean Grey en la portada vestida con un corsé negro. Sonrió plácidamente.

—Éste es bueno. Porque Phoenix al principio es tan bueno y cariñoso, y luego de repente... ¡zas! Sale el cuero negro. ¿Eso es lo que te calienta? ¿Tipas buenas que llevan el demonio dentro?

—No me calienta nada en particular. De hecho no sé cómo ha llegado eso hasta aquí.

—A todo el mundo le calienta algo —dijo Lee, y por supuesto tenía razón. Ig había pensando prácticamente lo mismo cuando Lee le dijo que no sabía qué música le gustaba—. Pero meneársela con cómics…, eso no es sano. —Lo dijo tranquilamente, con cierto tono comprensivo—. ¿Nunca te ha masturbado nadie?

Por un momento la habitación pareció agigantarse en torno a Ig, como si se encontrara en el interior de un balón que se estuviera llenando de aire. Se le pasó por la cabeza que Lee se estaba ofreciendo a hacer el trabajo. En ese caso le diría que no tenía nada en contra de los gays, pero que él no lo era.

Sin embargo Lee siguió hablando:

—¿Te acuerdas de la chica que estaba conmigo el lunes? Me ha hecho una. Cuando terminé soltó un gritito, lo más raro que he oído en mi vida. Ojalá lo hubiera grabado.

—¿En serio? —preguntó Ig, aliviado e impresionado al mismo tiempo—. ¿Hace mucho que es tu novia?

—No es esa clase de relación. No somos novios. Sólo va a mi casa de vez en cuando para hablar de los tipos y de la gente que se porta mal con ella en el colegio y esas cosas. Sabe que mi puerta está siempre abierta.

Ig casi rio al escuchar esta última afirmación, que supuso irónica, pero se contuvo. Lee parecía hablar en serio. Continuó:

—Lo que me hace es una especie de favor. Y menos mal, porque creo que acabaría machacándole el cráneo, con esa manía que tiene de cotorrear todo el tiempo.

Lee depositó con cuidado el *X-Men* en la caja e Ig recogió el tragabolas y lo volvió a meter en el armario. Cuando regresó a la cama, Lee tenía la cruz en la mano; la había cogido de la funda de la trompeta. Al verlo a Ig se le cayó el alma a los pies.

—Esto está chulo —dijo Lee—. ¿Es tuyo?

—No —respondió Ig.

—Ya lo suponía. Parece un collar de chica. ¿De dónde lo has sacado?

Lo más fácil habría sido decir que pertenecía a su madre, pero a Ig le crecía la nariz cada vez que decía una mentira y además Lee le había salvado la vida.

—De la iglesia —dijo consciente de que Lee deduciría el resto. No entendía por qué al decir la verdad sobre algo tan insignificante tenía la sensación de estar cometiendo un error catastrófico. Decir la verdad nunca era malo.

Lee había enroscado los dos extremos de la cadena alrededor de su dedo índice, de forma que la cruz se balanceaba sobre la palma de su mano.

—Está rota —dijo.

—Por eso la encontré.

—¿Es de una pelirroja? ¿Una chica de nuestra edad más o menos?

—La dejó olvidada y pensaba arreglársela.

—¿Con esto? —pregunto Lee tocando la navaja multiusos con la que Ig había estado intentando manipular el broche—. Con esto es imposible. Para arreglarla necesitas unos alicates de punta fina. Mi padre tiene toda clase de herramientas. Yo la arreglaría en cinco minutos. Se me da bien arreglar cosas.

Lee miró a Ig por fin y éste se dio cuenta de que no hacía falta que le preguntara lo que quería hacer. Sólo la idea de darle la cadena le ponía enfermo y empezó a notar una presión en la garganta, como cuando estaba a punto de darle un ataque de asma. Pero sólo había un respuesta que le permitiría sentirse como una persona decente y generosa.

—Claro —dijo Ig—. Llévatela y ve si puedes arreglarla.

—De acuerdo —dijo Lee—. Si la arreglo se la devolveré el domingo que viene.

—¿No te importa?

Ig se sentía como si alguien le hubiera clavado un cigüeñal en la boca del estómago y estuviera dándole a la manivela, estrujándole poco a poco las entrañas.

Lee asintió:

—Claro que no. Me encantará. Te estaba preguntando por lo que te calienta. Ya sabes, el tipo de chica que te gusta. A mí me gustan como ella. Tiene algo, no sé. Estoy seguro de que nunca ha estado desnuda delante de ningún tipo, aparte de su padre. ¿Sabes que vi cómo se le rompía? El collar, digo. Estaba de pie junto al banco justo detrás de ella e intenté ayudarla. Está buena pero es un poco creída. Aunque la verdad es que casi todas las chicas buenas se creen mucho hasta que las desvirgan. Porque es lo más valioso que tienen, lo que hace que los chicos las persigan y estén pensando en ellas, imaginándose que pueden ser el primero. Pero cuando alguien las desvirga ya se pueden relajar y portarse como chicas normales. Pero en serio, gracias por darme esto, así tengo una excusa para abordarla.

—No hay problema —dijo Ig con la sensación de que le había entregado algo mucho más importante que una cruz y una cadena de oro. Era justo. Lee se merecía algo bueno después de salvarle la vida y que nadie se lo reconociera. Lo que le extrañaba era por qué sentía que no era justo.

Le dijo a Lee que volviera otro día con buen clima para nadar en la piscina y Lee dijo que de acuerdo. Al hablar, a Ig le parecía estar escuchando una voz extraña, procedente de algún lado de la habitación. La radio, tal vez.

Lee estaba dirigiéndose hacia la puerta con su mochila al hombro cuando Ig se dio cuenta de que había dejado los CD.

—Llévate los discos —dijo. Se alegraba de que Lee se marchara ya. Quería tumbarse un rato en la cama y descansar.

Lee miró los CD y dijo:

—No tengo dónde escucharlos.

Ig se pregunto hasta qué punto sería pobre Lee, si vivía en un apartamento o tal vez en un remolque, si por la noche lo despertaban gritos y portazos, o la policía, que había ido a arrestar a su vecino por pegar otra vez a su novia. Otra razón más para no guardarle rencor por haberse llevado la cruz. Odiaba no sentirse bien por Lee, no alegrarse del hecho de darle algo, pero lo cierto es que no podía, porque estaba celoso.

La vergüenza le hizo volverse y rebuscar en su mesa. Cogió el walkman portátil que le habían regalado por navidad y unos auriculares.

—Gracias —dijo Lee cuando se lo dio—. No tienes por qué regalarme todo esto. No hice nada. Estaba ahí y eso...

A Ig le sorprendió la intensidad de su reacción, una punzada de alivio, una oleada de afecto por aquel chico pálido y flaco que apenas sabía sonreír. Cada minuto de vida que le quedaba por delante era un regalo que Lee le había hecho. La presión del estómago desapareció y pudo volver a respirar con normalidad.

Lee metió el reproductor portátil, los auriculares y los CD en su mochila antes de colgársela al hombro. Desde una ventana del piso de arriba Ig lo observó bajar por la pendiente subido en la patineta bajo la lluvia mientras las gruesas ruedas trazaban surcos de agua en el brillante asfalto.

Veinte minutos más tarde escuchó el Jaguar detenerse junto a la casa con ese sonido que tanto le gustaba, ese suave zumbido al acelerar que parecía salido de una película de acción. Volvió a la ventana del piso de arriba y miró hacia el coche negro esperando que de un momento a otro las puertas se abrieran y su hermano saliera acompañado de Eric Hannity y algunas chicas entre risas y humo de cigarrillos. Pero Terry salió solo y permaneció un rato junto al coche. Después caminó despacio hacia la puerta, como si le doliera la espalda y fuera un hombre mayor que llevara horas en la carretera en lugar de haber ido y vuelto a la ciudad.

Ig estaba bajando las escaleras cuando entró su hermano con los cabellos revueltos y brillando por el agua. Al comprobar que Ig lo miraba le dirigió una sonrisa fatigada.

—Eh —dijo—, tengo algo para ti.

Y le lanzó una cosa redonda y oscura del tamaño de una manzana.

Ig la cogió con las dos manos y después miró la silueta blanca de la chica desnuda con la hoja de arce tapándole el pubis. El petardo pesaba más de lo que había imaginado, tenía una textura áspera y la superficie estaba fría.

—Tu recompensa.

—Ah —dijo Ig—. Gracias. Con todo lo que pasó supuse que Eric se había olvidado de pagar su apuesta.

De hecho hacía días que Ig había aceptado que Eric Hannity no iba a pagar, que se había partido la nariz para nada.

—Ya, bueno. Se lo he recordado.

—¿Hay algún problema?

—Ahora que ya ha pagado no. —Terry se quedó callado con una mano apoyada en el poste de la escalera. Después siguió—: No quería dártela diciendo que cuando bajaste llevabas los tenis puestos o una idiotez del estilo.

—¡Qué jodido! Es lo más jodido que he oído en mi vida —dijo Ig.

Terry no contestó y siguió frotando el dedo pulgar contra el poste de la escalera.

—De todas maneras espero que no pelearan. Es sólo un petardo.

—De eso nada. ¿No viste lo que le hizo al pavo?

Ésta le pareció a Ig una respuesta extraña, señal de que su hermano no le había entendido. Terry le dirigió una sonrisa entre culpable y comprensiva, y dijo:

—No sabes lo que pensaba hacer con él. Hay un chico en el instituto al que Eric odia. Yo le conozco de la banda. Un buen tipo, Ben Townsend. El caso es que su madre trabaja en una aseguradora. Contestando el teléfono o algo así. Así que Eric lo odia.

—¿Sólo porque su madre trabaja en una compañía de seguros?

—Sabes que el padre de Eric no está bien, ¿verdad? Que no puede coger peso, no puede trabajar y tiene problemas… Le cuesta hasta cagar. Es una pena. Se supone que iba a cobrar el dinero de un seguro, pero todavía no han visto un centavo y me temo que nunca lo van a ver. Así que Eric quiere vengarse con alguien y la ha agarrado contra con Ben.

—¿Sólo porque su madre trabaja en la compañía de seguros que está jodiendo a su padre?

—¡No! —exclamó Terry—. Ésa es la cosa. ¡La madre trabaja en otra compañía completamente distinta!

—Pues es absurdo.

—Desde luego. Pero no te rompas la cabeza intentando encontrarle algún sentido, porque no lo tiene. Eric quiere usar el petardo para volar algo de Ben y me llamó para ver si quería ayudarle.

—¿Qué quería volar?

—Su gato.

Ig se sintió como si él mismo hubiera volado en pedazos, presa de un horror que bordeaba el asombro.

—Bueno, a lo mejor eso es lo que Eric ha dicho, pero seguro que te estaba tomando el pelo. ¡Vamos! ¿Un gato?

—Cuando se dio cuenta de lo molesto que estaba, hizo como que estaba bromeando. Y no me dio el petardo hasta que lo amenacé con contarle a su padre lo que habíamos estado haciendo. Entonces me lo tiró a la cara y me mandó al demonio. Sé de buena tinta que su padre ha practicado varios actos de brutalidad policial en el culo de Eric.

—¿Aunque no tiene fuerzas ni para cagar?

—No puede cagar, pero sí manejar un cinturón. En serio, espero que Eric nunca llegue a ser policía. Es igualito que su padre. Ya sabes, del tipo «Tiene derecho a guardar silencio mientras le pisoteo la cabeza...».

—¿Y le habrías contado a su padre lo de...?

—¿Qué? Para nada. ¿Cómo le iba a contar lo que hemos hecho si yo también estaba implicado? Sería faltar a la regla de oro del chantaje.

Terry guardó silencio un momento y luego añadió:

—Eric es una mala persona. Y siempre que estoy con él me siento mala persona. Tú no estás en la banda, así que no puedes saberlo, pero es complicado gustar a las chicas o que los tipos te respeten cuando tu principal habilidad es tocar *América la bella* a la trompeta. Me gustaba cómo nos miraba la gente, por eso iba con Eric. Lo que no sé es por qué iba él conmigo. Quizá sólo porque tengo dinero y conozco a gente famosa.

Ig hizo rodar la bomba entre sus dedos con la sensación de que debería decir algo, sólo que no se le ocurría nada. Cuando por fin habló fue para decir algo de lo menos apropiado:

—¿Qué se te ocurre que podría volar con esto?

—No tengo ni idea, pero no lo hagas sin mí, ¿eh? Espérate unas cuantas semanas a que haya sacado la licencia y entonces iremos a Cape Cod con más gente. Podemos hacer una fogata en la playa y tal vez encontremos algo.

—La última gran explosión del verano —dijo Ig.

—Exacto. Lo ideal sería arrasar algo que se vea desde el espacio. Pero si no podemos, al menos cargarnos algo importante y bonito que luego no se pueda reemplazar —dijo Terry.

Capítulo
15

De camino a la iglesia le sudaban las manos, se sentía raro y pegajoso. Tenía el estómago revuelto. Sabía la razón, y era una ridiculez, ni siquiera sabía su nombre y jamás había hablado con ella.

Aunque le había enviado señales. Una iglesia llena de gente, gran parte de la cual eran chicos de su edad, y sin embargo lo había mirado a él y le había enviado un mensaje con su cruz de oro brillante. Incluso ahora no entendía por qué había renunciado a ella, por qué se la había dado a otra persona como si fuera un cromo de beisbol o un CD. Se dijo que Lee era un chico pobre y solitario que vivía en una caravana y estaba necesitado de alguien, que estas cosas sucedían porque así debía ser. Trató de sentirse bien por lo que había hecho, pero en lugar de ello en su interior iba creciendo una muralla de oscuro horror. No lograba imaginar qué le había empujado a dejar que Lee se llevara la cruz. Hoy la traería. Se la daría y ella le daría las gracias y se quedarían hablando después de misa. Ya los veía caminando juntos; cuando pasaban a su lado la pelirroja miraba hacia él, pero sin gesto alguno de reconocerlo y con la cruz, ya arreglada la cadena, brillando sobre su garganta.

Lee estaba allí, en el mismo banco, y se había colgado la cruz del cuello. Fue lo primero en que reparó Ig y su reacción fue pura bioquímica. Como si se hubiera bebido de un trago una taza de café ardiendo. La sangre le circulaba con furia, como estimulada por una sobredosis de cafeína.

El banco que estaba delante de Lee permaneció vacío hasta pocos momentos antes de que empezara la misa, y entonces tres señoras corpulentas ocuparon el sitio donde se había sentado la chica una semana antes. Lee e Ig se pasaron la mayor parte de los veinte primeros minutos alargando el cuello buscándola, pero no estaba allí. Su pelo, esa gruesa ristra de trenzas cobrizas, no podía pasar desapercibido. Finalmente Lee miró a Ig desde el otro lado del pasillo y encogió los hombros en un gesto cómico, e Ig le devolvió el gesto, como si fuera cómplice de Lee en sus intentos por establecer contacto con la chica del código Morse.

Sin embargo, no lo era. Cuando llegó el momento de rezar inclinó la cabeza, pero su plegaria no tenía nada que ver con el padrenuestro. Lo que pidió fue recuperar la cruz. No le importaba que aquello estuviera mal. Lo deseaba más de lo que había deseado nada jamás, más incluso de lo que había deseado respirar cuando se encontraba perdido en aquella vorágine mortal de aguas negras y almas rugientes. No conocía su nombre, pero sabía que los dos estaban destinados a divertirse juntos, a estar juntos; los diez minutos en los que ella le había lanzado destellos a la cara habían sido los mejores diez minutos que jamás había pasado en la iglesia. Hay cosas a las que no se puede renunciar, independientemente de lo que le debas a alguien.

Cuando terminó la misa, Ig permaneció con la mano de su padre apoyada en el hombro viendo a la gente salir. Su familia era siempre de los últimos en marcharse de cualquier lugar concurrido, ya fuera una iglesia, un cine o un estadio de beisbol. Lee Tourneau pasó junto a ellos y agachó la cabeza en dirección a Ig en un gesto de resignación que parecía decir: *Unas veces se gana y otras se pierde.*

En cuanto el pasillo estuvo despejado Ig cruzó hasta el banco donde una semana atrás se había sentado la chica y, una vez allí, se arrodilló y simuló atarse el zapato. Su padre volvió la vista pero Ig le indicó con un gesto que siguieran, que él los alcanzaría. Se aseguró de que hubieran salido todos antes de dejar de atarse el zapato.

Las tres damas corpulentas que habían ocupado el banco en el que había estado sentada la chica del código Morse seguían allí, recogiendo sus bolsos y envolviéndose en sus chales de verano. Cuando levantó los ojos se dio cuenta de que las había visto antes. Estaban con la madre de la chica el último domingo, formando un mismo grupo, y entonces Ig se había preguntado si serían sus tías. Incluso era posible que una de ellas se hubiera ido en el mismo coche de la chica después de misa. No estaba seguro. Quería pensar que sí, pero sospechaba que estaba dejándose llevar por los deseos más que por un recuerdo real.

—Perdone... —dijo.

—¿Sí? —preguntó la señora que estaba más cerca de él, que llevaba el pelo teñido de un marrón metálico.

Ig señaló el banco con un dedo y negó con la cabeza.

—Había aquí una chica. El domingo pasado. Olvidó algo y pensaba devolvérselo. ¿No era una chica pelirroja?

La mujer no respondió y permaneció quieta, aunque el pasillo estaba lo bastante despejado como para que pudiera salir. Al cabo Ig se dio cuenta de que estaba esperando que la mirara. Cuando lo hizo y vio cómo lo examinaba, con los ojos entrecerrados y expresión de complicidad, se le aceleró el pulso.

—Merrin Williams —dijo la mujer—, y sus padres sólo vinieron a la ciudad el fin de semana pasado para tomar posesión de su nueva casa. Lo sé porque yo se la vendí y también los traje a esta iglesia. Ahora están de vuelta en Rhode Island, haciendo las maletas. Estarán aquí el domingo que viene. Estoy segura de que los veré muy pronto, así que, si quieres, les puedo devolver lo que dices que Merrin se olvidó aquí.

—No —dijo Ig—. No hace falta.

—Ya —dijo la mujer—. Prefieres dárselo tú mismo, me parece. Te lo noto en la cara.

—¿Qué me nota?

—Te lo diría —contestó la mujer—, pero estamos en una iglesia.

Capítulo
16

La siguiente vez que Lee fue a su casa jugaron al baloncesto en la parte menos profunda de la piscina hasta que la madre de Ig salió con una bandeja de sándwiches a la plancha de jamón y queso brie. Lydia era incapaz de hacer un sándwich mixto con queso amarillo americano, como las otras madres; tenía que tener cierta distinción, ser de alguna manera un reflejo de su paladar sofisticado y cosmopolita. Ig y Lee se sentaron a comer en las hamacas dejando un charco de agua en el suelo. Por alguna razón alguno de los dos siempre chorreaba cuando estaban juntos.

Lee se mostró educado delante de la madre de Ig, pero cuando ésta se hubo marchado abrió el sándwich y se quedó mirando el queso derretido y lechoso encima del jamón.

—Alguien se ha corrido en mi sándwich —dijo.

Ig casi se atragantó de la risa y le entró un ataque de tos que hizo que le doliera el pecho. Al momento Lee le dio una palmada en la espalda, salvándole de sí mismo. Aquello se estaba convirtiendo en un hábito, en parte integral de su relación.

—Para la mayoría de las personas es sólo un sándwich, pero para ti es un arma potencialmente letal. —Lee le miró con los ojos entrecerrados para protegerse del sol y dijo—: Creo que eres la persona más propensa a los accidentes mortales que conozco.

—Soy más resistente de lo que parece —dijo Ig—. Como las cucarachas.

—Me gustó AC/DC —dijo Lee—. Están muy bien como música de fondo si vas a disparar a alguien.

—¿Y los Beatles? ¿Te daban ganas de pegar un tiro a alguien cuando los escuchaste?

Lee por un momento consideró seriamente la pregunta y después contestó:

—Sí. A mí mismo.

Ig rio de nuevo. El secreto de Lee era que nunca se esforzaba en ser gracioso, ni siquiera parecía ser consciente de que decía cosas divertidas. Tenía un aire de contención, un aura de imperturbabilidad que hacía pensar a Ig en un agente secreto, en una película, desmontando o programando una cabeza nuclear. En otros momentos resultaba tan enigmático —nunca se reía, ni siquiera de sus propios chistes y tampoco de los de Ig— que parecía un científico extraterrestre venido a la Tierra para estudiar las emociones humanas. Un poco como Mork, del planeta Ork.

Aunque se reía, Ig estaba preocupado. Que no te gustaran los Beatles era casi tan malo como no conocerlos.

Lee vio que estaba disgustado y dijo:

—Te los voy a devolver. Tengo que devolvértelos.

—No —dijo Ig—. Quédatelos y escúchalos un poco más. Tal vez encuentres alguna canción que te guste.

—Algunas me gustaron —dijo Lee, pero Ig sabía que estaba mintiendo—. Había una…

Su voz se apagó dejando que Ig tratará de adivinar a cuál de entre tal vez sesenta canciones se podía estar refiriendo.

Y la adivinó:

—¿*La felicidad es un arma caliente*?

Lee le apuntó con un dedo, levantó el pulgar y simuló dispararle.

—¿Y qué me dices del jazz? ¿Te gustó algo?

—Más o menos, no sé. Tampoco es que lo haya escuchado mucho.

—¿Qué quieres decir?

—Se me olvidaba que estaba puesto. Es como la música de los supermercados.

Ig tuvo un escalofrío.

—¿Así que cuando seas mayor vas a ser un matón?

—¿Por qué lo dices?

—Porque sólo te gusta la música con la que se pueda matar.

—No. Sólo tiene que crear ambiente. Se supone que para eso sirve la música, ¿no? Es como el escenario donde hacer algo.

No iba a ponerse a discutir con Lee, pero esa clase de ignorancia le resultaba dolorosa. Con un poco de suerte, después de años de ser amigos íntimos, Lee aprendería la verdad sobre la música: que era el tercer raíl de la vida. La ponías para espantar el aburrimiento del paso de las horas, sentir algo, arder con todas las emociones que era imposible sentir en un día normal de colegio y televisión con el lavaplatos puesto después de cenar. Ig suponía que, al haber crecido en un remolque, Lee se había perdido muchas cosas buenas y que le llevaría unos cuantos años ponerse al día.

—Entonces ¿qué vas a ser de mayor?

Lee terminó lo que le quedaba de sándwich y, con la boca llena, dijo:

—Me gustaría ser congresista.

—¿En serio? ¿Para qué?

—Me gustaría hacer una ley que diga que las putas irresponsables que toman drogas deben ser esterilizadas para que no puedan tener hijos que después no van a cuidar —contestó Lee tranquilamente.

Ig se preguntó por qué nunca hablaba de su madre.

Lee se llevó la mano a la cruz que le colgaba del cuello y descansaba justo encima de la clavícula. Pasados unos segundos dijo:

—He estado pensando en ella. En nuestra chica de la iglesia.

—Ya lo creo —dijo Ig tratando de que el comentario sonara divertido pero dándose cuenta de que el tono era áspero e irritado.

Lee no pareció darse cuenta. Tenía la mirada distante, perdida.

—Estoy seguro de que no es de por aquí. Nunca la había visto antes en misa. Probablemente estaba visitando a algún familiar y no volvamos a verla nunca. —Hizo una pausa y siguió—: Se nos ha escapado. —No lo dijo en tono melodramático, sino de humor cómplice.

A Ig la verdad se le atragantó en la garganta, como el trozo de sándwich que le estaba costando tragar. Estaba allí esperando a que él la dijera —*Volverá el domingo siguiente*—, pero no era capaz. Tampoco podía mentir, no tenía la cara suficiente. Era el peor mentiroso del mundo.

Así que dijo:

—Has arreglado la cruz.

Lee no bajó la vista y se limitó a cogerla con una mano mientras miraba la luz que bailaba sobre la superficie de la piscina.

—Sí. La llevo puesta por si me la encuentro por ahí cuando salgo a repartir las revistas. —Se detuvo y después continuó—: ¿Te acuerdas de las revistas guarras de que te hablé? ¿Las que mi distribuidor guarda en el almacén? Hay una que se llama *Cherries* con chicas de dieciocho años que se supone que son vírgenes. Son mis preferidas, las chicas tipo «la vecina de al lado». Me gustan las chicas con las que te puedes imaginar lo que sería hacerlo. Claro que las de *Cherries* no son en realidad vírgenes, se sabe con sólo mirarlas. Llevan un tatuaje en la cadera o demasiada sombra de ojos y tienen nombre de estríper. Sólo se visten de ingenuas para esos reportajes de fotos. En el siguiente se vestirán de policías sexy o de animadoras de un club deportivo y será igual de falso. La chica de la iglesia, ésa sí que es auténtica.

Separó la cruz de su pecho y la frotó con los dedos pulgar y anular.

—A mí lo que me calienta es pensar en algo auténtico. No creo que la gente sienta la mitad de las cosas que dice sentir. Sobre todo las chicas, cuando están saliendo con alguien adoptan poses, se visten de una manera sólo para mantener al tipo interesado. Como Glenna, que intenta mantener mi interés masturbándome de vez en cuando. Y es porque no le gusta estar sola. En cambio, cuando una chica pierde su virginidad, podrá dolerle, pero es algo real. Te preguntas quién será realmente en ese momento, una vez que se acaban los disimulos. Eso es lo que me pasa con la chica de la iglesia.

Ig se arrepentía de haberse comido medio sándwich. La cruz alrededor del cuello de Lee centelleaba bajo la luz del sol y cuando cerró los ojos aún podía verla, una serie de postimágenes brillantes que transmitían una terrible advertencia. Le estaba empezando a doler la cabeza.

Cuando abrió los ojos dijo:

—Y si lo de la política no funciona, ¿te vas a ganar la vida matando a gente?

—Supongo.

—¿Y cómo lo harías? ¿Cómo actuarías?

Se preguntaba cómo haría para matar a Lee y quedarse con la cruz.

—¿De quién estamos hablando? ¿De una adicta que le debe dinero a su dealer o del presidente de Estados Unidos?

Ig suspiró profundamente.

—De alguien que sabe la verdad sobre ti. Un testigo de cargo. Si vive, tú vas a la cárcel.

Lee dijo:

—Le quemaría dentro de su coche. Con una bomba. Lo espero en la acera al otro lado de la calle, vigilándolo mientras entra en el coche. En cuanto arranca, pulso el botón de mi control remoto, así el coche sigue avanzando después de la explosión, convertido en un montón de chatarra en llamas.

—Espera un momento —dijo Ig—, tengo que enseñarte algo.

Se levantó, ignorando la cara de confusión de Lee, y entró en la casa. Tres minutos después salió con la mano derecha cerrada en un puño. Lee le miró con el ceño fruncido mientras Ig volvía a su hamaca.

—Mira esto —dijo Ig mientras abría la mano derecha para enseñarle el petardo.

Lee lo miró con una cara tan inexpresiva como una máscara de plástico, pero no logró engañar a Ig, que estaba empezando a conocerlo. Cuando abrió la mano y Lee vio lo que tenía en ella, se puso de pie sin pensar.

—Eric Hannity pagó la apuesta —dijo Ig—. Por esto bajé la cuesta con el carro de supermercado. Viste el pavo, ¿no?

—Estuvo lloviendo pavo del día de Acción de Gracias durante una hora.

—¿No sería estupendo ponerlo en un coche? Apuesto a que si encuentras un coche abandonado con esto le puedes volar el capó. Terry me ha dicho que son pre-LPI.

—¿Pre qué?

—Leyes de Protección Infantil. Los petardos que hacen ahora son como pedos en una bañera. Pero éstos no.

—¿Y cómo los ha conseguido si son ilegales?

—Lo ilegal es sólo fabricarlos nuevos, pero éstos son de una caja vieja.

— ¿Y es lo que piensas hacer? ¿Buscar un coche abandonado y hacerlo explotar?

—No. Mi hermano me ha dicho que espere hasta que vayamos a Cape Cod en el fin de semana del Día del Trabajo. Me va a llevar en cuanto tenga licencia.

—Supongo que no es asunto mío —dijo Lee—, pero no sé por qué tiene que opinar.

—Tengo que esperar. Eric Hannity no pensaba dármelo porque decía que cuando bajé la cuesta llevaba puestos los tenis, pero Terry le dijo que eso era una idiotez y consiguió que Eric se lo soltara. Así que se lo debo, y Terry quiere esperar hasta que vayamos a Cape Cod.

Por primera vez en su breve amistad, Lee parecía irritado. Torció el gesto, se revolvió en la hamaca, como si de repente algo se le clavara en la espalda. Dijo:

—Es una estupidez que los llamen cerezas de Eva. Deberían llamarse manzanas de Eva.

—¿Por qué?

—Por la Biblia.

—La Biblia sólo dice que comieron fruta del árbol de la sabiduría. No dice que fuera una manzana. Podía haber sido una cereza.

—Yo esa historia no me la creo.

—No —dijo Ig—, yo tampoco. ¿Qué pasa con los dinosaurios?

—¿Crees en Jesús?

—¿Por qué no? Hay tanto escrito sobre él como sobre César.

Miró de reojo a Lee, que se parecía tanto a César que su perfil podía estar perfectamente en un denario de plata. Sólo le faltaba la corona de laurel.

—¿Te crees lo de que hacía milagros? —preguntó Lee.

—Puede ser. No lo sé. Si el resto es verdad, ¿importa ese detalle?

—Yo hice un milagro una vez.

A Ig no le sorprendió demasiado esta afirmación. Su padre decía que una vez había visto un ovni en el desierto de Nevada, mientras estaba allí bebiendo con el baterista de Cheap Trick. En lugar de preguntarle a Lee qué milagro había hecho, dijo:

—¿Funcionó?

Lee asintió. Sus ojos azules tenían una mirada perdida, un poco desenfocada.

—Arreglé la Luna cuando era un niño pequeño. Y desde entonces se me ha dado bien arreglar otras cosas. Es lo que mejor se me da.

—¿Cómo que arreglaste la Luna?

Lee guiñó un ojo, levantó una mano en dirección al cielo, simuló coger una luna imaginaria entre los dedos pulgar e índice y la giró mientras emitía un pequeño chasquido.

—Así está mejor.

A Ig no le apetecía charlar de religión, quería hablar de explosiones.

—Va a ser alucinante cuando encienda la mecha de esto —dijo mientras la mirada de Lee volvía al petardo que Ig sujetaba en la mano—. Voy a mandar a alguien de vuelta con Dios. ¿Alguna sugerencia?

La forma en que Lee miraba el petardo le hizo pensar en un hombre sentado en un bar bebiendo alcohol y observando a una chica quitarse las bragas en el escenario. Eran amigos desde hacía poco tiempo, pero ya habían establecido una pauta de comportamiento. Era el momento en que Ig debía ofrecerle el petardo, como había hecho con el dinero, los CD y la cruz de Merrin Williams. Pero no lo hizo y Lee no podía pedírselo. Ig se dijo a sí mismo que no se lo daba a Lee porque le había avergonzado con su último regalo, el montón de CD. Pero la verdad era otra. Sentía la necesidad de tener algo que Lee no tuviera, una cruz de su propiedad. Más tarde, cuando Lee se hubiera marchado, se arrepentiría de su actitud, un joven rico con piscina guardándose sus tesoros frente a un chico sin madre que vivía en un remolque.

—Podrías meterlo en una calabaza —sugirió Lee.

Ig contestó:

—Demasiado parecido al pavo.

Y enseguida se enzarzaron en una discusión, Lee sugiriendo cosas e Ig considerando las posibilidades.

Hablaron de las ventajas de lanzar el petardo al río para ver si podían matar peces, de tirarlo en un retrete para ver si se formaba un géiser de mierda, de usar una catapulta para lanzarlo al campanario de la iglesia y comprobar el tipo de vibración que causaba al explotar. A las afueras del pueblo había un gran letrero que decía: «Almacén Rodaballo Salvaje. Barcas y equipos de pesca». Lee dijo que sería genial poner el petardo en las letras de «Rodaballo» y convertirlas en «Rabo Salvaje». Tenía un montón de ideas.

—Estás empeñado en descubrir qué tipo de música me gusta. Pues te lo voy a decir: me gusta el ruido de cosas explotando y de cristales rotos. Eso sí que es música para mis oídos.

Capítulo

17

Ig estaba esperando su turno en la peluquería cuando oyó golpecitos a su espalda. Al volverse vio a Glenna de pie en la acera mirándole con la nariz a unos pocos centímetros del escaparate. Estaba tan cerca que Ig habría notado su aliento en el cuello de no separarlos un cristal. En lugar de ello estaba echando el aliento en la ventana, que se había vuelto blanca por la condensación de aire. Escribió con un dedo: «Te he visto la p». Debajo dibujó un pene colgando.

A Ig le dio un vuelco el corazón y miró a su alrededor para comprobar si su madre estaba atenta, si se había dado cuenta. Pero Lydia estaba al otro lado de la habitación, detrás de la silla de barbero dando instrucciones al peluquero. Terry estaba sentado con la bata puesta, esperando pacientemente a que le dejaran todavía más guapo de lo que era. Sin embargo, cortar la maraña de pelo de rata de Ig era como podar un seto deforme. Era imposible que quedara bonito, tan sólo presentable.

Ig miró de nuevo a Glenna moviendo la cabeza furioso. *Lárgate.* Ella borró el mensaje en el cristal con la manga de su maravillosa chaqueta de cuero.

No estaba sola. *Autopista al infierno* también estaba, junto con el otro delincuente juvenil de la fundición, un chico de pelo largo ya cercano a la veintena. Los dos chicos estaban al otro lado

142

del estacionamiento hurgando en un bote de basura. ¿Por qué tendrían esa querencia a los botes de basura?

Glenna tamborileó en el escaparate con las uñas. Las llevaba pintadas de color hielo, largas y puntiagudas, uñas de bruja. Ig miró de nuevo a su madre pero al instante supo que no le echaría de menos. Lydia estaba totalmente concentrada en lo que decía, dibujando algo en el aire, tal vez el peinado perfecto o quizá una esfera imaginaria, una bola de cristal, y dentro de ella, un futuro en el cual un peluquero de diecinueve años recibía una generosa propina con sólo quedarse allí asintiendo y mascando chicle mientras Lydia le decía cómo tenía que hacer su trabajo.

Cuando salió de la peluquería, Glenna volvió la espalda hacia el escaparate y aplastó sus rotundas y firmes nalgas en el cristal. Estaba mirando a *Autopista al infierno* y a su amigo de pelo largo, cada uno de ellos a un lado del contenedor. Había una bolsa de basura abierta. El chico de pelo largo no hacía más que levantar la mano para tocar la cara de *Autopista al infierno,* casi con ternura, y éste soltaba una gran carcajada tonta cada vez que el otro chico le acariciaba.

—¿Por qué le diste a Lee esa cruz? —preguntó Glenna.

Ig se sobresaltó. No se esperaba esa pregunta, y de hecho era la que llevaba haciéndose él durante más de una semana.

—Dijo que la iba a arreglar —contestó.

—Ya la ha arreglado. ¿Por qué no te la devuelve?

—No es mía. Se le cayó a una chica en misa. Yo la iba a arreglar para devolvérsela, pero no pude. Lee la vio y dijo que él sí podría con las herramientas de su padre y ahora la lleva puesta por si se la encuentra mientras vende revistas para la organización benéfica.

—¡Organización benéfica! —resopló—. Deberías decirle también que te devolviera tus CD.

—No tiene nada de música.

—Porque no la quiere —dijo Glenna—. Si la quisiera se la compraría.

—No sé. Los CD son bastante caros y…

—¿Y qué? No es pobre, para que te enteres. Vive en Harmon Gates. Mi padre les cuida el jardín. Por eso lo conozco. Un día mi padre me mandó allí a plantar unas peonías. Los padres de Lee están forrados. ¿Te dijo que no tiene dinero para comprar CD?

Enterarse de que Lee vivía en Harmon Gates y tenía un jardinero y una madre desorientó a Ig. Sobre todo que tuviera madre.

—¿Sus padres viven juntos?

—A veces parece que no, porque su madre trabaja en el hospital de Exeter, que está bastante lejos, así que no está mucho en casa. Probablemente es mejor así, porque Lee no se lleva muy bien con ella.

Ig movió la cabeza. Era como si Glenna le estuviera hablando de una persona totalmente diferente, de alguien a quien no conocía. Se había hecho una idea muy concreta de la vida de Lee Tourneau, viviendo con su padre en un remolque y con una madre que se había largado cuando Lee era pequeño para dedicarse a fumar crack y prostituirse en el barrio chino de Boston. Lee nunca le había dicho que viviera en un remolque ni que su madre fuera puta y drogadicta, pero Ig entendía que esas cosas estaban implícitas en su manera de ver el mundo, en los temas de los que nunca hablaba.

—¿Te ha dicho que no tiene dinero para comprarse cosas? —le preguntó de nuevo Glenna. Ig negó con la cabeza—. Ya decía yo.

Tocó una piedra con la punta del pie y después levantó la vista y preguntó:

—¿Es más guapa que yo?

—¿Quién?

—La chica que estaba en misa. La que llevaba la cruz.

Ig trató de pensar en una respuesta, de inventarse una mentira digna y considerada, pero nunca se le había dado bien mentir y su silencio fue elocuente.

—Ya —dijo Glenna—. Eso me parecía a mí.

Ig apartó la vista, demasiado cortado por la sonrisa de Glenna como para mirarla a la cara. Pero ella parecía tranquila. Era franca y no se andaba con rodeos.

Autopista al infierno y el chico de pelo largo seguían riéndose junto al bote de basura. Unas risas agudas que parecían graznidos de cuervos. Ig no tenía ni idea de qué les hacía tanta gracia.

—¿Se te ocurre algún coche al que pegarle fuego? —preguntó Ig—. Sin que pase nada. Un coche que no sea de nadie, que esté abandonado.

—¿Por?

—Lee quiere incendiar un coche.

Glenna arrugó el ceño tratando de entender por qué Ig había pasado a este tema de conversación. Después miró en dirección a *Autopista al infierno*.

—El padre de Gary, mi tío, tiene unos cuantos coches abandonados en el bosque, justo detrás de su casa en Derry. Tiene un negocio de piezas de segunda mano. O al menos eso es lo que dice. Que yo sepa nunca ha tenido clientes.

—Deberías contárselo a Lee —dijo Ig.

Una mano golpeó el cristal detrás de él y ambos se volvieron y vieron a la madre de Ig. Lydia sonrió a Glenna y la saludó con un gesto de la mano un tanto rígido. Después miró a Ig y abrió los ojos en señal de impaciencia. Éste asintió, pero cuando su madre les dio otra vez la espalda, no hizo ademán de entrar en la peluquería.

Glenna ladeó la cabeza en señal de interrogación.

—Así que, si montamos un pequeño incendio, te apuntas.

—No, gracias. Pero que se diviertan, chicos.

—¡Chicos! —repitió Glenna con una ancha sonrisa—. ¿Qué te vas a hacer en el pelo?

—No lo sé. Lo de siempre, supongo.

—Deberías afeitártelo —dijo—. Rapado estarías muy bien.

—¿Eh? Me parece que no. Mi madre…

—Pues al menos deberías llevarlo muy corto y peinártelo de punta. O decolorarte las puntas. El pelo forma parte de lo que eres. ¿No te gustaría ser alguien interesante? —Le revolvió el pelo con la mano—. Con un poco de esfuerzo podrías convertirte en alguien interesante.

—No creo que me dejen opinar. Mi madre dirá que tengo que cortármelo como siempre.

—Qué mal. A mí me gustan los pelos raros —dijo Glenna.

—¿Ah sí? —preguntó Gary, también conocido como *Autopista al infierno*—. Pues vas a alucinar conmigo.

Ig y Glenna se volvieron hacia él y el chico de pelo largo, que se habían apartado del bote de basura. Habían recogido mechones de pelo cortado y los habían pegado a la cara de Gary formando una espesa barba marrón rojiza, parecida a la que se pintaba Van Gogh en sus autorretratos. No pegaba con la pelusa azulada de la cabeza afeitada de Gary.

Glenna esbozó una mueca de dolor.

—Joder. Con eso no vas a engañar a nadie, idiotas.

—Dame tu cazadora —dijo Gary— y verás cómo parece que tengo veinte años por lo menos.

—Lo que vas a parecer es retrasado mental —dijo Glenna—. Y además no pienso dejar que me arresten con esta cazadora.

Ig dijo:

—Es muy bonita.

Glenna le dirigió una mirada misteriosamente triste.

—Me la regaló Lee. Es muy generoso.

Capítulo
18

Lee abrió la boca para decir algo, pero cambió de opinión y la cerró.

—¿Qué? —preguntó Ig.

Lee abrió la boca otra vez, la cerró, la volvió a abrir y dijo:

—Me gusta esa canción de Glenn Miller de rat-a-ta-tat. Un cadáver podría bailar al ritmo de esa canción.

Ig asintió sin decir nada.

Estaban en la piscina porque había llegado agosto. Adiós a la lluvia y al frío. Treinta y siete grados y ni una sola nube en el cielo. Lee se había untado crema solar en la nariz para no quemarse. Ig se había metido en un flotador y Lee estaba agarrado a una colchoneta inflable, así que los dos flotaban en agua tibia, tan clorada que les escocían los ojos. Hacía demasiado calor para hacer nada.

La cruz aún colgaba del cuello de Lee y yacía sobre la colchoneta, extendiéndose desde su garganta hacia Ig, como si la mirada de éste tuviera poder magnético y la atrajera en su dirección. El sol se reflejaba en ella y lanzaba destellos de oro hacia sus ojos, emitiendo la misma señal una y otra vez. No necesitaba saber Morse para entenderla. Era sábado y Merrin Williams estaría en la iglesia al día siguiente. *Última oportunidad* —decía la cruz—. *Última oportunidad, última oportunidad.*

Lee entreabrió ligeramente los labios. Parecía querer decir algo más, pero no sabía cómo seguir. Al fin dijo:

—El primo de Glenna, Gary, está organizando una fogata para dentro de un par de semanas. En su casa. Una especie de fiesta de final del verano. Tiene cohetes y cosas de ese tipo. Dice que incluso puede que haya cerveza. ¿Quieres venir?

—¿Cuándo?

—El último sábado del mes.

—No puedo. Mi padre toca con John Williams y los Boston Pops. Es el estreno y siempre vamos a sus estrenos.

—Ah, bien —dijo Lee.

Se metió la cruz en la boca y la chupó, pensativo. Después se la sacó y soltó lo que llevaba un rato intentando decir:

—¿Tú la venderías?

—¿Qué?

—La cereza de Eva. El petardo. En la casa de Gary hay un coche abandonado y dice que podemos destrozarlo. Podríamos echarle gasolina de mechero y quemarlo. —Se detuvo y después añadió—: No te he invitado por eso. Te he invitado porque estaría bien que vinieras.

—Sí, ya lo sé —dijo Ig—. Pero es que no me parece bien vendértelo.

—Pero si estás regalándome cosas todo el tiempo… Si fueras a venderlo, ¿cuánto pedirías? Tengo algo de dinero de las propinas que me saco vendiendo revistas.

También le podrías pedir veinte dólares a tu mamá, pensó Ig con una voz suave y casi maliciosa que le resultó irreconocible.

—No quiero tu dinero —dijo—. Pero te lo cambio.

—¿Por qué?

—Por eso —dijo Ig señalando con la cabeza hacia la cruz.

Ya estaba dicho. Contuvo el siguiente aliento en los pulmones, una cápsula de oxígeno caliente con sabor a cloro, química y extraña. Lee le había salvado la vida, le había sacado del río cuando estaba inconsciente y le había ayudado a respirar otra vez e Ig estaba dispuesto a devolverle el favor, sentía que le debía a Lee cualquier cosa, todo excepto esto. La chica le había hecho señales a él, no a Lee. Comprendía que hacer un trato de este tipo con Lee no era justo, no tenía defensa moral posible, no era de personas decentes. Nada más pedirle que le devolviera la cruz se le encogió el estómago. Siempre se había visto como el bueno de la película, el héroe indiscutible. Pero los héroes no hacían algo así. En todo caso, tal vez había cosas más importantes que ser el bueno de la película.

Lee lo miró mientras en las comisuras de los labios se le dibujaba una media sonrisa. Ig notó una oleada de calor en la cara pero no le dio demasiada vergüenza, le alegraba ruborizarse por ella. Dijo:

—Ya sé que no viene a cuento, pero creo que me gusta. Te lo habría dicho antes pero no quería interponerme en tu camino.

Sin dudarlo un instante, Lee se llevó las manos detrás del cuello y se soltó el broche.

—Sólo tenías que haberlo dicho. Es tuya, siempre lo ha sido. Tú la encontraste, no yo. Yo lo único que hice fue arreglarla. Y si te ayuda a llegar hasta ella me alegro de haber contribuido.

—Pensé que te gustaba. Tú no...

Lee hizo un gesto con la mano.

—¿Me voy a pelear con un amigo por una chica que no sé ni cómo se llama? Con todas las cosas que me has dado, los CD... A pesar de que la mayoría son una mierda, no soy ningún ingrato, Ig. Si la vuelves a ver, ve por todas. Yo te apoyo. Aunque no creo que vaya a volver.

—Sí, sé que va a volver —dijo Ig suavemente.

Lee lo miró.

Toda la verdad salió a relucir sin que Ig pudiera evitarlo. Necesitaba saber que a Lee no le importaba, porque ahora eran amigos, y lo serían durante el resto de sus vidas.

Cuando vio que Lee no decía nada, sino que se quedaba allí flotando con la media sonrisa en su cara larga y estrecha, Ig siguió hablando:

—Me encontré con alguien que la conoce. El domingo pasado no estaba en la iglesia porque su familia se está mudando aquí desde Rhode Island y tenían que volver a recoger sus cosas.

Lee terminó de quitarse la cruz y se la lanzó con suavidad a Ig, quien la cogió justo cuando tocaba el agua.

—Ve por ella, tigre —dijo—. Tú eres quien la encontró y por la razón que sea yo no le hice gracia. Además, yo ya estoy bastante ocupado en lo que a chicas se refiere. Ayer vino a verme Glenna para contarme lo del coche en casa de Gary y aprovechó para metérsela en la boca. Sólo un minuto, pero lo hizo. —Lee sonrió como un niño al que le acaban de regalar un globo—. Qué pedazo de puta, ¿no?

—Está muy buena —dijo Ig sonriendo débilmente.

Capítulo
19

Vio a Merrin Williams y simuló que no se daba cuenta. Tarea difícil, ya que el corazón le saltaba dentro del pecho, golpeándole las costillas como un borracho furioso que aporreara los barrotes de su celda. Había estado esperando este momento no sólo cada día, sino prácticamente cada hora del día desde que la vio por primera vez, y era casi más de lo que su sistema nervioso era capaz de soportar; tenía los circuitos a punto de explotar. Llevaba pantalones de algodón de color crema y una blusa blanca arremangada. Esta vez llevaba el pelo corto y lo miró directamente mientras Ig avanzaba por el pasillo con su familia haciendo como que no la veía.

Lee y su padre entraron pocos minutos antes de que empezara la misa y se sentaron en un banco al lado de Ig, cerca del altar. Lee volvió la cabeza y miró con detenimiento a Merrin, de arriba abajo. Ésta pareció no darse cuenta, tan concentrada como estaba en Ig. Lee movió la cabeza simulando desaprobación antes de girarse de nuevo.

Merrin estuvo observando a Ig durante los cinco primeros minutos de la misa y en todo ese tiempo él no la miró directamente. Tenía las manos juntas y apretadas, las palmas resbaladizas por el sudor, y mantenía los ojos fijos en el padre Mould.

Ella no dejó de mirarlo hasta que el padre Mould dijo:

—Oremos.

Se deslizó del banco para ponerse de rodillas y juntó las manos. Entonces fue cuando Ig se sacó la mano del bolsillo. La sostuvo en el cuenco de la mano, localizó un rayo de sol y la apuntó hacia ella. Una cruz de luz dorada y espectral bailó sobre la mejilla de Merrin y se posó en la comisura de uno de los ojos. La primera vez que le envió un destello cerró los ojos, la segunda vez parpadeó y la tercera lo miró. Ig sujetaba la joya sin moverse, de modo que en el centro de su mano ardía una cruz dorada de pura luz que se reflejaba en la mejilla de ella. Merrin le miró con inesperada solemnidad, como el radioperador de una película bélica que está recibiendo un mensaje de vida o muerte de un camarada.

Lenta y deliberadamente, Ig empezó a mover la cruz para emitir el mensaje en Morse que había estado memorizando toda la semana. Se le antojaba importante transmitirlo de forma exacta y manejaba la cruz como si fuera una carga de nitroglicerina. Cuando hubo terminado, sostuvo la mirada de la chica por unos segundos y después escondió la cruz en la mano y volvió la vista a otro lado, mientras el corazón le latía con tal fuerza que estaba seguro de que su padre, arrodillado al lado, estaba oyéndolo. Pero su padre rezaba con las manos entrelazadas y los ojos cerrados.

Ambos se cuidaron mucho de volver a mirarse mientras duró la misa. O, para ser más exactos, no se miraron a la cara, pero Ig era consciente de que ella lo miraba por el rabillo del ojo mientras él hacía lo mismo, disfrutando de la forma que tenía de ponerse en pie para cantar, echando los hombros hacia atrás. El pelo le brillaba a la luz del sol.

El padre Mould los bendijo a todos y les conminó a amarse los unos a los otros, que era precisamente lo que Ig tenía en mente. Cuando la gente empezó a salir se quedó donde estaba, con la mano de su padre apoyada en el hombro, como siempre. Merrin Williams salió al pasillo seguida también por su padre e Ig supuso que se detendría y le daría las gracias por arreglarle la cruz, pero ni siquiera lo miró. Ig abrió la boca para decirle algo y entonces reparó en la mano derecha de ella, con el dedo índice extendido detrás del cuerpo señalando el banco. Fue un gesto tan natural que podía haber estado simplemente balanceando el brazo, pero Ig tenía la seguridad de que le estaba indicando que la esperara.

Cuando el pasillo estuvo despejado, Ig salió y se puso a un lado para que su padre, su madre y su hermano pasaran delante. Pero en lugar de seguirlos se volvió y caminó en dirección al altar y el coro. Cuando su madre lo miró interrogante, señaló hacia el vestíbulo trasero, donde había unos lavabos. No siempre podía recurrir a la excusa de atarse el cordón del zapato. Su madre siguió andando con una mano apoyada en el brazo de Terry. Éste miró a su hermano con curiosidad, pero se dejó guiar por su madre.

Ig permaneció esperándola en el sombrío vestíbulo que conducía al despacho del padre Mould. No tardó en aparecer, y para entonces la iglesia estaba prácticamente vacía. Lo buscó en la nave pero no lo vio, e Ig permaneció en la oscuridad, observándola. La chica caminó hasta la capilla lateral y encendió una vela, se santiguó, se arrodilló y se puso a rezar. El pelo le caía tapándole la cara, así que Ig pensó que no lo veía cuando salió a su encuentro. No se sentía como si estuviera caminando hacia ella. Le sostenían unas piernas que no eran las suyas. Era como si lo transportaran, como si estuviera de nuevo subido al carro de supermercado, esa misma sensación en el estómago, vértigo mezclado con náuseas, la sensación de estar a punto de caer por un precipicio, de dulce peligro.

No la interrumpió hasta que no levantó la cabeza y los ojos.

—Hola —dijo mientras se ponía de pie—. Encontré tu cruz. La dejaste olvidada. Cuando no te vi el domingo pasado me preocupé, pensé que no podría devolvértela.

Mientras hablaba, le alargó la cruz. Ella cogió la cruz y la fina cadena de oro de la mano de él y la sostuvo en la suya.

—La has arreglado.

—No —dijo Ig—. Mi amigo Lee Tourneau la arregló. Se le da bien reparar cosas.

—Ah —dijo ella—. Pues dale las gracias de mi parte.

—Puedes dárselas tú misma si sigue por aquí. También viene a esta iglesia.

—¿Me ayudas a ponérmela? —preguntó ella. Le dio la espalda, se levantó el pelo e inclinó la cabeza hacia delante, dejando la nuca al descubierto.

Ig se secó las manos en el pecho y después abrió la cadena y se la pasó con suavidad alrededor del cuello. Esperaba que no se diera cuenta de que le temblaban las manos.

—Conoces a Lee, ¿sabes? —dijo Ig a falta de otro tema de conversación—. Estaba sentado detrás de ti el día que se te rompió la cadena.

—¿Ese chico? Intentó volver a ponérmela cuando se me rompió. Pensé que quería estrangularme con ella.

—Yo no te estoy estrangulando, ¿verdad?

—No.

Le estaba costando trabajo cerrar el broche. Estaba demasiado nervioso, pero ella esperó pacientemente.

—¿Por quién has encendido una vela? —preguntó.

—Por mi hermana.

—¿Tienes una hermana?

—Ya no —dijo con una voz seca que no dejaba traslucir emoción alguna.

Ig notó una punzada de rabia. No tenía que haber preguntado.

—¿Descifraste el mensaje? —soltó, deseoso de cambiar de tema de conversación.

—¿Qué mensaje?

—El que te estaba enviando con la cruz. En Morse. Tú sabes Morse, ¿no?

Ella rio, una risa inesperadamente escandalosa que casi hizo que Ig dejara caer la cadena. Al instante siguiente sus dedos encontraron el camino y pudo abrochar la cadena. Ella se volvió. Le impresionó que estuviera tan cerca. Si levantaba una mano podría tocarle los labios.

—No. Fui a las Girl Scouts un par de veces, pero me di de baja antes de aprender nada interesante. Además, ya sé todo lo que hace falta saber sobre acampadas. Mi padre trabajó en el Servicio Forestal. ¿Qué mensaje me estabas transmitiendo?

Estaba aturdido. Había planeado toda la conversación con antelación, con gran cuidado, imaginando todo lo que le preguntaría ella y cada respuesta que le daría. Pero ahora eso no servía de nada.

—Entonces, ¿el otro día no me estabas enviando un mensaje?

Ella rio de nuevo.

—Sólo estaba comprobando durante cuánto tiempo podía mandarte destellos antes de que te dieras cuenta de su origen. ¿Qué mensaje pensaste que te estaba mandando?

Pero Ig no podía contestar a eso. La tráquea se le estaba cerrando de nuevo y la cara le ardía horriblemente. Se dio cuenta de lo ridículo que era haber supuesto que ella le estaba enviando un mensaje, por no hablar de que se había convencido de que la palabra que le estaba transmitiendo era «nosotros». Ninguna chica en el mundo enviaría ese mensaje a un chico con el que jamás había hablado. Ahora le resultaba obvio.

—Te decía: «Esto es tuyo» —contestó por fin, decidiendo que lo mejor que podía hacer era no ignorar la pregunta que ella le acababa de hacer. Además era mentira, aunque sonara a verdad. Le había estado transmitiendo una sola palabra, también corta: «Sí».

—Gracias, Iggy.

—¿Cómo sabes mi nombre? —preguntó, y se sorprendió al verla ruborizarse de repente.

—Se lo pregunté a alguien —contestó ella—. Ya no me acuerdo por qué. Yo…

—Y tú eres Merrin.

Ella le miró sorprendida, con ojos interrogantes.

—Se lo pregunté a alguien —dijo Ig.

Merrin miró hacia la puerta.

—Mis padres deben de estar esperándome.

—Sí.

Para cuando llegaron al patio, Ig sabía que los dos estaban juntos en Inglés a primera hora, que Merrin vivía en Clapham Street y que su madre la había apuntado de voluntaria en la campaña de donación de sangre que la iglesia había organizado para final de mes. Ig estaba también apuntado.

—Pues no te vi en la lista —dijo ella.

Bajaron tres peldaños más y entonces Ig cayó en la cuenta de que eso significaba que había buscado su nombre en la lista. La miró y vio que sonreía para sí, enigmática.

Cuando salieron, el sol brillaba con tal fuerza que por un momento Ig no vio más que un fuerte resplandor. Distinguió algo borroso que avanzaba a su encuentro, levantó las manos y atrapó una pelota de futbol americano. Cuando el resplandor desapareció vio a su hermano con Lee Tourneau y otros chicos —incluso Eric Hannity— y al padre Mould desplegándose por la hierba. El padre Mould gritaba:

—¡Aquí, Ig!

Sus padres estaban junto a los de Merrin y Derrick Perrish y el padre de Merrin charlaban alegremente, como si las familias se conocieran desde hacía años. La madre de Merrin, una mujer delgada con labios finos y pálidos, tenía una mano sobre los ojos a modo de visera y sonreía a su hija con cierta expresión forzada. El día olía a asfalto caliente, a coches recalentados y a césped recién cortado. Ig, que no tenía grandes dotes atléticas, echó el brazo atrás y lanzó la pelota, que trazó un arco perfecto y llegó girando hasta las manos grandes y callosas del padre Mould. Éste la levantó sobre la cabeza y echó a correr por la hierba vestido con camisa de manga corta y alzacuellos.

El partido duró más de media hora, padres, hijos y cura persiguiéndose los unos a los otros por la hierba. A Lee lo reclutaron de quarterback; no era tampoco un gran atleta, pero lo parecía, tumbándose de espaldas cuan largo era, con cara impertérrita y la corbata sobre el hombro. Merrin se quitó los zapatos y se puso a jugar, la única chica. Su madre dijo:

—Merrin Williams, vas a ensuciar los pantalones y después no habrá quién quite las manchas de hierba.

Pero su padre agitó la mano en el aire y dijo:

—Déjala divertirse un rato.

Se suponía que estaban jugando a rugby sin tirarse, pero Merrin tacleó a Ig en todas las jugadas, tirándose a sus pies hasta que se convirtió en una especie de chiste que hacía reír a todo el mundo, Ig derrotado por esta chica de dieciséis años de complexión esquelética. Nadie se rio ni se divirtió más que el propio Ig, que se esforzó cuanto pudo por darle a Merrin ocasiones de derribarle.

—En cuanto empiecen a pasar la pelota deberías poner ya tu culo en tierra —le dijo la quinta o la sexta vez que le placó—. Porque no puedo pasarme todo el día tirándote. ¿Entiendes? ¿De qué te ríes?

Ig se estaba riendo y Merrin estaba arrodillada sobre él con su pelo haciéndole cosquillas en la nariz. Olía a limones y a menta. La cadena le colgaba del cuello y de nuevo le enviaba destellos, transmitiendo un mensaje de felicidad innegable.

—Nada —contestó—. Sólo de que te recibo alto y claro.

Capítulo
20

D urante el resto del verano fue habitual encontrarse. En una ocasión en que Ig acompañó a su madre al supermercado, Merrin estaba allí con la suya y terminaron caminando juntos unos pocos metros por detrás de las madres. Merrin cogió una bolsa de cerezas y la compartieron mientras paseaban.

—¿Eso no es robar? —preguntó Ig.

—No nos pueden acusar si nos comemos las pruebas —dijo Merrin. Escupió un hueso y se lo pasó. Hizo lo mismo con todos los demás, en la confianza de que Ig se desharía de ellos. Cuando Ig llegó a casa había un bulto de olor dulzón del tamaño del puño de un bebé en el bolsillo de sus pantalones.

Y cuando hubo que llevar el Jaguar a la revisión a Masters Auto, Ig se unió a su padre porque sabía que el padre de Merrin trabajaba en el taller. No tenía ninguna razón para creer que la encontraría allí, en una soleada tarde de miércoles, pero allí estaba, sentada en la mesa de su padre columpiando los pies atrás y adelante como si lo esperara y estuviera impaciente por verlo. Sacaron refrescos de naranja de la máquina y se quedaron charlando en el vestíbulo trasero, bajo el zumbido de los tubos de luz fluorescente. Merrin le dijo que al día siguiente se iba de excursión con su padre a Queen's Face. Ig le contó que el camino pasaba justo por detrás de su casa y ella le sugirió que los acompañara. Tenía los labios naranjas por el refresco. Estar juntos no les suponía esfuerzo alguno, era lo más natural del mundo.

Incluir a Lee también resultó natural. Impedía que las cosas se pusieran demasiado serias. Se apuntó a la caminata a Queen's Face aduciendo que quería explorar una montaña en busca de pistas para la patineta, aunque olvidó llevarla.

Durante el ascenso Merrin se agarró el cuello de su camiseta y lo separó de su pecho, sacudiéndolo para intentar abanicarse y simulando jadear por el calor.

—¿No se bañan nunca en el río? —preguntó señalando hacia el Knowles a través de los árboles. Serpenteaba a lo largo de un denso bosque abajo en el valle, una culebra negra de refulgentes escamas.

—Ig se pasa el día tirándose —dijo Lee e Ig se rio.

Merrin miró a ambos con los ojos entrecerrados e interrogantes, pero Ig se limitó a negar con la cabeza. Lee siguió hablando:

—Te diré algo, es mucho mejor la piscina de Ig. ¿Cuándo vas a invitarla a que venga?

Ig sintió un hormigueo de calor en el rostro al escuchar esta sugerencia. Había fantaseado con esa misma idea muchas, muchas veces —Merrin en biquini— pero cada vez que estaba a punto de sugerírsela se quedaba sin aliento.

Durante aquellas semanas sólo hablaron de la hermana de Merrin, Regan, una vez. Ig le preguntó por qué se habían mudado allí desde Rhode Island y Merrin le contestó encogiéndose de hombros:

—Mis padres estaban muy deprimidos después de la muerte de Regan y mi madre creció aquí. Toda su familia vive aquí. Y nuestra casa ya no parecía un hogar. No sin Regan.

Regan había muerto a los veinte años de un tipo de cáncer de mama poco común y particularmente agresivo. Sólo vivió cuatro meses desde que se lo diagnosticaron.

—Debió de ser horrible —murmuró Ig, una generalidad de lo más estúpida, pero lo único que se sentía seguro diciendo—.

No puedo imaginar cómo me sentiría si Terry muriera. Es mi mejor amigo.

—Eso es lo que yo pensaba de Regan.

Estaban en el dormitorio de Merrin y ésta estaba sentada dándole la espalda y con la cabeza inclinada, cepillándose el pelo. Continuó hablando sin mirarle:

—Pero cuando estaba enferma dijo algunas cosas… verdaderamente crueles. Cosas que nunca había imaginado que pensara de mí. Cuando murió me sentí como si ya no la conociera. Claro, que yo salí bien parada, en comparación con lo que les dijo a mis padres. No creo que pueda perdonarla nunca por lo que le dijo a papá.

Estas últimas palabras las pronunció con suavidad, como si estuvieran hablando de un asunto sin importancia, y después permaneció en silencio.

Pasaron años antes de que volvieran a hablar de Regan. Pero cuando Merrin le contó, algunos días después, que quería ser médica, Ig no necesitó preguntarle qué especialidad pensaba estudiar.

El último día de agosto estuvieron juntos en la campaña de donación de sangre, en la acera de enfrente de la iglesia, en el centro comunitario del Sagrado Corazón, repartiendo vasos de papel con Tang y galletas rellenas. Unos cuantos ventiladores de techo distribuían una suave corriente de aire caliente por la habitación e Ig y Merrin no paraban de beber jugo. Estaba reuniendo fuerzas para invitarla a su piscina cuando entró Terry.

Se quedó de pie al otro lado de la habitación buscando con la mirada a Ig y éste levantó una mano para llamar su atención. Terry le hizo un gesto con la cabeza: *Ven aquí.* El gesto sugería intranquilidad y preocupación. De alguna forma ver allí a Terry resultaba preocupante. No era de los que pasan una tarde de verano en una reunión parroquial si podía evitarlo. Ig sólo fue consciente a medias de que Merrin le seguía cuando cruzó la habitación abriéndose paso entre camillas, donantes con el brazo extendido y vías. Olía a desinfectante y a sangre.

Cuando llegó hasta donde estaba su hermano, éste le agarró el brazo y se lo estrujó hasta hacerle daño. Le empujó por la puerta hasta el vestíbulo, donde podrían hablar a solas. Por las puertas abiertas se colaba el día, caluroso, brillante y lánguido.

—¿Se lo has dado? —preguntó Terry—. ¿Le has dado el petardo?

Ig no necesitó preguntar a quién se refería. La voz de Terry, penetrante y áspera, le asustó y empezó a notar pinchazos de pánico en el pecho.

—¿Está bien Lee? —preguntó. Era domingo por la tarde y el día anterior Lee había ido a casa de Gary. Entonces cayó en la cuenta de que no había visto a Lee en misa por la mañana.

—Él y un puñado de idiotas pusieron un petardo cereza en el parabrisas de un coche abandonado. Pero no explotó inmediatamente y Lee creyó que la mecha se había apagado. A veces pasa. Estaba regresando para revisarlo cuando el parabrisas explotó y los cristales saltaron por los aires. Joder, le han sacado una esquirla del ojo izquierdo. Dicen que ha tenido suerte de que no le llegara al cerebro.

Ig quiso gritar, pero algo le ocurría en el pecho. Tenía los pulmones embotados como si le hubieran inyectado una dosis de novocaína. Era incapaz de hablar, su garganta no lograba emitir sonido alguno.

—Ig —dijo Merrin con voz calmada. Ya sabía que Ig padecía asma—, ¿dónde tienes el inhalador?

Ig trató de sacárselo del bolsillo y se le cayó al suelo. Merrin lo recogió. Ig se lo metió en la boca e inhaló profundamente. Terry dijo:

—Escucha, Ig, lo del ojo no es lo único. Está metido en un buen lío. He oído que además de la ambulancia también estuvo allí la policía. ¿Te acuerdas de su patineta? Pues resulta que es robada. Y también han encontrado una cazadora de cuero de doscientos dólares que le había dado a su novia. La policía pidió permiso a su padre para registrar su habitación esta mañana y estaba llena de cosas robadas. Lee trabajó en el centro comercial durante un par de semanas, en la tienda de mascotas, y tenía una llave del pasillo que va por la parte de atrás de las tiendas. Cogió un montón de cosas. Todas esas revistas las robó en Mr. Paperback y después se dedicó a venderlas con el cuento de que estaba recaudando dinero para una ONG inventada. Lo tiene muy negro. Si alguna de las tiendas presenta cargos tendrá que ir al tribunal de menores. En cierto modo, si se queda tuerto de un ojo será una suerte. Tal vez les dé pena y no…

—¡Dios! —dijo Ig. Sólo había oído *Si se queda tuerto de un ojo* y *Le han sacado una esquirla del ojo izquierdo.* Todo lo demás era ruido. Como si Terry estuviera tocando un riff con la trompeta. En cuanto a él, estaba llorando y apretando la mano de Merrin. ¿Cuándo le había cogido Merrin de la mano? No lo sabía.

—Vas a tener que hablar con él —dijo Terry—. Más vale que te asegures de que mantiene la boca cerrada. Si alguien se entera de que tú le diste el petardo o de que yo te lo di a ti… ¡joder, podrían echarme de la banda!

Ig seguía sin poder hablar y tuvo que usar una vez más el inhalador.

—¿Puedes esperar un momento? —preguntó Merrin secamente—. Deja que recupere el aliento.

Terry la miró sorprendido y por un momento permaneció con la boca abierta de asombro. Después la cerró y no dijo nada.

—Vamos, Ig —dijo Merrin—. Vamos fuera.

Ig bajó con ella las escaleras y caminó hacia la luz del sol con piernas temblorosas. Terry se quedó atrás sin hacer ademán de seguirlos.

El aire estaba quieto y cargado de humedad y de tensión acumulada. Por la mañana el cielo había estado más despejado, pero ahora se había llenado de nubes, oscuras y grandes como una flota de portaviones. Una racha de viento caliente salida de ninguna parte los azotó. El viento olía a hierro caliente, como los raíles de tren al sol, como las cañerías viejas, y cuando Ig cerró los ojos vio la pista Evel Knievel, las dos tuberías semienterradas que descendían por la pendiente como los raíles de una montaña rusa.

—No es tu culpa —dijo Merrin—. No te va a echar la culpa. Vamos. La campaña de donación de sangre casi ha terminado. Recojamos nuestras cosas y vayamos a verlo. Ahora mismo. Tú y yo.

Ante la idea de ir juntos, a Ig le entró pánico. Habían hecho un intercambio: el petardo a cambio de Merrin, y sería horrible llevarla con él. Sería como restregárselo por la cara. Lee le había salvado la vida e Ig se lo había pagado quitándole a Merrin, y ahora esto. Lee estaba tuerto, había perdido un ojo, y era culpa suya. Ig se había quedado con la chica y la vida y Lee tenía un fragmento de cristal en el cráneo y la vida arruinada. Tuvo que aspirar con fuerza del inhalador, le costaba trabajo respirar.

Cuando tuvo suficiente aire dijo:

—No puedes venir conmigo.

Parte de él estaba ya pensando que la única manera de expiar su pecado era renunciar a Merrin, pero otra, la misma parte que había cambiado el petardo por la cruz, sabía que no iba a hacerlo. Semanas atrás había tomado una decisión, había hecho un trato, no con Lee sino consigo mismo, de que haría todo lo que fuera necesario para ser el chico de Merrin Williams. Renunciar a ella no le convertiría en el bueno de la película. Ya era demasiado tarde para eso.

—¿Por qué no? También es mi amigo —dijo Merrin e Ig se sorprendió, primero por la afirmación, después al darse cuenta de que tenía razón.

—No sé lo que va a decir. Puede que esté furioso conmigo. Puede que diga algo sobre… un trato.

En cuanto lo dijo se arrepintió.

—¿Qué trato?

Ig negó con la cabeza pero Merrin repitió la pregunta.

—¿Qué trato hicieron?

—¿Me prometes que no te vas a enfadar?

—No lo sé. Cuéntamelo y ya veremos.

—Después de encontrar tu cruz se la di a Lee para que la arreglara. Pero decidió quedársela y tuve que cambiársela por algo. Por el petardo.

Merrin frunció el entrecejo.

—¿Y?

Ig la miró con desesperación, deseando que lo entendiera, pero no lo hacía, así que añadió:

—Quería quedársela para tener una excusa para conocerte.

Por un momento Merrin pareció seguir sin comprender. Después lo vio claro. No sonrió.

—¿Crees que lo cambiaste...?

Empezó a hablar pero se detuvo. Al momento siguiente volvió a hablar. Lo miraba con un calma fría que daba miedo.

—¿Crees que le cambiaste el petardo por mí? ¿Crees que así funcionan las cosas? ¿Y crees que si Lee me hubiera devuelto la cruz a mí en lugar de a ti ahora él y yo estaríamos...?

Pero tampoco terminó esa frase, porque hacerlo significaría admitir que ella e Ig estaban juntos, algo que ambos daban por hecho pero no se atrevían a decir en voz alta.

Abrió la boca por tercera vez:

—Ig, la cruz la dejé en el banco para ti.

—¿Que la dejaste...?

—Estaba aburrida. Aburridísima. Y empecé a pensar en todas las mañanas que tendría que pasar asándome de calor en esa iglesia, un domingo detrás de otro con el padre Mould chismorreando sobre mis pecados. Necesitaba hacer algo que me divirtiera. En lugar de escuchar a un tipo hablando de los pecados me entraron ganas de cometer yo alguno. Y entonces te vi allí sentado, todo modosito, pendiente del sermón como si fuera interesantísimo, y lo supe. Supe que gastarte una broma sería el principio de horas de diversión.

Al final, Ig fue solo a ver a Lee. Cuando regresó con Merrin al centro comunitario para recoger las cajas de pizza y vaciar las botellas de jugo, sonó un trueno que duró al menos diez segundos, un ruido sordo y prolongado que se sintió más que se oyó. A Ig le vibraron los huesos como un diapasón. Cinco minutos más tarde la lluvia martilleaba el techo con tal estruendo que tuvo que gritarle a Merrin para hacerse oír, aunque estaba justo al lado de él. Habían pensado que podían ir en bicicleta hasta casa de Lee, pero entonces apareció el padre de Merrin con la camioneta para llevarla a casa y no hubo ocasión de ir juntos a ninguna parte.

Terry había sacado la licencia de conducir dos días antes, tras aprobar el examen a la primera, y al día siguiente llevó a Ig a casa de Lee. La tormenta había derribado árboles, arrancado postes de teléfono del suelo y volcado buzones de correos. Era como si una gran explosión subterránea, una poderosa detonación, hubiera sacudido el pueblo entero y dejado Gideon en ruinas.

Harmon Gates era un laberinto de calles residenciales, con casa pintadas de colores cítricos, garajes adosados de dos plazas y alguna que otra piscina en el jardín trasero. La madre de Lee, la enfermera, una mujer en la cincuentena, estaba a la puerta de la casa de estilo victoriano de los Tourneau, apartando ramas de su Cadillac con expresión irritada. Terry dejó a Ig y le dijo que lo llamara a casa cuando quisiera que fuera a buscarlo.

Lee tenía un dormitorio grande en el sótano. Su madre acompañó a Ig escaleras abajo y le abrió la puerta a una oscuridad cavernosa, iluminada sólo por el brillo del televisor.

—Tienes visita —dijo con voz neutra.

Dejó pasar a Ig y cerró la puerta detrás de él para que pudieran estar solos.

Lee estaba sin camisa, sentado en el borde de la cama agarrado al somier. En la televisión ponían un episodio viejo de *Benson*, aunque Lee había bajado el volumen del todo y el aparato sólo emitía luz y figuras en movimiento. Una venda le tapaba el ojo izquierdo y gran parte del cráneo, ocultándole prácticamente la cabeza. No miró directamente a Ig ni al televisor, sino al suelo.

—Está oscuro esto —dijo Ig.

—La luz del sol me da dolor de cabeza —dijo Lee.

—¿Qué tal el ojo?

—No lo saben.

—¿Hay alguna posibilidad…?

—Creen que no perderé toda la visión.

—Qué bien.

Lee siguió sentado e Ig esperó.

—¿Te han contado todo?

—No me importa —dijo Ig—. Me sacaste del río. Eso es todo lo que necesito saber.

Ig no fue consciente de que Lee estaba llorando hasta que se le escapó un sollozo. Lloraba como quien está siendo víctima de un pequeño acto de sadismo, un cigarrillo apagado en el dorso de la mano. Se acercó y al hacerlo tropezó con una pila de CD.

—¿Quieres que te los devuelva? —preguntó Lee.

—No.

—Entonces, ¿qué quieres? ¿Tu dinero? No lo tengo.

—¿Qué dinero?

—El de las revistas que te vendí. Las que robé.

Esta última palabra la pronunció casi con una amargura exuberante.

—No.

—Entonces, ¿por qué estás aquí?

—Porque somos amigos.

Ig se acercó un poco más y emitió un quejido suave. Lee estaba sangrando. La sangre le había empapado el vendaje y le caía por la mejilla izquierda. Lee se llevó dos dedos a la cara con gesto ausente. Cuando los retiró estaban rojos.

—¿Estás bien? —preguntó Ig.

—Si lloro me duele. Tengo que aprender a no sentirme mal por las cosas.

Respiraba con fuerza, subiendo y encogiendo los hombros.

—Tenía que habértelo contado. Todo. Fue una putada venderte esas revistas, mentirte sobre para qué las vendía. Cuando te conocí mejor quise contarte la verdad, pero era demasiado tarde. Así no es como se trata a los amigos.

—No quiero hablar de eso. Ojalá no te hubiera dado el petardo.

—Olvídalo —dijo Lee—. Yo lo quería. Fue decisión mía, así que no te preocupes por eso. Sólo intenta no odiarme. En serio, necesito que por lo menos alguien no me odie.

No hacía falta que lo dijera. La visión de la sangre empapando el vendaje hizo que a Ig le temblaran las rodillas. Tuvo que hacer un gran esfuerzo para no pensar en cómo había bromeado con Lee sobre el petardo bomba, hablando de todas las cosas que podían volar juntos con él. Cómo se las había arreglado para alejar a Merrin de Lee, quien se había tirado al agua para sacarle cuando se estaba ahogando, una traición para la que no había expiación posible.

Se sentó junto a Lee.

—Te va a decir que no salgas más conmigo por ahí.

—¿Quién? ¿Mi madre? No, se alegra de que haya venido.

—No, tu madre no. Merrin.

—¿De qué hablas? Quería venir conmigo. Está preocupada por ti.

—¿Ah sí?

Lee hablaba con voz temblorosa, como si le hubiera entrado un ataque de frío. Después dijo:

—Ya sé por qué ha pasado esto.

—Fue un accidente de mierda, eso es todo.

Lee negó con la cabeza.

—Ha sido para recordarme.

Ig calló esperando a que siguiera, pero Lee no dijo nada.

—¿Recordarte qué?

Lee luchaba por contener las lágrimas. Se limpió la sangre de la mejilla con el dorso de la mano dejando un borrón largo y oscuro.

—¿Recordarte qué? —repitió Ig, pero Lee temblaba por el esfuerzo para reprimir los sollozos y nunca llegó a contestar la pregunta.

EL SERMÓN
DEL FUEGO

Capítulo
21

Ig se alejó de la casa de sus padres, del cuerpo destrozado de su abuela y de Terry y su terrible confesión sin saber con exactitud adónde se dirigía. Más bien sabía adónde no pensaba ir, ni al apartamento de Glenna ni al pueblo. Se sentía incapaz de ver otro rostro humano, de escuchar otra voz humana.

En su cabeza trataba con todas sus fuerzas de mantener una puerta cerrada mientras desde el otro lado dos hombres la empujaban, tratando de abrirse paso hasta sus pensamientos. Eran su hermano y Lee Tourneau. Necesitó toda su fuerza de voluntad para impedir que los invasores entraran en su último refugio, para mantenerlos fuera de su cabeza. No sabía lo que ocurriría cuando por fin lo consiguieran, algo que, estaba seguro, terminaría por suceder.

Condujo por la estrecha carretera estatal, atravesando extensos pastos iluminados por el sol y pasando debajo de árboles cuyas ramas colgaban sobre la carretera, pasillos de parpadeante oscuridad. Vio un carro de supermercado abandonado en una cuneta junto a la carretera y se preguntó por qué esos carros terminaban en ocasiones en un lugar así, donde no había nada. Demostraba que cuando alguien abandonaba algo ignoraba por completo qué uso harían de ello otras personas. Ig había abandonado a Merrin una noche —había dejado sola a su mejor amiga en el mundo en un ataque de ira inmadura y de superioridad moral— y mira lo que había pasado.

Recordó cuando había bajado por la pista Evel Knievel subido en el carro de supermercado diez años antes y se llevó la mano a la nariz en un gesto inconsciente; seguía torcida en el punto donde se la había roto. En su mente se formó involuntariamente una imagen de su abuela bajando la larga pendiente de la colina frente a la casa en su silla de ruedas, las grandes ruedas de goma trazando surcos en la ladera de hierba. Se preguntó qué se habría roto al chocar contra la cerca. Esperaba que fuera el cuello. Vera le había dicho que cada vez que le veía sentía ganas de morirse y para Ig sus deseos eran órdenes. Le gustaba pensar que siempre había sido un nieto atento. Si la había matado lo consideraría un buen comienzo. Pero todavía quedaba mucho trabajo por delante.

Le dolía el estómago y lo atribuyó a la infelicidad hasta que empezaron a sonarle las tripas y tuvo que admitir que en realidad estaba hambriento. Trató de pensar dónde podría conseguir comida con un mínimo de interacción humana y fue entonces cuando reparó en El Abismo, a la izquierda de la carretera.

Era el lugar de la última cena, donde había pasado su última noche con Merrin. Desde entonces no había vuelto y sospechaba que no sería bien recibido. Este pensamiento se lo tomó como una invitación y condujo hasta el aparcamiento.

Era primera hora de la tarde, ese intervalo indolente y atemporal que sigue al almuerzo y precede al momento en que la gente empieza a llegar a tomar una copa después del trabajo. Sólo había unos pocos coches estacionados que Ig supuso que pertenecían a los alcohólicos profesionales. El letrero de fuera decía:

ALITAS DE POLLO A 10 CENTAVOS Y CERVEZA BUDWEISER
A 2 DÓLARES.
DESPEDIDAS DE SOLTERA. ENTRA Y PREGÚNTANOS.
AUPA GIDEON SAINTS

Salió del coche con el sol a la espalda proyectando una sombra de casi tres metros de largo, una figura delgada y huesuda con cuernos negros que apuntaban a la puerta roja de El Abismo.

Cuando cruzó el umbral, Merrin ya estaba allí. Aunque el lugar estaba lleno de universitarios viendo el partido la localizó enseguida. Estaba sentada en su reservado habitual y se volvió para mirarle. La sola visión de Merrin —en especial cuando llevaban un tiempo separados— siempre tenía en él el peculiar efecto de hacerle pensar en su propio cuerpo. No la había visto en tres semanas y después de esta noche no volvería a verla hasta navidad, pero entretanto habría coctel de gambas y algunas cervezas y diversión entre las sábanas frescas y recién planchadas de la cama de Merrin. El padre y la madre de Merrin estaban acampando en Winnipesaukee y tenían su casa para los dos solos. A Ig se le secó la boca sólo de pensar en lo que le esperaba después de cenar, y una parte de él no entendía por qué se molestaban en comer y beber. Otra parte de él, sin embargo, sentía que era importante no tener prisa, tomarse su tiempo para disfrutar de la velada.

No era como si no tuvieran nada de qué hablar. Merrin estaba preocupada y no hacía falta ser un genio para entender por qué. Ig se marchaba a las doce menos cuarto del día siguiente en un vuelo de British Airways para trabajar con Amnistía Internacional y estarían separados por un océano durante medio año. Nunca habían pasado tanto tiempo sin verse.

Siempre sabía cuándo Merrin estaba preocupada por algo, conocía todos los síntomas. Se apartaba de él. Se dedicaba a alisar cosas con las manos —servilletas, su falda, las corbatas de él—, como si planchar estas prendas sin importancia sirviera para suavizar el camino hasta algún refugio futuro para los dos. Se olvidaba de reír y hablaba de las cosas con seriedad y madurez. Verla así le resultó gracioso, le hacía pensar en una niña pequeña vestida con las ropas de su madre. Era incapaz de tomarse su seriedad en serio.

No era lógico que estuviera preocupada. Aunque Ig sabía que la preocupación y la lógica rara vez van de la mano. Pero lo cierto es que ni siquiera habría aceptado el trabajo en Londres si ella no se lo hubiera dicho, si no le hubiera empujado a hacerlo. No estaba dispuesta a que dejara pasar esa oportunidad y había rebatido incansablemente todos sus argumentos en contra. Le había dicho que no le pasaría nada por probarlo seis meses. Que si lo odiaba siempre podía volver a casa. Pero no lo iba a odiar. Era justo el tipo de cosa que siempre había querido hacer, su trabajo ideal, los dos lo sabían. Y si le gustaba el trabajo —y así sería— y quería quedarse en Inglaterra, ella se reuniría con él. Harvard tenía un programa de intercambio con el Imperial College de Londres y su tutor de Harvard, Shelby Clarke, era el encargado de seleccionar a los candidatos; así que lo tenía muy fácil. En Londres podrían alquilar un apartamento. Ella le serviría té con pastas en bragas y después cogerían a la inglesa. Ig se quedó sin argumentos, la palabra inglesa para «bragas» siempre le había resultado mucho más sexy que la americana. Así que aceptó el empleo y en verano se marchó a Nueva York para hacer un curso de formación y orientación de tres semanas. Y ahora había vuelto y Merrin ya estaba alisando cosas y a él no le sorprendía.

Caminó hasta la mesa abriéndose paso entre la concurrencia. Se inclinó para besarla antes de deslizarse en el asiento frente a ella. Merrin no le devolvió el beso en la boca, así que tuvo que conformarse con darle un beso rápido en la sien.

Tenía delante de ella una copa vacía de martini y cuando llegó la camarera pidió otro y una cerveza para Ig. Éste la observó con placer. La suave línea de la garganta, el oscuro brillo de su pelo en la luz tenue, y al principio le siguió la corriente en lo que estaba diciendo, murmurando respuestas cuando se suponía que debía hacerlo y sólo escuchando a medias. No empezó a prestar realmente atención hasta que Merrin dijo que debía tomarse su estancia en Londres como unas vacaciones de su relación, e incluso entonces pensó que le estaba gastando una broma. No se dio cuenta de que hablaba en serio hasta que empezó a decir que sería bueno para los dos pasar tiempo con otras personas.

—¿Sin la ropa puesta? —preguntó Ig.

—No estaría mal —contestó, y se bebió medio martini de golpe.

Fue la forma en que dio el trago más que lo que dijo lo que le asustó. Bebía para hacer acopio de valor y por lo menos se había tomado ya un martini —tal vez dos— antes de que él llegara.

—¿Me consideras incapaz de esperar unos pocos meses? —preguntó. Se disponía a hacer un chiste sobre la masturbación, pero algo extraño le ocurrió antes de llegar a la frase graciosa. El aliento se quedó atrapado en la garganta y fue incapaz de seguir.

—No quiero preocuparme por lo que pasará de aquí a unos pocos meses. No podemos saber cómo te vas a sentir dentro de unos meses. O cómo me sentiré yo. No quiero que pienses que tienes que volver a casa sólo para estar conmigo. Ni que des por hecho que me voy a trasladar allí. Preocupémonos sólo del presente. Míralo de esta manera. ¿Con cuántas chicas has estado, en toda tu vida?

Ig la miró fijamente. Había visto muchas veces esa expresión de preocupación, de concentración, pero nunca hasta entonces le había dado miedo.

—Sabes perfectamente la respuesta —dijo.

—Sólo conmigo. Y nadie hace eso. Nadie pasa toda su vida con la primera persona con la que se acuesta. Ya no. No hay un solo hombre en el planeta que lo haga. Tiene que tener otras historias, al menos dos o tres.

—¿Así es como lo llamas? ¿Historias? Qué fina.

—Bueno, vale —dijo ella—. Tienes que cogerte a unas cuantas personas más.

Se escuchó una ovación del público del local. Un clamor de aprobación. Un jugador había tocado base con la pelota en la mano.

Ig iba a decir algo pero tenía la boca pastosa y necesitó dar un trago de cerveza. En el vaso sólo quedaba el fondo. No recordaba cuándo le habían servido la cerveza ni era consciente de habérsela bebido. Estaba tibia y salada, como un trago de mar. Había esperado hasta hoy, doce horas antes de que partiera al otro lado del océano, para decirle esto, para decirle…

—¿Estás rompiendo conmigo? ¿Quieres dejarme y has esperado hasta ahora precisamente para decírmelo?

La camarera estaba junto a su mesa con un cuenco de patatas fritas y una sonrisa rígida.

—¿Quieren pedir ya? —preguntó—. ¿O quieren beber algo más?

—Otro martini y otra cerveza, por favor —dijo Merrin.

—No quiero otra cerveza —dijo Ig sin reconocer esa voz pastosa y hosca, casi infantil.

—Entonces dos martinis de lima —dijo Merrin.

La camarera se retiró.

—¿Qué diablos dices? Tengo un boleto de avión, un apartamento alquilado, una oficina. ¡Me esperan el lunes por la mañana para empezar a trabajar y me vienes con esta mierda! ¿Qué es lo que pretendes? ¿Que les llame mañana y les diga: «Gracias por darme un trabajo para el que había otros setecientos candidatos, pero creo que no iré»? ¿Es una especie de examen para ver si me importas más que este trabajo? Porque si es así admitirás que es inmaduro e insultante.

—No, Ig. Quiero que te vayas y quiero que…

—Que me coja a otra.

Merrin encogió los hombros y a Ig le sorprendió lo feas que habían sonado sus palabras.

Pero Merrin asintió y tragó saliva.

—Más tarde o más temprano vas a acabar haciéndolo.

Ig tuvo un pensamiento absurdo formulado con la voz de su hermano: *Bueno, así son las cosas. Puedes vivir la vida como un lisiado o como un pringado cobarde.* No estaba seguro de que Terry hubiera pronunciado nunca esas palabras, pensó que se las había inventado por completo, y sin embargo le parecía recordarlas con la misma claridad con que alguien recuerda el estribillo de su canción favorita.

La camarera dejó con suavidad el martini de Ig en la mesa y éste se lo llevó inmediatamente a la boca, bebiéndose un tercio de un trago. Era la primera vez que lo bebía y su sabor fuerte y azucarado le quemó la garganta y lo tomó por sorpresa. El líquido descendió poco a poco por su garganta y le llegó a los pulmones. Su pecho era un horno de fundición y la cara le picaba por el sudor. Se llevó la mano al nudo de la corbata y forcejeó con él hasta soltarlo. ¿Por qué se habría puesto una camisa? Se estaba cociendo con ella. Era un infierno.

—Siempre te quedaría la duda de lo que te has perdido —dijo Merrin—. Los hombres son así. Sólo intento ser práctica. No pienso esperar a que te cases conmigo para que después intentes huir de la crisis de la mediana edad acostándote con la niñera. No estoy dispuesta a que me eches la culpa de todo lo que te has perdido en la vida.

Hizo un esfuerzo por armarse de paciencia, por recuperar un tono calmado, de buen humor. Lo de calmado podía hacerlo, lo del buen humor no.

—No me digas cómo son los otros hombres. Yo sé lo que quiero. Quiero la vida con la que hemos estado soñando todos estos años. ¿Cuántas veces hemos hablado del nombre que le vamos a poner a nuestros hijos? ¿Crees que no era en serio?

—Lo que creo es que eso es parte del problema. Estás viviendo como si ya tuviéramos hijos, como si ya estuviéramos casados. Pero no es así. Para ti los hijos ya existen porque viven en tu cabeza y no en el mundo. Yo ni siquiera estoy segura de querer tener hijos.

Ig se arrancó la corbata y la tiró sobre la mesa. No soportaba la sensación de tener algo alrededor del cuello en aquel momento.

—Pues me has engañado muy bien. Las ochenta mil veces que hemos hablado del tema parecías estar muy convencida.

—No sé qué es lo que quiero. Desde que te conozco no he tenido ocasión de pensar en mi propia vida como algo separado de ti. No ha habido un solo día…

—¿Así que te estoy agobiando? ¿Eso es lo que me quieres decir? Eso es una tontería.

Merrin apartó la cara y miró hacia otro lado esperando a que se le pasara el enfado. Ig inspiró con un estertor sibilante. Se dijo: *No grites,* y lo intentó de nuevo.

—¿Te acuerdas de aquel día en la casa del árbol? —preguntó—. La casa del árbol que nunca volvimos a encontrar, con las cortinas blancas. Dijiste que algo así no les pasaba a las parejas normales. Dijiste que nosotros éramos diferentes. Que nuestro amor nos hacía especiales, que dos personas entre un millón tenían lo que teníamos nosotros. Dijiste que estábamos hechos el uno para el otro. Que las señales estaban claras.

—No fue una señal, sólo fue un acostón vespertino en la casa del árbol de alguien.

Ig movió la cabeza despacio de un lado a otro. Hablar con Merrin aquella noche estaba siendo como intentar espantar con las manos una nube de avispas. No servía para nada, dolía, y sin embargo no podía dejar de hacerlo.

—¿No te acuerdas de que la estuvimos buscando? La buscamos todo el verano y nunca la encontramos. ¿Y de que tú dijiste que la habíamos inventado?

—Eso lo dije para que dejáramos de buscarla. Es exactamente de lo que estoy hablando, Ig. ¡Tú y tu pensamiento mágico! Un acostón no puede ser simplemente un acostón. Siempre tiene que ser una experiencia trascendental, que te cambia la vida. Es deprimente, me da flojera y estoy cansada de hacer como que es algo normal. Joder, ¿te estás escuchando? ¿A qué viene ahora hablar de la casa del árbol de mierda?

—Ya me estoy cansando de tantas groserías —dijo Ig.

—¿No te gusta? ¿No te gusta oírme hablar de coger? ¿Por qué, Ig? ¿Te estropea la imagen que tienes de mí? Tú no quieres a alguien real. Quieres una aparición sagrada para jodértela mientras piensas en ella.

La camarera dijo:

—Supongo que todavía no han decidido.

Estaba de nuevo de pie junto a su mesa.

—Dos más —dijo Ig y la camarera se marchó.

Se miraron. Ig estaba agarrado a la mesa y se sentía peligrosamente inclinado a volcarla.

—Cuando nos conocimos éramos unos niños —dijo Merrin—. Nuestra relación enseguida fue mucho más seria que la mayoría de las relaciones escolares. Tal vez podamos volver a estar juntos dentro de un tiempo y comprobar si nos queremos de adultos igual que nos queríamos de niños. No lo sé. Quizá cuando haya pasado algo de tiempo podamos ver qué tiene cada uno que ofrecer al otro.

—¿Qué tiene cada uno que ofrecer al otro? —repitió Ig—. Estás hablando como un agente de préstamos.

Merrin se acariciaba la garganta con una mano. Tenía los ojos tristes y fue entonces cuando Ig reparó en que no llevaba puesta la cruz. Se preguntó si aquello tendría algún significado especial. La cruz había sido como un anillo de compromiso, mucho antes de que cualquiera de los dos hubiera hablado de estar juntos durante toda la vida. Lo cierto es que era incapaz de recordar haberla visto nunca sin ella, un pensamiento que le llenó el pecho de dolor y vértigo.

—Entonces, ¿ya has pensado en alguien? ¿Alguien a quien cogerte con la excusa de reflexionar sobre nuestra relación?

—Eso no es lo que estoy diciendo. Sólo estoy…

—Sí estás diciendo eso. De eso se trata precisamente, lo acabas de decir tú misma. Tenemos que coger con otras personas.

Merrin abrió la boca y después la cerró. Volvió a abrirla.

—Sí, supongo que sí. Supongo que eso es parte del problema. Yo también necesito acostarme con otras personas. Si no probablemente te irías a Londres y llevarías una vida de monje. Te será más fácil pasar página si sabes que yo lo he hecho.

—Así que hay alguien.

—Hay alguien con quien he salido… una o dos veces.

—Mientras yo estaba en Nueva York. —No era una pregunta, sino una afirmación—. ¿Quién es?

—No lo conoces y no importa.

—De todas maneras quiero saberlo.

—No es importante. Yo no te voy a hacer preguntas sobre lo que hagas cuando estés en Londres.

—Querrás decir sobre con quién lo hago.

—Eso. Lo que sea. No quiero saberlo.

—Pero yo sí. ¿Cuándo pasó?

—¿Cuándo pasó qué?

—¿Cuándo has empezado a verlo? ¿La semana pasada? ¿Qué le has dicho? ¿Por qué tienes que esperar hasta que yo me haya marchado a Londres? ¿O es que no han esperado?

Merrin entreabrió los labios para responder e Ig vio algo en sus ojos, algo pequeño y terrible, y entonces notó un sarpullido en la piel y supo algo que no quería saber. Supo que Merrin llevaba todo el verano preparando este momento, desde la primera vez que lo animó a aceptar el trabajo.

—¿Hasta dónde han llegado? ¿Ya te lo has cogido?

Merrin negó con la cabeza, pero Ig no supo si estaba diciendo que no o negándose a contestar la pregunta. Trataba de contener las lágrimas. Ig no sabía cuándo había empezado aquello y le sorprendió no sentir la necesidad de consolarla. Se sentía presa de un sentimiento que no lograba comprender, una combinación perversa de furia y excitación. Una parte de él se sorprendió al descubrir que le agradaba sentirse víctima de una injusticia, tener una excusa para herirla. Ver cuánto daño era capaz de infligir. Quería acosarla a preguntas. Y al mismo tiempo le vinieron a la cabeza imágenes. De Merrin de rodillas envuelta en una maraña de sábanas, haces de luz brillante que se colaban entre las persianas y dibujaban rayas en su cuerpo, de alguien acariciando sus caderas desnudas. El pensamiento lo excitó y lo horrorizó a partes iguales.

—Ig —dijo Merrin con suavidad—, por favor.

—Déjate de *por favor*. Hay algo que no me estás contando. Dime si te lo has cogido ya.

—No.

—Bien. ¿Ha estado allí alguna vez? ¿En tu apartamento contigo cuando te llamé desde Nueva York? ¿Allí sentado con la mano debajo de tu falda?

—No. Comimos juntos, Ig. Eso fue todo. Hablamos de vez en cuando. Sobre todo de la universidad.

—¿Piensas en él alguna vez cuando estás cogiendo conmigo?

—Por Dios, no. ¿Cómo puedes preguntar eso?

—Porque quiero saberlo todo. Quiero saber hasta el más puto detalle de lo que no me estás contando, cada sucio secreto.

—¿Por qué?

—Porque así me resultará más fácil odiarte.

La camarera estaba rígida junto a su mesa. Paralizada justo cuando se disponía a servirles las bebidas.

—¿Qué carajo estás mirando? —le preguntó Ig, y la chica retrocedió tambaleándose.

La camarera no era la única que los miraba. En las mesas de alrededor la gente tenía las cabezas vueltas hacia ellos. Unos cuantos espectadores los miraban con expresión grave, mientras que otros, en su mayoría parejas jóvenes, los observaban divertidos, esforzándose por no reír. Nada resultaba tan entretenido como una discusión de pareja en público.

Cuando Ig volvió los ojos hacia Merrin ésta se había levantado y estaba de pie detrás de su silla. Tenía la corbata de Ig en la mano. La había cogido cuando él la tiró y desde entonces había estado alisándola y doblándola sin cesar.

—¿Dónde vas? —preguntó Ig y la sujetó por el hombro cuando intentó escabullirse. Merrin se apoyó en la mesa. Estaba borracha. Los dos lo estaban.

—Ig —dijo—. El brazo.

Sólo entonces se dio cuenta de que le estaba estrujando el brazo, clavando en él los dedos con fuerza suficiente para notar el hueso. Tuvo que hacer un esfuerzo consciente por abrir la mano.

—No me estoy escapando —dijo Merrin—. Necesito un momento para lavarme —añadió llevándose la mano a la cara.

—No hemos terminado esta conversación. Hay muchas cosas que no me estás contando.

—Si hay cosas que no quiero contarte no es por egoísmo. Es que no quiero hacerte daño, Ig.

—Demasiado tarde.

—Porque te quiero.

—No te creo.

Lo dijo para hacerla daño —en realidad no sabía si lo creía o no— y sintió una alegría salvaje al ver que lo había conseguido. Los ojos de Merrin se llenaron de lágrimas, se tambaleó y apoyó una mano en la mesa una vez más para recuperar el equilibrio.

—Si no te he dicho algunas cosas ha sido para protegerte. Ya sé lo buena persona que eres y te mereces más de lo que has sacado de estar conmigo.

—Por fin estamos de acuerdo en algo. En que me merezco algo mejor.

Merrin esperó a que siguiera hablando, pero no podía, de nuevo le faltaba el aliento. Merrin se volvió y echó a andar a través de la gente hacia el lavabo de señoras. Ig se terminó el martini mientras la veía marcharse. Estaba guapa vestida con aquella blusa blanca y una falda gris perla, y reparó en que dos chicos universitarios se volvían a su paso para mirarla y después uno de ellos dijo algo y el otro se rio.

Sintió que la sangre se le espesaba en las venas y las sienes le latían. No vio al hombre que estaba junto a la mesa ni le oyó decir:

«Señor»; no le vio hasta que el tipo se inclinó para mirarle a la cara. Tenía cuerpo de culturista, con fuertes hombros que se marcaban bajo una camiseta blanca deportiva pegada y ojos azules y pequeños que sobresalían bajo una frente huesuda y prominente.

—Señor —repitió—, vamos a tener que pedirle a usted y a su mujer que se marchen. No podemos permitir que maltrate al personal.

—No es mi mujer. Es sólo alguien con quien solía coger.

El hombre corpulento —¿barman?, ¿gorila?— dijo:

—Aquí no nos gusta ese tipo de lenguaje. Guárdeselo para otra clase de sitios.

Ig se levantó, sacó su cartera y puso dos billetes de veinte dólares en la mesa antes de dirigirse hacia la puerta. Mientras caminaba le dominó una sensación de justicia. *Déjala*, fue lo que pensó. Cuando estaba sentado frente a ella, todo lo que quería era sonsacarle todos los secretos y hacer que sufriera todo lo posible en el proceso. Pero ahora que estaba fuera de su vista y que tenía espacio para respirar, sentía que sería un error darle más tiempo para justificar lo que había decidido hacerle. No quería quedarse y darle la oportunidad de diluir su odio con lágrimas, con más charlas sobre cómo lo quería. No estaba dispuesto a comprender y tampoco quería sentir compasión.

Cuando volviera se encontraría la mesa vacía. Su ausencia sería más elocuente que cualquier cosa que dijera si se quedaba. No importaba que no tuviera coche. Era adulta, podía buscarse un taxi. ¿No era ése su argumento para coger con alguien mientras él estuviera en Inglaterra? ¿Demostrar que era realmente adulta?

Nunca en su vida había estado tan seguro de estar haciendo lo correcto, y conforme se acercaba a la salida escuchó lo que parecía una ovación, un ruido de patadas en el suelo y palmas que creció en intensidad hasta que por fin abrió la puerta y se encontró con que estaba diluviando.

Cuando llegó al coche tenía las ropas empapadas. Metió la marcha atrás y arrancó antes siquiera de encender los faros. Puso los limpiaparabrisas a máxima velocidad y éstos empezaron a apartar la lluvia a latigazos, pero el agua seguía cayendo a raudales por el cristal, distorsionando su visión de las cosas. Escuchó un crujido y al mirar hacia abajo vio que se había chocado contra un poste de teléfono.

No pensaba salir a comprobar los daños. Ni se le pasó por la imaginación. Antes de incorporarse a la carretera, sin embargo, miró por la ventana del asiento del pasajero y, aunque la cortina de agua casi la tapaba, pudo ver a Merrin a unos pocos metros, de pie y encogida para protegerse de la lluvia. El pelo le caía en mojados mechones. Le dirigió una mirada de infelicidad a través del estacionamiento pero no le hizo gesto alguno para que se detuviera, para que la esperara o diera la vuelta. Ig pisó el acelerador y se alejó.

Veía el mundo pasar a gran velocidad por la ventana, una confusa sucesión de verdes y negros. Hacia el final de la tarde la temperatura había alcanzado los treinta y seis grados. El aire acondicionado estaba puesto al máximo, llevaba así todo el día. Sentado allí entre ráfagas de aire refrigerado apenas era consciente de que tiritaba con sus ropas empapadas.

Las emociones se acompasaban con su respiración. Al exhalar la odiaba y sentía ganas de decírselo y verle la cara mientras lo hacía. Al inhalar sentía una punzada de dolor por haberse marchado y haberla dejado bajo la lluvia, y quería volver y susurrarle que subiera al coche. La imaginaba todavía allí parada, esperándolo. Miró por el espejo retrovisor por si la veía, pero, claro, para entonces El Abismo ya estaba casi un kilometro atrás. En su lugar vio un coche de policía negro con la sirena en el techo techo pisándole los talones.

Miró el cuentakilómetros y descubrió que iba casi a noventa por hora cuando el límite era sesenta. Los muslos le temblaban con tal fuerza que casi le dolían. Con el pulso desbocado, aflojó el pie del acelerador y cuando vio un Dunkin' Donuts cerrado a la derecha de la carretera se desvió y detuvo el coche.

El Gremlin seguía circulando a demasiada velocidad y los neumáticos derraparon en la tierra, levantando piedras. Por el espejo lateral vio pasar de largo el coche de policía, sólo que no era un coche de policía, tan sólo un Pontiac negro con baca portaequipajes.

Permaneció temblando detrás del volante mientras esperaba a que el corazón recuperara su ritmo normal. Transcurridos unos minutos decidió que tal vez era un error seguir conduciendo con semejante tiempo, especialmente si tenía en cuenta que además estaba borracho. Esperaría a que dejara de llover; de hecho ya llovía menos. Lo siguiente que pensó es que Merrin tal vez estuviera intentando llamarlo a su casa para asegurarse de que había llegado bien, y le alegró imaginar la respuesta de su madre: *No, Merrin, no ha llegado todavía. ¿Ha pasado algo?*

Entonces se acordó del móvil. Probablemente Merrin intentaría llamarlo primero al móvil. Lo sacó del bolsillo, lo apagó y lo tiró al asiento del pasajero. Estaba seguro de que llamaría, y la idea de que pudiera imaginar que le había pasado algo —que había tenido un accidente o que, trastornado, se hubiera estampado adrede contra un árbol— lo llenaba de satisfacción.

Lo siguiente que tenía que hacer era dejar de temblar. Echó el asiento hacia atrás y apagó el motor, cogió una cazadora del asiento trasero y se la extendió sobre las rodillas. Escuchó la lluvia tamborileando sobre el techo del coche cada vez más despacio, con la violencia de la tormenta ya extinguida. Cerró los ojos y se relajó al ritmo de la lluvia y no los abrió hasta las siete de la mañana, cuando los rayos del sol se abrieron paso entre las copas de los árboles.

Se apresuró a volver a casa y una vez allí se duchó, se vistió y cogió su equipaje. Aquélla no era la manera en que había planeado marcharse. Sus padres y Vera estaban desayunando en la cocina y los primeros parecieron divertidos al verle correr de un lado a otro, nervioso y desorientado. No le preguntaron dónde había estado toda la noche. Creían saberlo. Su madre esbozaba una pequeña sonrisa e Ig prefirió dejarla así, sonriendo, antes que preocupada por él.

Terry estaba en casa —era el paréntesis estival de *Hothouse*— y le había prometido llevarlo al aeropuerto de Logan, pero aún no se había levantado. Vera dijo que había estado toda la noche por ahí con sus amigos y que no había llegado a casa hasta el amanecer. Había oído su coche y al mirar por la ventana había visto a Terry vomitando en el jardín.

—Es una pena que estuviera aquí y no en Los Ángeles —dijo la abuela—. Los paparazzi se han perdido una buena exclusiva. Gran estrella de la televisión vomitando en los rosales. A la revista *People* le habría encantado. Ni siquiera llevaba la misma ropa con la que había salido de casa.

Lydia pareció menos divertida entonces y picoteó nerviosa la fruta que estaba desayunando.

El padre de Ig se reclinó en la silla mirando a su hijo.

—¿Estás bien, Ig? Parece que te pasa algo.

—Me parece que Terry no fue el único que se divirtió anoche —dijo Vera.

—¿Estás bien para conducir? —preguntó Derrick—. Si esperas diez minutos me visto y te llevo.

—Termínate el desayuno tranquilamente. Es mejor que me vaya antes de que se me haga tarde. Dile a Terry que espero que no hubiera bajas y que le llamaré desde Inglaterra.

Ig besó a todos, les dijo que los quería y salió al frescor de la mañana y a la hierba brillante por el rocío. Recorrió los noventa kilómetros hasta el aeropuerto de Logan en cuarenta y cinco minutos. No se encontró con tráfico hasta la última parte del camino, pasado el circuito de carreras de Suffolk Downs, donde arrancaba una colina en cuya cima había una cruz de diez metros de altura. Estuvo un tiempo parado detrás de una fila de camiones, a la sombra de la cruz. En el resto del país era verano pero allí, bajo la profunda sombra que la cruz proyectaba sobre la carretera, parecía finales de otoño, y por unos instantes tuvo frío. Le

parecía recordar vagamente que se llamaba la Cruz de Don Orsillo, pero no tenía ningún sentido. Orsillo era el comentarista deportivo del equipo de beisbol de los Red Sox.

Las carreteras estaban despejadas, pero la terminal de British
Airways estaba llena a rebosar e Ig llevaba boleto de clase turista,
así que tuvo que esperar una larga cola. La zona de facturación
estaba llena de voces resonantes, de golpeteos de tacones altos en
el suelo de mármol y de mensajes indescifrables emitidos por me-
gafonía. Ya había facturado el equipaje y estaba esperando otra
cola, la de los controles de seguridad, cuando sintió antes que oyó
cierto alboroto a su espalda. Se volvió y vio a gente apartándose,
haciendo sitio para un destacamento de agentes de policía con
chalecos antibalas y cascos y armados con fusiles de asalto caminando hacia él. Uno de ellos hacía gestos con las manos señalando
hacia la cola de gente.

Cuando les dio la espalda vio que más agentes venían desde
el otro lado. Caminaban con los cañones de los fusiles apuntando
al suelo y los visores de los cascos cubriéndoles los ojos. Exami-
naban con los ojos ocultos el tramo de la cola donde estaba Ig. Las
armas daban miedo, pero no tanto como la expresión fría y gris
de sus caras.

Entonces fue cuando reparó en otra cosa, la más extraña de
todas. El oficial al mando, el que había hecho gestos indicando a
sus hombres que se desplegaran para cubrir las salidas, parecía
estar apuntándole con su fusil.

Capítulo
22

Se quedó de pie a la entrada de El Abismo esperando a que sus ojos se acostumbraran a la cavernosa oscuridad, a aquel lugar sombrío iluminado sólo por grandes pantallas de televisión y máquinas tragamonedas de póquer. Una pareja estaba sentada en la barra y sus siluetas parecían estar hechas de oscuridad. Un tipo musculoso se afanaba detrás de la barra colgando copas boca abajo sobre el mostrador trasero. Ig lo reconoció; era el gorila que lo había echado del local la noche en que Merrin fue asesinada.

Por lo demás el lugar estaba vacío e Ig se alegró de ello. No quería ser visto. Lo que quería era comer algo sin tener siquiera que molestarse en pedir la comida, sin tener que hablar absolutamente con nadie. Estaba intentando pensar la manera de hacerlo cuando escuchó el suave zumbido de su teléfono móvil.

Era su hermano. La oscuridad se plegó como un músculo en torno a Ig. La idea de contestar el teléfono y hablar con Terry le llenaba de miedo y de odio. No sabía qué debía decirle, qué podía decirle. Sostuvo el teléfono en la palma de la mano y lo observó vibrar hasta que se calló.

En cuanto esto ocurrió empezó a preguntarse si Terry sería consciente de lo que le había confesado unos minutos antes. Y había otras cosas que podía haber averiguado contestando por teléfono. Como, por ejemplo, si hacía falta ver los cuernos para que éstos pervirtieran la imaginación de la gente. Tenía la impresión de que quizá podría mantener una conversación normal con alguien por teléfono. También se preguntó si Vera estaría muerta y si por fin se había convertido en el asesino que todos creían que era.

No. No estaba preparado para esa clase de información, todavía no. Necesitaba algún tiempo a solas en la oscuridad, prolongar un poco más su aislamiento y su ignorancia.

Pues claro —dijo una voz dentro de su cabeza. Era su propia voz pero sonaba maliciosa y burlona—. *Es lo que llevas haciendo los últimos doce meses. ¿Qué importa una tarde más?*

Cuando se hubo acostumbrado a las somnolientas sombras de El Abismo, localizó una mesa vacía en un rincón donde alguien había estado comiendo pizza, tal vez con niños, pues había vasos de plástico con pajitas flexibles. Quedaban algunos restos de pizza pero, sobre todo, el padre o la madre a cargo de esta merienda infantil había dejado un vaso medio lleno de cerveza clara. Ig se deslizó en el reservado haciendo crujir la tapicería y bebió. La cerveza estaba caliente, y él sabía bien que la última persona en beber de aquel vaso podía tener úlceras supurantes o un caso virulento de hepatitis. Pero se le antojaba algo ridículo que a alguien a quien le habían salido cuernos en las sienes le preocupara contagiarse de algún germen.

Las puertas batientes que daban a la cocina se abrieron y una camarera salió de un espacio recubierto de azulejos blancos e intensamente iluminado por tubos fluorescentes. Llevaba un frasco de desinfectante en una mano y un trapo en la otra y atravesó con paso decidido el comedor en dirección a su mesa.

Ig la conocía, por supuesto. Era la misma mujer que les había servido las bebidas a Merrin y a él en su última noche juntos. Tenía el rostro enmarcado por dos mechones de pelo blanco y lacio que se le rizaban debajo de una barbilla larga y apuntada, de forma que parecía la versión femenina de ese mago que siempre se lo hace pasar tan mal a Harry Potter en las películas. El profesor Snail o algo así. Ig había planeado leer los libros con los hijos que él y Merrin pensaban tener.

La camarera no estaba mirando al banco e Ig se encogió contra el vinilo rojo. Ya era demasiado tarde para escabullirse sin ser visto. Consideró la posibilidad de esconderse bajo la mesa pero decidió que era una idea inquietante. Había una luz que iluminaba directamente el banco donde estaba sentado, de manera que aunque se apretara contra el asiento seguía proyectando una sombra de su cabeza, con los cuernos, en la mesa. La camarera vio primero la sombra y después lo miró.

Las pupilas se le encogieron y palideció. Dejó caer los platos sobre la mesa con estrépito en un gesto de sorpresa, aunque lo más sorprendente de todo quizá fuera que ninguno se rompió. Después tomó aire con fuerza, preparándose para gritar, y fue entonces cuando reparó en los cuernos y el grito pareció morir en su garganta. Se quedó allí de pie.

—El letrero dice que los clientes pueden sentarse directamente —dijo Ig.

—Sí, muy bien. Déjame que limpie la mesa y te traeré la carta.

—En realidad —dijo Ig—, ya he comido.

Hizo un gesto señalando los platos sobre la mesa.

La camarera paseó la vista varias veces de sus cuernos a su cara.

—Tú eres ese chico —dijo—. Ig Perrish.

Ig asintió.

—Nos atendiste a mí y a mi novia hace un año, la última noche que estuvimos juntos. Quería decirte que siento las cosas que dije aquella noche y la forma en que me comporté. Te diría que me viste en mi peor momento, pero lo cierto es que aquello no fue nada comparado con lo que soy ahora.

—No me siento mal por aquello en absoluto.

—Ah, qué bien. Me parecía que te había causado una mala impresión.

—No, a lo que me refiero es a que no me arrepiento de haber mentido a la policía. Sólo siento que no me creyeran.

A Ig se le encogió el estómago. *Ya estamos otra vez*, pensó. La camarera había empezado a hablar consigo misma o, mejor dicho, con su demonio interior particular, un demonio que daba la casualidad de que tenía el rostro de Ig. Y si no encontraba una manera de controlar aquello —al menos de anular el efecto de los cuernos— no tardaría en volverse loco, si es que no lo estaba ya.

—¿Qué mentiras dijiste?

—Le dije a la policía que la habías amenazado con estrangularla. Les dije que vi cómo la empujabas.

—¿Y por qué les dijiste eso?

—Para que te condenaran. Para que no te libraras. Y mira ahora, ella está muerta y tú aquí. No sé cómo, pero te libraste, igual que mi padre después de lo que nos hizo a mi madre y a mí. Quería que fueras a la cárcel. —En un gesto inconsciente, levantó la mano y se retiró el pelo de la cara—. También quería salir en los periódicos, ser la testigo principal. Si hubiera habido juicio, yo habría salido en la televisión.

Ig la miró sin decir nada. La camarera siguió hablando:

—Lo intenté. Aquella noche, cuando te marchaste, tu novia salió corriendo detrás de ti y se olvidó el abrigo. Lo cogí y salí para devolvérselo; entonces vi que te marchabas sin ella. Pero eso no es lo que le dije a la policía. A ellos les dije que cuando salí te vi obligándola a entrar en el coche y salir a toda velocidad. Eso es lo que lo jodió todo, porque chocaste contra un poste de teléfonos al dar marcha atrás y uno de los clientes oyó el golpe y miró por la ventana para ver qué había pasado. Le dijo a la policía que te habías ido sin la chica. El detective me pidió que me sometiera a la prueba del polígrafo para confirmar mi historia y tuve que desdecirme de esa parte. Entonces no creyeron nada de lo que les había dicho. Pero sé lo que pasó. Sé que dos minutos más tarde te diste la vuelta y te la llevaste.

—Pues te equivocas. La recogió alguien que no era yo.

Al pensar en ello sintió náuseas.

Pero la posibilidad de estar equivocada en su juicio sobre él no parecía interesar a la camarera. Cuando volvió a hablar era como si Ig no hubiera dicho nada.

—Sabía que volvería a verte algún día. ¿Vas a obligarme a salir al estacionamiento contigo? ¿Vas a llevarme a algún sitio para sodomizarme?

Hablaba en un tono decididamente esperanzado.

—¿Qué? ¡Claro que no! Pero ¿qué mierda…?

La camarera pareció perder algo de entusiasmo.

—¿Al menos me vas a amenazar?

—No.

—Puedo decir que lo has hecho. Puedo decirle a Reggie que me has aconsejado que ande con cuidado. Eso estaría bien. —Su sonrisa se diluyó un poco más y dirigió una mirada contrita al culturista que estaba detrás de la barra—. Aunque probablemente no me creería. Reggie cree que soy una mentirosa compulsiva y supongo que tiene razón. Me gusta inventar pequeñas historias. De todas maneras nunca debería haberle contado a Reggie que mi novio, Gordon, murió en la World Trade Tower después de haberle dicho a Sarah —otra camarera que trabaja aquí— que había muerto en Irak. Debería haber supuesto que compararían sus respectivas informaciones. Pero para mí es como si estuviera muerto. Rompió conmigo por correo electrónico, así que se vaya a la mierda. ¿Por qué te estoy contando todo esto?

—¿Porque no puedes evitarlo?

—Eso es, no puedo —dijo y se estremeció, en una reacción de claras connotaciones sexuales.

—¿Qué les hizo tu padre a ti y a tu madre? ¿Les…, les hizo daño? —preguntó Ig sin estar muy seguro de querer oír la respuesta.

—Nos dijo que nos quería pero era mentira. Se marchó a Washington con mi profesora de quinto curso. Allí empezó una nueva familia, tuvo otra hija a la que quiere más de lo que nunca me quiso a mí. Si de verdad me hubiera querido me habría llevado con él en lugar de dejarme con mi madre, que es una vieja puta amargada y deprimente. Me dijo que siempre formaría parte de mi vida, pero ni de broma. Odio a los mentirosos. A los otros mentirosos, quiero decir. Mis pequeñas historias no hacen daño a nadie. ¿Quieres oír la historia que cuento sobre ti y tu novia?

La pizza que se había comido había formado una pesada bola en su estómago.

—Pues creo que no.

La camarera enrojeció de placer y recuperó la sonrisa.

—A veces viene gente y me pregunta qué le hiciste. Con sólo mirarlos sé cuánto quieren saber, si sólo la información básica o también los detalles desagradables. Los universitarios, por lo general, quieren algo truculento, así que les digo que después de reventarle los sesos la pusiste boca abajo y la sodomizaste.

Al intentar ponerse de pie, se golpeó las rodillas con la mesa y los cuernos chocaron con la lámpara de vidrio cromado que colgaba sobre el mantel. La lámpara empezó a balancearse y su sombra cornuda se proyectó sobre la camarera y a continuación se alejó, realizando este movimiento varias veces. Tuvo que sentarse otra vez; le dolían las rodillas.

—No la… —empezó a decir—. Eso no…, perra pervertida.

—Lo sé —confesó la camarera no sin orgullo—. No sabes lo mala que soy. Pero deberías ver sus caras cuando se lo cuento. A las chicas sobre todo las encanta esa parte. Siempre es excitante escuchar cómo desvirgan a alguien. A todo el mundo le gusta un crimen sexual y en mi opinión todas las historias mejoran con un toque de sodomía.

—¿Te das cuenta de que estás hablando de alguien a quien yo quería? —preguntó Ig. Sentía pinchazos de dolor en los pulmones y le costaba trabajo respirar.

—Sí, claro —dijo la camarera—. Por eso la mataste. Por eso mata la gente normalmente. No por odio, sino por amor. A veces me gustaría que mi padre nos hubiera querido a mi madre y a mí lo suficiente para matarnos y suicidarse él después. Eso habría sido una gran tragedia, en lugar de una ruptura más, aburrida y deprimente. Si hubiera tenido narices para cometer un doble homicidio, todos habríamos salido en la televisión.

—Yo no maté a mi novia.

Ante estas palabras la camarera por fin pareció reaccionar. Arrugó el ceño y frunció los labios en un gesto de confusa decepción.

—Pues eso no tiene nada de divertido. Me parecías mucho más interesante cuando creía que habías matado a alguien. Aunque llevas cuernos, y eso sí es divertido. ¿Es un tipo de modificación corporal?

—¿Un tipo de qué?

—Modificación corporal. ¿Te lo has hecho tú?

Aunque seguía sin recordar la noche anterior —se acordaba de lo ocurrido hasta la borrachera en el bosque, junto a la fundición, pero después todo era una horrible nebulosa— sabía la respuesta a esta pregunta. Se le ocurrió inmediatamente, sin pensar.

—Sí —dijo.

Capítulo

23

La camarera le había dicho que resultaría más interesante si matara a alguien, así que pensó: ¿por qué no a Lee Tourneau?

Era una alegría saber adónde se dirigía, subir al coche con un destino fijo. Las ruedas levantaron polvo cuando arrancó. Lee trabajaba en la oficina del congresista en Portsmouth, en New Hampshire, a cuarenta minutos de allí, y a Ig le apetecía dar una vuelta en coche. Por el camino tendría tiempo de perfilar un plan.

Primero pensó que usaría las manos. Le estrangularía como él había estrangulado a Merrin. Merrin, que quería a Lee, había sido la primera en ir a su casa a consolarlo el día en que su madre murió. Ig agarró el volante como si ya estuviera asfixiando a Lee y lo sacudió lo suficientemente fuerte como para hacer temblar la barra de la dirección.

Su segundo pensamiento fue que tenía que haber una barra de hierro en el maletero. Podría ponerse la cazadora —estaba tirada en el asiento trasero— y guardarse la barra dentro de la manga. Cuando tuviera a Lee delante podría dejarla caer hasta la mano y golpearle en la cabeza. Se imaginó el crujido cuando la barra entrara en contacto con el cráneo y tembló de excitación.

Lo que le preocupaba era que sería una muerte demasiado rápida, que Lee podría no llegar a saber nunca quién o qué le había golpeado. En una situación ideal, obligaría a Lee a meterse en el coche y le llevaría a algún lugar para ahogarle. Sujetaría su cabeza debajo del agua y lo vería resistirse. Este pensamiento lo hizo sonreír y no reparó en que le salía humo por las fosas nasales. Con la luz que entraba a raudales en el coche, parecía sólo neblina de verano.

Después de que Lee perdiera casi por completo la visión del ojo izquierdo, pasó un tiempo tranquilo, sin llamar la atención. Hizo veinte horas de trabajo voluntario para cada una de las tiendas en que había robado, independientemente de lo que se hubiera llevado de ellas, unos tenis de treinta dólares o una chaqueta de cuero de doscientos. Escribió una carta al periódico detallando cada uno de sus delitos y pidiendo disculpas a los encargados de las zapaterías, a sus amigos, a su madre, a su padre y a la iglesia. Abrazó decididamente la religión y se apuntó a todos los programas que organizaba el Sagrado Corazón. Todos los veranos trabajaba con Ig y Merrin en Camp Galilee.

Y un día cada verano acudía como orador invitado a los servicios matutinos de los domingos de Camp Galilee. Siempre empezaba contando a los niños que había sido un pecador, que había robado y mentido, utilizado a sus amigos y manipulado a sus padres. Les contaba que había estado ciego pero que por fin había visto la luz y, mientras lo hacía, se señalaba el ojo izquierdo. Cada verano soltaba el mismo discurso moralizante. Ig y Merrin le escuchaban desde las últimas filas de la capilla y cada vez que Lee se señalaba el ojo y citaba el himno *Amazing Grace* a Ig se le ponía la carne de gallina. Se sentía afortunado por conocerlo, por participar aunque fuera sólo un poco de su gloria.

Era una historia muy buena y a las chicas les gustaba especialmente. Les gustaba tanto que Lee hubiera sido malvado como el hecho de que se hubiera reformado. Había algo insoportablemente noble en la forma que tenía de admitir las cosas que había hecho, sin asomo alguno de vergüenza ni timidez. Salir con chicas era la única tentación a la que no se resistía.

Lo habían aceptado en el seminario de Bangor, en Maine, pero Lee renunció a la teología cuando su madre enfermó, y volvió a casa a cuidarla. En aquel entonces sus padres se habían divorciado y su padre se había mudado con su segunda mujer a Carolina del Sur. Lee se ocupó de su madre; le compraba las medicinas, le cambiaba las sábanas y los pañales y veía con ella la televisión. Cuando no estaba a la cabecera de su cama asistía a clases en la Universidad de New Hampshire, y se licenció en Ciencias de la Información. Los sábados conducía hasta Portsmouth para trabajar en la oficina del último congresista electo de New Hampshire.

Empezó como voluntario sin sueldo, pero para cuando su madre murió ya era empleado a tiempo completo y responsable de difundir los aspectos relacionados con la religión del programa del congresista. Mucha gente pensaba que Lee era la principal razón por la que el congresista había sido reelegido. Su oponente, un antiguo juez, había autorizado a una delincuente embarazada a abortar en su primer trimestre, algo que Lee había equiparado con aplicar la pena capital a un nonato. Lee acudió a la mitad de las iglesias del estado a hablar del caso. Se le daba muy bien el púlpito, ataviado con su corbata y su camisa blanca recién planchada, y nunca perdía la oportunidad de admitir que era un pecador, lo que a su público le encantaba.

Su labor en la campaña también había sido la causa de la única pelea que había tenido con Merrin, aunque Ig no estaba seguro de si podía llamársele pelea cuando uno de los participantes no había tenido ocasión de defenderse. Merrin puso verde a Lee con el asunto del aborto, pero éste se lo tomó con calma y dijo:

—Si quieres que deje mi trabajo, Merrin, mañana entregaré la carta de renuncia. No tengo ni que pensarlo. Pero si me quedo tengo que hacer aquello para lo que me contrataron, y pienso hacerlo bien.

Merrin le dijo que no tenía vergüenza. Lee le contestó que en ocasiones pensaba que sólo tenía eso, y Merrin le pidió que no se pusiera en plan trascendental; pero no volvió a sacar el tema.

A Lee siempre le había gustado mirarla. Ig se había dado cuenta a veces de que la observaba cuando se levantaba de la mesa y llevaba puesta una falda. Siempre le había gustado mirarla y a Ig no le importaba. Merrin era suya. Y de todas maneras, después de lo que le había hecho a Lee en el ojo —con el tiempo había llegado a convencerse de que era personalmente responsable de la ceguera parcial de su amigo—, no podía escatimarle una miradita a una mujer guapa. Lee solía decir que el accidente podía haberle dejado completamente ciego y que trataba de disfrutar todas y cada una de las cosas que veía como si fueran la última cucharada de un helado. Tenía un talento especial para decir cosas de ese estilo, para admitir con toda naturalidad sus debilidades y sus errores, sin miedo a que se burlaran de él. Claro que nadie lo hacía, más bien al contrario. Todo el mundo lo buscaba. Su éxito de convocatoria era fenomenal. Tal vez un día decidiera presentarse a unas elecciones. Ya se había rumoreado algo al respecto, aunque Lee se burlaba de todos los que se lo sugerían argumentando, a lo Groucho Marx, que nunca querría formar parte de un club que lo aceptara a él como miembro. Pero Ig recordaba que César también había rechazado el poder tres veces.

Algo le golpeaba las sienes; como un martillo sobre metal caliente, un chasquido agudo y constante. Se desvió de la carretera interestatal y siguió la autopista hasta el parque empresarial donde el congresista tenía sus oficinas, en un edificio con un gran vestíbulo cuneiforme acristalado que sobresalía de la fachada como la proa de un gigantesco y transparente buque cisterna. Condujo hasta la entrada trasera.

El estacionamiento de tejado negro detrás del edificio estaba casi vacío, recociéndose bajo el sol de la tarde. Ig se detuvo, cogió la cazadora de nailon azul del asiento trasero y salió del coche. Hacía demasiado calor para llevar chaqueta, pero se la puso de todas maneras. Le agradó notar el sol en la cara y en la cabeza y sentir el calor que despedía el asfalto bajo sus pies. De hecho le produjo un gran placer.

Abrió el maletero y levantó la tapa del compartimento donde estaban las herramientas y la rueda de repuesto. La llanta de hierro estaba sujeta a un panel metálico, pero los tornillos estaban oxidados y al tratar de aflojarlos se hizo daño en las manos. Desistió y echó un vistazo en su kit de emergencias en carretera. Había una bengala de magnesio envuelta en suave papel encerado. Sonrió: una bengala era mucho mejor que una barra de hierro. Le serviría para quemarle a Lee su cara bonita. Dejarlo ciego del otro ojo tal vez. Eso podría estar tan bien como matarlo. Además, lo de la bengala resultaba mucho más apropiado. ¿No dice la canción que el fuego es el mejor amigo del demonio?

Cruzó el estacionamiento bajo el calor reluciente. Era el verano en que las langostas de diecisiete años salían para aparearse y los árboles detrás del estacionamiento resonaban con su zumbido vibrante e intenso, como un gigantesco pulmón artificial. Su cabeza se llenó de él; era el sonido de su jaqueca, de su locura, de su furia clarividente. Le vino al pensamiento un fragmento del Apocalipsis: «Y del humo del pozo salieron langostas en la tierra». Las langostas salían cada diecisiete años para aparearse y morir. Lee Tourneau era un insecto, no era mejor que las langostas; de hecho era bastante peor. Ya se había apareado y ahora le había llegado el momento de morir. Ig le ayudaría. Mientras cruzaba el estacionamiento, se escondió la bengala en la manga de la cazadora y la sujetó con la mano derecha.

Se acercó a unas puertas de plexiglás impresas con el nombre del honorable congresista de New Hampshire. Eran reflectantes y vio su imagen en ellas: un hombre escuálido y sudoroso con una cazadora cerrada hasta el cuello y aspecto de ir a cometer un delito. Por no hablar de los cuernos. Las puntas le habían desgarrado la carne de las sienes y el hueso de debajo estaba teñido de sangre rosácea. Peor que los cuernos, pensó, era la manera en que sonreía. Si hubiera estado de pie al otro lado de las puertas y se hubiera visto entrar, habría echado el cerrojo y llamado a la policía.

Entró en un silencio refrigerado y mullido. Un hombre gordo con el pelo rapado estaba sentado detrás de una mesa hablando animadamente por un auricular. A la derecha de la mesa había un control de seguridad, donde los visitantes debían pasar por un arco detector de metales. Un agente de policía estaba sentado detrás del monitor de rayos X mascando chicle. Una puerta corredera de plexiglás detrás de la mesa del recepcionista daba a una habitación pequeña apenas amueblada con un mapa de Nueva York pegado a la pared y un monitor de seguridad sobre una mesa. Un segundo agente, un hombre corpulento de anchas espaldas, estaba sentado ante una mesa plegable inclinado sobre unos papeles. Ig no podía verle la cara, pero tenía el cuello grueso y una gran cabeza calva que le resultaban vagamente obscenos.

Aquellos agentes de policía y el detector de metales lo pusieron nervioso. Al verlos le vinieron a la cabeza malos recuerdos en el aeropuerto Logan y empezó a sudar por todo el cuerpo. Llevaba más de un año sin visitar a Lee y no recordaba haber tenido que pasar antes por ningún control de seguridad.

El recepcionista dijo: «Adiós, cariño» por el auricular, pulsó un botón de su mesa y miró a Ig. Tenía una cara grande y redonda con forma de luna y probablemente se llamaba Chet o Chip. Detrás de las gafas de montura cuadrada sus ojos brillaban de consternación o de asombro.

—¿Puedo ayudarlo? —preguntó a Ig.

—Sí. ¿Podría…?

Pero entonces algo captó la atención de Ig: el monitor de seguridad de la habitación al otro lado de la ventana de plexiglás. Transmitía una imagen distorsionada de la zona de recepción, de las macetas con plantas, los sillones caros de aspecto inofensivo y de Ig. Sólo que algo ocurría con el monitor, porque Ig se dividía en dos figuras superpuestas que se juntaban y se volvían a escindir. La parte de la pantalla que ocupaba él parpadeaba y bailaba. La imagen primaria de Ig le mostraba tal y como era, un hombre pálido y delgado con grandes entradas, barba y cuernos curvos.

Pero después había otra imagen secundaria, como una sombra oscura y sin rasgos que aparecía de forma intermitente. En esta segunda versión no tenía cuernos; es decir, era una imagen no de quien era, sino de quien había sido. Era como ver su propia alma tratando de liberarse del demonio al que estaba anclada.

El agente sentado en la habitación desnuda y fuertemente iluminada con el monitor también se había dado cuenta y se había incorporado de la silla para estudiar la pantalla. Ig seguía sin verle la cara; se había girado de tal modo que sólo alcanzaba a verle la oreja y su cráneo blanco y pulido, una bola de cañón hecha de carne y hueso encajada en un cuello grueso y tosco. Pasado un instante, el agente dio un puñetazo en el monitor tratando de corregir la imagen, tan fuerte que por un momento la pantalla se quedó en negro.

—¿Señor? —dijo el recepcionista.

Ig apartó al vista del monitor.

—¿Podría avisar a Lee Tourneau por el buscador? ¿Le puede decir que está aquí Ig Perrish?

—Necesito ver su licencia de conducir y hacerle una tarjeta de identificación antes de dejarlo pasar —dijo el recepcionista con voz plana y automática mientras observaba los cuernos fascinado.

Ig miró hacia el control de seguridad y supo que no podría pasar con una bengala de magnesio en la manga.

—Dígale que lo espero aquí fuera. Dígale que le interesa verme.

—Lo dudo —dijo el recepcionista—. No puedo imaginar que le interese a nadie. Es usted horrible. Tiene cuernos y es usted un horror. Mirándolo pienso que ojalá no hubiera venido hoy a trabajar. De hecho he estado a punto de no venir. Una vez al mes me regalo un día de salud mental y me quedo en casa. Me pongo las bragas de mi madre y me pongo bien caliente. Para ser una vieja tiene bastante buen material. Un corsé de satén negro con ballenas y correas, está muy bien.

Tenía los ojos vidriosos y saliva en las comisuras de los labios.

—Me hace gracia que lo llame precisamente «un día de salud mental» —dijo Ig—. Avise a Lee Tourneau, ¿quiere?

El recepcionista se giró noventa grados dándole parcialmente la espalda. Pulsó un botón y murmuró algo al auricular. Escuchó un momento y después dijo:

—De acuerdo. —Se volvió hacia Ig con la cara redonda cubierta de sudor—. Va a estar reunido toda la mañana.

—Dígale que sé lo que ha hecho. Con esas mismas palabras. Dígale a Lee que si quiere hablar de ello lo esperaré cinco minutos en el estacionamiento.

El recepcionista lo miró inexpresivo, después asintió y volvió a darle la espalda. Hablando al auricular, dijo:

—¿Señor Tourneau? Dice... Dice que..., ¿que sabe lo que ha hecho? —En el último momento había transformado la afirmación en pregunta.

Sin embargo Ig no oyó qué más dijo, porque al momento escuchó una voz que le hablaba al oído, una voz que conocía bien pero que no había oído en varios años.

—¡El cabrón de Iggy Perrish! —dijo Eric Hannity.

Se volvió y vio al policía calvo que había estado sentado frente al monitor de seguridad en la habitación al otro lado de la ventana de plexiglás. A los dieciocho años Eric parecía un adolescente salido de un catálogo de Abercrombie & Fitch, grande y musculoso, con pelo castaño rizado y corto. Le gustaba andar descalzo, las camisas desabrochadas y los pantalones vaqueros caídos. Pero ahora que tenía casi treinta años su rostro había perdido toda definición y se había convertido en un bloque de carne, y cuando empezó a caérsele el pelo había optado por afeitárselo antes que enzarzarse en una batalla perdida de antemano. Ahora lucía una calva espléndida; de haber llevado un pendiente en una oreja podría haber interpretado a Mr. Proper en un anuncio de televisión. Había elegido, tal vez inevitablemente, una profesión similar a la de su padre, un oficio que le garantizaba la autoridad y la cobertura legal necesarias en caso de que decidiera hacer daño a alguien. En los tiempos en que Ig y Lee todavía eran amigos —si es que lo habían sido de verdad alguna vez—, Lee había mencionado que Eric era el jefe de seguridad del congresista. También dijo que se había ablandado mucho. Incluso habían salido a pescar juntos un par de veces. «Claro que de cebo usa los hígados de los manifestantes que previamente ha destripado —le había dicho Lee—. Para que te hagas una idea.»

—Eric —dijo Ig separándose de la mesa—, ¿qué tal estás?

—Encantado —respondió Eric—. Encantado de verte. ¿Y tú qué, Ig? ¿Qué es de tu vida? ¿Has matado a alguien esta semana?

—Estoy bien —dijo Ig.

—Pues no lo pareces. Tienes pinta de haberte olvidado de tomar la pastilla.

—¿Qué pastilla?

—Seguro que tienes alguna enfermedad. Hace una temperatura de treinta y seis grados fuera, pero llevas puesta una cazadora y estás sudando como un cerdo. Además te han salido cuernos y eso sí que no es normal. Claro que si fueras una persona sana no le habrías partido la cara a tu novia para luego dejarla en el bosque. ¡Esa zorra pelirroja! —dijo Hannity mirando a Ig con una expresión de placer—. Desde entonces soy fan tuyo, ¿lo sabías? No estoy bromeando. Siempre he sabido que tu adinerada familia terminaría por cagarla. Especialmente tu hermano, con todo su puto dinero, saliendo en la televisión con modelos en biquini sentadas en sus rodillas con cara de no haber roto un plato en toda su vida. Y luego vas tú y haces lo que hiciste y entierras en tal cantidad de mierda a toda tu familia que no van a poder quitársela de encima en toda su vida. Me encanta. No sé cómo puedes superar eso. ¿Qué tienes pensado?

Ig se esforzaba por impedir que le temblaran las piernas. Hannity lo miraba amenazador. Pesaba casi cincuenta kilos más que él y debía de sacarle quince centímetros.

—Sólo he venido a darle un recado a Lee.

—Ya sé qué puedes hacer para superarlo —dijo Eric como si no le hubiera oído—, presentarte en la oficina de un congresista con la intención de hacer una locura y llevar un arma escondida debajo de la cazadora. Porque llevas un arma, ¿no? Por eso te has puesto la chaqueta, para esconderla. Tienes un arma, así que te voy a pegar un tiro y saldré en la primera página del *Boston Herald* por cargarme al hermano loco de Terry Perrish. No estaría mal, ¿eh? La última vez que vi a tu hermano me ofreció entradas gratis para su espectáculo por si alguna vez iba a Los Ángeles. Así le restregaría en la cara lo mierda que es. Lo que me gustaría es ser el gran héroe que te pegue un tiro en la cara antes de que mates a nadie más. Después en el funeral le preguntaría a Terry si la oferta de las entradas sigue en pie; sólo para ver la cara que pone. Así que vamos, Ig, acércate al detector de metales para que pueda tener una excusa para volarte esa cara de retrasado mental.

—No voy a ver a nadie. Voy a esperar fuera —dijo Ig mientras retrocedía hacia la puerta, consciente de un sudor frío en las axilas. Tenía las palmas de las manos pegajosas. Cuando empujó la puerta con un hombro la bengala se resbaló y, por un horrible momento, creyó que iba a caerse al suelo delante de Hannity, pero consiguió agarrarla con el pulgar y mantenerla en su sitio.

Mientras salía a la luz del sol, Eric le miraba con una expresión de hambre casi animal.

Pasar del frío del edificio de oficinas al calor asfixiante de la calle le hizo sentirse momentáneamente mareado. El cielo se volvió de un color intenso, luego palideció y más tarde se oscureció de nuevo.

Cuando había decidido ir a la oficina del congresista sabía perfectamente lo que estaba haciendo. Parecía sencillo, parecía lo correcto. Ahora en cambio se daba cuenta de que había sido una equivocación. No iba a matar a Lee Tourneau con una bengala —lo que en sí era una idea cómicamente absurda—. Lee ni siquiera iba a salir a hablar con él.

Para cruzar el estacionamiento apretó el paso, ajustándolo al ritmo de los latidos de su corazón. Tenía que marcharse de allí tomando carreteras secundarias hasta Gideon. Encontrar un lugar donde pudiera estar solo y en silencio, donde pudiera pensar. Una parte de él creía que había muchas posibilidades de que, en ese momento, Eric Hannity hubiera reunido refuerzos y pensaba que si no salía de allí enseguida era probable que no pudiera hacerlo. (Otra parte, sin embargo, le susurraba al oído: *Dentro de diez minutos Eric ni siquiera se acordará de que has estado aquí. No ha estado hablando contigo, sino con su demonio interior.*)

Tiró la bengala dentro del Gremlin y cerró el maletero de un portazo. Ya estaba en la puerta del conductor cuando oyó a Lee que lo llamaba.

—¿Iggy?

La temperatura interna de Ig cambió al escuchar la voz de Lee, descendió varios grados, como si se hubiera bebido demasiado rápido una bebida fría. Se volvió y lo divisó entre las olas de calor que despedía el asfalto, un figura arrugada y distorsionada que aparecía y desaparecía intermitentemente. Un alma, no un hombre. El pelo corto y rubio parecía en llamas, blanco y caliente. Junto a él estaba Eric; su cabeza calva emitía destellos y tenía los brazos cruzados sobre su grueso pecho, con las manos escondidas bajo las axilas.

Eric se quedó a la entrada de las oficinas, pero Lee caminó hacia Ig, dando la impresión de no estar caminando sobre el suelo, sino por el aire, de estar flotando como un cuerpo gaseoso entre el asfixiante calor diurno. Conforme se acercó, sin embargo, su forma cobró solidez y dejó de parecer un espíritu fluido y sin sustancia para convertirse simplemente en un hombre con los pies en el suelo. Llevaba pantalones vaqueros y una chaqueta blanca, un uniforme de obrero que le daba más aspecto de carpintero que de portavoz político. Cuando estuvo cerca se quitó las gafas de espejo. En el cuello le brillaba una cadena de oro.

El ojo derecho de Lee era exactamente del mismo color que el azul tostado del cielo de agosto. El daño que había sufrido en el izquierdo no le había producido la clásica catarata que parece formar un película delgada y lechosa sobre la retina. La de Lee era una catarata cortical que se asemejaba a un rayo de luz azul palidísima, una fea estrella blanca insertada en el negro de su pupila. El ojo derecho estaba despierto y vigilante, mirando fijamente a Ig, pero el otro bizqueaba ligeramente y parecía escudriñar el horizonte. Lee afirmaba que veía con él, aunque de forma borrosa. Decía que era como mirar por una ventana cubierta de jabón. Con el ojo derecho parecía observar atentamente a Ig. Con el izquierdo era imposible saber qué miraba.

—Me han dado tu recado —dijo Lee—. Así que te has enterado.

Ig se sorprendió, no había supuesto que, aunque fuera bajo la influencia de los cuernos, Lee admitiría lo que había hecho con tal franqueza. También lo desarmó la media sonrisa tímida de disculpa en el rostro de Lee, una expresión de azoramiento casi, como si violar y matar a la novia de Ig no hubiera sido más que una torpeza achacable a la falta de modales, como dejar una mancha de barro en una alfombra nueva.

—Me he enterado de todo, hijo de puta —dijo Ig.

Lee palideció y sus mejillas se tiñeron de grana. Levantó la mano izquierda con la palma hacia fuera, como pidiendo tiempo.

—Ig, no voy a darte ninguna excusa. Sé que estuvo mal. Había bebido demasiado, Merrin tenía aspecto de necesitar un amigo y las cosas se salieron de control.

—¿Eso es todo lo que tienes que decir sobre tu comportamiento? ¿Que las cosas se salieron de madre? Sabes que he venido a matarte.

Lee lo observó un instante, después miró sobre su hombro a Eric Hannity y luego otra vez a Ig.

—Dado tu historial, Ig, no deberías hacer esas bromas. Después de lo que has pasado con lo de Merrin, tienes que andarte con cuidado con lo que dices en presencia de un representante de la ley. Sobre todo si es alguien como Eric, que no entiende muy bien la ironía.

—No estoy siendo irónico.

Lee se llevó la mano a la cadena de oro alrededor del cuello y dijo:

—Por si te sirve de consuelo, me siento fatal. Y parte de mí se alegra de que te hayas enterado. No la necesitas en tu vida, Ig. Estás mejor sin ella.

Sin poderlo evitar, Ig dejó escapar un quejido ahogado de furia y miró a Lee. Esperaba que éste retrocediera, pero se quedó donde estaba y se limitó a mirar de nuevo a Eric, quien asintió. Entonces Ig miró a Eric... y se detuvo. Por primera vez reparó en que la funda de su pistola estaba vacía. La razón era que había cogido el revólver y lo tenía escondido bajo la axila. Ig no podía ver el arma pero notaba su presencia, podía sentir su peso como si la estuviera sosteniendo él mismo. No dudaba además de que Eric la usaría. Estaba deseando disparar al hermano de Terry Perrish y salir en los periódicos —«Policía heroico mata el presunto violador y homicida»— y si Ig tocaba un pelo a Lee le daría la excusa que necesitaba. Los cuernos harían el resto, obligando a Hannity a satisfacer sus más bajos impulsos. Así era como funcionaban.

—No sabía que la quisieras tanto —dijo por fin Lee mientras respiraba pausada y regularmente—. Dios, Ig, esa tipa era basura. Sí, no era mala persona, pero Glenna siempre ha sido basura. Creía que sólo vivías con ella para no tener que volver a la casa de tus padres.

Ig no tenía ni idea de qué estaba hablando Lee. Por un momento el día pareció detenerse, incluso el estruendo de las langostas pareció desaparecer. Entonces comprendió, recordó lo que Glenna le había contado aquella mañana, la primera confesión que habían inspirado los cuernos. Le parecía imposible que hubiera sido aquella misma mañana.

—No estoy hablando de Glenna —dijo—. ¿Cómo puedes pensar que estoy hablando de ella?

—¿De quién hablas entonces?

Ig no lo entendía. Todos confesaban. En cuanto lo veían, en cuanto veían sus cuernos empezaban a sacar secretos, no podían evitarlo. El recepcionista quería ponerse las bragas de su madre y Eric Hannity estaba buscando una excusa para matarlo y salir en los periódicos. Ahora le tocaba a Lee y lo único que admitía era que se había dejado hacer una mamada por una tipa borracha.

—Merrin —dijo con voz áspera—. Estoy hablando de lo que le hiciste a Merrin.

Lee ladeó la cabeza sólo un poco, lo suficiente para apuntar con la oreja derecha hacia el cielo, como un perro atento a un ruido lejano. Después emitió un suspiro suave y sacudió la cabeza muy levemente.

—Me he perdido, Ig. ¿Qué se supone que le he hecho a...?

—Matarla, hijo de puta. Sé perfectamente que fuiste tú. La mataste y obligaste a Terry a guardar silencio.

Lee dirigió a Ig una mirada larga y contenida. Después volvió la vista hacia Eric para asegurarse, según pensó Ig, de si estaba lo suficientemente cerca como para oír la conversación. No lo estaba. Entonces Lee volvió la vista a Ig y cuando lo hizo su cara no delataba sentimiento alguno. El cambio fue tal que Ig casi gritó de nuevo, una reacción cómica, un diablo asustado de un hombre cuando se suponía que debía ser al contrario.

—¿Terry te ha contado eso? —preguntó Lee—. Porque si lo ha hecho es un mentiroso.

Lee parecía ser inmune a los cuernos de algún modo que Ig no lograba comprender. Era como si hubiera un muro y los cuernos no pudieran penetrarlo. Ig se concentró en hacerlos funcionar y por un instante notó en ellos una oleada de calor, sangre y presión, pero no duró mucho. Era como intentar tocar una trompeta llena de trapos: por mucho que te esfuerces, no suena.

Lee siguió hablando:

—Espero que no le haya contado esa historia a nadie más. Y espero que tú tampoco.

—Todavía no, pero pronto todo el mundo sabrá lo que hiciste.

¿Veía al menos los cuernos? No los había mencionado. Ni siquiera parecía haberlos mirado.

—Será mejor que no —dijo Lee, y contrajo los músculos de los extremos de la mandíbula mientras se le ocurría una idea—. ¿Estás grabando esto?

—Sí —dijo Ig, pero tardó demasiado en reaccionar y, de todas formas, era la respuesta incorrecta. Nadie que estuviera intentando cazar a alguien admitiría estar grabando una conversación.

—No. No lo estás. Nunca has sabido mentir, Ig —dijo Lee con una sonrisa. Con la mano izquierda acariciaba la cadena de oro del cuello y tenía la derecha metida en el bolsillo—. Es una pena. Si estuvieras grabando esta conversación, podría servirte de algo. Pero tal y como están las cosas no creo que puedas probar nada. Tal vez tu hermano dijera algo cuando estaba borracho, no lo sé. Pero fuera lo que fuera, olvídalo. Yo que tú no lo iría repitiendo por ahí. Esas cosas siempre terminan mal. Piénsalo: ¿te imaginas a Terry yendo a la policía con el cuento de que yo maté a Merrin sin ninguna prueba, sólo su palabra contra la mía y además teniendo en cuenta que ha estado callado un año entero? ¿Sin pruebas que respalden su acusación? Porque no hay ninguna, Ig, no queda nada. Si va a la policía, en el mejor de los casos será el fin de su carrera. Y en el peor tal vez terminemos los dos en la cárcel, porque te juro que no pienso ir solo.

Lee se sacó la mano del bolsillo y se frotó el ojo bueno con un nudillo, como para limpiarlo de una mota de polvo que se le hubiera metido. Por un momento cerró el ojo derecho y miró a Ig sólo con el malo, un ojo atravesado con rayos blancos. Y por primera vez Ig comprendió lo terrible de aquel ojo, lo que siempre había tenido de terrible. No era que estuviera muerto, simplemente estaba… ocupado en otros asuntos. Como si hubiera dos Lee Tourneau. El primero era el hombre que había sido su amigo durante más de diez años, alguien capaz de admitir que era un pecador ante una audiencia infantil y que donaba sangre a la Cruz

Roja tres veces al año. El segundo Lee era una persona que observaba el mundo a su alrededor con la misma empatía que una trucha.

Cuando se hubo sacado lo que fuera que tenía en el ojo, dejó caer la mano derecha a un lado del cuerpo. Avanzó de nuevo e Ig retrocedió, quedándose a una distancia prudencial. No estaba seguro de por qué retrocedía, no entendía por qué de repente mantenerse alejado unos cuantos metros de Lee se había vuelto una cuestión de vida o muerte. Las langostas zumbaban en los árboles con un runrún feo y enloquecedor que llenaba la cabeza de Ig.

—Era tu amiga, Lee —dijo mientras retrocedía hacia el coche—. Confiaba en ti y la violaste, la mataste y la dejaste tirada en el bosque. ¿Cómo fuiste capaz?

—En una cosa te equivocas, Ig —dijo Lee con voz suave y calmada—. No fue una violación. Es lo que te gustaría creer, pero lo cierto es que Merrin quería que me la cogiera. Llevaba meses buscándome, enviándome mensajes, juegos de palabras. Calentándome la verga a tus espaldas. Estaba esperando a que te largaras a Londres para que pudiéramos acostarnos.

—No —dijo Ig mientras por la cara le subía un calor malsano que procedía de detrás de los cuernos—. Tal vez se acostara con otro, pero desde luego no contigo, Lee.

—Te dijo que quería acostarse con otras personas. ¿A quién te crees que se refería? En serio, no sé qué pasa con tus novias que tarde o temprano terminan chupándome la verga —dijo con una sonrisa enseñando los dientes en la que no había un atisbo de humor.

—Estoy seguro de que se resistió.

—Seguramente no me vas a creer, Ig, pero quería que la forzara, que asumiera el mando y la obligara a hacerlo. Tal vez lo necesitaba, era la única forma de superar sus inhibiciones. Todos tenemos un lado oscuro y ése era el suyo. Cuando me la cogí, se vino, ¿sabes? Tuvo un gran orgasmo. Creo que era una de sus fantasías. Que un tipo la violara en el bosque. Que la reventaran.

—¿Y que después la matara de una pedrada en la cabeza? —preguntó Ig. Para entonces había rodeado el Gremlin hasta llegar a la puerta del pasajero y Lee lo había seguido paso a paso—. ¿Eso también formaba parte de su fantasía?

Lee dejó de avanzar y se detuvo.

—Eso tendrás que preguntárselo a Terry. Esa parte le tocó a él.

—Eso es mentira —dijo Ig.

—Pero es que no hay ninguna verdad. Ninguna que importe, al menos —dijo Lee sacándose la mano izquierda dentro de la camisa. Sostenía una cruz de oro que brilló al sol. Se la metió en la boca y la chupó durante un instante, después la dejó caer y dijo—: Nadie sabe lo que pasó aquella noche. Si fui yo quien le aplastó la cabeza con una roca o fue Terry, o tú... Nadie sabrá nunca lo que ocurrió realmente. No tienes ninguna prueba y yo no estoy dispuesto a hacer un trato con ninguno de los dos. Así que ¿qué es lo que quieres?

—Quiero verte morir tirado en el suelo, asustado y desvalido —dijo Ig—. Como murió Merrin.

Lee sonrió como si Ig le hubiera hecho un cumplido.

—Entonces, adelante —dijo—. Vamos, mátame.

Se abalanzó hacia Ig y éste abrió de golpe la puerta del pasajero, interponiéndola entre los dos.

La puerta golpeó a Lee con un ruido seco y algo cayó al asfalto, cataclonc. Ig vio lo que parecía una navaja multiusos con un filo de siete centímetros rodar por el suelo. Lee se tambaleó y dejó escapar un aullido exhalando con fuerza. Ig aprovechó la oportunidad para subir al coche y reptar hasta el volante. Ni siquiera se molestó en cerrar la puerta del pasajero.

—¡Eric! —gritó Lee—. ¡Eric, tiene una navaja!

Pero el Gremlin arrancó con un chirrido ronco e Ig pisó el acelerador antes incluso de estar sentado. El Gremlin salió disparado y la puerta del pasajero se cerró de golpe. Ig miró por el espejo retrovisor y vio a Eric Hannity atravesar corriendo el estacionamiento empuñando la pistola con el cañón apuntando al suelo.

Los neumáticos traseros arañaron el asfalto, haciendo saltar chispas que brillaron bajo la luz del sol como pepitas de oro. Mientra se alejaba, Ig miró de nuevo por el retrovisor y vio a Lee y a Eric de pie envueltos en una nube de polvo. Lee tenía el ojo derecho cerrado de nuevo y agitaba una mano para intentar ver. En cambio el ojo derecho, medio ciego, estaba abierto y miraba fijamente a Ig con una extraña fascinación.

Capítulo

24

Evitó coger la autopista en el viaje de vuelta. ¿De vuelta adónde? No lo sabía. Condujo automáticamente, sin una idea consciente de hacia dónde se dirigía. No estaba seguro de lo que acababa de ocurrirle. Mejor dicho, sabía lo que le había ocurrido pero no lo que significaba. No se trataba de algo que hubiera dicho o hecho Lee; era más bien lo que no había dicho, lo que no había hecho. Los cuernos no lo habían afectado. De todas las personas con las que había tenido contacto aquel día, Lee era el único que le había dicho a Ig lo que quería decirle. Su confesión había sido una decisión voluntaria, no un impulso irresistible.

Quería abandonar la carretera lo antes posible. Se preguntaba si Lee llamaría a la policía y si les diría que se había presentado en su trabajo trastornado y que lo había atacado con una navaja. No, en realidad no creía que lo hiciera. Si podía evitarlo, Lee no metería a la policía en esto. De todas maneras tuvo cuidado de no rebasar el límite de velocidad y estuvo pendiente del espejo retrovisor, en busca de coches de policía.

Le habría gustado estar tranquilo, sentir que dominaba la situación y organizar su huida con la misma sangre fría que el doctor Dre —un tipo duro con nervios de acero—, pero estaba nervioso y le faltaba el aliento. Había llegado al límite del agotamiento emocional. Sus circuitos básicos estaban a punto de colapsarse. No podía seguir de aquella manera. Necesitaba tener el control de lo que le estaba ocurriendo. Necesitaba una puta sierra, una sierra dentada y afilada con la que cortarse aquellos ridículos cuernos.

Ráfagas de sol golpeaban la ventanilla en una repetición hipnótica que lo tranquilizaba. Sus pensamientos latían de la misma manera en su cabeza. La navaja multiusos abierta en el suelo, Vera colina abajo en su silla de ruedas, Merrin enviándole destellos con la cruz diez años atrás en la iglesia, su silueta astada en el monitor de seguridad de la oficina del congresista, la cruz dorada brillando en la luz de verano en el cuello de Lee. Y entonces dio un respingo y sus rodillas chocaron con el volante. Se le había ocurrido una idea peculiar y desagradable, una idea imposible: que Lee llevaba la cruz de Merrin, que la había cogido del cadáver, a modo de trofeo. Claro que Merrin no la llevaba puesta la última noche que pasaron juntos. Pero era su cruz. Era una cruz normal, sin marca alguna que demostrara a quién había pertenecido, y sin embargo estaba seguro de que era la cruz que Merrin llevaba puesta el día que la vio por primera vez.

Se retorció la barba inquieto, preguntándose si podía ser todo tan fácil, si la cruz de Merrin había desactivado —neutralizado de alguna manera— los cuernos. Las cruces servían para mantener alejados a los vampiros, ¿no? No, eso eran tonterías sin ningún sentido. Aquella mañana había entrado en la casa del Señor y tanto el padre Mould como la hermana Bennett se habían puesto automáticamente a contarle secretos y a pedirle permiso para pecar.

Pero el padre Mould y la hermana Bennett no estaban dentro de la iglesia, sino debajo de ella. El sótano no era un lugar sagrado, sino un gimnasio. ¿Acaso llevaban cruces o alguna vestimenta que los identificara como personas de fe? Recordó la cruz del padre Mould colgando del extremo de la barra de diez kilos apoyada en el banco y la garganta desnuda de la hermana Bennett. *¿Qué me dices de eso, Perrish?* No dijo nada y se limitó a conducir.

Dejó atrás un Dunkin' Donuts cerrado a su izquierda y se dio cuenta de que estaba cerca del bosque, no lejos de la carretera que llevaba a la vieja fundición. Estaba a menos de un kilómetro del lugar donde había sido asesinada Merrin, el sitio exacto donde la noche anterior había ido a maldecir, despotricar, mearse encima y después perder el sentido. Era como si todo lo ocurrido en aquel día no fuera más que un gran círculo que terminara por conducirle, inevitablemente, al punto de partida.

Aflojó la marcha y tomó el desvío. El Gremlin traqueteó por el sendero de grava de una sola dirección flanqueado por árboles. A unos quince metros de la autopista, el camino estaba bloqueado por una cadena de la que colgaba un agujereado letrero de «No pasar». Lo rodeó y después se incorporó de nuevo al camino de baches.

Pronto divisó la fundición entre los árboles. Estaba en un claro, en lo alto de una colina, y por tanto debería darle el sol, pero parecía estar en sombra. Tal vez hubiera una nube tapando el sol, pero cuando escudriñó hacia arriba por el parabrisas comprobó que el cielo de la tarde estaba totalmente despejado.

Condujo hasta el límite del prado, rodeando los restos de la fundición, y después detuvo el coche y salió, dejando el motor en marcha.

Cuando Ig era un niño la fundición siempre le había parecido un castillo en ruinas salido de un cuento de los hermanos Grimm, un lugar en el corazón del bosque adonde un príncipe malvado atraería con malas artes a un inocente para matarlo, que era exactamente lo que había ocurrido en ese sitio. Fue una sorpresa descubrir, ya siendo adulto, que no estaba en el corazón del bosque, sino tal vez a unos treinta metros de la carretera. Echó a andar hacia el sitio donde habían encontrado el cuerpo de Merrin y donde sus amigos y familiares celebraron el funeral. Conocía el camino, lo había recorrido más de una vez desde su muerte. Varias serpientes lo siguieron, pero fingió no reparar en ellas.

El cerezo negro estaba donde lo había dejado la noche anterior. Había arrancado las fotografías de Merrin que colgaban de las ramas y ahora yacían desperdigadas entre hierbas y matojos. La corteza pálida y cubierta de escamas dejaba ver la madera rojiza y medio podrida del tronco. Ig se abrió la bragueta y orinó sobre los matojos, sobre sus propios pies y en la cara de la figurilla de plástico de la virgen María que alguien había encajado en el hueco que formaban dos espesas raíces. Detestaba a aquella virgen con su sonrisa idiota, símbolo de una historia que no significaba nada, servidora de un Dios que no hacía bien a nadie. No tenía ninguna duda de que Merrin había invocado la ayuda de Dios mientras la violaban y mataban, si no de viva voz al menos con el corazón. La respuesta de Dios había sido que, debido a la sobrecarga de las líneas, tendría que permanecer en espera hasta morir.

Miró ahora a la figura de la virgen, después apartó la vista y la miró de nuevo. La santa madre tenía aspecto de haber sido pasto de las llamas. La mitad de su sonrisa beatífica parecía cubierta de costras negras, como una chuchería, una nube, que se hubiera tostado demasiado tiempo en un fuego de campamento. La otra mitad de la cara se había derretido como cera y esbozaba una mueca deforme. Al mirarla, Ig sintió un mareo pasajero, se tambaleó, después de pisar algo redondo y suave que rodó bajo su zapato, y…

… *por un momento era de noche y las estrellas giraban sobre su cabeza y él miraba hacia arriba por entre las ramas, apartando las hojas con suavidad y diciendo: «Te veo arriba». ¿Con quién hablaba? ¿Con Dios? Meciéndose sobre los talones en la cálida noche de verano antes de…*

… se cayó de culo, estampándose el trasero contra el suelo. Se miró a los pies y vio que había tropezado con una botella de vino, la misma que había llevado allí la noche anterior. Se agachó para cogerla, la agitó y comprobó que todavía quedaba vino. Se levantó y volvió la cabeza, con gesto desconfiado, hacia las ramas del cerezo negro. Se pasó la lengua por la cavidad pastosa y de sabor acre de la boca y después se giró y echó a andar en dirección al coche.

Por el caminó pisó una o dos serpientes, pero continuó ignorándolas. Le quitó el tapón a la botella de vino y dio un trago.

Estaba caliente después de pasar todo el día al sol, pero no le importó. Le sabía la vagina de Merrin, una mezcla de aceites y cobre. También sabía a hierba, como si de alguna manera hubiera absorbido la fragancia del verano después de pasar la noche bajo un árbol.

Condujo hasta la fundición traqueteando suavemente por el prado de hierba crecida. Cuando se acercaba al edificio lo recorrió con la vista en busca de señales de vida. Cuando Ig era un niño, un día de verano, en una calurosa tarde de agosto como ésta, la mitad de los niños y niñas de Gideon estarían allí en busca de algo: un cigarrillo fumado a escondidas, un beso robado, un manoseo o el dulce sabor de la mortalidad bajando por la pista Evel Knievel. Pero ahora el lugar estaba vacío y aislado bajo la última luz del día. Tal vez desde que mataron allí a Merrin a los chicos había dejado de gustarles aquel lugar. Tal vez pensaban que estaba encantado. Y quizá lo estuviera.

Condujo hasta la parte trasera del edificio y dejó el coche junto a la pista Evel Knievel, a la sombra de un roble, de cuyas ramas pendían una falda azul de volantes, un calcetín negro y largo y el abrigo de alguien, como si el fruto del árbol fuera ropa mojada de rocío. Delante del coche estaban las cañerías viejas y oxidadas que conducían hasta el agua. Cerró el coche y salió a dar una vuelta.

Llevaba años sin entrar en la fundición, pero seguía en gran medida como la recordaba. Abierta al cielo, con arcos y columnas de ladrillo elevándose hacia la luz rojiza de la tarde. Treinta años de grafitis superpuestos cubrían las paredes. Los mensajes individuales eran en su mayor parte incoherentes, tal vez los mensajes tomados por separado carecieran de importancia. Ig tuvo la impresión de que, en el fondo, todos decían los mismo: «Soy». «Fui.» «Quiero ser.»

Parte de una pared se había derrumbado y tuvo que pasar entre un montón de ladrillos, dejando atrás una carretilla llena de herramientas viejas. Al final de la habitación de mayor tamaño estaba el horno de fundir. La portezuela de hierro de la estufa estaba entreabierta, dejando espacio suficiente para que pasara una persona.

Ig se asomó y miró. Había un colchón y una colección de velas rojas casi consumidas. Una manta sucia llena de manchas que en otros tiempos había sido azul yacía arrugada junto a uno de los lados del colchón y más allá un círculo de luz cobriza dejaba ver los restos calcinados de una hoguera, justo debajo del horno. Cogió la manta y la olió. Apestaba a orina y a humo, y la dejó caer.

De vuelta hacia el coche para coger la botella y el teléfono móvil, no le quedó más remedio que admitir que las serpientes lo seguían. Podía oírlo, el siseo que hacían sus cuerpos desplazándose sobre la hierba seca. En total había casi una docena. Agarró un pequeño bloque de cemento que había en el suelo y se lo tiró. Una de las serpientes se apartó sin esfuerzo y ninguna resultó golpeada. Se quedaron quietas mirándolo bajo las últimas luces del día.

Trató de no mirar a las serpientes y sí al coche. Entonces una serpiente ratonera de unos setenta centímetros cayó desde lo alto del roble y aterrizó sobre el capó del Gremlin con un golpe metálico. Ig retrocedió gritando y después se lanzó hacia ella y la agarró para hacerla bajar.

Creía que la tenía sujeta por la cabeza, pero en lugar de ello la había cogido demasiado abajo, hacia la mitad del tronco, y el animal se retorció sobre sí mismo y le clavó los dientes en la mano. Fue como si le pusieran una grapa en la yema del dedo pulgar. Gruñó y agitó la mano lanzando la serpiente hacia los arbustos. Después se llevó el dedo a la boca y chupó la sangre. No le preocupaba el veneno: no había serpientes venenosas en New Hampshire. Bueno, eso no era del todo exacto. A Dale Williams le gustaba llevar a Ig y a Merrin de acampada a las White Mountains y les había aconsejado estar atentos a posibles serpientes de cascabel. Pero siempre lo hacía en tono alegre, mostrando sus regordetas mejillas de color rojo intenso, e Ig nunca había oído a nadie más hablar de serpientes de cascabel en New Hampshire.

Se volvió para contemplar su séquito de reptiles. En ese momente ya había al menos veinte.

—¡Largo de aquí! —les gritó.

Las serpientes se quedaron inmóviles, mirándole entre la hierba con ojos ávidos, rasgados y dorados, y a continuación empezaron a desperdigarse, deslizándose entre los matojos. Le pareció ver una mirada de decepción en los ojos de algunas mientras se alejaban.

Caminó hacia la fundición y trepó por una puerta situada a varios centímetros del suelo. Una vez dentro se volvió para echar un último vistazo al crepúsculo. Había una serpiente que había desobedecido sus órdenes y lo había seguido de vuelta a las ruinas. Era una serpiente jarretera de suaves colores que reptaba en círculos inquieta bajo la ventana, con la mirada hambrienta de una groupie bajo el balcón de su ídolo del rock, loca por ser vista y reconocida.

—¡Vete a hibernar a alguna parte!

Tal vez fueron imaginaciones suyas, pero la serpiente pareció aumentar la velocidad con la que trazaba círculos hasta entrar en éxtasis. Lo hizo pensar en el esperma subiendo por el canal del parto en un frenesí erótico desatado, una asociación que lo desconcertó. Se dio la vuelta y se alejó de allí tan rápido como fue capaz sin echarse a correr.

Se sentó en el horno con la botella. A cada trago de vino que daba, la oscuridad que lo rodeaba se abría y expandía, creciendo en tamaño. Cuando se hubo bebido todo el merlot y ya no tenía sentido seguir chupando la botella, se chupó el dolorido pulgar.

No consideró la posibilidad de dormir en el Gremlin, conservaba malos recuerdos de la última vez que lo había hecho y, de todas maneras, no quería despertarse con una manta de serpientes encima.

Pensó en tratar de encender las velas, pero no estaba seguro de si merecía la pena ir hasta el coche para coger el encendedor. No le apetecía caminar a oscuras entre un montón de serpientes y estaba seguro de que seguían allí fuera.

Se le ocurrió que tal vez habría un encendedor o una caja de cerillos por alguna parte y se metió la mano en el bolsillo para coger el teléfono móvil, pensando que su luz lo ayudaría a buscar. Pero al hacerlo se encontró algo en el bolsillo además de su teléfono, una delgada caja de cartulina que parecía…, aunque no podía ser, de hecho era…

Una caja de cerillos. La sacó del bolsillo y se quedó mirándola mientras un escalofrío le recorría la espalda, no sólo porque no fumaba y no sabía de dónde había salido aquella caja.

En la tapa estaba escrito «Cerillas Lucifer» en letras negras góticas y había una silueta de un diablo negro dando un salto con la cabeza inclinada hacia detrás, una barba rizada en la barbilla y cuernos puntiagudos.

Y entonces estaba allí otra vez, tentadoramente cerca, todo lo ocurrido la noche anterior, lo que había hecho, pero cuando estaba a punto de recordarlo se le escapó de nuevo. Era algo tan escurridizo, tan difícil de atrapar como una serpiente entre la hierba.

Abrió la pequeña caja de cerillos Lucifer. Unas pocas docenas de fósforos con cabezas negras violáceas de aspecto malvado. Cerillos gruesos, de los que se usan en la cocina. Olían a huevos que empiezan a pudrirse y pensó que eran viejos, tan viejos de hecho que sería un milagro si lograba prender uno. Arrastró uno por la tira de lija y prendió inmediatamente con un siseo.

Empezó a encender velas. Había seis en total, dispuestas en una especie de semicírculo. Al momento empezaron a proyectar una luz rojiza en los ladrillos y vio su propia sombra creciendo y menguando contra el techo abovedado. Cuando bajó la vista comprobó que el cerillo se le había extinguido entre los dedos. Se frotó el pulgar y el índice y vio desintegrarse los restos del palillo. El pulgar ya no le dolía allí donde la serpiente le había mordido. En la penumbra casi ni distinguía la herida.

Se preguntó qué hora sería. No tenía reloj, pero sí un móvil, así que lo encendió y comprobó que eran casi las nueve. Tenía poca batería y cinco mensajes. Se llevó el teléfono a la oreja y los escuchó.

El primero: «Ig, soy Terry. Vera está en el hospital. Se le soltó el freno de la silla de ruedas, rodó colina abajo y se estampó contra la cerca. Tiene suerte de estar viva. Tiene la cara hecha una mierda y se ha roto dos costillas. La han metido en la UCI y es demasiado temprano para emborracharse. Llámame». Un clic y fin de la conversación. Ni una sola mención a su encuentro aquella mañana en la cocina, pero eso no le sorprendió. Para Terry era como si no hubiera ocurrido.

El segundo: «Ig, soy tu madre. Ya sé que Terry te ha contado lo de Vera. La mantienen inconsciente y con un goteo de morfina, pero al menos está estable. He hablado con Glenna. No estaba segura de dónde estabas. Llámame. Ya sé que hemos hablado antes, pero tengo la cabeza hecha un lío y no me acuerdo de cuándo ni de qué hablamos. Te quiero».

Ig se rio al escuchar aquello. ¡Las cosas que decía la gente y el poco esfuerzo que les costaba mentir, a los demás y a ellos mismos!

El tercer mensaje: «Hola, hijo, soy tu padre. Supongo que ya te has enterado de que la abuela Vera ha rodado por la colina como un camión sin frenos. Me fui a echar la siesta y cuando me desperté había una ambulancia a la entrada de casa. Deberías hablar con tu madre, está muy disgustada. —Tras una pausa su padre añadió—: He tenido un sueño de lo más raro en el que salías tú».

El siguiente era de Glenna: «Tu abuela está en urgencias. Se le descontroló la silla de ruedas y chocó contra una valla en tu casa. No sé dónde estás ni lo que estás haciendo. Tu hermano ha pasado por aquí a buscarte. Si escuchas este mensaje ponte en contacto con tu familia. Deberías ir al hospital. —Eructó suavemente—. Perdón. Esta mañana me comí uno de esas donas del supermercado y me parece que estaban mal. Si es que una dona de supermercado puede caducar. Me lleva doliendo el estómago todo el día. —Se detuvo de nuevo y después añadió—: Te acompañaría al hospital pero no conozco a tu abuela y apenas a tus padres. Hoy estaba pensando precisamente en que es raro que no los conozca. O no. Tal vez no es nada raro. Eres el tipo más encantador del mundo, Ig. Siempre lo he pensado. Pero en el fondo creo que siempre te ha avergonzado estar conmigo, después de todos los años que pasaste con ella. Porque ella era sana, buena y nunca metía la pata y en cambio yo no hago más que meter la pata y estoy llena de vicios. Así que no te culpo por avergonzarte de mí. Por si te sirve de algo yo tampoco tengo una gran opinión de mí misma. Pero estoy preocupada por ti. Cuida de tu abuela. Y cuídate tú también».

Este mensaje lo tomó desprevenido, o tal vez fue su reacción al mismo lo que lo cogió por sorpresa. Había estado preparado para despreciarla, para odiarla, pero no para acordarse de por qué le gustaba. Glenna había sido de lo más generosa con su apartamento y su cuerpo y no le había echado en cara su autocompasión ni su obsesión enfermiza con su novia muerta. Y era cierto. Ig había estado con ella porque lo hacía sentirse ligeramente superior. Glenna era lo que se dice un desastre. Tenía un tatuaje de un conejito de Playboy que no recordaba haberse hecho —estaba demasiado borracha— y contaba historias de peleas en conciertos y de cómo la policía la había rociado con gas lacrimógeno. Había pasado por media docena de relaciones fallidas, todas ellas malas. Un hombre casado, un traficante de hachís que la maltrataba, un tipo que se dedicaba a sacarle fotos y a enseñárselas a su amigos. Y Lee, claro.

Pensó en lo que le había confesado sobre Lee aquella mañana. Lee había sido el primer chico que le gustó, que había robado para ella. No imaginaba que pudiera sentirse sexualmente posesivo respecto a Glenna —nunca había pensado que la relación entre los dos fuera a ninguna parte ni que fuera en forma alguna exclusiva; eran compañeros de departamento que cogían y no una pareja con

futuro— pero la imagen de Glenna de rodillas delante de Lee y
éste metiéndole la verga en la boca le inspiraba un asco que raya-
ba en el horror moral. La idea de Lee Tourneau acerca de Glenna
lo ponía enfermo y lo asustaba, pero no tenía tiempo de pensar en
ello. Terry le hablaba de nuevo al oído.

«Seguimos en el hospital —dijo—. En serio, estoy más preocupado por ti que por Vera. Nadie sabe dónde estás y no contes-
tas el puto teléfono. Glenna dice que no te ha visto desde ayer por
la noche. ¿Se pelearon o qué? No tenía muy buen aspecto.» Terry
hizo una pausa y cuando habló de nuevo sus palabras parecían
haber sido medidas y seleccionadas con un cuidado fuera de lo
normal: «Sé que he hablado contigo en algún momento desde que
llegué, pero no recuerdo si hicimos planes. No lo sé, me pasa algo
en la cabeza. Cuando oigas este mensaje llámame. Dime dónde
estás». Ig pensó que eso era todo y que Terry colgaría ahora el
teléfono, pero en lugar de ello escuchó cómo su hermano tomaba
aliento vacilante y después decía con una voz ronca que delataba miedo: «¿Por qué no me acuerdo de lo que hablamos la última
vez que nos hemos visto?».

Cada vela proyectaba su sombra contra el techo abovedado de
ladrillo, de manera que seis diablos de aspecto anodino se apiña-
ban sobre Ig, dolientes vestidos de negro congregados en torno a
un ataúd. Se balanceaban de un lado a otro al son de un canto fú-
nebre que sólo ellos oían.

Ig se metió la barba en la boca y la mordisqueó mientras
pensaba en Glenna con preocupación, preguntándose si Lee la
visitaría esa misma noche buscándolo a él. Pero cuando la llamó
le saltó el contestador directamente. No dejó mensaje, pues no
sabía qué decir: *Oye, cariño, esta noche no me esperes... Quiero
mantenerme alejado hasta que decida qué hacer con estos cuernos
que me han salido en la cabeza. Ah, por cierto, no le chupes la verga a Lee hoy. No es un buen tipo.* Si no cogía el teléfono es que ya

estaba dormida. Así pues, mejor dejarlo así. Lee no echaría la puerta abajo con un hacha, pues querría eliminar la amenaza que suponía Ig corriendo el mínimo riesgo posible.

Se llevó la botella a los labios pero no quedaba nada. Se la había terminado hacía un rato y estaba vacía. Eso le molestó. Ya era bastante malo vivir exiliado del resto de la humanidad como para encima tener que hacerlo sobrio. Se volvió para tirar la botella y entonces se quedó mirando la puerta abierta del horno.

Las serpientes habían logrado llegar hasta la fundición y eran tantas que al verlas se quedó sin aliento. ¿Cien quizá? Desde luego podía ser, aquella maraña cambiante que avanzaba hacia la puerta del horno, sus ojos negros brillantes y ávidos a la luz de las velas. Tras dudar un instante terminó de tirar la botella y ésta chocó contra el suelo delante de la fila de serpientes, haciéndose añicos. La mayoría de las serpientes se alejaron reptando y desaparecieron detrás de pilas de ladrillos o por alguna de las muchas puertas. Algunas, sin embargo, sólo retrocedieron unos centímetros y después se detuvieron, mirándole con una expresión casi acusadora.

Cerró la puerta de golpe, dejándolas fuera, se tiró sobre la cama sucia y se cubrió con la manta. Sus pensamientos eran un torbellino de ruidos furiosos, de voces gritándole, confesándole sus pecados y pidiéndole permiso para cometer más, y temió que no encontraría la manera de conciliar el sueño. Pero el sueño lo encontró a él, le cubrió la cabeza con una capucha negra y asfixió su conciencia. Durante seis horas muy bien podría haber estado muerto.

Capítulo

25

Se despertó en el horno, envuelto en la vieja manta con manchas de orina. Se estaba agradablemente fresco en el suelo de la chimenea y se sintió fuerte y bien. Conforme se le aclaraba la cabeza tuvo un pensamiento, el más feliz de su vida. Lo había soñado todo, todo lo que había ocurrido el día anterior.

Había estado borracho y deprimido, había meado encima de la cruz y de la virgen María, había maldecido a Dios y su propia vida, una furia aniquiladora había hecho presa de él; eso era lo que había pasado. Después, en algún momento que no recordaba, había llegado hasta la fundición y había perdido el conocimiento. El resto había sido una pesadilla particularmente vívida: descubrir que le habían salido cuernos, escuchar todas aquellas horribles confesiones una detrás de otra hasta llegar a la peor de todas, ese secreto horrible e imposible de Terry. Después, quitar el freno de la silla de ruedas y empujar a Vera colina abajo; su visita a la oficina del congresista y su desconcertante enfrentamiento con Lee Tourneau y Eric Hannity, y por último refugiarse allí, en la fundición, escondiéndose en el horno de una muchedumbre de serpientes enamoradas de él.

Suspirando aliviado, se llevó las manos a las sienes. Los cuernos estaban duros como hueso y emitían un calor febril y desagradable. Abrió la boca para gritar, pero alguien se le adelantó.

La puerta de hierro y las paredes curvas de ladrillo amortiguaron el sonido, pero escuchó en la distancia un grito agudo de angustia seguido de una carcajada. Era una niña que gritaba: «¡Por favor! ¡No, para!». Abrió la puerta de hierro del horno con el pulso desbocado.

Cruzó la puerta y salió a la luz clara y limpia de una mañana de agosto. Otro grito de miedo —o dolor— le llegó desde la derecha, a través de una abertura sin puerta que conducía al exterior. En algún lugar de su cerebro detectó una nota gutural y ronca en el grito y comprendió que no era una niña, sino un niño con voz chillona y asustada. Pero no aflojó el paso y corrió descalzo por el suelo de cemento, dejando atrás la carretilla llena de viejas herramientas. Cogió la primera que vio sin detenerse a mirarla, buscando sólo algo con lo que defenderse.

Estaban fuera, en el recinto asfaltado. Tres de ellos estaban vestidos y uno llevaba sólo unos calzoncillos demasiado pequeños y tenía el cuerpo cubierto de manchas de barro. El niño en ropa interior, escuálido y de torso alargado, debía de tener trece años. Los otros eran mayores, de primer o segundo año de colegio.

Uno de ellos, que llevaba la cabeza rapada como una bombilla, estaba sentado encima del chico semidesnudo fumando un cigarrillo. Unos pocos pasos detrás de él había un muchacho gordo con una camiseta de tirantes. Tenía la cara sudorosa y una expresión satisfecha, y daba saltitos alternando el peso del cuerpo de un pie a otro haciendo balancear sus fofas tetillas. El mayor de todos estaba a la izquierda y sostenía por la cola una serpiente jarretera que se retorcía intentando soltarse. Ig la reconoció (imposible pero cierto); era la que lo había mirado anhelante el día anterior. Se arqueaba tratando de elevarse lo suficiente para morder al chico que la sujetaba, pero no podía. Este tercer muchacho sostenía en la otra mano unas tijeras de jardinería. Ig estaba detrás de todos, en la puerta, contemplando la escena desde una altura de tres metros.

—¡Ya basta! —gritó el chico en calzoncillos. Tenía la cara sucia, pero las lágrimas habían trazado surcos de piel rosa bajo la porquería—. ¡Para ya, Jesse! ¡Ya basta!

El chico que fumaba, Jesse, le echó la ceniza en la cara.

—Cierra la puta boca, Zurraspas. Pararemos cuando yo lo diga.

A Zurraspas ya le habían quemado varias veces con cigarrillos. Ig vio que en el pecho tenía pequeños puntos rojos y brillantes de tejido inflamado. Jesse apuntaba con el cigarrillo encendido cada uno de ellos, sosteniéndolo a apenas unos milímetros de la piel de Zurraspas. La brasa encendida dibujó lo que parecía ser un triángulo.

—¿Sabes por qué he hecho un triángulo? —preguntó Jesse—. Así es como los nazis marcaban a los maricones. Es tu marca. No pensaba hacerte tanto daño, pero tuviste que ponerte a gritar como un cerdo. Y además te huele el aliento a verga fresca.

—¡Ja! —gritó el chico gordo—. Muy bueno, Jesse.

—Ya se cómo quitarte el olor a verga —dijo el muchacho de la serpiente—. Hay que lavarle la boca.

Mientras hablaba levantó las tijeras, las colocó detrás de la cabeza de la serpiente y con una mano le cortó la cabeza de un tajo. La cabeza romboidal rebotó en el suelo de asfalto. Sonaba dura, como una pelota de caucho. El tronco se convulsionó y se retorció, rizándose y estirándose en una serie de fuertes espasmos.

—¡Eeeeeh! —grito el gordito dando saltos—. ¡La has *descapitado*, Rory! ¡Joder!

Rory se agachó junto a Zurraspas. La sangre manaba a borbotones del cuello de la serpiente.

—Chupa —dijo Rory blandiendo la serpiente delante de la cara de Zurraspas—. Chúpala y Jesse te dejará en paz.

Jesse rio y dio una calada a su cigarrillo, tan honda que la brasa adquirió un color rojo intenso y venenoso.

—¡Ya basta! —dijo Ig.

Su voz le parecía irreconocible. Era una voz profunda y resonante que parecía salir del fondo de una chimenea. Cuando habló, el cigarrillo que Jesse tenía en la boca estalló como un petardo y saltó por los aires en una ráfaga blanca.

Jesse gritó y se tropezó con Zurraspas, cayéndose al suelo. Ig saltó desde la plataforma de cemento hasta la hierba y hundió el mango de la herramienta que llevaba en la mano en el estómago del chico gordo. Fue como tratar de pinchar un neumático, pues la herramienta rebotó y su asa tembló. El chico gordo tosió y dio unos pasos atrás.

Ig se volvió y apuntó con la herramienta al chico que se llamaba Rory. Éste soltó la serpiente, que al caer sobre el asfalto empezó a retorcerse desesperadamente, como si tratara de escabullirse.

Rory se puso en pie lentamente, dio un paso atrás y pisó un montón de planchas de madera apiladas, latas viejas y cables de alambre oxidados. Perdió el equilibrio y se quedó sentado, mirando hacia donde Ig señalaba: un viejo tridente con tres púas curvas y enmohecidas.

Ig notaba una punzada en los pulmones, una sensación de desgarro como la que precedía a sus ataques de asma. Exhaló tratando de aliviar la presión del pecho. Le salía humo de las fosas nasales y por el rabillo del ojo vio al chico en calzoncillos arrodillarse y limpiarse la cara con las dos manos, temblando como un flan.

—Quiero largarme de aquí —dijo Jesse.

—Yo también —dijo el chico gordo.

—Que Rory se quede aquí y muera —dijo Jesse—. ¿Es que ha hecho algo alguna vez por nosotros?

—Por su culpa tuve que quedarme después del colegio durante dos semanas por inundar el baño del instituto, y ni siquiera había atascado yo los retretes —dijo el chico gordo—. Sólo lo había acompañado. Así que que le den por el culo. ¡Quiero vivir!

—Entonces será mejor que corran —les dijo Ig.

Jessy y Gordito se dieron la vuelta y salieron corriendo hacia el bosque.

Ig bajó el tridente y clavó las puntas en la tierra, se apoyó en el mango y miró al chico sentado sobre el montón de basura. Rory no hizo intento alguno de levantarse, sino que le devolvió la mirada con los ojos muy abiertos, fascinado.

—Dime qué es lo peor que has hecho nunca, Rory —le ordenó Ig—. Quiero saber si esto es lo más bajo que has caído o si has hecho cosas peores.

Hablando automáticamente, Rory dijo:

—Robé cuarenta dólares a mi madre para comprar cerveza y mi hermano mayor, John, le pegó cuando dijo que no sabía lo que había pasado con el dinero. Johnny pensaba que estaba mintiendo, que se lo había gastado en tarjetas de rasca y gana, y yo no dije nada porque tenía miedo de que me pegara a mí también. La manera en que la golpeó fue como oír a alguien dar patadas a una sandía. Todavía no tiene bien la cara y cada vez que le doy un beso de buenas noches me dan ganas de vomitar.

Mientras hablaba una mancha oscura empezó a cubrirle la entrepierna de sus pantalones cortos.

—¿Me vas a matar?

—Hoy no —dijo Ig—. Vete. Estás libre.

El olor de la orina de Rory le horrorizó, pero no dejó que se le notara en la cara.

Rory se puso de pie. Las piernas le temblaban visiblemente. Dio un paso hacia a un lado y empezó a alejarse en dirección a los árboles, caminando de espaldas con la vista fija en el tridente que sostenía Ig. No miraba por dónde iba y casi choca con Zurraspas, que seguía sentado en el suelo vestido sólo con los calzoncillos y unos tenis con los cordones desatados. Sostenía un bulto de ropa contra el pecho y observaba a Ig como miraría a una cosa muerta y enferma, una carcasa consumida por la enfermedad.

—¿Te ayudo a levantarte? —le preguntó Ig dando un paso hacia él.

Al verlo, Zurraspas se puso en pie de un salto y retrocedió unos pasos.

—Aléjate de mí.

—No dejes que te toque —dijo Rory.

Ig buscó los ojos de Zurraspas y dijo, con la voz más paciente de la que fue capaz:

—Sólo intentaba ayudar.

Zurraspas tenía el labio superior arqueado en una mueca de desprecio, pero sus ojos tenían ya la expresión aturdida y distante que empezaba a serle familiar a Ig, la mirada que decía que los cuernos estaban empezando a apoderarse de él, a ejercer su influencia.

—No has ayudado —dijo Zurraspas—. Lo has estropeado todo.

—Te estaban quemando —dijo Ig.

—¿Y qué? A todos los de primer curso que entran en el equipo de natación les hacen una marca. Sólo tenía que chupar esa serpiente y demostrar que me gusta la sangre; después sería uno de ellos. Pero has llegado tú y lo has estropeado todo.

—Largo de aquí inmediatamente. Los dos.

Rory y Zurraspas salieron corriendo. Los otros dos chicos los esperaban junto a los árboles y cuando Rory y Zurraspas los alcanzaron, se quedaron hablando unos instantes en la oscuridad perfumada por los abetos.

—¿Qué era eso? —preguntó Jesse.

—Da miedo —dijo Rory.

—Quiero largarme de aquí y olvidarlo —dijo el chico gordo.

Entonces Ig tuvo una idea y, adelantándose, los llamó:

—No. No olviden. Recuerden que hay algo aquí que da miedo. Que todo el mundo lo sepa. Díganles a todos que se mantengan alejados de la vieja fundición. Desde ahora este sitio es mío.

Se preguntó si entre sus nuevos poderes figuraría el de convencerlos de que no olvidaran, puesto que todo el mundo parecía olvidarse de él. Podría ser muy persuasivo en otras cosas, así que tal vez lo consiguiera con ésta también.

Los chicos lo miraron absortos un instante más y después el gordo echó a correr y los otros lo siguieron. Ig les miró hasta que hubieron desaparecido. Después ensartó la serpiente descabezada en una de las púas del tridente —la sangre continuaba manando del cuello abierto— y la llevó hasta la fundición, donde la enterró bajo un montón de ladrillos.

Capítulo

26

A media mañana se adentró en el bosque para cagar, agachado junto a un tocón con los pantalones cortos bajados hasta los tobillos. Cuando se los subió había dentro, enroscada, una serpiente de más de treinta centímetros. Gritando, la cogió y la lanzó hacia las hojas.

Se limpió con un periódico viejo pero seguía sintiéndose sucio, así que bajó por la pista Evel Knievel hasta el río. El agua estaba deliciosa y le refrescó la piel desnuda. Cerró los ojos y se alejó de la orilla, adentrándose en la corriente. Las langostas chicharreaban, sus timbales producían un sonido armónico que subía y bajaba, subía y bajaba, como la respiración. Ig respiraba con facilidad, pero cuando abrió los ojos vio culebras de agua nadando a gran velocidad bajo sus pies y gritó de nuevo antes de apresurarse a regresar a la orilla. Caminó con cuidado por lo que creyó que era una larga rama reblandecida por el agua y después saltó y se estremeció cuando ésta se deslizó sobre la hierba mojada y comprobó que era una serpiente ratonera tan larga como él.

Trató de huir de las serpientes refugiándose en la fundición, pero no había escapatoria. Las observó, de cuclillas sobre el horno, congregándose en el suelo debajo de la entrada, deslizándose por aberturas en la argamasa que unía los ladrillos, colándose por las ventanas abiertas. Era como si la habitación detrás del horno de fundir fuera una bañera y alguien hubiera abierto los grifos del agua caliente y fría, sólo que en lugar de agua de ellos salían serpientes. Fluían de todas partes, inundando el suelo en una masa líquida y ondulante.

Las miró angustiado mientras los pensamientos bullían en su cabeza al ritmo del estruendo agudo e histérico de los insectos. Todo el bosque estaba invadido de su canto, los machos llamando a las hembras en una transmisión constante y enloquecedora que no tenía fin.

Los cuernos. Los cuernos estaban transmitiendo una señal, igual que la puta melodía de las langostas. Estaban retransmitiendo una llamada por Radio Serpiente. *La siguiente canción está dedicada a todas ustedes, nuestras queridas víboras.* Dentro canción: *El rock de la serpiente.* Los cuernos invocaban a las serpientes de las sombras lo mismo que a los pecados, conminándolos a todos a salir de sus escondites.

Consideró una vez más cortarse los cuernos. En la carretilla había una sierra larga y oxidada a la que faltaban algunos dientes. Pero eran parte de su cuerpo, estaban fusionados a su cráneo, unidos al resto de su esqueleto. Presionó con el dedo pulgar la punta del cuerno izquierdo hasta que sintió un pinchazo intenso, y al retirarlo vio una gota de sangre de color rojo rubí. Los cuernos eran la cosa más real y sólida de su vida en ese momento y trató de imaginarse intentando cortar uno con la sierra. Se puso enfermo sólo de pensar en la sangre manando a chorros y en el insoportable dolor. Sería como amputarse un tobillo sin anestesia. Harían falta sedantes y la pericia de un cirujano.

Claro que un cirujano, al ver los cuernos, utilizaría la anestesia para dormir a la enfermera y a continuación cogérsela en la mesa de operaciones cuando estuviera inconsciente. Así que necesitaba encontrar una forma de interrumpir la retransmisión sin cortarse los cuernos, una forma de eliminar a Radio Serpiente de las ondas, acabar con ella de alguna manera.

Y si ello no era posible, entonces tendría que ir a algún lugar donde las serpientes no pudieran seguirlo. Llevaba doce horas sin comer y Glenna trabajaba los sábados por la mañana en la peluquería, peinando y depilando cejas. Así que dispondría del apartamento y la nevera para él solo. Además tenía dinero allí y casi toda su ropa. Y tal vez podría dejarle una nota sobre Lee *(Querida Glenna: He venido por aquí a comer un sándwich y coger algunas cosas. Estaré fuera un tiempo. Mantente lejos de Lee Tourneau. Él fue quien mató a mi novia. Un beso, Ig).*

Se subió al Gremlin y quince minutos después salió de él tras estacionarlo en la esquina frente al edificio de Glenna. El calor lo golpeó; era como abrir la puerta de un horno encendido al máximo. Sin embargo, no le importó.

Se preguntó si no debía haber dado antes un par de vueltas a la manzana para asegurarse de que no había policía esperándolo para detenerlo, acusado de amenazar a Lee con un cuchillo el día anterior. Pero decidió arriesgarse. Si Sturtz y Posada lo estaban esperando, recurriría a los cuernos, les pondría a hacerse un sesenta y nueve. Esta idea le hizo sonreír.

Pero la única compañía que encontró en la escalera vacía fue su sombra, de tres metros de alto y cornuda, abriendo el camino hasta el último piso. Glenna no había echado la llave al salir, cosa extraña en ella. Supuso que habría estado distraída con otras cosas, tal vez preocupada por él, preguntándose dónde estaba. O tal vez simplemente se había dormido y había salido con prisas. Era lo más probable. Normalmente Ig era su despertador, quien la sacaba de la cama y le hacía el café. Glenna no era precisamente madrugadora.

Empujó la puerta. Sólo hacía un día que se había marchado de allí y, sin embargo, mirando ahora la casa, se sentía como si nunca hubiera vivido en ella y estuviera viéndola por primera vez. Los muebles eran chatarra de segunda mano. Un sofá de pana lleno de manchas, un puf con relleno sintético que asomaba por las costuras. Casi no había nada suyo allí, ni fotos ni objetos personales: sólo algunos libros en una estantería, unos cuantos CD y un remo barnizado con nombres escritos. Era del último verano en Camp Galilee —había dado clases de lanzamiento de jabalina—, donde lo habían nombrado supervisor del año. Todos los demás supervisores habían firmado el remo, al igual que los chicos con los que había compartido cabaña. No recordaba cómo había terminado allí ni lo que tenía pensado hacer con él.

Echó un vistazo a la cocina, separada del salón por una barra llena de migas donde reposaba una caja de pizza vacía. La pila estaba llena de platos sucios sobre los que zumbaba una nube de moscas.

Glenna había dicho varias veces que necesitaban una vajilla nueva, pero Ig se había hecho siempre el loco. Trató de recordar si alguna vez le había hecho un regalo a Glenna y sólo se le ocurrió que solía comprarle cerveza. Cuando estaban en el colegio, Lee al menos había tenido el detalle de robar para ella una cazadora de cuero. Aquel recuerdo lo puso enfermo: que Lee hubiera sido, de algún modo, mejor novio que él.

Pero no quería pensar en Lee; lo hacía sentirse sucio. Su plan era prepararse un desayuno ligero, coger sus cosas, limpiar la cocina, escribir una nota y marcharse, en ese orden. No quería estar allí si alguien venía a buscarlo: sus padres, su hermano, la policía, Lee Tourneau. Estaría más seguro en la fundición, donde las probabilidades de encontrarse a alguien eran escasas. Y de todas maneras, la atmósfera sombría y silenciosa del apartamento, el aire húmedo y pesado le sentaban mal. Nunca le había parecido tan oscuro. Claro que las persianas estaban bajadas y no lo habían estado en meses.

Encontró una cacerola, la llenó de agua, la colocó en la cocina y encendió el fuego al máximo. Sólo quedaban dos huevos. Los sumergió en el agua y los dejó hervir. Después se dirigió por el corto pasillo hasta el dormitorio, evitando pisar una falda y unas medias que Glenna se había quitado y dejado tiradas en el vestíbulo. También en el dormitorio estaban echadas las persianas. No se molestó en encender la luz, pues no necesitaba ver. Sabía dónde estaba cada cosa.

Se volvió hacia el armario y se detuvo extrañado. Todos los cajones estaban abiertos, los suyos y los de Glenna. No entendía nada, él nunca los dejaba así. Se preguntó si alguien habría estado registrando sus cosas, tal vez Terry, intentando averiguar dónde se había metido. Pero no, Terry no haría de detective privado. Había ciertos detalles en todo aquello que le hacían pensar en otra cosa: la puerta principal sin cerrar, las persianas bajadas para que nadie pudiera ver el interior del apartamento, los cajones desvalijados. Todo estaba relacionado de alguna manera; antes de que le diera tiempo a deducir cómo, escuchó el ruido de la cisterna en el cuarto de baño.

Se sobresaltó, pues no había visto el coche de Glenna en el apartamento y no podía imaginarse que estuviera en casa. Cuando se disponía a abrir la boca para llamarla y hacerle saber su presencia, la puerta se abrió y Eric Hannity salió del retrete.

Tenía los pantalones bajados y llevaba en la mano una revista, un ejemplar de *Rolling Stone.* Levantó la vista y miró a Ig, quien le devolvió la mirada. Eric abrió la mano y el *Rolling Stone* cayó al suelo. Se subió los pantalones y se abrochó el cinturón. Por alguna razón llevaba puestos unos guantes azules de látex.

—¿Qué haces aquí? —preguntó Ig.

Eric sacó una porra manchada de rojo oscuro que llevaba sujeta en el cinturón.

—Bueno —dijo—, Lee quiere hablar contigo. El otro día hablaste tú, pero él también tiene cosas que decirte. Y ya lo conoces, siempre le gustar decir la última palabra.

—¿Te ha mandado él?

—Sólo para que vigilara el apartamento. Por si aparecías por aquí. —Eric frunció el ceño—. El otro día fue de lo más raro. Cuando te presentaste en la oficina con esos cuernos, creo que me hicieron algo en el cerebro, porque hasta ahora mismo me había olvidado de que los tenías. Lee dice que tú y yo hablamos ayer, pero no tengo ni idea de sobre qué.

Mientras hablaba balanceaba con suavidad la porra atrás y adelante.

—No es que importe demasiado, la verdad. La mayoría de las conversaciones no son más que idioteces. A Lee le encanta hablar, pero yo soy más bien un hombre de acción.

—¿Y qué vas a hacer? —preguntó Ig.

—Partirte la cara.

Ig notó una sensación rara en los riñones, como si se le estuvieran llenando de agua.

—Pienso gritar.

—Eso espero —dijo Eric—. Lo estoy deseando.

Ig salió disparado hacia la puerta, pero la salida estaba en la misma pared que la puerta del cuarto de baño y Eric dio un salto hacia la derecha para detenerlo. Ig tomó impulso para esquivarle y llegar antes que él a la puerta, mientras un terrible presagio le venía a la cabeza: *No lo voy a conseguir*. Eric había echado atrás el brazo con el que sostenía la porra, como un jugador de futbol americano dispuesto a lanzar.

A Ig se le engancharon los pies en algo y cuando trató de dar un paso adelante no pudo. Algo le sujetaba los tobillos y le hizo perder el equilibrio. Eric llegó con la porra y él escuchó el leve silbido que hizo mientras le pasaba por detrás de la cabeza y después el crujido de algo quebrándose cuando golpeó el marco de la puerta y arrancó un pedazo de madera del tamaño del puño de un bebé.

Consiguió extender los brazos antes de estrellarse contra el suelo, lo que probablemente le salvó de partirse la nariz por segunda vez en su vida. Al mirar hacia abajo, entre los codos vio que tenía los pies enredados en las medias de Glenna, unas de seda negra con pequeños diablos estampados. Se liberó de ellas y escuchó a Eric acercándose a su espalda. Pero supo que si intentaba ponerse en pie la porra de madera le daría en plena nuca. Así que apoyó las manos en el suelo y, como pudo, se impulsó hacia delante tratando de alejarse. El agente de la ley apoyó su bota Timberland del número cuarenta y seis en el culo de Ig y empujó. Ig dio con la barbilla en el suelo y se golpeó el hombro con el remo apoyado contra la pared, que se le cayó encima.

Rodó por el suelo a ciegas, tratando de quitarse el remo de encima para poder ponerse en pie. Eric le atacó de nuevo con la porra en alto. Tenía los ojos en blanco y la cara ausente, como les pasaba a todos cuando estaban bajo el influjo de los cuernos. Los cuernos siempre inducían a la gente a hacer cosas terribles y a estas alturas Ig sabía que eran capaces de liberar los peores instintos de Eric.

Se movió sin pensar, sosteniendo el remo con ambas manos, casi como una ofrenda. Su vista se detuvo en algo escrito en el mango: «Para Ig de tu mejor amigo, Lee Tourneau. Para que lo uses la próxima vez que vayas al río».

De un porrazo, Eric partió el remo en dos por la parte más estrecha del mango. La pala saltó por los aires y lo golpeó en plena cara. Gruñó y retrocedió tambaleándose. Ig lo asestó un estacazo con el mango de madera en la cabeza, que le alcanzó justo encima del ojo derecho, con lo que ganó el tiempo suficiente para apoyarse sobre los codos y ponerse de pie.

No esperaba que Eric se recuperara tan rápido como lo hizo, pero en cuanto estuvo de pie lo vio ir hacia él de nuevo con la porra. Ig dio un salto hacia atrás y la porra le pasó tan cerca que le rozó la camiseta. Eric siguió dando porrazos y uno de ellos alcanzó la pantalla del televisor. El cristal se agrietó formando una tela de araña y el monitor emitió un fuerte crujido y un centelleo.

Ig había retrocedido hasta la mesita baja que había enfrente del televisor y por un instante estuvo a punto de tropezar con ella y caerse de nuevo. Pero recuperó el equilibrio mientras Eric recuperaba la porra que había incrustado en el televisor. Ig se volvió y pasó por encima de la mesa y del sofá, que quedó entre ambos. En dos zancadas más estaba en la cocina.

Se giró y vio a Eric mirándole fijamente a través de la ventana que separaba la cocina y el salón. Ig se agachó respirando con dificultad; notaba un pinchazo en un pulmón. Había dos maneras de salir de la cocina —podía ir a la izquierda o la derecha—, pero las dos conducían de vuelta al salón y, por tanto, a Eric; no había otro camino posible a la escalera.

—No he venido aquí a matarte —dijo Eric—. En realidad sólo quería hacerte entrar en razón. Darte una lección para que aprendas a mantenerte alejado de Lee. Pero no sé qué coño me pasa que en cuanto te veo me entran ganas de partirte ese cráneo de lunático, como hiciste tú con Merrin Williams. No creo que alguien a quien le nacen cuernos en la cabeza tenga derecho a vivir. Creo que si te mato le estaré haciendo un favor al estado de New Hampshire.

Los cuernos. Eric estaba actuando movido por los cuernos.

—Te prohíbo que me hagas daño —dijo Ig tratando de manejar a Eric a su voluntad, poniendo toda la concentración y la fuerza de que era capaz en los cuernos. Éstos latieron, pero de dolor y no de placer, como normalmente sucedía. No funcionaban así. No obedecían ese tipo de órdenes. No disuadían a la gente de pecar, por mucho que la vida de Ig dependiera de ello.

—Tú no me prohíbes una mierda —dijo Hannity.

Ig lo miró desde la cocina mientras la sangre le ardía en las venas y bullía en sus oídos como agua a punto de hervir. Agua a punto de hervir. Volvió la cabeza hacia la cacerola puesta al fuego. Los huevos flotaban en medio de burbujas blancas.

—Quiero matarte y cortarte esos cuernos asquerosos —dijo Eric—. O tal vez cortártelos primero y luego matarte. Apuesto a que tienes un cuchillo de cocina lo suficientemente grande. Nadie sabrá que he sido yo. Después de lo que le hiciste a Merrin Williams debe de haber unas cien personas en este pueblo deseosas de verte muerto. Sería un héroe, incluso aunque nadie más se enterara. Mi padre se sentiría orgulloso de mí.

—Sí —dijo Ig concentrándose de nuevo en los cuernos—. Ven por mí. Lo estás deseando, así que no esperes. Hazlo ahora.

Aquello fue música para los oídos de Eric, quien avanzó de un salto, pero no rodeando la separación entre cocina y salón, sino directamente por la abertura, enseñando los dientes en lo que podía ser una mueca furiosa o una sonrisa horrible. Apoyó una mano en la barra y se lanzó de cabeza hacia la cocina, momento que aprovechó Ig para agarrar el cazo por el mango y tirárselo a la cara.

Eric reaccionó con rapidez, protegiéndose el rostro antes de que le cayeran encima dos litros de agua hirviendo, que le abrasaron el brazo y le salpicaron la calva. Gritó y se dio de bruces contra el suelo de la cocina mientras Ig corría hacia la puerta. A Hannity todavía le dio tiempo de lanzarle la porra, que se estrelló contra una lámpara sobre la mesa de la entrada y la hizo añicos. Pero entonces Ig ya estaba fuera, saltando los escalones de cinco en cinco, como si en vez de cuernos le hubieran salido alas.

Capítulo

27

En algún lugar al sur del pueblo detuvo el coche a un lado de la carretera, se bajó y permaneció unos minutos de pie en el arcén, abrazado a sí mismo hasta que se le pasaran los temblores.

Éstos le venían en forma de furiosos espasmos que le sacudían las extremidades, pero conforme pasaba el tiempo se iban haciendo más espaciados. Por fin desaparecieron, dejándole débil y mareado. Se sentía ligero como una hoja de arce que la brisa más leve puede hacer volar. Las langostas zumbaban en una melodía de ciencia ficción, un re alienígena y mortal.

Así pues, estaba en lo cierto. Lee era, de alguna manera, inmune al influjo de los cuernos. Lee no había olvidado que se habían visto el día anterior, como les había ocurrido a los demás; sabía que Ig era una amenaza y quería encontrarlo antes de que hallara la manera de llegar hasta él. Ig necesitaba un plan y eso era una mala noticia. Ni siquiera había logrado idear la manera de desayunar y estaba mareado por el hambre.

Volvió al coche y se sentó con las manos sobre el volante, tratando de decidir adónde ir. Entonces recordó, sin saber por qué, que era el ochenta cumpleaños de su abuela y que tenía suerte de estar viva. Lo siguiente que pensó fue que ya era mediodía y que toda su familia habría ido al hospital para cantarle el cumpleaños feliz y comerse la tarta con ella, lo que quería decir que la nevera de su madre estaba indefensa. La casa de los padres es el lugar donde uno está siempre seguro de poder comer caliente cuando no tiene adónde ir.

Claro que tal vez las horas de visita del hospital fueran por la tarde, pensó mientras enfilaba de nuevo la carretera. No había garantías de que la casa fuera a estar vacía. Pero ¿acaso importaba si su familia seguía allí? Podía pasar por delante de ellos, que se olvidarían de haberlo visto entrar. Lo que planteaba una pregunta interesante: ¿se olvidaría Eric Hannity de lo que acababa de suceder en el apartamento de Glenna? ¿De que Ig lo había abrasado con agua hirviendo? No lo sabía.

Tampoco estaba seguro de poder ver a su familia sin hablar con ellos. Desde luego no a Terry. Tenía que ocuparse de Lee Tourneau, sí, pero también necesitaba hablar con Terry. Sería un error dejarlo fuera de aquello, permitir que se escabullera y volviera a su vida. La idea de que Terry regresara a Los Ángeles a seguir tocando sus melodías comerciales en *Hothouse* y guiñando el ojo a estrellas de cine le llenaba de un intenso odio. Antes de eso el muy cabrón tendría que dar unas cuantas explicaciones. Estaría bien encontrarlo solo en casa, aunque eso era demasiado pedir. Una suerte endemoniada.

Consideró estacionar en el camino de incendios, a poco más de un kilómetro de la casa, y caminar hasta la parte trasera, trepar el muro y colarse sin ser visto, pero luego pensó qué diablos, y condujo el Gremlin hasta la misma entrada. Hacía demasiado calor para andarse con cautelas y tenía demasiada hambre.

El Mercedes alquilado de Terry era el único coche en la entrada.

Se estacionó junto a él y se quedó sentado con el motor en marcha, escuchando. Una nube de polvo brillante lo había perseguido colina arriba y envolvía el coche. Observó la casa y la somnolienta y calurosa quietud de las primeras horas de la tarde.

Quizá Terry había dejado su coche y había ido en el de sus padres. Era lo más probable, sólo que sabía que no era así y que Terry estaba en casa.

No se esforzó por no hacer ruido. Al contrario, salió del coche, dio un fuerte portazo y después se detuvo, mirando la casa. Pensó que vería movimiento en el piso de arriba, a Terry retirando una cortina para saber quién había venido, pero no detectó signo alguno de actividad.

Entró. La televisión estaba apagada en el cuarto de estar y la computadora del despacho de su madre también. En la cocina, los electrodomésticos de acero inoxidable callaban también. Sacó un taburete, abrió la puerta de la nevera y se puso a comer. Bebió medio cartón de leche fría en ocho grandes tragos y después esperó al inevitable dolor en la sien, la intensa punzada detrás de los cuernos, y a que se le borrara la vista. Cuando se le pasó y pudo ver de nuevo con claridad, descubrió un plato de huevos rellenos a la diabla tapados con papel transparente. Su madre debía de haberlos preparado para el cumpleaños de Vera, pero no iba a necesitarlos, pues supuso que su abuela estaría recibiendo alimentación intravenosa. Se los comió todos directamente con las manos, uno detrás de otro, y decidió que estaban 666 veces más ricos que los que preparaba él cuando vivía con Glenna.

Estaba girando el plato entre las manos como si fuera un volante y rebañándolo con la lengua cuando escuchó una voz masculina murmurar en el piso de arriba. Se detuvo y escuchó con atención. Pasados unos segundos oyó de nuevo la voz. Dejó el plato en el fregadero y cogió un cuchillo de la barra magnética de la pared, el más grande que encontró, que se desprendió con un suave tintineo de aceros entrechocándose. No estaba muy seguro de lo que pensaba hacer con él, sólo de que se sentía mejor teniéndolo en la mano. Después de lo ocurrido en su apartamento había decidido que era un error andar por ahí desarmado. Subió las escaleras. La antigua habitación de su hermano estaba al final del largo pasillo del segundo piso.

Mantuvo la puerta entreabierta con ayuda del cuchillo. Unos años atrás sus padres habían convertido el dormitorio en un cuarto de invitados dejándolo tan impersonal como una habitación de hotel para ejecutivos. Su hermano dormía de espaldas con una mano sobre los ojos. Profirió un murmullo de asco y chasqueó los labios. Ig paseó la mirada por la mesilla de noche y vio una caja de Benadril. Él tenía asma, pero su hermano era alérgico a todo: a las abejas, a los cacahuates, al polen, al pelo de gato, a New Hampshire y al anonimato. El murmurar y el mascullar se debían a la medicación contra la alergia, que le sumergía en un sueño curiosamente inquieto. Canturreaba pensativo, como si estuviera llegando a conclusiones serias pero importantes.

Caminó con sigilo hasta la cama y se sentó en la mesilla de noche sosteniendo el cuchillo. Sin asomo de furia ni irritación, consideró la posibilidad de hundirlo en el pecho de Terry. Podía imaginarlo con claridad. Primero lo sujetaría contra la cama con una rodilla, buscaría un lugar entre dos costillas y clavaría el cuchillo con las dos manos mientras su hermano luchaba por recuperar la consciencia.

No iba a matar a Terry. No podía. Ni siquiera estaba seguro de ser capaz de matar a Lee mientras dormía.

—Keith Richards —dijo Terry con voz clara, e Ig se sorprendió tanto que se puso en pie de un salto—. Estaría genial.

Ig observó a su hermano esperando que retirara la mano de los ojos y se sentara, parpadeando adormilado, pero no estaba despierto, sólo hablaba en sueños. Hablaba de Hollywood, de su puto trabajo, de cómo se codeaba con estrellas de rock, de las audiencias, de modelos espectaculares. Vera estaba en el hospital, Ig había desaparecido y Terry soñaba con los buenos tiempos en la tierra de *Hothouse*. Por un momento el odio le impidió respirar y sus pulmones lucharon por llenarse de oxígeno. Sin duda Terry tenía un boleto de vuelta a la Costa Oeste para el día siguiente; odiaba Villa Paleto y nunca se quedaba allí más tiempo del estrictamente necesario, incluso antes de la muerte de Merrin. No veía razón alguna para de-

jarle regresar con todos los dedos de la mano. Terry estaba tan
perdido que podría cogerle la mano derecha, la que usaba para tocar
la trompeta, y cortarle todos los dedos de un solo golpe antes de
que se despertara. Si él había perdido a su gran amor, Terry podría
pasarse sin el suyo. Que aprendiera a tocar el puto silbato.

—Te odio, egoísta hijo de puta —susurró mientras cogía la
muñeca de su hermano y se la retiraba de los ojos, y en ese momento…

*Terry se despierta de pronto y mira a su alrededor adormilado; no
sabe dónde está. En un coche que no reconoce en una carretera que
no reconoce, llueve con tal fuerza que los limpiaparabrisas no dan
abasto, el mundo nocturno está más allá de un borrón de árboles
azotados por la tormenta y un cielo negro en ebullición. Se frota
la cara con una mano tratando de aclarar sus pensamientos y mira
hacia arriba, de algún modo esperando ver a su hermano pequeño
sentado junto a él, pero en lugar de ello ve a Lee Tourneau, conduciendo hacia las tinieblas.*

*Empieza a recordar el resto de la noche; los hechos empiezan
a encajar lentamente sin seguir un orden particular, como las piezas
en una partida de tetris. Tiene algo en la mano izquierda. No es
un porro ni cualquier canuto de marihuana, sino un grueso puro
de hierba del valle de Tennessee del tamaño de su dedo pulgar.
Esta noche ha estado en dos bares y en una fogata en la orilla del
río bajo el puente Old Fair Road dando vueltas con Lee. Ha fumado y bebido demasiado y sabe que se arrepentirá por la mañana, que es cuando tiene que llevar a Ig al aeropuerto, porque su
hermanito tiene que coger un vuelo a la vieja Inglaterra, Dios sal-
ve a la reina. Sólo faltan cuatro horas para que sea por la mañana
y no se encuentra en estado de conducir; cuando cierra los ojos tiene la sensación de que el Cadillac de Lee se escora hacia la izquierda como un bloque de mantequilla fundiéndose en una sartén
inclinada. Esta sensación de mareo le hace salir de su sopor.*

Se sienta y se obliga a concentrarse en lo que hay a su alrededor. Parece que van por una carretera zigzagueante que rodea el pueblo, trazando un semicírculo por la periferia de Gideon, pero eso no tiene ningún sentido. Allí no hay nada excepto la vieja fundición y El Abismo, y no hay razón alguna para ir a ninguno de los dos sitios. Cuando dejaron el río, Terry supuso que Lee lo llevaría a casa y se alegraba de ello. Pensar en su cama, con sábanas limpias y su mullido edredón, lo había hecho casi estremecerse de placer. Lo mejor de ir a casa era despertarse en su dormitorio de siempre —en su antigua cama, al olor del café haciéndose en la cocina y con el sol entrando entre las cortinas— y saber que tenía todo el día por delante. En cuanto al resto de Gideon, se alegra de haberlo dejado atrás.

La velada de hoy es el ejemplo perfecto de lo que no se ha perdido al marcharse. Se ha pasado la noche alrededor de una fogata sin sentirse en absoluto parte de lo que ocurría, como si observara la escena desde detrás de un cristal: las camionetas en la orilla, los amigos borrachos forcejeando en el bajío mientras sus chicas los animaban a gritos y el cretino de Judas Coyne pinchando como dj, un tipo cuya idea de la complejidad musical es una canción tocada a cuatro cuerdas en lugar de tres. Gente de pueblo. Cuando empezó a tronar y cayeron las primeras gotas gruesas y calientes, Terry dio gracias al cielo. No entiende cómo su padre ha podido vivir allí veinte años, él apenas puede soportar setenta y dos horas seguidas en este lugar.

Su principal recurso para aguantar la situación lo lleva escondido en la mano izquierda, y aunque sabe que ya ha superado sus límites, una parte de él está deseando encenderlo y dar otra calada. Y lo haría si la persona sentada a su lado no fuera Lee Tourneau. No es que Lee fuera a quejarse o a castigarlo con algo más que una de sus miradas desagradables, pero es que Lee es ayudante del congresista que encabeza la Liga Antidroga, un defensor ardiente de los valores familiares supercristianos, y sería una putada que lo pillaran metido en un coche apestando a marihuana.

Lee había pasado alrededor de las seis y media para despedirse de Ig. Después se quedó jugando al póquer con Ig, Terry y Derrick Perrish. Ig ganó todas las manos y les sacó cuatrocientos dólares. «Toma —había dicho Terry tirando un puñado de billetes de veinte a la cara de su hermano pequeño—. Cuando Merrin y tú esten disfrutando de una botella de champán postcoital piensa en nosotros, que la hemos pagado.» Ig se había reído. Parecía encantado consigo mismo pero también azorado. Se había levantado y había besado a su padre y después también a Terry en uno de los lados de la cabeza, un gesto inesperado que había tomado a éste por sorpresa. «Aparta la lengua de mi oreja», había dicho. Ig se había reído de nuevo y después se había marchado.

«Qué piensas hacer el resto de la tarde?», había preguntado Lee después de la marcha de Ig. Terry le había contestado: «No sé... Pensaba ver Padre de familia, si la ponen. ¿Y tú? ¿Tienes algún plan en el pueblo?». Dos horas después estaban en la orilla del río y un amigo del instituto cuyo nombre Terry no lograba recordar exactamente estaba pasándole un porro.

Habían salido teóricamente a tomar unas copas y saludar a las viejas amistades, pero allí en el río, de espaldas a la hoguera, Lee le contó a Terry que al congresista le encantaba su programa de televisión y que quería conocerlo. Terry se lo tomó bien, hizo un gesto cortés con la botella de cerveza a Lee y dijo que no había ningún problema, que organizarían un encuentro cualquier día. Había contado con que Lee intentara algo por el estilo y no le molestaba. Al fin y al cabo Lee tiene un trabajo que hacer, igual que él. Y Lee trabaja para que las personas vivan mejor. Terry está al tanto de su colaboración con el proyecto Un hábitat para la humanidad, sabe que Lee dedica tiempo todos los veranos a trabajar con los chicos de ciudad, pobres y desamparados del Camp Galilee, con Ig a su lado. Tantos años conviviendo con Lee le hacen sentir a Terry algo culpable. Nunca había sentido la necesidad de salvar al mundo. La única cosa que Terry había querido era encontrar a alguien que le pagara por divertirse tocando la trompeta. Bueno, eso y tal vez una chica a la que le guste divertirse, no una modelo de Los Ángeles de esas que no pueden vivir sin su teléfono móvil o su coche. Una chica real, divertida y a la que además le encante la fiesta. De la Costa Este, que vista jeans baratos y a la que le guste la música de Foreigner. El trabajo ya lo tiene, así que está a medio camino de la felicidad.

—¿Qué mierda estamos haciendo aquí? —pregunta ahora Terry mirando la lluvia—. Pensaba que habíamos dado por terminada la noche.

Lee dice:

—Hace cinco minutos pensé que tú ya lo habías hecho, porque estabas roncando. Estoy deseando contar a la gente cómo vi a Terry Perrish babeando en el asiento delantero de mi coche. Les encantará a las chicas. Mi propio chisme televisivo.

Terry abre la boca para contestarle —este año se embolsará más de dos millones de dólares, en parte gracias a su capacidad de ser más gracioso que nadie debido a su facilidad de palabra— pero descubre que no tiene nada que decir, que su cabeza está absolutamente vacía de ideas. Así que se limita hacerle el juego.

—¿Crees que Ig y Merrin seguirán en El Abismo? —pregunta Terry. Están a punto de pasar por delante del local.

—Ahora lo veremos —responde Lee—. Estaremos ahí en un minuto.

—¿Tú estás idiota? No tenemos nada que ver ahí. Quieren estar solos, es su última noche juntos.

Lee mira a Terry por el rabillo de su ojo bueno.

—¿Cómo lo sabes? ¿Te lo ha dicho Merrin?

—¿Decirme qué?

—Que va a cortar con él. Que es su última noche juntos.

La información ha sacado a Terry de su sopor. Da un respingo como si acabara de sentarse sobre una chincheta.

—¿De qué mierda estás hablando?

—Cree que empezó a salir con él cuando era demasiado joven y quiere conocer a otros tipos.

Terry no da crédito a lo que escucha, está espantado, perplejo. Sin pensarlo, se lleva el porro a los labios y entonces se da cuenta de que no está encendido.

—¿De verdad que no lo sabías? —pregunta Lee.

—Cuando he dicho que era su última noche me refería a que Ig se marcha mañana a Inglaterra.

—Ah.

Terry mira la lluvia con ojos neutros. Cae tan fuerte que los limpiaparabrisas no dan abasto, así que es como estar en un lavado automático, con el agua formando una cortina tras los cristales. No se imagina a Ig sin Merrin, no se hace a la idea de qué tipo de persona será. La noticia le ha dejado perplejo, así que tarda un tiempo en preguntar lo obvio:

—¿Y tú cómo te has enterado de todo esto?

—Me lo contó ella —dice Lee—. Tiene miedo a hacerle daño. Este verano he estado mucho por Boston, haciendo gestiones para el congresista, y ella está allí también, así que de vez en cuando quedamos y charlamos. Probablemente la he visto más que Ig este último mes.

Terry observa el mundo acuático exterior y ve una luz rojiza acercarse a la derecha. Ya casi han llegado.

—¿Y por qué quieres parar ahora aquí?

—Me dijo que me llamaría si necesitaba que la llevara a casa —dice Lee—. Y no me ha llamado.

—Pues eso es que no necesita que la lleves.

—O quizá que está demasiado hecha polvo para llamar. Sólo quiero ver si el coche de Ig sigue aquí o no. El estacionamiento está en la parte de delante, así que no necesitamos ni parar.

Terry no comprende a Lee, no entiende por qué quiere pasar por delante para comprobar si sigue ahí el coche de Ig. Tampoco cree que a Merrin le apetezca estar con ninguno de los dos si la cosa ha terminado mal.

Pero Lee ya ha reducido la velocidad y gira la cabeza hacia el estacionamiento.

—No lo veo... —dijo Lee—. No está... No creo que se haya ido a casa con él...

Parece preocupado... o casi.

Terry es quien la ve, de pie en la lluvia junto a la carretera, refugiada bajo un nogal de copa ancha.

—Ahí está, Lee. Justo ahí.

Merrin parece verlos en ese mismo momento y sale de debajo del árbol con un brazo levantado. Con el agua que cae por la ventanilla de su asiento, a Terry le parece verla a través de un espejo de feria, la pintura impresionista de una muchacha con cabellos cobrizos y un puño en alto que al principio parece una vela votiva. Cuando Lee detiene el coche y Merrin se acerca, Terry comprueba que en realidad ha levantado un dedo para llamar la atención mientras abandona el refugio del árbol y echa a correr descalza bajo la lluvia, con los zapatos de tacón negros en la mano.

El Cadillac es de dos puertas y, sin necesidad de que Lee se lo diga, Terry se suelta el cinturón y se levanta de su asiento. Cuando se dispone a pasarse a la parte de atrás Lee le da un codazo en el trasero haciéndole perder el equilibrio, así que, en lugar de sentado, Terry termina en el suelo del coche. Por alguna razón hay allí una caja de herramientas y Terry se golpea con ella en la sien y siente un fuerte dolor. Se sienta y con la mano cerrada se presiona la cabeza lastimada. El movimiento brusco que acaba de hacer le ha dado fuertes ganas de vomitar y se siente como si un gigante hubiera levantado el coche y lo estuviera agitando como un cubilete de dados. Cierra los ojos y lucha por sobreponerse a las intensas náuseas mientras todo gira a su alrededor.

Para cuando se ha recuperado lo suficiente como para abrir los ojos, Merrin está en el coche y Lee tiene la cara vuelta hacia ella. Terry se mira la palma de la mano y ve una gota de sangre brillante. Se ha hecho un buen rasguño, aunque la intensa punzada ya casi ha remitido y sólo le queda un dolor sordo. Se limpia la sangre en el pantalón y levanta la vista.

Es evidente que Merrin acaba de estar llorando. Está pálida y temblorosa, como alguien que se está recuperando de una enfermedad o está a punto de sucumbir a ella, y su primer intento por sonreír resulta patético.

—*Gracias por recogerme* —*dice*—. *Me han salvado la vida.*

—¿*Dónde está Ig?* —*pregunta Terry.*

Merrin se vuelve hacia él pero le cuesta mirarlo a los ojos y Terry se arrepiente de haber preguntado.

—*No..., no lo sé. Se ha ido.*

—¿*Se lo has dicho?* —*pregunta Lee.*

A Merrin le tiembla la barbilla y mira hacia delante, por la ventana, en dirección a El Abismo, pero no responde.

—¿*Qué tal se lo ha tomado?* —*pregunta Lee.*

Terry ve la cara de Merrin reflejada en el cristal, la ve morderse el labio y esforzarse por contener el llanto. Su respuesta a la pregunta de Lee es:

—¿*Podemos irnos?*

Lee asiente y pone el intermitente. Después da la vuelta con el coche.

Terry quiere tocarle el hombro a Merrin, quiere tranquilizarla de algún modo, hacerle saber que sea lo que sea lo que haya pasado en El Abismo no la odia, no está enfadado con ella. Pero no la toca, no se atreve. En los diez años transcurridos desde que la conoce siempre se ha mantenido a una distancia amistosa, incluso en su imaginación, ni una sola vez se ha permitido incluirla en sus fantasías sexuales. Eso no tendría nada de malo y, sin embargo, tiene la impresión de que sería un riesgo. ¿Un riesgo de qué? Eso no lo sabe.

Así que en lugar de tocarla dice:

—¿*Quieres mi chaqueta?*

Porque Merrin está temblando de pies a cabeza con la ropa empapada.

Por primera vez Lee parece darse cuenta también de que está temblando —lo cual es raro, ya que no ha dejado de mirarla, tanto como a la carretera— y apaga el aire acondicionado.

—*Estoy bien* —*dice Merrin, pero Terry ya se ha quitado la cazadora y se la tiende. Merrin se la pone sobre las rodillas*—. *Gracias, Terry* —*dice en voz baja y después añade*—: *Debes de estar pensando...*

—*No estoy pensando nada* —*dice Terry*—. *Así que tranquila.*

—*Ig...*

—*Estoy seguro de que está bien. No te preocupes.*

Merrin le dedica una sonrisa triste y agradecida. Después se inclina hacia él y dice:

—¿*Tú estás bien?*

Alarga una mano y le roza la ceja, donde se ha golpeado con la caja de herramientas de Lee. Terry reacciona apartando la cara instintivamente. Merrin retira los dedos, cuyas yemas están manchadas de sangre; se mira la mano y después mira de nuevo a Terry.

—*Habría que vendarte esa herida.*

—*Estoy bien. No te preocupes* —*dice Terry.*

Merrin asiente y se da la vuelta. Su sonrisa se borra inmediatamente y parece estar mirando algo que nadie más puede ver. Tiene algo en las manos que dobla y desdobla sin parar: una corbata, la corbata de Ig. Eso es casi peor que verla llorar y Terry tiene que apartar la vista. El efecto sedante de la marihuana ha dejado de hacerle efecto y sólo tiene ganas de tumbarse en algún sitio sin moverse y cerrar los ojos unos minutos. Echarse una pequeña siesta y despertarse fresco y siendo él mismo otra vez. De repente la noche se ha vuelto rancia y necesita alguien a quien echarle la culpa, alguien con quien estar enfadado. Decide que ese alguien será Ig.

Le irrita que se haya largado así dejándola bajo la lluvia, una reacción tan inmadura que resulta cómica. Cómica pero no sorprendente. Merrin ha sido para Ig una amante, un consuelo, una consejera, una barrera defensiva frente al mundo y también la mejor de las amigas. A veces da la impresión de que llevan casados desde que Ig tenía quince años. Pero a pesar de todo ello desde el comienzo siempre fue un amor de colegiales. Terry está convencido de que Ig nunca se ha besado, y mucho menos acostado, con otra chica, y le gustaría que su hermano hubiera tenido más experiencias. No se trata de que no quiera que esté con Merrin porque…, bueno, por eso. Sino que el amor requiere de un contexto. Porque la primera relación amorosa es, por su propia naturaleza, inmadura. Y ahora Merrin quiere darles a ambos la oportunidad de crecer un poco. ¿Y qué?

Mañana por la mañana, cuando lleve a Ig al aeropuerto de Logan, estarán a solas y tendrá ocasión de decirle un par de cosas. Le dirá que sus ideas sobre Merrin, sobre su relación —que era algo predestinado, que era la más perfecta de las chicas, que su amor era también perfecto y que juntos eran capaces de hacer pequeños milagros—, eran una trampa que terminaría por asfixiarlo. Si Ig odiaba ahora a Merrin era sólo porque había descubierto que era una persona de carne y hueso, con defectos y necesidades y deseosa de vivir en el mundo real y no en los sueños de Ig. Que lo quería lo suficiente como para dejarle marchar y que él debía estar dispuesto a hacer lo mismo, que si quieres a alguien debes darle alas. Joder, parece un anuncio de Red Bull.

—Merrin, ¿estás bien? —pregunta Lee. Merrin sigue temblando, aunque lo que tiene son más bien convulsiones.

—No. Bueno, sí… Lee, por favor, para el coche. Déjame aquí.

Las dos últimas palabras las pronuncia con reveladora claridad.

El camino a la vieja fundición está un poco más adelante a la derecha y circulan a demasiada velocidad para cogerlo, pero Lee lo hace. Terry se agarra a la parte trasera del asiento de Merrin y ahoga un grito. Los neumáticos del lado del pasajero derrapan en la grava, que sale disparada hacia los árboles, y dejan una marca de casi un metro de longitud.

Los arbustos arañan el guardabarros. El Cadillac traquetea por los surcos de tierra, todavía a demasiada velocidad mientras la autopista desaparece a sus espaldas. Más adelante hay una cadena cortando el paso. Lee pisa a fondo el freno, da un volantazo y el coche se derrapa. Se detiene con los faros delanteros rozando la cadena, tensándola de hecho. Merrin abre su puerta, saca la cabeza y vomita. Una vez. Otra. Qué cabrón Ig. En este momento Terry lo odia.

Tampoco siente gran simpatía hacia Lee, conduciendo de esa manera. Se han detenido por completo y, sin embargo, una parte de él se siente como si siguieran moviéndose, escorándose a la derecha. Si tuviera el porro a mano lo tiraría por la ventana —la sola idea de metérselo en la boca le repugna, sería como tragarse una cucaracha viva—; sólo que no recuerda qué ha hecho con él, no parece tenerlo ya en la mano. Se toca de nuevo el rasguño en la sien y hace un gesto de dolor.

La lluvia golpea lentamente el parabrisas. Sólo que no es lluvia, ya no. Únicamente gotas de agua que caen de las ramas de los árboles. No hace ni cinco minutos diluviaba con tal fuerza que la lluvia rebotaba al tocar el suelo pero, como suele ocurrir con las tormentas de verano, se ha marchado tan rápido como ha venido.

Lee sale del coche, lo rodea y se agacha junto a Merrin. Le murmura algo con voz serena, razonable. Sea lo que sea que le contesta ella, no parece gustarle. Repite su ofrecimiento y esta vez la respuesta de Merrin resulta audible y su tono de voz poco amistoso.

—No, Lee. Quiero irme a casa, quitarme esta ropa mojada y estar sola.

Lee se levanta, camina hasta el maletero, lo abre y busca algo en su interior. Una bolsa de gimnasia.

—Tengo ropa de deporte. Una camiseta, un chándal. Están secos y abrigan. Y además no están vomitados.

Merrin le da las gracias y sale a la noche húmeda, extraña, pastosa y asfixiante y se pone la cazadora de Terry sobre los hombros. Alarga la mano para coger la bolsa pero Lee la retiene por un instante.

—Tenías que hacerlo. Era una locura pensar... que cualquiera de los dos podían...

—*Sólo quiero cambiarme, ¿sí?*

Merrin coge la bolsa y echa andar camino abajo, cruza delante de los faros del coche con la falda pegada a las rodillas y la blusa transparente por la intensa luz. Terry se sorprende mirándola fijamente y se obliga a apartar la vista. Es entonces cuando descubre que Lee también la está mirando. Por primera vez se pregunta si tal vez el bueno de Lee Tourneau no ha estado siempre colgado de Merrin, o si al menos la desea. Merrin sigue camino abajo, primero iluminada por el haz de luz que proyectan los faros y después pisando la grava y desapareciendo en la oscuridad. Es la última vez que Terry la ve con vida.

Lee está de pie junto a la puerta del pasajero, mirándola. Da la impresión de no saber si meterse o no en el coche. Terry quiere decirle que se siente, pero no consigue reunir fuerzas. Él también se queda mirando a Merrin un tiempo y después no lo puede soportar. No le gusta el modo en que la noche parece respirar, hinchándose y contrayéndose. Los faros alumbran la esquina de la explanada que hay bajo la fundición y no le gusta el modo en que la hierba húmeda se agita en la oscuridad, en un continuo y desasosegante movimiento. Puede oírla a través de la puerta abierta. Sisea como las serpientes del zoológico. Y además sigue teniendo esa sensación en el estómago de estar deslizándose hacia un lado, hacia algún lugar al que no quiere ir. El dolor en la sien izquierda no contribuye a mejorar las cosas. Sube los pies y se tumba en el asiento trasero.

Así está mejor. La tapicería marrón jaspeada también se mueve, como una nube de leche en una taza de café al removerlo, pero no pasa nada. Es una visión agradable cuando se está fumado, algo que da seguridad, y no como la hierba mojada meciéndose estática en la noche.

Necesita algo en lo que pensar, algo tranquilizador, una fantasía agradable que sosiegue su mente confusa. La productora está preparando la lista de invitados para la siguiente temporada, la combinación habitual de famosos y viejas glorias, de blancos y ne-

gros. *Mos Def y Def Leppard, los Anguilas, los Cuervos y demás animales que componen el bestiario de la cultura pop, pero lo que a Terry le hace verdaderamente ilusión es que vaya Keith Richards, que estuvo en el Viper Room con Johnny Depp unos meses atrás y le dijo a Terry que el programa le parecía una puta gozada, que le encantaría ir, a ver si le invitaban de una puta vez y ¿por qué mierda han tardado tanto? Eso sería genial, tener a Richards y darle la última media hora del programa sólo para él. Los ejecutivos de la Fox se enojan cada vez que Terry cambia el formato habitual del programa y lo convierte en un concierto —le dicen que con eso le regala medio millón de espectadores a Letterman— pero por lo que a él respecta le pueden chupar a Keith Richards su verga nudosa y desgastada por el uso.*

Al poco tiempo sus pensamientos vuelan. Perrish está tocando con Keith Richards en un festival, unas ochenta mil personas que por alguna razón se han congregado en la fundición. Están tocando Simpatía por el diablo *y Terry ha accedido a ser el vocalista porque Mick está en Londres. Se acerca al micrófono y le dice al público, que da saltos extasiado, que es un hombre de gusto y dinero, lo cual es un verso de la canción pero también la verdad. Entonces Keith Richards levanta su Telcaster y empieza tocar su blues del diablo. Su solo de guitarra bronco y estridente es lo menos parecido a una canción de cuna, pero a Terry le basta para conciliar un sueño entrecortado.*

Se despierta una vez, brevemente, cuando están de vuelta en la carretera y el Cadillac se desliza a gran velocidad por la suave cinta transportadora de la noche. Lee conduce y el asiento del copiloto está vacío. Terry ha recuperado su cazadora y la lleva extendida cubriéndole los brazos y el regazo, algo que ha debido de hacer Merrin al regresar al coche, un gesto de consideración típico de ella. Aunque la chaqueta está empapada y sucia, hay algo pesado que la mantiene pegada a su regazo, algo encima de ella. Terry busca a tientas y coge una piedra mojada del tamaño y la forma de un huevo de avestruz, con briznas de hierba y porquería pegadas. Esa piedra significa algo —Merrin la ha dejado allí por algún motivo— pero Terry está demasiado aturdido y mareado para entenderlo. Deja la piedra en el suelo del coche. Tiene adherida una sustancia pegajosa, como baba de caracol, y Terry se limpia los dedos en la camiseta, estira la cazadora de modo que le cubra los muslos y vuelve a recostarse.

Todavía le late la sien derecha, donde se golpeó al caer hacia atrás. La nota dolorida y cuando se la toca con el dorso de la mano izquierda comprueba que está sangrando de nuevo.

—¿Merrin está bien? —pregunta.

—¿Qué? —dice Lee.

—Merrin, quiero saber si nos hemos ocupado de ella.

Lee conduce un rato sin decir nada. Luego contesta:

—Sí.

Terry asiente, satisfecho, y dice:

—Es una buena chica. Espero que arregle las cosas con Ig.

Lee se limita a conducir.

Terry siente que vuelve a sumirse en el sueño en que comparte escenario con Keith Richards ante un público extasiado que actúa para él tanto como él actúa para ellos. Entonces, cuando se encuentra en el límite mismo de la consciencia, se escucha a sí mismo formular una pregunta que ni siquiera tenía en la cabeza:

—¿Qué es esta piedra?

—Es una prueba.

Terry asiente —parece una respuesta razonable— y dice:

—Bien. No queremos ir a la cárcel si podemos evitarlo.

Lee se ríe. Es un sonido áspero y gangoso, parecido a la tos —como un gato con una bola de pelo en la garganta—, y Terry se da cuenta de que nunca lo había oído reírse antes y no le gusta demasiado. Después pierde de nuevo la consciencia. Esta vez, sin embargo, no le esperan sueños agradables y frunce el sueño mientras duerme, con la expresión de un hombre que trata de encontrar una palabra especialmente difícil en un crucigrama, una palabra que debería saber pero que no le viene a la cabeza.

Transcurrido algún tiempo, abre los ojos y se da cuenta de que el coche no se mueve. De hecho, el Cadillac lleva un rato quieto. No tiene ni idea de por qué lo sabe, sólo que es así.

La luz ha cambiado. Todavía no ha amanecido, pero la noche se bate ya en retirada, ha recogido casi todas las estrellas y se dispone a guardarlas. Nubes gruesas, pálidas y montañosas, jirones de la tormenta de la noche anterior, flotan a la deriva contra un fondo negro. Terry puede ver bien el cielo si mira por una de las ventanillas laterales. Puede oler la aurora, su fragancia a hierba impregnada de lluvia y a tierra caliente. Cuando se endereza en el asiento comprueba que Lee ha dejado entreabierta la puerta del conductor.

Busca en el suelo su cazadora. Debe de estar ahí, en algún lugar; supone que se le ha resbalado de las rodillas mientras dormía. Encuentra la caja de herramientas, pero no la chaqueta. El asiento del copiloto está plegado hacia delante y Terry sale del coche.

Al alargar los brazos para estirar la espalda le cruje la espina dorsal. Después se queda quieto con los brazos tendidos hacia la noche, como un hombre clavado a una cruz invisible.

Lee está sentado fumando en las escaleras de entrada de la casa de su madre, que ahora es su casa. Terry recuerda que la enterraron seis semanas atrás. No puede ver la cara de Lee, sólo la brasa anaranjada de su Winston. No sabe por qué, pero ver a Lee sentado en la entrada esperándolo le produce desazón.

—Menuda nochecita —dice Terry.

—Aún no ha terminado. —Lee da una calada a su cigarrillo y la brasa se ilumina, permitiendo a Terry ver parte del rostro de Lee, la parte mala, la que tiene el ojo muerto. En la penumbra del amanecer el ojo es blanco y ciego, una esfera blanca rellena de humo—. ¿Qué tal la cabeza?

Terry se lleva la mano a la herida de la sien y después la deja caer.

—*Bien. No es nada.*

—*Yo también he tenido un accidente.*

—*¿Qué accidente? ¿Estás bien?*

—*Yo sí, pero Merrin no.*

—*¿Qué quieres decir?*

De súbito Terry es consciente de que tiene el cuerpo empapado en un sudor pegajoso y de resaca, una sensación de desagradable humedad. Se mira y ve que tiene la camiseta llena de manchas negras de dedos, lodo o algo parecido, y recuerda vagamente haberse limpiado la mano en ella. Cuando vuelve la vista hacia Lee siente miedo de lo que éste va a decirle.

—*Fue un accidente, en serio —dice Lee—. No me di cuenta de lo grave que era hasta que fue demasiado tarde.*

Terry le mira, esperando una explicación.

—*Vas demasiado deprisa, amigo. ¿Qué ha pasado?*

—*Eso es lo que tenemos que decidir. Tú y yo. Eso es de lo que quiero hablar contigo. Tenemos que ponernos de acuerdo en lo que vamos a contar antes de que la encuentren.*

Terry reacciona de forma lógica y se ríe. Lee es famoso por su peculiar sentido del humor, y si fuera ya de día y no se encontrara tan mal, seguramente lo apreciaría. Aunque su mano derecha no cree que Lee sea gracioso. La mano derecha de Terry ha cobrado vida propia y está palpando los bolsillos de sus pantalones en busca del móvil.

Lee dice suavemente:

—*Terry, ya sé que esto es horrible. Pero no estoy bromeando. Tenemos un problema, y gordo. Ninguno de los dos es culpable, —esto no ha sido culpa de nadie—, pero estamos metidos en el mayor de los líos posibles. Fue un accidente, pero van a decir que nosotros la matamos.*

Terry quiere reír de nuevo, pero en lugar de eso dice:

—*Basta.*

—*No puedo. Tienes que oír esto.*

—*No está muerta.*

Lee da otra calada, su cigarrillo se ilumina y su ojo de humo mira a Terry.

—*Estaba borracha y empezó a tirarme los perros. Supongo que quería vengarse de Ig. Se había quitado la ropa y se me echó encima y cuando la empujé para que se apartara... No quería hacerlo. Tropezó con una raíz o algo así y al caer se dio contra una piedra... Yo no quería. Me alejé de ella y cuando volví a verla... Fue horrible. No sé si me vas a creer, pero antes me dejaría arrancar el ojo bueno que hacerle daño a propósito.*

Cuando Terry respira, no inhala oxígeno, sino terror; éste le llena los pulmones como si fuera un gas o una toxina trasmitida en el aire. El suelo parece ceder bajo sus pies. Necesita llamar a alguien, tiene que encontrar su teléfono, encontrar ayuda. Se trata de una situación que precisa de alguien sereno y con autoridad, alguien que sepa qué hacer en casos de emergencia. Vuelve al coche y se inclina sobre el asiento trasero en busca de su cazadora. Su teléfono debe de estar en algún bolsillo, pero la cazadora no está donde pensaba. Ni tampoco en el asiento delantero.

Al notar la mano de Lee en la nuca, Terry da un respingo, emite un sollozo ahogado y se aparta.

—*Terry —dice Lee—, tenemos que decidir lo que vamos a decir.*

—*No tenemos que decidir nada. Necesito mi teléfono.*

—*Puedes llamar desde casa, si quieres.*

Terry aparta a Lee con el brazo y camina hacia la entrada. Lee tira el cigarrillo y lo sigue, sin demasiada prisa.

—*Si quieres llamar a la policía no pienso detenerte. Iré contigo a la fundición a encontrarme con ellos —dice Lee—. A enseñarles dónde está. Pero antes de que descuelgues el teléfono te conviene saber lo que voy a decirles, Terry.*

Terry sube las escaleras de un par de saltos, atraviesa el porche, abre la puerta mosquitera y empuja la de entrada a la casa. Camina a tientas por el vestíbulo delantero. Si hay un telé-

*fono ahí, no puede verlo en la oscuridad. La cocina está a la iz-
quierda.*

    *—Estábamos todos muy borrachos —dice Lee—. Nosotros
estábamos borrachos y tú drogado. Pero Merrin era la que iba peor.
Eso será lo primero que les diré. Que desde el momento en que se
subió al coche empezó a calentarnos a los dos. Ig la había llamado
puta y estaba decidida a demostrar que lo era.*

    *Terry sólo escucha a medias. Se desplaza con rapidez por una
sala de estar para invitados, y se golpea la rodilla con el respaldo
de una silla. Recupera el equilibrio y se dirige hacia la cocina. Lee
le sigue hablando con una voz increíblemente serena:*

    *—Nos pidió que paráramos el coche para poder cambiarse
de ropa y después nos hizo un numerito aprovechando los faros del vehículo. Tú no dijiste ni una palabra durante todo el tiempo, sólo la mirabas y la escuchabas hablar de lo que le esperaba a
Ig por haberla tratado de aquella manera. Primero se fue conmigo
y después te atacó a ti. Estaba tan borracha que no se daba cuenta
de lo enfadado que estabas. Cuando te estaba metiendo mano se
puso a hablar del dinero que podría sacarse vendiendo la historia
de las fiestas privadas de Terry Perrish a la prensa amarilla. Que
valdría la pena hacerlo sólo por vengarse de Ig, por ver la cara que
pondría. Fue entonces cuando la golpeaste. Antes de que me diera
cuenta de lo que estabas haciendo.*

    *Terry está en la cocina, en la mesa con una mano en el teléfo-
no color beis, pero no lo descuelga. Por primera vez se vuelve y mira a Lee, alto y musculoso, con su mata de pelo dorado pálido y su
ojo blanco y misterioso. Apoya una mano en el centro de su pecho y
le empuja con la fuerza suficiente para hacerle chocar contra la pared. Las ventanas tiemblan, pero Lee no parece demasiado afectado.*

    —Nadie va a creer esa estupidez.

    *—¿Y qué van a creer entonces? —dice Lee—. Las huellas
que hay en la piedra son las tuyas.*

    *Terry coge a Lee por la camiseta, le aparta de la pared y le
empuja de nuevo contra ella, sujetándole allí con la mano derecha.*

Una cuchara se cae de la mesa y el sonido metálico que hace al rebotar resuena como una campanada. Lee lo mira impasible.

—Tiraste ese porro gigante que te estabas fumando justo al lado del cuerpo. Y Merrin fue la que te arañó, cuando trataba de resistirse. Después de que se muriera te limpiaste con sus bragas. Están cubiertas de tu sangre.

—¿De qué coño estás hablando? —pregunta Terry. La palabra «bragas» parece quedar suspendida en el aire, como la cuchara.

—La herida que tienes en la sien. Te la limpié con sus bragas mientras estabas inconsciente. Necesito que entiendas la situación, Terry. Estás tan metido en esto como yo. Quizá más.

Terry levanta la mano izquierda con el puño cerrado, pero se detiene. Hay una avidez en el rostro de Lee, una especie de expectación que hace que le brillen los ojos; su respiración es jadeante. Terry no llega a pegarle.

—¿Qué esperas? —pregunta Lee—. Pégame.

Terry nunca ha pegado a otro hombre llevado por la ira. Tiene casi treinta años y jamás ha pegado un puñetazo. Nunca ha participado en una bronca de patio de colegio. Se llevaba bien con todos sus compañeros.

—Si me haces daño, yo mismo llamaré a la policía. Eso me dará todavía más ventaja. Puedo decir que intenté defender a Merrin.

Terry da un paso atrás, tambaleante, y baja la mano.

—Me largo. Deberías buscarte un abogado. Yo, desde luego, pienso hablar con el mío en veinte minutos. ¿Dónde está mi cazadora?

—Con la piedra. Y las bragas de Merrin. En un lugar seguro. No aquí, paré el coche de camino a casa. Me dijiste que recogiera las pruebas incriminatorias y me deshiciera de ellas, pero no las destruí...

—Vete a la mierda.

—... porque pensé que intentarías echarme a mí toda la culpa. Adelante, Terry, llámales. Pero te juro que si yo caigo tu caerás conmigo. *Así que depende de ti. Acabas de empezar* Hothouse. *En dos días te vuelves a Los Ángeles a codearte con estrellas de cine y modelos de ropa interior. Pero adelante, haz lo correcto. Quédate con la conciencia tranquila. De todas formas ten en cuenta que nadie te va a creer, ni siquiera tu hermano, que te odiará para siempre por haber matado a su novia cuando estabas borracho y drogado. Quizá al principio no lo crea, pero dale tiempo. Te esperan veinte años de cárcel, tiempo de sobra para darte palmaditas en la espalda por ser tan decente. Por el amor de Dios, Terry. Lleva ya muerta cinco horas, así que va a dar la impresión de que has intentado ocultarlo.*

—*Te voy a matar* —*musita Terry.*

—*Sí, claro* —*dice Lee*—. *Entonces tendrás que dar explicaciones sobre dos cadáveres. Pero vamos, tú mismo.*

Terry se vuelve y mira con desesperación el teléfono que hay sobre la mesa, con la sensación de que si no lo descuelga y llama a alguien en los próximos minutos su vida se habrá terminado. Y sin embargo se siente incapaz de levantar el brazo. Es como un náufrago en una isla desierta, viendo un avión brillar en el cielo a doce mil metros de distancia y, al no tener manera de llamar su atención, ve alejarse su última oportunidad de ser rescatado.

—*O* —*dice Lee*— *también podría haber pasado así: no hemos sido ni tú ni yo, sino que un extraño la mató. Es algo que pasa todos los días. Como las historias que salen en la televisión. Nadie la vio subirse a un coche. Nadie nos vio ir hacia la fundición. Por lo que respecta al resto del mundo, tú y yo volvimos a mi casa después de la hoguera, jugamos a las cartas y nos quedamos dormidos viendo la edición de las dos de la madrugada de SportsCenter. Mi casa está justo en el extremo contrario del pueblo al de El Abismo, por tanto no hay razón para que pasáramos por allí.*

Terry siente una opresión en el pecho, le cuesta respirar y, sin saber por qué, piensa que así es como debe de sentirse Ig cuando le dan sus ataques de asma. Es curioso cómo no es capaz de alargar el brazo para coger el teléfono.

—*Pues ya lo he dicho todo. En resumen, es lo siguiente: puedes vivir tu vida como un tullido o como un cobarde. Lo que ocurra a partir de ahora es cosa tuya. Pero te aseguro algo: los cobardes se la pasan mejor.*

Terry no se mueve, no dice nada y es incapaz de mirar a Lee. El pulso le late desbocado en la muñeca.

—*Te diré una cosa* —*continúa Lee, con voz de persona serena y razonable*—, *si te hicieran ahora mismo un análisis de sangre darías positivo en drogas. No te interesa acudir a la policía en este estado. Has dormido, como mucho, tres horas, y no piensas con claridad. Merrin lleva muerta toda la noche, Terry. ¿Por qué no te tomas la mañana para pensar sobre todo esto? Pueden tardar días en encontrarla, así que no te precipites y no hagas nada de lo que puedas arrepentirte. Espera a estar seguro de que sabes lo que quieres hacer.*

Era horrible escuchar eso —pueden tardar días en encontrarla—, *una afirmación que le trae a la cabeza la imagen vívida de Merrin yaciendo entre helechos y hierba húmeda, con agua de lluvia en los ojos y un escarabajo reptando por su pelo. A esta imagen le sigue el recuerdo de Merrin sentada en el asiento del copiloto, temblando con la ropa mojada y mirándole con ojos tímidos y tristes. Gracias por recogerme. Me han salvado la vida.*

—*Quiero irme a casa* —*dice Terry. Quiere sonar beligerante, enfadado y cargado de razón, pero sólo le sale un susurro.*

—*Claro* —*dice Lee*—. *Te llevo. Pero deja que te preste una camiseta antes. Estás lleno de sangre.*

Hace un gesto en dirección a la suciedad que Terry se limpió en su camiseta, que ahora, a la luz perlada y opalescente del amanecer, identifica como sangre seca.

Ig lo vio todo con sólo tocarlo, como si hubiera estado sentado en el coche con ellos y hubiera recorrido todo el camino hasta la vieja fundición. Vio la conversación desesperada y suplicante que Terry había mantenido con Lee treinta horas más tarde, en la cocina de este último. Era un día de un sol resplandeciente y hacía un frío impropio de la estación; se oía a niños gritar en la calle y a otros chapotear en la piscina de la casa contigua. Tratar de acomodar la evidente normalidad del día con la idea de que Ig estaba encerrado y Merrin en una cámara refrigerada en alguna morgue se le antojaba casi imposible. Lee estaba de pie apoyado en una encimera de la cocina, impasible, mientras Terry saltaba de un pensamiento a otro, de una emoción a otra, su voz en ocasiones ahogada por la rabia y en otras por la tristeza. Lee esperó a que agotara sus energías y entonces dijo:

—*Tu hermano va a salir libre. Mantén la calma. Las pruebas forenses no van a ser acusatorias, así que tendrán que exculparle públicamente.*

—*¿Qué pruebas forenses?*

—*Huellas de zapato* —dijo Lee—. *De neumático. ¿Y quién sabe qué más? Sangre, supongo. Puede ser que Merrin me arañara. Pero mi sangre no coincidirá con la de Ig y no hay razón para que me hagan pruebas a mí. En todo caso, más te vale que no sea así. Espera y verás. Seguro que le dejan en libertad antes de ocho horas y al final de la semana le habrán declarado inocente. Un poco de paciencia y pronto estaremos a salvo los dos.*

—*Están diciendo que la violaron* —dijo Terry—. *No me contaste que la habías violado.*

—*Y no lo hice. Sólo es violación si la chica se resiste* —dijo Lee. Acto seguido cogió una pera y le dio un sonoro mordisco.

Pero peor que todo eso fue ver lo que Terry había intentado hacer cinco meses más tarde, sentado en su garaje, en el asiento del conductor de su Viper, con las ventanillas bajadas, la puerta del garaje cerrada y el motor en marcha. Terry estaba a punto de perder el sentido, rodeado de gases del tubo de escape, cuando la puerta del garaje se abrió detrás de él. Su empleada doméstica nunca se había presentado en su casa un domingo por la mañana, pero allí estaba, mirando atónita a Terry a través de la ventanilla del pasajero, sujetando su ropa de la tintorería contra el pecho.

Era una inmigrante mexicana de cincuenta años que comprendía el inglés pasablemente, pero es poco probable que pudiera leer la parte de la nota doblada que sobresalía del bolsillo de la camisa de Terry.

A QUIEN PUEDA INTERESAR
El año pasado mi hermano, Ignatius Perrish, fue arrestado como sospechoso de violar y asesinar a Merrin Williams, su mejor amiga. ES INOCENTE DE TODOS LOS CARGOS. Merrin, que también era mi amiga, fue violada y asesinada por Lee Tourneau. Lo sé porque estuve presente y, aunque no lo ayudé a cometer el crimen, soy culpable de encubrimiento y no puedo seguir viviendo...

Pero Ig no pudo seguir leyendo, dejó caer la mano de Terry como sacudido por una descarga eléctrica. Su hermano abrió los ojos con las pupilas dilatadas por la oscuridad.

—¿Mamá? —preguntó con voz adormilada y pastosa. La habitación estaba a oscuras, lo suficiente para que Ig dudara de que viera algo más que su silueta de pie. Mantuvo la mano detrás de la espalda apretando el mango del cuchillo.

Abrió la boca para decir algo. Quería decirle a Terry que volviera a dormirse, que era la cosa más absurda que podía decir en un momento así, excepto quizá otra. Pero conforme hablaba notó que la sangre se le agolpaba en los cuernos y la voz que salió de su garganta no era la suya, sino la de su madre. Pero no una imitación, un acto consciente de mímica. Era ella.

—*Sigue durmiendo, Terry* —dijo.

Ig se sorprendió tanto que dio un paso atrás y se golpeó en la cadera con la mesilla de noche. Un vaso de agua chocó suavemente con la lamparita. Terry cerró los ojos de nuevo, pero empezó a dar signos de agitación, como si en cualquier momento fuera a despertarse.

—Mamá —dijo—, ¿qué hora es?

Ig lo miró, sin preguntarse ya cómo lo había hecho —cómo había logrado invocar la voz de Lydia—, sólo si sería capaz de hacerlo de nuevo. Ya sabía cómo lo había hecho. El demonio podía, claro está, hablar con la voz de las personas amadas, decir a la gente lo que más deseaba oír. El don de lenguas…, la artimaña preferida del demonio.

—*Chiss* —dijo y los cuernos se llenaron de presión y su voz era la de Lydia Perrish. Era fácil, ni siquiera necesitaba pensarlo—. *Chiss, cariño. No hace falta que hagas nada. No tienes que levantarte. Descansa, cuídate.*

Terry suspiró y volvió en la cama, dando la espalda a Ig.

Había estado preparado para cualquier cosa menos para sentir compasión por Terry. No había nada peor que lo que le había ocurrido a Merrin, pero de algún modo…, de algún modo aquella noche Ig había perdido también a su hermano.

Se agazapó en la oscuridad mirando a Terry dormido de costado bajo las sábanas y reflexionó sobre esta nueva manifestación de sus poderes. Al cabo de un rato abrió la boca y Lydia dijo:

—*Deberías irte a casa mañana. Seguir con tu vida. Tienes ensayos, cosas que hacer. No te preocupes por la abuela. Se va a poner bien.*

—¿Y qué pasa con Ig? —preguntó Terry. Hablaba en un murmullo sin dejar de darle la espalda—. ¿No debería quedarme hasta que sepamos adónde ha ido? Estoy preocupado.

—*Tal vez necesite estar solo ahora mismo* —dijo Ig con la voz de su madre—. *Ya sabes en qué época del año estamos. Estoy segura de que está bien y quiere que vuelvas al trabajo. Tienes que pensar en ti, por una vez. Así que mañana, derechito a Los Ángeles.*

Lo dijo en tono de mando, concentrando todo el poder de su voluntad en los cuernos, que cosquillearon de placer.

—Derechito —dijo Terry—. De acuerdo.

Ig se retiró hacia la puerta y hacia la luz del día.

Pero antes de que pudiera marcharse Terry habló de nuevo.

—Te quiero —dijo.

Ig sujetó la puerta mientras se le formaba un extraño nudo en la garganta y notaba que le faltaba el aliento.

—*Yo también te quiero, Terry* —dijo, y cerró suavemente la puerta.

Capítulo
28

Por la tarde condujo por la autopista hasta una pequeña tienda de alimentación. Compró algo de queso y salchichón, mostaza, dos rebanadas de pan, dos botellas de vino tinto de mesa y un sacacorchos.

El tendero era un hombre viejo con aspecto de profesor, lentes de abuelo y una chaqueta de punto. Estaba inclinado sobre el mostrador con la barbilla apoyada en un puño hojeando *The New York Review of Books*. Miró a Ig sin ningún interés y empezó a marcar sus compras en la caja registradora.

Mientras pulsaba las teclas le confesó que su mujer durante cuarenta años tenía Alzheimer y que estaba empezando a pensar en llevarla hasta la puerta que daba al sótano y empujarla escaleras abajo. Estaba convencido de que se partiría el cuello y que la policía lo consideraría un accidente. Wendy le había amado con su cuerpo, le había escrito cartas cada semana mientras estaba en el ejército y le había dado dos preciosas hijas, pero estaba cansado de oírla desvariar y de tener que lavarla. Quería irse a vivir con Sally, una vieja amiga, a Boca Ratón. Cuando su mujer muriera, cobraría casi tres cuartos de millón de un seguro de vida y entonces dedicaría el resto de su vida al golf, al tenis y a compartir buenas comidas con Sally. Quería saber la opinión de Ig al respecto y éste le dijo que ardería en el infierno. El tendero se encogió de hombros y dijo que claro, que eso lo daba por hecho.

Le hablaba en ruso e Ig le contestó en este mismo idioma, aunque no sabía ruso, nunca lo había estudiado. Sin embargo, su fluidez a la hora de hablarlo no le sorprendió en absoluto. Después de hablar a Terry con la voz de su madre, esto era una minucia. Y además, el lenguaje del pecado es universal, el esperanto original.

Se alejó de la caja registradora recordando cómo había engañado a Terry, cómo algo en su interior le había permitido invocar la voz que precisamente su hermano necesitaba oír. Se preguntó sobre los límites de ese nuevo poder suyo, si lograría engañar con él a alguna otra mente. Se detuvo en la puerta y volvió la vista, examinando con interés al tendero, que estaba sentado detrás del mostrador leyendo otra vez el periódico.

—¿No contesta al teléfono? —le preguntó.

El tendero levantó la vista y frunció el entrecejo extrañado.

—Está sonando —dijo Ig. Los cuernos le palpitaban transmitiéndole una sensación del todo placentera.

El tendero miró perplejo el teléfono. Lo descolgó y se llevó el auricular a la oreja. Incluso desde la puerta Ig oía el tono de llamada.

—*Robert, soy Sally* —dijo Ig, pero la voz que salió de su garganta no era la suya. Era una voz ronca y profunda pero inconfundiblemente femenina y con acento del Bronx, una voz que le era por completo desconocida y que sin embargo estaba convencido de que correspondía a Sally Comosellame.

El tendero hizo una mueca de confusión y dijo al auricular vacío:

—¿Sally? Pero si hemos hablado hace unas horas. Creía que estabas intentando ahorrar en teléfono.

Los cuernos le latían con un placer sensual.

—*Empezaré a ahorrar en teléfono cuando no tenga que llamarte todos los días* —dijo Ig con la voz de Sally desde Boca Ratón—. *¿Cuándo piensas venir a verme? Esta espera me está matando.*

El tendero dijo:

—Ya sabes que no puedo. ¿Tienes idea de lo que me costaría meter a Wendy en una residencia? ¿De qué viviríamos?

Seguía sin haber nadie al otro lado del teléfono.

—¿*Quién ha dicho que tengamos que vivir como Rockefeller? No necesito comer ostras, me basta con una ensalada de atún. Quieres esperar a que se muera, pero ¿qué pasa si lo hago yo antes? ¿Qué harás entonces? Ya no soy joven, y tú tampoco. Métela en un sitio donde la cuiden y después coge un avión para que yo pueda cuidarte a ti.*

—Le prometí que no la metería en una residencia mientras estuviera viva.

—*Ya no es la misma persona a la que le prometiste eso y tengo miedo a lo que puedas hacer si sigues con ella. Lo que te pido es que te decidas por un pecado que nos permita estar juntos. Después, cuando tengas el boleto de avión, llámame e iré a recogerte al aeropuerto.*

Ig cortó la conexión. La agradable sensación de presión en los cuernos fue desvaneciéndose. El tendero se separó el auricular de la oreja y se quedó mirándolo con la boca entreabierta por el asombro. Pero no levantó al vista; se había olvidado ya por completo de Ig.

Encendió la chimenea, abrió la primera botella de vino y bebió a grandes tragos, sin dejarlo respirar. Los vapores del alcohol se le subieron a la cabeza envolviéndole en su suave mareo y una dulce asfixia le invadió, como si unas manos amantes le rodearan el cuello. Sabía que debería estar urdiendo un plan, decidiendo qué hacer con Lee Tourneau, pero era difícil concentrarse mirando el fuego. El movimiento hipnótico de las llamas le transfiguraba. Miraba fascinado el remolino de chispas y el baile de brasas anaranjadas, se regocijaba en el regusto áspero del vino, que le arrancaba los pensamientos como cuando se raspa la pintura vieja de una pared para pintarla de nuevo. Se tironeaba inquieto de la barbilla, disfrutando de su tacto, contento de tenerla, sintiendo que le compensaba por su incipiente calvicie. Cuando era un niño todos su héroes habían sido hombres barbados: Jesús, Abraham Lincoln, Dan Haggerty.

—Barbas —musitó—. Qué bendición el vello facial.

Iba por la segunda botella de vino cuando escuchó al fuego murmurarle, sugiriéndole planes, estrategias, animándole en un bisbiseo suave, proponiendo argumentos teológicos. Inclinó la cabeza y escuchó con atención, fascinado. De vez en cuando asentía con la cabeza. La voz del fuego era la voz de la sensatez y, en la hora siguiente, aprendió muchas cosas.

Cuando hubo oscurecido, abrió la puerta del horno y descubrió a su nutrida congregación de fieles esperando a oír la Palabra. Salió de la chimenea y la interminable alfombra de serpientes —había al menos mil, unas encima de las otras o enredadas en nudos imposibles— abrió un camino para dejarle llegar hasta el montón de ladrillos que había en el centro del suelo. Se subió al pequeño montículo y tomó asiento armado con su tridente y la segunda botella de vino. Allí encaramado, les habló:

—Que el alma debe ser protegida para que no se arruine o consuma es una cuestión de fe —dijo—. Cristo en persona aconsejó a los apóstoles que desconfiaran de aquel que terminaría por destruir sus almas en el infierno. Yo ahora os digo que evitar un destino así es una imposibilidad matemática. El alma es indestructible y eterna. Como el número pi, ni cesa ni termina. Como pi, es una constante. Pi es un número irracional que no se puede fraccionar, indivisible. Del mismo modo el alma es una ecuación irracional e indivisible que expresa a la perfección una sola cosa: uno mismo. El alma no tendría valor para el diablo si pudiera ser destruida. Y cuando Satán la toma bajo sus cuidados, no se pierde, como muchos afirman. Satán sabe muy bien qué hacer con ella.

Una serpiente de grueso tronco marrón empezó a reptar por la pila de ladrillos. Ig la sintió deslizarse sobre sus pies desnudos pero al principio no le prestó atención, concentrado en las necesidades espirituales de su rebaño de fieles.

—Siempre se ha dicho que Satán es el enemigo, pero Dios teme a las mujeres más incluso que al demonio, y hace bien. La mujer, con su poder de engendrar vida, es quien fue hecha a la imagen y semejanza del Creador, no el hombre, y ha demostrado ser, con mucho, más digna de la adoración del hombre que Cristo, ese barbudo fanático que disfrutaba anunciando el fin del mundo. Dios salva, pero no aquí ni ahora. Sus promesas de salvación son sólo eso, promesas. Como todos los charlatanes, nos pide que paguemos ahora y tengamos fe en que más tarde recibiremos. Las mujeres, en cambio, ofrecen otra clase de salvación, más inmediata y satisfactoria. No posponen su amor a una eternidad lejana e improbable, sino que nos lo brindan en el momento, al menos a aquellos que lo merecen. Así ocurrió conmigo y con muchos otros. El demonio y la mujer han sido aliados frente a Dios desde el principio, desde el mismo momento en que Satán se presentó ante Adán en forma de serpiente y le susurró que la verdadera felicidad no residía en la oración, sino en el culo de Eva.

Las serpientes se retorcieron y sisearon excitadas, disputándose un lugar a sus pies. Se mordían las unas a las otras en un estado próximo al éxtasis.

La de tronco grueso y marrón empezó a enroscarse alrededor de uno de los tobillos de Ig, quien se agachó y la levantó con una mano, mirándola por fin. Era del color de las hojas secas y muertas de otoño y su cola terminaba en un cascabel corto y polvoriento. Ig nunca había visto una serpiente con cascabel excepto en las películas de Clint Eastwood. El animal se dejó levantar por los aires sin intentar escapar. Lo miró con sus ojos dorados y arrugados, que parecían recubiertos de una tela metálica y tenían pupilas ranuradas. Sacó una lengua negra, catando el aire. Su piel fría cubría holgadamente su anatomía, como un párpado cerrado sobre un ojo. La cola —aunque quizá no tenía sentido hablar de cola, ya que toda ella era una cola con una cabeza pegada a uno de los extremos— pendía inerme junto al brazo de Ig. Transcurrido un instante, éste se la colocó sobre los hombros como si fuera una bufanda o una corbata sin anudar, con el cascabel apoyado en el pecho desnudo.

Miró fijamente a su audiencia; había perdido el hilo de su discurso. Inclinó la cabeza hacia atrás y dio un sorbo de vino que lo quemó agradablemente al bajar por la garganta, como si fuera una brasa encendida. Cristo, al menos, tenía razón al amar el vino, bebida del demonio que, al igual que la fruta prohibida, traía consigo la libertad, la sabiduría y también una cierta decadencia. Exhaló humo y recordó lo que estaba diciendo.

—Pensad por ejemplo en la chica a la que yo amaba y en cómo acabó. Llevaba la cruz de Jesús colgada del cuello y fue siempre fiel a la iglesia, que jamás hizo nada por ella salvo quedarse con su dinero de la colecta dominical y llamarla pecadora a la cara. Llevaba a Jesús en su corazón cada día y cada noche le rezaba. Y ya veis de qué le sirvió. Cristo en su cruz. Son muchos los que han llorado por Jesús en su cruz. Como si nadie hubiera sufrido más que él. Como si millones de personas no hubieran padecido muertes peores y no hubieran sido relegadas después al olvido. Si yo hubiera vivido en tiempos de Pilatos habría hundido con gusto mi lanza en su costado, él, tan orgulloso siempre de sus padecimientos.

»Merrin y yo éramos como esposo y esposa. Pero ella quería algo más, quería libertad, una vida, la oportunidad de descubrirse a sí misma. Quería tener otros amantes y que yo los tuviera también. La odié por eso y también Dios. Sólo por imaginar que pudiera abrirse de piernas ante otro hombre. Dios le dio la espalda y cuando ella le llamó, cuando la estaban violando y asesinando, hizo como que no la oía. Sin duda pensó que estaba recibiendo un merecido castigo. Yo veo a Dios como a un escritor de novelas populares, alguien que construye historias con argumentos sádicos y sin talento, narraciones cuyo único fin es expresar su terror hacia el poder de la mujer de elegir a quién amar y cómo amar, de redefinir el amor como mejor considere y no como Dios cree que debería ser. El autor es indigno de los personajes que crea. El demonio es, antes que nada, un crítico literario cuya misión es exponer a este escriba sin talento al merecido escarnio de sus lectores.

La serpiente que tenía alrededor del cuello dejó caer la cabeza hasta abrazar uno de sus muslos en amoroso gesto. Ig la acarició con suavidad mientras llegaba al argumento central, al punto álgido de su encendido sermón.

—Sólo el demonio ama a los hombres por lo que verdaderamente son y se regocija con las astutas estratagemas que traman los unos contra los otros, con su desvergonzada curiosidad, su falta de autocontrol, su tendencia a infringir una regla en cuanto saben de su existencia, con su disposición a renunciar a la salvación de sus almas por un simple polvo. El diablo, a diferencia de Dios, sabe que sólo aquellos que tienen el valor suficiente de arriesgar su alma por el amor tienen derecho a tener alma.

»¿Y qué pinta Dios en todo esto? Dios ama al hombre, nos dicen, pero el amor ha de ser probado con hechos, no con razones. Si estamos en un barco y dejamos ahogarse a un hombre es seguro que arderemos en el infierno. Y sin embargo, Dios, en su inmensa sabiduría, no siente la necesidad de utilizar sus poderes para salvar a ningún hombre del sufrimiento, y a pesar de su inacción se le celebra y reverencia. Decidme: ¿dónde está la lógica moral en esto? No podéis decírmelo porque no existe. Sólo el diablo opera dentro de los límites de la razón, prometiendo castigar a aquellos que osan hacer de la tierra un infierno para aquellos que osan amar y sentir.

»Yo no digo que Dios esté muerto. Afirmo que está vivo, pero que es incapaz de ofrecer la salvación, ya que él mismo está condenado por su indiferencia criminal. Se perdió en el momento mismo en que exigió lealtad y adoración antes siquiera de ofrecer su protección. Un trato propio de un gánster. En cambio el diablo es cualquier cosa menos indiferente. Siempre está disponible para aquellos deseosos de pecar, que es otra manera de decir «deseosos de vivir». Sus líneas de teléfono están siempre abiertas, con los operadores en sus puestos.

La culebra que llevaba en los hombros agitó su cascabel con un castañeteo de aprobación. Ig la levantó con una mano y besó su fría cabeza; después la dejó en el suelo. Se volvió hacia la chimenea mientras las serpientes abrían paso a sus pies. Cogió el tridente, que descansaba contra una pared, junto a la escotilla del horno, y entró en éste, aunque no descansó. Estuvo un tiempo leyendo su «Biblia Neil Diamond» a la luz del fuego e hizo una pausa, tironeándose nervioso de la barba, reflexionando sobre la ley del Deuteronomio que prohíbe vestir ropas de fibras combinadas. Un pasaje problemático que requería de especial consideración.

—Sólo el demonio quiere que el hombre pueda elegir entre una amplia gama de estilos de vestir ligeros y confortables —murmuró por fin, ensayando una nueva sentencia—. Aunque tal vez no deba haber perdón para el poliéster. Sobre este asunto Dios y Satán coinciden plenamente.

Capítulo

29

Un estruendo penetrante y metálico lo despertó. Se sentó en la oscuridad, que olía a hollín, frotándose los ojos; el fuego llevaba horas apagado. Escudriñó en la oscuridad tratando de ver quién había abierto la escotilla y entonces una llave inglesa lo golpeó en la boca tan fuerte que le obligó a ladear la cabeza. Cayó a cuatro patas y se le llenó la boca de sangre. Notaba unos bultos sólidos contra la lengua y al escupir un hilo de sangre viscosa cayeron al suelo tres dientes.

Una mano enfundada en un guante de cuero negro entró en la chimenea, le sujetó por el pelo y le arrastró fuera del horno. Su cabeza chocó con la escotilla de acero y resonó estridente, como un gong. Trató de ponerse en pie con una flexión y una bota con puntera de acero le golpeó en el costado. Los brazos cedieron y dio con la barbilla en el suelo de cemento. Los dientes le entrechocaron como una claqueta: *Escena 666, toma uno. ¡Acción!*

Su tridente. Lo había apoyado contra la pared justo fuera del horno. Rodó por el suelo y alargó el brazo hacia él. Sus dedos rozaron el mango y la herramienta cayó al suelo con gran estrépito. Cuando fue a cogerla Lee le aplastó la mano con la bota y escuchó los huesos quebrarse con un crujido, como cuando alguien parte un puñado de higos secos. Volvió la cabeza para mirar a Lee en el mismo momento en que éste le atacaba otra vez, golpeándolo justo entre los cuernos. En su cabeza explotó un resplandor blanco, llamas de fósforo refulgente, y el mundo desapareció.

Abrió los ojos y vio el suelo de la fundición deslizarse debajo de él. Lee lo agarraba por el cuello de la camisa y tiraba de él arrastrándolo de rodillas por el suelo de cemento. Tenía las manos delante del cuerpo, sujetas por las muñecas con algo que parecía cinta aislante. Trató de ponerse en pie y sólo consiguió patalear débilmente. Un chirrido infernal de langostas lo llenaba todo y tardó unos segundos en comprender que el sonido estaba dentro de su cabeza, porque de noche las langostas guardan silencio.

Cuando se estaba dentro de una fundición era un error pensar en términos de dentro y fuera. No había techo, por tanto el interior era, en realidad, exterior. Pero cruzaron una puerta e Ig tuvo la sensación de que, de alguna manera, habían salido a la noche, aunque seguía notando cemento y polvo bajo las rodillas. No podía levantar la cabeza, pero tenía la impresión de estar en un espacio abierto, de haber dejado los muros atrás. Escuchó el ronroneo del Cadillac de Lee desde algún lugar. Estaban detrás del edificio, pensó, no lejos de la pista Evel Knievel. Movió la lengua pesadamente dentro de la boca, como una anguila nadando en sangre, y con la punta tocó una cuenca vacía donde antes había habido un diente.

Si iba a intentar usar los cuernos contra Lee más le valía empezar ahora, antes de que él hiciera lo que hubiera ido a hacer. Pero cuando abrió la boca para hablar le sacudió una nueva oleada de dolor y tuvo que hacer esfuerzos para no gritar. Tenía la mandíbula rota, hecha añicos probablemente. La sangre le salía a borbotones entre los labios y sólo pudo emitir un gemido sordo de dolor.

Estaban al principio de unas escaleras de cemento y Lee respiraba pesadamente. Se detuvo.

—Joder, Ig —dijo—. Nunca pensé que fueras a pesar tanto. No estoy hecho para este tipo de cosas.

Lo dejó caer escaleras abajo. Primero se golpeó en el hombro y después en la cara; fue como si se le rompiera la mandíbula otra vez, y entonces no pudo evitarlo y gritó, profiriendo un ruido ahogado y arenoso. Rodó hasta el final de las escaleras y quedó tumbado boca abajo, con la nariz pegada al suelo.

Una vez en esa posición permaneció completamente inmóvil —no moverse le parecía importante, lo más importante del mundo— esperando a que las negras punzadas de dolor cedieran, al menos un poco. A lo lejos oyó pisadas de botas en los escalones de cemento y después sobre tierra. Oyó abrirse la puerta de un coche y después cerrarse. Las pisadas de botas avanzaban en su dirección y escuchó un pequeño tintineo seguido de un chapoteo, sin conseguir identificar ninguno de los dos sonidos.

—Sabía que te encontraría aquí —dijo Lee—. No podías mantenerte alejado, ¿eh?

Hizo un esfuerzo por levantar la cabeza y mirar hacia arriba. Lee estaba de cuclillas junto a él. Llevaba unos jeans oscuros y una camisa blanca con las mangas enrolladas, dejando ver sus antebrazos delgados y fuertes. Tenía el semblante sereno, casi alegre. Con una mano y gesto ausente jugueteaba con la cruz que reposaba en los rizos rubios del pelo de su pecho.

—He sabido que te encontraría aquí desde que Glenna me llamó hace un par de horas. —Por un momento se asomó una sonrisa a las comisuras de sus labios—. Cuando llegó a su apartamento se lo encontró patas arriba, con el televisor roto y todo por los suelos. Me llamó inmediatamente. Estaba llorando, Ig. Se siente fatal. Tiene la impresión de que de alguna manera te enteraste de nuestro…, ¿cómo llamarlo?…, nuestro encuentro secreto en el estacionamiento, y de que ahora la odias. Tiene miedo de que hagas alguna locura. Yo le dije que me preocupaba más lo que pudieras hacerle a ella que a ti mismo y que debería pasar la noche en mi casa. ¿Quieres creer que me dijo que no? Me dijo que no tenía miedo de ti y que necesitaba hablar contigo antes de que ella y yo pasáramos a mayores. ¡La pobre! Es una buena chica, ¿sabes?

Siempre ansiosa por agradar a todo el mundo, muy insegura y bastante puta. Es lo segundo más parecido a un ser humano desechable que he visto en mi vida. Lo primero eres tú.

Ig se olvidó de su mandíbula destrozada e intentó decirle a Lee que se mantuviera alejado de Glenna. Pero cuando abrió la boca, todo lo que salió de ella fue otro grito. El dolor le irradiaba desde la mandíbula acompañado de una sensación de oscuridad que se concentraba en los límites de su campo visual y después le envolvía por completo. Exhaló, expulsando sangre por la nariz, e intentó sobreponerse, espantando la oscuridad con un esfuerzo de voluntad sobrehumano.

—Eric no se acuerda de lo que pasó en casa de Glenna esta mañana —dijo Lee con una voz tan tenue que a Ig le costó trabajo oírle—. ¿Y eso por qué, Ig? No se acuerda de nada excepto de que le tiraste una cacerola de agua hirviendo a la cara y casi se desmaya. Pero en el apartamento algo pasó. ¿Una pelea? Algo, desde luego. Me habría traído a Eric conmigo esta noche —estoy convencido de que le gustaría verte muerto— pero tal y como tiene la cara... Se la has quemado toda. Un poco más y habría tenido que ir a un hospital e inventarse algún cuento para explicar cómo se había quemado. De todas maneras, no debería haber ido al apartamento de Glenna. A veces pienso que ese tipo no tiene ningún respeto por la ley. —Rio—. Quizá sea mejor así, quiero decir, que no haya venido. Este tipo de cosas se hacen mejor sin testigos.

Tenía las muñecas apoyadas en las rodillas y la llave inglesa colgaba de su mano izquierda, cinco kilos de hierro enmohecido.

—Casi puedo entender que Eric no se acuerde de lo que pasó en casa de Glenna. Un cacerolazo en la cabeza puede provocar amnesia. Pero no consigo explicarme lo que pasó cuando fuiste ayer a la oficina del congresista. Tres personas te vieron llegar. Vhet, nuestro recepcionista; Cameron, encargado de la máquina de rayos X, y Eric. Cinco minutos después de que te marcharas ninguno de ellos recordaba que habías estado allí, hasta que les enseñé el video. Sólo yo. Ni siquiera Eric lo creía hasta que no le enseñé la grabación. Hay imágenes en las que los dos aparecen hablando, pero no supo decirme de qué. Y hay otra cosa. El video…, algo raro le pasa. Es como si la cinta estuviera defectuosa… —Se calló y permaneció en silencio unos segundos, pensativo—. La imagen está distorsionada, pero sólo a tu alrededor. ¿Qué le hiciste a la cinta? ¿Y a ellos? ¿Y por qué a mí no afecta? Eso es lo que me gustaría saber.

Como Ig no respondió, levantó la llave y le pinchó con ella en el hombro.

—¿Me estás escuchando, Ig?

Ig había escuchado todo lo que le había dicho Lee, se había estado preparando mientras éste hablaba, reuniendo las fuerzas que le quedaban para salir corriendo. Había recogido las rodillas debajo del cuerpo, había recuperado el aliento y esperaba el momento adecuado, que ya había llegado. Se levantó empujando la llave a un lado y se lanzó contra Lee, golpeándole en el pecho con un hombro y haciéndole caer de espaldas. Levantó las manos y rodeó con ellas la garganta de Lee… y en el preciso instante en que tocó su piel gritó de nuevo. Entró por un instante en la cabeza de Lee y fue como estar a punto de ahogarse en el río Knowles otra vez. Se hundía en un torrente negro que lo arrastraba a un lugar frío y tenebroso y le obligaba a seguir moviéndose. Ese único momento de contacto le bastó para saber todo aquello que no había querido saber, que quería haber olvidado, desaprendido.

Lee seguía teniendo la llave y la usó para golpear a Ig en el estómago, lo que le causó un violento ataque de tos. Trastabilleó, pero justo cuando iba a caer de lado, sus dedos se aferraron a la cruz de oro, que colgaba con una cadena del cuello de Lee y que se rompió sin hacer ruido. La cruz salió volando y se perdió en la oscuridad.

Lee salió de debajo de él y logró ponerse de pie. Ig estaba a cuatro patas luchando por respirar.

—Intenta estrangularme, saco de mierda —dijo Lee y le dio una patada en un costado. Una costilla crujió e Ig se estrelló de cara contra el suelo con un aullido de dolor.

Lee le dio una segunda patada y una tercera. Esta última le dio en la parte baja de la espalda y le causó un espasmo de dolor que le irradió a los riñones y los intestinos. Algo le mojó la nuca. Saliva. Luego Lee se detuvo unos segundos y ambos aprovecharon para recuperar el resuello.

Por fin Lee dijo:

—¿Qué carajo es eso que te ha salido en la cabeza? —parecía verdaderamente sorprendido—. ¿Son cuernos?

Ig temblaba por el dolor que sentía en la espalda, el costado, la cara, la mano. Arañó el suelo con la mano izquierda, excavando surcos en la tierra negra, aferrándose a un atisbo de lucidez, luchando por no perder el sentido. ¿Qué acababa de decir Lee? Algo sobre los cuernos.

—Eso era lo que salía en el video —dijo Lee—. Cuernos. Puta madre. Y yo pensando que la cinta estaba defectuosa. Pero el problema eras tú. El caso es que ayer me pareció verlos cuando te miraba con mi ojo malo. Sólo veo sombras con él pero cuando te miré, pensé: Mierda... —Se llevó dos dedos a la garganta desnuda—. Mira tú.

Cuando Ig cerró los ojos vio una sordina dorada Tom Crown insertada en una trompeta para amortiguar el sonido. Por fin había encontrado una sordina para los cuernos. La cruz de Merrin había interceptado su señal, había trazado un círculo protector alrededor de Lee que los cuernos no podían traspasar. Sin ella Lee era por fin vulnerable a los cuernos. Claro que ya era demasiado tarde.

—Mi cruz —dijo Lee todavía con la mano en el cuello—. La cruz de Merrin. La has roto cuando tratabas de estrangularme. Eso ha sido innecesario, Ig. ¿Es que crees que disfruto haciendo esto? Pues no. La persona a la que me gustaría hacerle esto es una chica de catorce años que vive en la casa contigua a la mía. Le gusta tomar el sol en su jardín trasero y a veces la miro desde la ventana de mi dormitorio. Parece una guinda, con su biquini de la bandera estadounidense. Pienso en ella de la misma manera en que pensaba en Merrin. Pero no voy a hacerle nada, sería demasiado arriesgado. Somos vecinos y sospecharían de mí. Donde tengas la olla no metas la verga. A no ser que... ¿Crees que tengo alguna posibilidad de hacerlo sin que sospechen de mí? ¿Tú que opinas, Ig? ¿Crees que debería ir por ella?

A pesar del dolor taladrante que le irradiaban su costilla rota, la mandíbula hinchada y la mano destrozada, percibió que algo había cambiado en la voz de Lee. Que ahora parecía hablar para sí mismo, como en una ensoñación. Los cuernos estaban empezando a hacer su efecto en él, como lo habían hecho con todas las demás personas.

Sacudió la cabeza y profirió a duras penas un sonido que expresaba negación. Lee pareció decepcionado.

—No es una buena idea, ¿verdad? Te diré algo, sin embargo. Estuve a punto de venir aquí con Glenna hace un par de noches. No sabes las ganas que tenía. Cuando salimos juntos de la Station House Tavern estaba totalmente borracha y dispuesta a que la llevara a casa en mi coche, así que pensé que en lugar de ello podría traérmela aquí y manosearle sus tetas gordas, después abrirle la cabeza a golpes y dejarla tirada. Te lo habrían atribuido a ti también. *Ig Perrish actúa de nuevo, asesina a otra de sus novias.* Pero entonces va Glenna y me hace una mamada en el estacionamiento, delante de tres o cuatro tipos, y ya no pude seguir con el plan. Demasiados testigos nos habían visto juntos. En fin, otra vez será. Lo bueno de las chicas como Glenna, chicas con antecedentes y tatuajes, chicas que beben y fuman demasiado, es que desaparecen continuamente y seis meses más tarde nadie se acuerda ni siquiera de su nombre. Y esta noche..., esta noche por fin te tengo a ti, Ig.

Se inclinó y, agarrándole de los cuernos, le arrastró entre los matojos. Ig no tenía fuerzas ni para patalear. La sangre le manaba de la boca y la mano derecha le latía como un corazón.

Lee abrió la puerta delantera del Gremlin y, cogiéndolo por las axilas, lo arrojó dentro. Ig cayó de bruces sobre los asientos y las piernas le quedaron colgando en el aire. El esfuerzo de meterlo en el coche hizo que Lee se tambaleara —también él estaba cansado, Ig podía notarlo— y estuvo a punto de caer también dentro del coche. Apoyó una mano en la espalda de Ig para recuperar el equilibrio mientras lo mantenía sujeto apoyando una rodilla en su trasero.

—Eh, Ig, ¿te acuerdas del día en que nos conocimos? Aquí, en la pista Evel Knievel. Si te hubieras ahogado entonces, yo me habría cogido a Merrin cuando todavía era virgen y seguramente no habría pasado nada de todo esto. Aunque no estoy seguro. Incluso entonces era una perra frígida. Hay algo que quiero que sepas, Ig. Todos estos años me he sentido culpable. Bueno, culpable exactamente no. Porque no sé cuántas veces te lo dije y tú nunca me creías. Saliste del agua tú solo, yo ni siquiera te golpeé en la espalda para ayudarte a respirar. En realidad te di una patada por accidente, cuando trataba de escapar. Había una serpiente gigantesca justo a tu lado. Odio las serpientes, les tengo fobia. Oye, igual fue la serpiente la que te sacó del agua. Desde luego era lo suficientemente grande, como una puta manguera de incendios. —Le dio una palmadita con una mano enguantada en la cabeza—. Bueno, ya está. Por fin lo sabes todo. Ya me siento mejor, así que lo que dicen debe de ser cierto. Eso de que la confesión es buena para el alma.

Se levantó, agarró a Ig por los tobillos y le empujó las piernas hasta meterlas en el coche. Una parte de Ig, la que estaba más cansada, se alegraba de estar a punto de morir allí precisamente. Casi todos los momentos felices de su vida los había pasado dentro del Gremlin. En él había hecho el amor con Merrin, habían tenido sus mejores conversaciones, le había cogido la mano mientras daban largos paseos por la noche, los dos sin hablar, disfrutando del silencio compartido. La sentía ahora cerca, tenía la impresión de que, si levantaba la cabeza, la vería en el asiento del pasajero alargando una mano para acariciarle la cabeza.

Escuchó movimiento a sus espaldas y después esa mezcla de tintineo y chapoteo que por fin consiguió identificar. Era el sonido de un líquido llenando una lata metálica. Acababa de conseguir incorporarse sobre los codos cuando sintió que algo le salpicaba la espalda, mojándole la camisa. Un olor penetrante a gasolina inundó el interior del coche haciéndole lagrimear.

Se dio la vuelta y luchó por incorporarse. Lee terminó de rociarle, agitó la lata para vaciar del todo su contenido y la tiró a un lado. Los fuertes vapores hicieron parpadear a Ig y el aire a su alrededor se impregnó de olor a gasolina. Lee sacó una cajita del bolsillo. Al salir de la fundición había cogido los cerillos Lucifer de Ig.

—Siempre he querido hacer esto —dijo mientras encendía el cerillo y lo tiraba por la ventanilla abierta.

El fósforo encendido rebotó en la frente de Ig y cayó. Éste tenía las manos atadas con cinta aislante por las muñecas, pero delante del cuerpo, así que pudo atrapar el cerillo mientras caía. Fue un acto reflejo, lo hizo sin pensar. Por un solo instante —sólo uno— tuvo en las manos una llama brillante y dorada.

Después su cuerpo se tiñó de rojo, convertido en una antorcha humana. Gritó pero no oyó su voz, porque fue entonces cuando el interior del coche prendió, con un *fluosss* que pareció succionar todo el oxígeno del aire. Vio a Lee de refilón tambaleándose detrás del coche cuando las llamas iluminaron su cara de asombro. Aunque se había preparado para ello lo tomó desprevenido. El Gremlin se había convertido en una gran torre de fuego.

Ig trató de abrir la puerta y salir, pero Lee se adelantó y la cerró de una patada. El plástico del salpicadero se ennegreció y el parabrisas empezó a derretirse. A través de él veía la noche, la caída de la pista Evel Knievel, al final de la cual, en algún lugar, estaba el río. Tanteó a ciegas entre las llamas hasta encontrar la palanca de cambios y la puso en punto muerto. Con la otra mano quitó el freno de mano. Al retirar la mano de la palanca se desprendieron con ella trozos pegajosos de plástico fundidos con piel.

Miró de nuevo por la ventanilla abierta del lado del conductor y vio a Lee apartándose del coche. El infierno sobre ruedas alumbró su rostro pálido y perplejo. Después vio cómo lo dejaba a sus espaldas y también dejaba atrás árboles a gran velocidad conforme el Gremlin se precipitaba colina abajo. No necesitaba los faros para ver lo que tenía delante, el interior del coche emanaba una luz suave y dorada, era un carro de fuego que proyectaba un resplandor rojizo en la oscuridad y, sin saber por qué, le vino a la cabeza el verso del himno góspel: «Dulce carro, guíame a casa».

Las copas de los árboles se cerraron sobre el coche y los arbustos lo zarandearon. Ig no había regresado a la pista desde aquel día en el carro de supermercado, hacía más de diez años, y nunca la había bajado de noche ni en un coche, quemándose vivo. Pero a pesar de todo conocía el camino, la sensación de estar descendiendo le decía que estaba en la pista. La pendiente se volvió más y más inclinada conforme bajaba hasta que pareció que el coche se había precipitado desde lo alto de un acantilado. Los neumáticos traseros se despegaron del suelo y después bajaron otra vez de golpe con gran estruendo. La ventanilla del asiento del pasajero explotó por efecto del calor y las hojas de los árboles zumbaban al paso del coche. Ig sujetaba el volante, aunque no recordaba en qué momento lo había cogido. Notaba cómo se reblandecía al tacto, derritiéndose como uno de los relojes de Dalí, plegándose sobre sí mismo. La rueda delantera del lado del conductor chocó con algo y notó cómo intentaba librarse del obstáculo haciendo escorarse el coche a la derecha. Pero maniobró con el volante y logró mantenerla dentro de la pista. No podía respirar. Todo era fuego.

El Gremlin rebotó en la pequeña pendiente de tierra al final de la pista y salió catapultado hacia el cielo por encima del agua, igual que un cometa, dejando una estela de humo, como un cohete. El impulso separó las llamas frente a Ig, como si unas manos invisibles hubieran descorrido un telón rojo. Vio un torrente de agua que avanzaba hacia él, como una carretera asfaltada en mármol negro brillante. El Gremlin cayó con una gran sacudida que hizo estallar el parabrisas delantero y después todo fue agua.

Capítulo
30

Lee Tourneau permaneció de pie en la orilla mirando cómo la corriente hacía girar lentamente al Gremlin hasta situarlo apuntando río abajo. Sólo la parte trasera sobresalía del agua. El fuego se había extinguido, aunque todavía salía humo blanco de las esquinas del maletero. Se quedó allí con la llave inglesa en la mano mientras el coche se escoraba y se hundía un poco más, siguiendo la corriente. Lo miró hasta que algo deslizándose a sus pies distrajo su atención. Bajó la vista y después saltó con un grito de asco, y le dio una patada a una culebra de agua que había en la hierba y que reptó hasta sumergirse en el Knowles. Lee reculó con una mueca de asco cuando vio una segunda culebra, y después una tercera, que se arrastraban sinuosas hasta el agua, haciendo añicos el reflejo plateado de la luna en la superficie del río. Dirigió una última mirada al coche que se hundía y después se volvió y emprendió el camino colina arriba.

Se había ido ya cuando Ig salió del agua y trepó por la orilla hasta la hierba. Su cuerpo humeaba en la oscuridad. Dio seis pasos temblorosos por el suelo y cayó de rodillas. Mientras se impulsaba de espaldas hacia los helechos escuchó una puerta de coche cerrarse en lo alto de la colina y a Lee poniendo en marcha su Cadillac y alejándose en él. Permaneció allí descansando bajo los árboles que jalonaban la orilla.

Ya no tenía la piel pálida como el vientre de un pez, sino teñida de un rojo oscuro como el de algunas maderas barnizadas. Nunca había respirado con tanta facilidad, nunca había sentido los pulmones tan henchidos de aire. Sus costillas se ensanchaban con cada inhalación. No hacía ni veinte minutos que había oído cómo una de ellas se partía, pero no sentía dolor alguno. Pasó un tiempo antes de que reparara en la leve decoloración causada por contusiones que parecían ya viejas en los costados, la única prueba de que alguien lo había atacado. Abrió y cerró la boca moviendo la mandíbula, pero tampoco ésta le dolía, y cuando buscó con la lengua la cavidad de los dientes que había perdido los encontró en su sitio, tersos e intactos. Dobló la mano. Nada tampoco. Veía los huesos del dorso, los nudillos lisos e incólumes. En un primer momento no se había dado cuenta, pero ahora supo que en realidad no había sentido dolor mientras ardía. En lugar de ello había salido del fuego indemne y restablecido. La cálida noche olía a gasolina, a plástico derretido y a hierro quemado, una fragancia que le excitó vagamente, como lo hacía antes el aroma a limones y menta de Merrin. Cerró los ojos y respiró tranquilo unos minutos. Cuando los abrió, había amanecido.

Notaba la piel tirante sobre los huesos y los músculos. Limpia. De hecho nunca se había sentido tan limpio. Supuso que eso significaba el bautismo. La orillas del río estaban pobladas de robles, cuyas anchas hojas temblaban y se mecían contra un cielo de un azul hermoso e imposible, sus bordes brillando con una luz verde dorada.

Merrin había visto una casa en un árbol cuyas hojas habían brillado exactamente de la misma manera. Ella e Ig empujaban sus bicicletas por un sendero en el bosque, de vuelta del pueblo donde habían pasado la mañana trabajando en un equipo de voluntarios, pintando la iglesia. Ambos vestían camisetas amplias y pantalones cortos salpicados de pintura. Habían recorrido ese sendero muchas veces, a pie y en bicicleta, pero nunca habían visto la casa antes.

Era fácil no verla. Estaba construida a más de cuatro metros del suelo, en la copa amplia y frondosa de un árbol de una especie que Ig no logró identificar, escondida detrás de un millar de hojas de color verde oscuro. Al principio, cuando Merrin la señaló, Ig no pensó siquiera que estuviera allí. Y no estaba. Sólo que de repente sí. Un rayo de sol se abrió paso entre las hojas e iluminó una de sus paredes de madera blanca. Cuando se acercaron y se situaron debajo del árbol lo vieron con más claridad. Era una caja blanca con amplios cuadrados a modo de ventanas de las que colgaban cortinas de nailon barato. Parecía construida por alguien que sabía lo que hacía, y no por cualquier carpintero improvisado; aunque no tenía nada de especial. No había una escalera para acceder a ella y tampoco hacía falta. Varias ramas bajas hacían las veces de escalones que conducían hasta la trampilla de entrada. Pintada sobre ésta en letras blancas había una frase supuestamente cómica: «Bienaventurado el que traspase el umbral».

Ig se había detenido a mirar la frase —que le hizo sonreír—, pero Merrin no había perdido un instante. Apoyó su bicicleta en los matorrales al pie del árbol e inmediatamente empezó a trepar, saltando de rama en rama con seguridad atlética. Ig se quedó abajo mirándola subir, admirando sus muslos bronceados, suaves y elásticos después de una larga primavera jugando futbol. Cuando llegó a la trampilla volvió la cabeza para mirarlo. A Ig le costó trabajo apartar la vista de sus piernas y dirigirla a su cara, pero cuando lo hizo, vio que ella sonreía burlona. Sin decir nada, empujó la trampilla y reptó por ella.

Para cuando Ig asomó la cabeza al interior de la casa Merrin ya se estaba desnudando. En el suelo había una pequeña alfombra polvorienta. Una menorá de latón, con nueve velas a medio consumir, reposaba en el extremo de una mesa rodeada por pequeñas figuras de porcelana. En una esquina había una butaca con una mohosa tapicería color musgo. Las hojas se mecían junto a la ventana y proyectaban sus sombras en la piel de Merrin en un movimiento constante, mientras la casa crujía suavemente en su cuna de ramas. ¿Cuál era aquella ronda que hablaba de una cuna en las ramas de los árboles? «Ig y Merrin en lo alto de un árbol, besándose.» No, no era ésa, «Duérmete niño, el árbol te mece. Mecerse». Cerró la trampilla tras él y colocó la butaca atravesando la entrada, para que nadie pudiera entrar y encontrarlos desprevenidos. Se desvistió y se dedicó a mecerse con Merrin un rato.

Después Merrin dijo:

—¿Para qué serán esas velas y esas figuras de porcelana?

Ig avanzó hasta ellas a cuatro patas y Merrin se incorporó rápidamente y le dio una palmada en el culo. Ig rio y se apartó de un salto, riendo.

Se arrodilló junto a la mesa. La menorá estaba apoyada sobre un pedazo de tela sucia con letras estampadas en hebreo. Las velas de la menorá se habían consumido de tal manera que dibujaban un entramado de estalactitas y estalagmitas de cera alrededor del candelabro de latón. Una virgen María de porcelana —en realidad una judía de expresión astuta vestida de azul— estaba hincada de rodillas ante el ángel del Señor, una figura alta y sinuosa envuelta en una túnica casi a modo de toga. Se suponía que buscaba su mano, aunque alguien la había dispuesto de tal manera que en realidad le estaba tocando el muslo y parecía disponerse a sacarle el cirio. El mensajero del Señor la miraba con desaprobación altanera. Un segundo ángel estaba a unos centímetros de los dos con el rostro levantado hacia el cielo dándoles la espalda y tocando una trompeta dorada con expresión contrita.

Algún gracioso había completado la escena con un alienígena de piel grisácea y ojos negros y poliédricos de mosca. Estaba inclinado junto a la virgen y parecía susurrarle algo al oído. No era de porcelana, sino de goma, una figurita inspirada en el personaje de alguna película; Ig pensó que tal vez fuera *Encuentros en la tercera fase*.

—¿Qué tipo de escritura es ésta? ¿Lo sabes? —preguntó Merrin arrodillada a su lado.

—Hebreo —contestó Ig—. Es de una filacteria.

—Pues menos mal que estoy tomando la píldora. Porque te has olvidado de ponerte la filacteria.

—Una filacteria no es eso.

—Ya lo sé.

Ig esperó, sonriendo para sus adentros.

—Entonces, ¿qué es?

—Los judíos se las ponen en la cabeza.

—Creía que eso era la kipá.

—Sí, pero esto es otra cosa que también se ponen en la cabeza. O en el brazo, no me acuerdo.

—¿Y qué dice?

—No lo sé. Es de la Biblia.

Merrin señaló al ángel con la trompeta.

—Se parece a tu hermano.

—Qué va —dijo Ig. Aunque pensándolo bien sí se parecía a Terry cuando tocaba la trompeta, con esa frente despejada y esos rasgos principescos. Aunque Terry no se pondría esa túnica ni muerto, a no ser para una fiesta de disfraces.

—¿Y qué es todo eso? —preguntó Merrin.

—Un altar.

—¿Dedicado a qué? —dijo señalando al alienígena con la cabeza—. ¿A E. T., el extraterrestre?

—No lo sé. Tal vez esas figuras sean importantes para alguien. Quizá están ahí como recuerdo de alguien. O alguien las puso para tener un lugar donde rezar.

—Eso creo yo también.

—¿Quieres rezar? —preguntó Ig sin pensar, y a continuación tragó saliva, pues sentía que había formulado una petición obscena, algo que Merrin podría encontrar ofensivo.

Ella le miró con los ojos entornados y le sonrió con cierta picardía y por primera vez se le ocurrió que Merrin lo consideraba un poco tonto. Ella paseó la mirada por la casa, deteniéndose en la ventana, con sus vistas a las hojas ondulantes y amarillas, observando la luz del sol, que pintaba las desgastadas paredes; después se volvió hacia él y asintió.

—Claro —dijo—. Es mucho mejor que rezar en la iglesia.

Ig juntó las manos, agachó la cabeza y abrió la boca para hablar, pero Merrin le interrumpió.

—¿No vas a encender las velas? —preguntó—. ¿No crees que deberíamos crear una atmósfera de respeto? Acabamos de portarnos como si este sitio fuera un plató de cine porno.

Había una caja combada y sucia en un cajón poco profundo que contenía cerillos con extrañas cabezas negras. Ig encendió una, que prendió con un siseo y una chispa blanca. La fue llevando de una mecha a otra, encendiendo cada una de las velas de la menorá. Aunque se dio tanta prisa como pudo, la llama le quemó los dedos al prender la novena vela. Merrin gritó mientras la apagaba:

—¡Dios, Ig! ¿Estás bien?

—Perfectamente —dijo agitando los dedos. Y lo estaba. No le había dolido lo más mínimo.

Merrin cerró la caja de cerillos e hizo ademán de guardarlos. Entonces dudó y se quedó mirándolas.

—Ajá —dijo.

—¿Qué?

—Nada —contestó, y cerró el cajón.

A continuación inclinó la cabeza y juntó las manos en actitud de espera. A Ig le pareció que le faltaba el aliento al verla así, al mirar su piel firme, blanca y desnuda, sus pechos suaves y su mata roja de pelo. Nunca se había sentido tan desnudo en toda su vida, ni siquiera la primera vez que se desvistió delante de ella. Al verla así, esperando pacientemente a que formulara una plegaria, le sobrevino una oleada de emoción, de un amor casi más intenso de lo que era capaz de soportar.

Así desnudos, juntos, rezaron. Ig pidió a Dios que les ayudara a ser buenos el uno con el otro y a ser amables con los demás.

Le pedía a Dios que les protegiera de todo mal cuando notó que la mano de Merrin se movía sobre su muslo, deslizándose suavemente hacia su entrepierna. Tuvo que concentrarse mucho para poder terminar la plegaria, cerrando con fuerza los ojos. Cuando hubo terminado dijo: «Amén». Merrin se volvió hacia él y repitió en un susurro: «Amén», al tiempo que posaba sus labios en los de él y le atraía hacia sí. Hicieron de nuevo el amor y cuando terminaron se quedaron dormidos el uno en brazos del otro, los labios de Ig en la nuca de Merrin.

Cuando Merrin se incorporó —apartando el brazo de Ig y excitándole de nuevo con el gesto— parte del calor del día se había marchado y la casa del árbol estaba oscura. Merrin se encorvó cubriéndose los pechos desnudos con un brazo, buscando a tientas sus ropas.

—Mierda —dijo—. Tenemos que irnos. Mis padres nos esperaban para cenar y se estarán preguntando dónde estamos.

—Vístete. Voy a apagar las velas.

Se inclinó sobre la menorá para soplar las velas y un extraño escalofrío, angustioso y desagradable, le recorrió el cuerpo.

Una de las figurillas de porcelana le había pasado desapercibida. Era el demonio. Estaba apoyado en la base de la menorá y, al igual que la casa del árbol bajo el manto de hojas, era fácil de pasar por alto, medio oculto como estaba detrás de la hilera de estalactitas de cera que colgaban de las velas. Lucifer estaba convulso por la risa, con sus puños rojos y escuálidos cerrados y la cabeza vuelta hacia el cielo. Parecía estar bailando sobre sus pezuñas de macho cabrío. Sus ojos amarillos expresaban un placer delirante, una especie de éxtasis.

Al verlo, a Ig se le puso la carne de gallina. Debería formar parte de la escena kitsch dispuesta ante sus ojos y sin embargo no era así, y lo odió, era algo terrible de ver, un gesto cruel por parte de quien lo hubiera dejado allí. De repente deseó no haber rezado en aquel lugar y casi se echó a temblar de frío, como si la temperatura dentro de la casa del árbol hubiera descendido varios grados. El sol se había escondido detrás de una nube y la habitación estaba sombría y gélida. Un viento áspero azotaba las ramas.

—Es una pena que nos tengamos que ir —dijo Merrin a su espalda subiéndose los pantalones—. ¿No te encanta cómo huele el aire?

—Sí —contestó Ig aunque con una voz inesperadamente brusca.

—Adiós a nuestro trocito de cielo —dijo Merrin. Y entonces alguien golpeó la trampilla con un ruido tan fuerte que ambos gritaron.

La puerta chocó contra la butaca que atravesaba la entrada, con tal fuerza que el árbol entero pareció temblar.

—¿Qué ha sido eso? —chilló Merrin.

—¡Eh! —gritó Ig—. ¿Hay alguien ahí?

La trampilla chocó de nuevo contra la butaca y ésta se desplazó unos centímetros, pero siguió taponando la entrada. Ig miró histérico a Merrin y ambos se apresuraron a vestirse. Ig se embutió a toda prisa sus pantalones mientras ella se abrochaba el sujetador. La trampilla pegó de nuevo contra la silla, esta vez más fuerte que antes. Las figurillas en el extremo de la mesa saltaron y la virgen María cayó al suelo, mientras el demonio oteaba con avidez desde su caverna de cera.

—¿Qué ha sido eso? —chilló Merrin.

—¡Eh! ¿Hay alguien ahí? —gritó Ig con el corazón a punto de salírsele del pecho.

Niños —pensó—, *tienen que ser unos putos niños.* Pero no lo creía. Si eran niños, ¿por qué no se reían? ¿Por qué no salían corriendo de allí riendo histéricos?

Estaba vestido y preparado, y agarró la butaca para apartarla; entonces se dio cuenta de que tenía miedo. Se detuvo mirando a Merrin, que estaba paralizada, con las zapatillas en la mano.

—Vamos —le susurró—. A ver quién está ahí fuera.

—No quiero.

Y era verdad. El corazón se le encogió ante la sola idea de apartar la silla y dejar entrar a cualquier persona *(o cosa)* que hubiera fuera.

Lo peor era que se había quedado repentinamente callado. Quienquiera que hubiera estado empujando la trampilla había dejado de hacerlo y esperaba a que ellos la abrieran por voluntad propia.

Merrin terminó de ponerse las zapatillas y asintió con la cabeza.

Ig dijo en voz alta:

—Si hay alguien ahí…, ya te has divertido lo suficiente. Estamos asustados, lo has conseguido.

—No le digas eso —susurró Merrin.

—Vamos a salir.

—Dios —cuchicheó Merrin—. No le digas eso tampoco.

Intercambiaron miradas. Ig tenía cada vez más miedo y no quería abrir la puerta, tenía un convencimiento irracional de que si lo hacía dejaría entrar algo que les haría a los dos un daño irreparable. Y al mismo tiempo sabía que no podía hacer otra cosa. Así que le hizo a Merrin un gesto afirmativo con la cabeza y empujó la silla; al hacerlo reparó en que había algo más escrito en el interior de la trampilla, grandes letras mayúsculas pintadas de blanco; pero no se detuvo a leerlo y empujó directamente la puerta. Saltó sin querer darse tiempo para pensar, agarrándose al borde de la trampilla y con las piernas por delante, con la esperanza de empujar a quienquiera que estuviera en la rama, y a irse a la mierda si se partía el cuello. Había dado por supuesto que Merrin esperaría a que él saliera primero, que era su papel como hombre protegerla, pero vio que estaba saliendo al mismo tiempo que él y que de hecho había sido la primera en sacar un pie.

El corazón le latía con tal fuerza que el mundo entero parecía saltar y girar a su alrededor. Se sentó en una rama junto a Merrin con los brazos todavía sujetos a la trampilla. Examinó el suelo bajo sus pies con respiración jadeante. Merrin también jadeaba. No había nadie. Se concentró, esperando oír ruido de pisadas, gente corriendo, aplastando los matorrales a su paso, pero sólo oyó el viento y las ramas arañando las paredes de la casa del árbol.

Bajó de las ramas y caminó en círculos alrededor del árbol buscando entre los arbustos y en el camino señales de presencia humana, pero no encontró nada. Cuando regresó junto al árbol, Merrin seguía subida en él, sentada en una de las ramas largas que había debajo de la casa.

—No has visto a nadie —le dijo. No era una pregunta.

—No. Debe de haber sido un lobo malo.

Creía que debía bromear, pero seguía inquieto y con los nervios de punta.

Si Merrin sentía lo mismo, no lo demostró. Dirigió una última mirada afectuosa a la casa del árbol y cerró la puerta. Saltó de las ramas y levantó su bicicleta tirando del manillar. Echaron a andar, dejando atrás ese momento de terror con cada paso que daban. El camino aún estaba iluminado por los últimos y cálidos rayos de sol e Ig notó de nuevo el cosquilleo placentero satisfecho que sigue al acto amoroso. Era agradable caminar junto a ella, con las caderas casi tocándose y el sol a su espalda.

—Tenemos que volver mañana —dijo Merrin, y casi simultáneamente Ig dijo:

—Ese sitio tiene mucho potencial, ¿no crees?

Ambos rieron.

—Deberíamos poner unos cuantos pufs —dijo Ig.

—Una hamaca. Es el sitio ideal para poner una hamaca —añadió Merrin.

Caminaban en silencio.

—Tal vez un tridente también —dijo Merrin.

Ig se trastabilló, como si en lugar de mencionar un tridente, Merrin le hubiera pinchado con uno, clavándole las púas por detrás.

—¿Por qué un tridente?

—Para espantar a esa cosa. Por si vuelve e intenta entrar cuando estemos desnudos.

—Bien —dijo Ig con la boca seca sólo de pensar en hacer el amor con ella de nuevo sobre el suelo de madera, mecidos por la brisa fresca—. Lo haremos.

Pero dos horas más tarde estaba de vuelta en el bosque solo, recorriendo deprisa el camino que salía del pueblo. Durante la cena había recordado que ninguno de los dos había apagado las velas de la menorá y desde entonces había estado angustiado, imaginando el árbol en llamas, las hojas ardiendo y prendiendo los robles de alrededor. Corría aterrorizado por la posibilidad de oler humo en cualquier momento.

Pero sólo aspiró las fragancias estivales de la hierba recalentada por el sol y el murmullo distante y fresco del río Knowles, ladera abajo. Pensó que sería capaz de encontrar el lugar exacto donde estaba la casa y cuando calculó que se encontraba cerca aflojó el paso. Buscó entre los árboles la pálida luz de las velas y no vio otra cosa que la oscuridad aterciopelada de la noche de junio. Trató de encontrar el árbol, ese enorme árbol de corteza escamosa de una especie que no conocía, pero por la noche era difícil distinguir un árbol frondoso de otro y además el sendero no parecía el mismo que durante el día. Por fin supo que había caminado demasiado y emprendió el regreso a casa, respirando con fuerza y con paso lento. Recorrió de nuevo el camino dos, tres veces, pero no encontró indicio alguno de la casa del árbol. Decidió que el viento habría apagado las velas o bien éstas se habían extinguido solas. Después de todo, siempre había estado algo obsesionado con los incendios forestales. Las velas estaban bien insertas en una menorá de hierro y, a menos que se hubiera volcado, era difícil que hubieran incendiado algo. Encontraría la casa del árbol en otro momento.

Sólo que no fue así. Ni con Merrin ni solo. La buscó una docena de tardes, recorriendo el camino principal y todos los secundarios, por si acaso hubieran tomado uno sin darse cuenta aquel día. Buscó la casa del árbol con una paciencia metódica, pero no estaba por ninguna parte. Era como si la hubieran imaginado, de hecho ésa fue precisamente la conclusión a la que llegó Merrin, una hipótesis absurda que ambos aceptaron. La casa había estado allí sólo durante una hora un día en particular, cuando la necesitaron, cuando buscaban un lugar donde quererse, y después había desaparecido.

—¿La necesitábamos? —preguntó Ig.

—Bueno —repuso Merrin—, yo desde luego sí, estaba más salida que el pico de una mesa.

—La necesitábamos y apareció. Una casa del árbol imaginaria. El templo de Ig y Merrin —dijo Ig. Tan ridícula como sonaba, la idea le hizo estremecerse con un placer supersticioso.

—Es la mejor teoría que se me ocurre —dijo Merrin—. Como en la Biblia. No siempre consigues lo que quieres, pero si necesitas algo realmente, por lo general lo encuentras.

—¿Y en qué parte de la Biblia está eso? —preguntó Ig—. ¿En el Evangelio según Keith Richards?

EL ARREGLADOR

Capítulo
31

Su madre yacía muerta en la habitación contigua y Lee estaba algo borracho.

Sólo eran las diez de la mañana pero la casa ya era un horno. La fragancia de las rosas de su madre, plantadas en el camino que conducía a la casa, se colaba por las ventanas abiertas, un leve dulzor floral que se mezclaba de forma algo desagradable con el hedor a desecho humano, de manera que todo el lugar olía exactamente a mierda perfumada. Tenía la impresión de que hacía demasiado calor para estar borracho, pero sabía que de estar sobrio no soportaría el tufo que despedía su madre.

Había aire acondicionado, pero estaba apagado. Lo había tenido así durante semanas porque a su madre le costaba más respirar con la humedad. Cuando estaban los dos solos en casa apagaba el aire y tapaba a la vieja con un edredón o dos, incluso con más. Después le cerraba el goteo de morfina, para asegurarse de que lo notara bien todo: el peso y el calor. Desde luego él los notaba. Hacia el final de la tarde iba por la casa desnudo y pegajoso por el sudor; era la única manera de soportarlo. Se sentaba con las piernas cruzadas junto a su cama y leía sobre teoría de los medios de comunicación mientras su madre se revolvía débilmente bajo las mantas, demasiado ida para entender por qué ardía de calor dentro de su piel cuarteada y amarillenta. Cuando pedía a gritos algo de beber —«sed» era prácticamente la única palabra que parecía capaz de articular en sus últimos días de demencia senil y fallo renal—, Lee se levantaba e iba a buscar agua fría. Al escuchar el hielo tintinear en el vaso la garganta de su madre se ponía a trabajar, estimulada por la esperanza de saciar su sed, y los ojos se movían dentro de sus cuencas brillantes de excitación. Entonces Lee se acercaba a la cama y se bebía el agua asegurándose de que su madre le veía, con lo que la ilusión se le desvanecía del rostro dejándola confusa y desamparada. Era una broma que siempre surtía efecto. Cada vez que la hacía, su madre lo miraba como si fuera la primera vez.

Otras veces le llevaba agua salada y la obligaba a beberla, ahogándola casi. Un solo trago le bastaba a su madre para retorcerse y atragantarse tratando de escupirla. Era curioso comprobar cuánto tiempo era capaz de sobrevivir. No esperaba que llegara viva a la segunda semana de junio y, sin embargo, contra todo pronóstico, estaban ya en julio y no había muerto.

Ig y Merrin le llevaban DVD, libros, pizza y cerveza. Venían juntos o cada uno por su lado, deseosos de estar con él, de ver qué tal llevaba la situación. En el caso de Ig, Lee pensaba que se trataba de envidia. A Ig le habría gustado que uno de sus padres cayera enfermo y dependiera de sus cuidados. Sería la ocasión de demostrar su capacidad de sacrificio, su estoica nobleza. En el caso de Merrin pensaba que se alegraba de tener una excusa para pasar tiempo con él en aquel horno que era ahora su casa, de beber martinis, desabrocharse el primer botón de la blusa y abanicarse el escote desnudo. Cuando veía que era Merrin quien se acercaba por el camino, Lee solía recibirla en la puerta sin camisa, disfrutando de estar con ella a solas, los dos medio desnudos. Bueno, los dos y su madre, que realmente ya no contaba.

Tenía instrucciones de llamar al médico si su madre empeoraba, pero opinaba que, dada la situación, morir era un alivio para ella. Con esa idea en la cabeza, la primera persona a la que llamó cuando por fin ocurrió fue a Merrin. Mientras lo hacía estaba desnudo y se sentía bien, de pie en la cocina apenas iluminada, sin nada de ropa y la voz solícita de Merrin hablándole al oído. Le dijo que se vestiría e iría para allá inmediatamente, lo que bastó para que Lee se la imaginara también desnuda, en su dormitorio en casa de sus padres. Braguitas de seda, tal vez. Ropa interior de niña con estampado de flores. Le preguntó si necesitaba algo y le contestó que un amigo.

Después de colgar se tomó otra copa, ron con coca-cola. La imaginó escogiendo una camisa, admirándose en el espejo de la puerta de su armario. Tenía que dejar de pensar en eso, estaba excitándose demasiado. Tal vez debería vestirse. Estuvo pensando si ponerse o no una camisa y por fin decidió que en una mañana así aparecer desnudo de cintura para arriba no resultaría apropiado. La camisa y los jeans del día anterior estaban en el cesto de la ropa sucia. Consideró la posibilidad de ir por algo limpio al piso de arriba, pero después se preguntó: *¿Qué haría Ig en una situación así?* Finalmente decidió ponerse la ropa del día anterior. Una vestimenta arrugada y sucia completaba de alguna manera la pose de dolorosa pérdida. Lee llevaba guiando su comportamiento durante casi una década por la fórmula *¿Qué haría Ig en una situación así?* y le había servido para ganarse la vida y permanecer alejado de los problemas; le había mantenido a salvo, a salvo de sí mismo.

Pensó que Merrin llegaría en pocos minutos, el tiempo suficiente para hacer algunas llamadas más. Telefoneó al médico y le dijo que su madre por fin descansaba en paz. Llamó a su padre a Florida. Llamó a la oficina del congresista y habló con él por espacio de un minuto. El congresista le preguntó si quería que rezaran juntos por teléfono y Lee le dijo que sí. Dijo que quería agradecerle a Dios esos últimos tres meses con su madre, que habían sido algo impagable. Los dos permanecieron en silencio unos minutos, ambos al teléfono pero sin decir palabra. Después el congresista carraspeó, algo emocionado, y le dijo a Lee que lo tendría en sus pensamientos. Lee le dio las gracias y se despidió.

La última de las llamadas fue a Ig. Pensó que tal vez éste lloraría al oír la noticia, pero, como hacía de vez en cuando, lo sorprendió mostrándose calmado y serenamente afectuoso. Lee había pasado los últimos cinco años entrando y saliendo de la universidad, apuntándose a cursos de psicología, sociología, teología, ciencias políticas y teoría de los medios de comunicación, pero en realidad se había licenciado en «estudios de Ig» y a pesar de años de aplicado esfuerzo no siempre era capaz de adelantarse a sus reacciones.

—No sé de dónde sacó fuerzas para aguantar tanto tiempo —le dijo Lee a Ig.

Y éste le contestó:

—De ti, Lee. Las sacó de ti.

No había muchas cosas que hicieran reír a Lee, pero ésta le provocó una carcajada que enseguida transformó en un sollozo ronco y estremecido. Había descubierto, años atrás, que era capaz de llorar a voluntad y que una persona llorando tenía el poder de desviar una conversación en la dirección que quisiera.

—Gracias —dijo, algo que había aprendido de Ig con los años: nada hacía sentirse mejor a las personas consigo mismas que el que alguien les diera las gracias sin necesidad constantemente. Después, con voz áspera y ahogada, añadió—: Te tengo que dejar.

Era la frase perfecta, ideal para ese momento, pero también era cierta, puesto que veía a Merrin en el camino de entrada, al volante de la camioneta de su padre. Ig le dijo que estaría allí enseguida.

La observó a través de la ventana de la cocina mientras subía por el camino, estirándose la blusa, elegantemente vestida con una falda de lino azul y una camisa blanca cuyos botones desabrochados dejaban ver la cruz de oro. Piernas desnudas, zapatos azules abiertos por detrás. Había elegido con cuidado la ropa antes de venir, había decidido qué imagen quería dar. Se terminó el ron con coca-cola de camino a la puerta y la abrió en el momento preciso en que Merrin levantaba una mano para llamar. Lee todavía tenía los ojos brillantes y llorosos de su conversación con Ig y se preguntó si no convendría dejar escapar alguna lágrima, pero después decidió que no. Era mejor dar la impresión de que luchaba por contener el llanto.

—Hola, Lee —dijo Merrin con aspecto de estar conteniendo también las lágrimas. Le colocó una mano sobre la mejilla y después se le acercó.

Fue un abrazo breve, pero durante un instante tuvo la nariz en su pelo y sus pequeñas manos apoyadas en el pecho. El pelo de Merrin desprendía un intenso, casi ácido, olor a limones y menta y Lee pensó que era el perfume más arrebatador que jamás había olido, mejor incluso que el olor a vagina húmeda. Se había acostado con muchas chicas y conocía todos sus olores, todos sus sabores, pero Merrin era distinta. A veces tenía la impresión de que si no oliera de esa manera podría olvidarse de ella.

—¿Quién ha venido? —preguntó mientras estaba en la casa con el brazo rodeándole todavía la cintura.

—Eres la primera... —dijo Lee y estuvo a punto de añadir: *A la que he llamado.* Pero se dio cuenta de que sería un error y además resultaría... ¿qué?... ¿raro? Inesperado. Un error por el momento, en todo caso. Así que en lugar de ello dijo—: en llegar. He llamado a Ig y después a ti. No sé en qué estaba pensando; tenía que haber llamado antes que nada a mi padre.

—¿Has hablado con él?

—Hace unos minutos.

—Pues ya está. ¿Quieres sentarte? ¿Quieres que me ocupe yo de llamar a la gente?

La condujo hacia el dormitorio de invitados, donde estaba su madre. No le preguntó si quería verla, se limitó a echar a andar y Merrin le siguió. Quería que viera a su madre, quería ver la cara que ponía.

Se detuvieron en el umbral. Lee había encendido el aparato de aire acondicionado junto a la ventana y lo había puesto al máximo en cuanto su madre murió, pero en la habitación aún se respiraba un calor seco y febril. Su madre tenía los brazos marchitos cruzados sobre el pecho y las escuálidas manos agarrotadas, como si tratara de apartar algo de sí. Y lo había hecho, había intentado desembarazarse de los edredones que la cubrían hacia las nueve y media, pero estaba demasiado débil. Los edredones extra estaban ahora cuidadosamente doblados y guardados y una sábana azul limpia era lo único que la cubría. Con la muerte había adquirido facciones de pájaro; parecía un polluelo muerto tras caerse del nido. Tenía la cabeza inclinada hacia atrás y la boca abierta de par en par dejando ver los dientes empastados.

—Ay, Lee —dijo Merrin apretándole los dedos con los suyos. Había empezado a llorar y Lee pensó que tal vez él debería hacerlo también.

—Intenté taparle la cara con una sábana. Pero no sé, no me parecía bien. Luchó durante tanto tiempo, Merrin…

—Lo sé.

—Pero no me gusta verla así, con los ojos abiertos. ¿Te importaría cerrárselos?

—Claro que no. Tú ve a sentarte, Lee.

—¿Te tomarás una copa conmigo?

—Por supuesto. Enseguida voy.

Fue a la cocina y le preparó una bebida fuerte. Después se quedó mirando su propio reflejo en el aparador concentrándose en llorar. Le resultaba más difícil que de costumbre, pues en realidad estaba un poco excitado. Cuando Merrin entró en la cocina las lágrimas empezaban a rodar por las mejillas. Se inclinó hacia delante y exhaló con fuerza emitiendo un sonido muy parecido a un sollozo. Ella se le acercó; también lloraba, lo sabía por lo entrecortado de su respiración, aunque no le veía la cara. Fue ella quien le hizo volverse conforme empezaba a respirar con normalidad y rompía en roncos y furiosos sollozos.

Merrin le pasó las manos por detrás de la cabeza, le acercó hacia sí y le habló en susurros.

—Te quería muchísimo —dijo—. Estuviste a su lado en todo momento y eso significó mucho para ella.

Y etcétera, etcétera. Todo cosas por el estilo a las que Lee no prestó atención alguna.

Era casi cuarenta centímetros más alto que ella, de manera que para acercársele tenía que bajar la cabeza. Lee apretó la cara contra su pecho, buscando el hueco entre ambos senos, y cerró los ojos, aspirando aquel casi astringente olor a menta. Con una mano tiró del dobladillo de su blusa, pegándosela al cuerpo pero al mismo tiempo deformando la abertura del escote, de manera que podía ver el nacimiento ligeramente pecoso de sus pechos, la copa de su sujetador. Tenía la otra mano apoyada en su cintura y la movió arriba y abajo por la cadera, y ella no le dijo que parara. Rompió a llorar con la cara entre sus pechos y Merrin le habló en susurros y le meció. Lee le besó el nacimiento del pecho izquierdo. Se preguntó si ella se había dado cuenta —tenía la cara tan mojada que tal vez no— y empezó a levantar el rostro para ver su expresión, para ver si le había gustado. Pero ella le empujó de nuevo la cabeza hacia abajo, estrechándole contra su pecho.

—Adelante, no te contengas —susurró con voz suave y excitada—. No te limites. Ya pasó todo y estamos los dos solos. Nadie te va a ver.

Mientras hablaba sujetaba la boca de él contra su pecho.

Lee empezó a notar su erección bajo los pantalones y entonces reparó en la postura de Merrin, con una pierna metida entre sus dos muslos. Se preguntó si ver el cadáver también la habría excitado. Había una teoría en psicología según la cual algunas personas encuentran afrodisiaca la presencia de un muerto. Un cadáver era como la tarjeta de «Quedas libre de la cárcel» del Monopoly, una licencia para cometer cualquier locura. Después de cogérsela, ella podría aplacar su sentimiento de culpa —si es que lo tenía, Lee no creía exactamente en la culpa, más bien en la necesidad de arreglar las cosas para adecuarlas a las normas sociales— diciéndose a sí misma que ambos se habían dejado llevar por la pena, por lo desesperado de sus necesidades. La besó de nuevo en el pecho, y otra vez, y ella no hizo ademán alguno de escapar.

—Te quiero, Merrin —susurró, porque era lo que había que decir en ese momento y lo sabía. Lo haría todo más sencillo, para él y para ella. Mientras lo decía tenía una mano en la cadera de ella y se mecía, obligándola a balancearse sobre sus talones, de manera que tenía el culo apoyado contra la encimera central de la cocina. Le había levantado la falda hasta media altura del muslo, tenía una pierna entre sus muslos y notaba el calor de su pubis apretado contra él.

—Yo también te quiero —dijo, pero su tono ya no era el mismo—. Los dos te queremos, Lee. Ig y yo.

Considerando la postura en que estaban resultó raro que dijera algo así, que sacara a Ig a colación. Merrin bajó las manos de detrás de su cabeza y las posó suavemente en sus caderas. Lee hizo ademán de agarrarle la blusa con la intención de abrírsela —lástima si para ello tenía que arrancar un par de botones— pero se le enganchó una mano en la pequeña cruz que Merrin llevaba al cuello al tiempo que dejaba escapar un sollozo convulso. Tiró de la cruz, se escuchó un leve tintineo metálico y ésta se soltó y se deslizó por la parte delantera de la blusa de Merrin.

—Lee —dijo ésta apartándole—, mi cruz.

La cruz cayó al suelo con suavidad y ambos se quedaron mirándola. Lee se agachó y se la tendió. El sol se reflejó en ella e iluminó la cara de Merrin con un resplandor dorado.

—Te la puedo arreglar.

—Como la otra vez, ¿no? —dijo ella sonriendo, con las mejillas ruborizadas y los ojos llorosos. Jugueteó con la blusa. Un botón se le había desabrochado y Lee le había mojado el inicio de los pechos. Se inclinó hacia delante, puso sus manos sobre las de él y cerró los dedos alrededor de la cruz—. Quédatela y me la das cuando esté arreglada. Esta vez no hace falta que recurras a Ig como intermediario.

Lee se estremeció a su pesar; por un momento se preguntó si Merrin se refería a lo que él pensaba que quería decir con esas palabras. Pero estaba claro que sí, estaba claro que sabía cómo la interpretaría exactamente. Muchas de las cosas que Merrin decía tenían doble significado, uno para consumo público y otro destinado sólo a él. Llevaba años enviándole mensajes.

Merrin le miró con expresión comprensiva y le preguntó:

—¿Hace cuánto que no te cambias de ropa?

—No sé. Dos días.

—Muy bien. Quiero que quites esa ropa y que te metas en la ducha.

Notó los muslos tensos y la verga caliente contra su muslo. Dirigió una mirada hacia la puerta principal. No le daba tiempo a lavarse antes de hacer el amor.

—Va a venir gente.

—Pero todavía no ha llegado nadie. Hay tiempo. Vamos, te llevo la copa.

Caminó delante de ella por el pasillo, más excitado de lo que había estado en toda su vida y agradecido a sus calzoncillos, que mantenían el pene en su sitio. Pensó que Merrin lo seguiría hasta el cuarto de baño y lo ayudaría a desabrocharse los pantalones, pero se limitó a cerrar la puerta suavemente detrás de él.

Se desnudó, se metió en la ducha y la esperó bajo el fuerte chorro de agua caliente. Había vapor por todas partes, tenía el pulso acelerado y su erección empezaba a decaer. Cuando Merrin metió una mano entre las cortinas y le alargó una copa, otro ron con coca-cola, pensó que a continuación entraría ella desnuda, pero en cuanto cogió el vaso la mano desapareció.

—Ha llegado Ig —dijo con voz suave y llena de decepción.

—He llegado en tiempo récord —dijo Ig desde algún lugar detrás de Merrin—. ¿Cómo estás?

—Hola, Ig —dijo Lee. La voz de su amigo lo sorprendió tan desagradablemente como si de repente se hubiera cortado el agua caliente—. Estoy bien, dadas las circunstancias. Gracias por venir.

El «gracias» no le salió del todo bien, pero supuso que Ig interpretaría la irritación de su voz como una señal de tensión emocional.

—Te traeré algo para que te vistas —dijo Merrin; después los dos se marcharon y escuchó cerrarse la puerta.

Se quedó de pie bajo el chorro de agua caliente, medio furioso porque Ig estuviera ya allí, preguntándose si sospecharía algo —no—, si había imaginado que tal vez… No, no. Ig había venido corriendo porque un amigo lo necesitaba. Así era él.

No estaba seguro de cuánto tiempo llevaba allí hasta que le empezó a doler la mano derecha. Se la miró y vio que sujetaba la cruz, con la cadena de oro rodeándole la mano y cortándole la piel. Merrin lo había mirado a los ojos con la camisa desabotonada y le había ofrecido la cruz. No podía haberlo dicho más claro, cuando él tenía una pierna entre sus muslos y ella se dejaba tocar. Había cosas que no se atrevía a decir directamente, pero él comprendía bien el mensaje que le estaba enviando. Colgó la cadena con la cruz del cabezal de la ducha y la miró balancearse, destellando en la última luz de la mañana, transmitiendo: *Sin moros en la costa.* Pronto Ig estaría en Inglaterra y ya no habría necesidad de ser cautos, nada que les impidiera hacer lo que estaban deseando.

Capítulo
32

Desde que su madre había muerto, Merrin lo llamaba y le enviaba correos electrónicos con mayor frecuencia con la excusa de saber cómo estaba. O tal vez no era una excusa y de verdad pensaba que lo hacía por eso, Lee nunca subestimaba la capacidad de las personas corrientes de engañarse a sí mismas respecto a sus verdaderos deseos. Merrin había internalizado muchos de los principios morales de Ig y Lee pensaba que sólo se aventuraría hasta cierto punto, le daría determinadas pistas pero después sería él quien tendría que tomar la iniciativa. Además, ni siquiera con Ig en Inglaterra tendrían vía libre desde el primer momento. Merrin había decidido que existían una serie de reglas relativas a cómo se comportan las personas de alto estatus social. Habría que convencerla de que, si iba a coger con otra persona, sería siempre en interés de Ig. Esto Lee lo comprendía. Podría ayudarla en ese sentido.

Merrin le dejaba mensajes en casa, en la oficina del congresista. Quería saber cómo estaba, a qué se dedicaba, si estaba viendo a alguien. Le decía que necesitaba una chica, acostarse con alguien. Le decía que se acordaba mucho de él. No hacía falta darle muchas vueltas para adivinar sus intenciones. Lee creía que a menudo lo llamaba tras haberse tomado un par de copas y detectaba en su voz una suerte de sensual pereza.

Entonces Ig se marchó a Nueva York para su curso de orientación con Amnistía Internacional y unos pocos días después Merrin empezó a insistir a Lee para que fuera a visitarla. Su compañera de piso se marchaba, Merrin se iba a quedar con su dormitorio y dispondría del doble de espacio. Había una mesa de tocador que había dejado en casa de sus padres, en Gideon, y que necesitaba, así que le envió un correo electrónico pidiéndole que se la llevara la siguiente vez que fuera a Boston. Le dijo que sus cosas de Victoria's Secret estaban en el cajón inferior para que no tuviera que molestarse en buscarlas, que le autorizaba a probarse su ropa interior sexy, pero sólo si se hacía fotos y después se las mandaba. Le envió un mensaje de texto diciendo que si le llevaba la mesa le organizaría una cita con una chica rubia como él, una reina de los hielos. Le escribió diciendo que acostarse con ella sería genial, como masturbarse delante del espejo sólo que mejor, porque esta vez el reflejo tendría tetas. Le recordó que, ahora que su compañera de apartamento se había marchado, quedaba una habitación libre en su casa, por si llegaba a necesitarla. En suma, le hacía saber que estaría sola.

Para entonces Lee ya había aprendido a interpretar casi a la perfección sus mensajes cifrados. Cuando hablaba de esta otra chica, en realidad se refería a sí misma, a lo que les esperaba juntos. Aun así decidió no llevar la mesa de tocador, no estaba seguro de querer verla mientras Ig seguía en Estados Unidos, incluso si se encontraba a cientos de kilómetros de distancia. Tal vez no fueran capaces de contener sus impulsos, y las cosas serían más fáciles cuando Ig se hubiera marchado.

Lee siempre había supuesto que sería Ig quien dejaría a Merrin. No se le había pasado por la cabeza que fuera ella la que quisiera poner fin a la relación, que pudiera estar aburrida y por fin preparada para ponerle fin, ni que el hecho de que Ig fuera a estar seis meses fuera era su oportunidad de romper con él de una vez por todas. Ig provenía de una familia rica, tenía un apellido con pedigrí, bien relacionado, así que es lógico que fuera él quien to-

mara la iniciativa de romper. Lee siempre había supuesto que lo
haría cuando terminaran el colegio y que entonces le llegaría a él
el turno de disfrutar de Merrin. Ésta iba a Harvard y en cambio
Ig iba a Dartmouth. La distancia hace el olvido, había supuesto
Lee, pero Ig no lo veía igual y cada fin de semana se lo pasaba en
Boston cogiéndose a Merrin, como un perro marcando territorio.

Como explicación, a Lee sólo se le ocurría que Ig era presa
de un deseo perverso de restregarle a Merrin por las narices. Ig se
alegraba de tener a Lee como amigo —devolverle al buen camino
había sido su pasatiempo en los años de colegio—, pero quería
dejarle claro que su amistad tenía unos límites. No quería que Lee
se olvidara de que era él quien se había ganado a Merrin. Como si
Lee no lo recordara cada vez que cerraba el ojo derecho y el mundo se convertía en una tenue tierra de sombras, en un lugar donde
los fantasmas acechaban en la oscuridad y el sol era una luna fría
y distante...

Una parte de él sentía respeto por cómo Ig se la había quitado años atrás, cuando ambos tenían las mismas oportunidades.
Simplemente Ig había deseado más que él ese culo pelirrojo y,
llevado por su deseo, se había convertido en alguien diferente,
alguien astuto y taimado. Con su asma, sus greñas y su cabeza
llena de tonterías sacadas de la Biblia, nadie habría supuesto que
podía ser tan despiadado y ladino. Lee había permanecido al lado
de Ig durante la mayor parte de los diez años transcurridos desde
entonces, siguiéndole de cerca. El acto de observarlo equivalía
para él a tomar lecciones sobre disimulo, sobre cómo parecer ino-
cuo, inofensivo. Enfrentado a un dilema moral, Lee había aprendido que el mejor sistema era preguntarse qué haría Ig en esa
situación. La respuesta por lo común era pedir perdón, rebajarse
y después entregarse a un acto compensatorio del todo innecesario. De Ig, Lee había aprendido a admitir que estaba equivocado
incluso cuando no lo estaba, a pedir perdón cuando no lo necesitaba y a simular que no era merecedor de las cosas buenas que
le ocurrían.

Durante un breve espacio de tiempo, cuando tenía dieciséis años, Merrin había sido suya por derecho. Durante unos pocos días había llevado su cruz alrededor del cuello y cuando se la acercaba a los labios se imaginaba besándola con ella puesta; no llevaba nada más, sólo la cruz. Pero después dejó que la cruz y su oportunidad con ella se le escaparan de los dedos porque, aunque ardía en deseos de verla pálida y desnuda en la oscuridad, deseaba más todavía ver algo hacerse añicos, escuchar una explosión lo suficientemente fuerte para ensordecerlo; quería ver un coche estallar en llamas. El Cadillac de su madre, tal vez, con ella dentro. Sólo de pensarlo se le aceleraba el pulso y su cabeza se llenaba de fantasías que ni siquiera Merrin podía superar. Así que renunció a ella, la devolvió. Hizo aquel estúpido pacto con Ig que en realidad era un pacto con el diablo. No sólo le había costado la chica, también un ojo. Pensaba que este hecho tenía un significado. Lee había hecho un milagro en una ocasión, había tocado el cielo y atrapado la luna antes de que pudiera caerse y desde entonces Dios le había señalado otras cosas que hacía falta arreglar: coches y cruces, campañas políticas y viejas seniles. Aquello que arreglaba le pertenecía ya para siempre para hacer con ello lo que quisiera. Sólo en una ocasión había renunciado a lo que Dios había puesto en sus manos, y éste lo había cegado para asegurarse de que no lo volviera hacer. Y ahora la cruz era suya una vez más, la prueba, si es que la necesitaba, de que estaba siendo guiado hacia algo, de que él y Merrin se habían conocido por una razón. Sentía que era su destino arreglar la cruz y después arreglar de alguna manera a Merrin, tal vez simplemente liberándola de Ig.

Mantuvo las distancias con Merrin durante todo el verano, pero después Ig le puso las cosas fáciles al enviarle un correo electrónico desde Nueva York:

Merrin quiere su tocador pero no tiene coche y su padre tiene que trabajar. Le prometí que te pediría que se lo llevaras tú y me dijo que no eras su esclavo, pero los dos sabemos que lo eres, así

que acércaselo la próxima vez que vayas a Boston con el congre-
sista. Además, por lo visto te ha buscado una rubia disponible.
Imagina los niños que podrían tener, pequeños vikingos con ojos
del color del océano Ártico. Acude, pues, a la llamada de Merrin y
no te resistas. Déjala que te invite a cenar. Ahora que yo me mar-
cho tienes que hacerte cargo tú del trabajo sucio.
    ¿Qué tal lo llevas?

Ig

Tardó horas en entender la última parte del correo; la pregunta *¿Qué tal lo llevas?* le tuvo desconcertado toda la mañana,
hasta que recordó que su madre había muerto; de hecho llevaba
muerta dos semanas. Le interesó más la línea que aludía a hacer el
trabajo sucio para Merrin, un mensaje en sí mismo. Aquella noche
tuvo sueños sexuales calenturientos; soñó que Merrin estaba desnuda en su cama y él se sentaba sobre sus brazos y la sujetaba
mientras le metía a la fuerza un embudo en la boca, un embudo
rojo de plástico, y después vertía gasolina dentro de él y ella empezaba a retorcerse como si tuviera un orgasmo. Entonces él encendía un cerillo sujetando la caja de fósforos con los dientes
para tener a punto la tira de lija, y la dejaba caer en el embudo.
Entonces había un *fluosss* y un ciclón de llamas rojas salía de la
boca del embudo y los ojos sorprendidos de Merrin ardían. Cuando se despertó, comprobó que las sábanas estaban empapadas;
nunca antes había tenido un sueño erótico tan intenso, ni siquiera
de adolescente.

Dos días más tarde era viernes y acudió a casa de Merrin a
recoger la mesa de tocador. Tuvo que transportar una pesada y
mohosa caja de herramientas del maletero al asiento trasero para
hacerle sitio y aun así necesitó tomar prestadas cuerdas del padre
de Merrin para sujetar la puerta y que la mesa no se moviera.
A mitad de camino hacia Boston detuvo el coche en un área de
descanso y le envió a Merrin el siguiente mensaje:

Llego a Boston esta noche y llevo un mamotreto en el male-
tero, así que más te vale estar en casa cuando te lo lleve. ¿Andará
por ahí mi reina de los hielos? Así la conoceré por fin.

Esperó un buen rato hasta que le llegó la respuesta:

Joder Lee que d puta mdre q vngs a vrm pero dberias hbrme
avsdo la reina del hielo trbj sta nche asi tndras q confrmrte cnmgo.

Capítulo

33

Merrin le abrió la puerta vestida con un pantalón de chándal y una sudadera grande con capucha. Su compañera de piso estaba en casa, una marimacho asiática con una risita de lo más molesta.

—¿Qué es lo que llevas aquí dentro? —preguntó Lee. Estaba apoyado en el tocador respirando con fuerza y enjugándose el sudor de la frente. Lo había subido usando un carrito que el padre de Merrin había insistido en que se llevara, empujándolo por diecisiete escalones hasta llegar al descansillo y casi dejándolo caer en dos ocasiones—. ¿Ropa interior con cadenas?

La compañera de piso miró por encima del hombro de Merrin y dijo:

—A lo mejor un cinturón de castidad de hierro.

Y se alejó graznando como un ganso.

—Pensaba que se había mudado —dijo Lee cuando se aseguró de que no podía oírlos.

—Se va al mismo tiempo que Ig —le dijo Merrin—. A San Diego. Después me quedaré aquí sola por un tiempo.

Se lo dijo mirándole a los ojos con una media sonrisa. Otro mensaje.

Forcejearon con el tocador hasta conseguir pasarlo por la puerta y después Merrin dijo que lo dejaran y fueron a la cocina a recalentar algo de comida india. Colocó platos de papel en una mesa redonda con manchas bajo una ventana con vistas a la calle. Había chicos montando en patineta en la noche de verano, deslizándose entre las sombras y los charcos de luz anaranjada que proyectaban las farolas de vapor de sodio.

Uno de los lados de la mesa estaba cubierto con los cuadernos y papeles de Merrin y ésta empezó a apilarlos para hacer sitio. Lee se inclinó por encima de su hombro simulando mirar sus apuntes mientras aspiraba profundamente la fragancia de su pelo. Vio hojas sueltas de cuaderno reglado con puntos y guiones dispuestos en retícula.

—¿Qué son esas cosas de *Une los puntos*?

—Ah —dijo Merrin mientras recogía los papeles, los metía en un libro de texto y los dejaba en el alféizar—. Mi compañera de piso. Jugamos a ese juego, ¿lo conoces? Dibujas los puntos y después tienes que unirlos mediante guiones y la que consigue hacer más cuadrados gana. A la que pierde le toca lavar la ropa. Lleva meses sin tener que hacerlo.

Lee dijo:

—Deberías dejarme echar un vistazo. Soy muy bueno en ese juego y podría aconsejarte sobre tu siguiente movimiento.

Sólo había podido echarle un vistazo, pero le había dado la impresión de que ni siquiera estaba bien dibujado. Tal vez era una versión diferente del juego que él conocía.

—Creo que eso sería hacer trampas. ¿Me estás diciendo que quieres convertirme en una tramposa?

Se miraron a los ojos durante un instante. Lee dijo:

—Yo quiero lo que tú quieras.

—Bueno, pues creo que debo intentar ganar honestamente.

Se sentaron el uno enfrente del otro. Lee miró a su alrededor examinando el lugar. Como apartamento era poca cosa: un cuarto de estar, una cocina americana y dos dormitorios en el piso superior en una laberíntica casa en Cambridge que había sido dividida en cinco apartamentos. En el piso de abajo alguien tenía música dance puesta a todo volumen.

—¿Vas a poder pagar el alquiler tú sola?

—No, en algún momento tendré que buscar a alguien.

—Estoy seguro de que Ig estaría encantado de contribuir.

Merrin dijo:

—Si lo dejara, pagaría él todo el alquiler y yo sería su mantenida. Ya he tenido una oferta de ese tipo, ¿sabes?

—¿Qué oferta?

—Uno de mis profesores me invitó a comer hace unos meses. Pensaba que íbamos a hablar sobre mi residencia, pero en lugar de ello pidió una botella de vino de doscientos dólares y me dijo que quería alquilarme un apartamento en Back Bay. Un tipo de sesenta años con una hija dos años mayor que yo.

—¿Casado?

—Por supuesto.

Lee se recostó en la silla y silbó.

—Seguro que Ig se puso muy contento.

—No se lo conté. Y no se te ocurra contárselo tú tampoco. No debería haberlo mencionado.

—¿Por qué no se lo contaste a Ig?

—Porque este tipo me da clase y no quiero que Ig le denuncie por acoso sexual o algo por el estilo.

—Ig no lo denunciaría.

—No, supongo que no. Pero me habría obligado a borrarme de su clase y yo no quería. Al margen de su comportamiento fuera del aula, es uno de los mejores oncólogos del país y en ese momento me interesaba lo que me podía enseñar. Me parecía importante.

—¿Y ya no?

—Joder, no necesito licenciarme con matrícula de honor. Hay mañanas en que pienso que me conformaría sólo con licenciarme.

—Vamos, ya, lo estás haciendo genial. —Lee hizo una pausa y luego dijo—: ¿Qué tal se lo tomó el hijo de puta cuando lo mandaste al demonio?

—Con buen humor. Y el vino estaba rico. De una cosecha de principios de los noventa, de unos viñedos familiares en Italia. Tengo la impresión de que siempre lo pide cuando invita a cenar a alguna alumna. No lo mandé a la mierda, le dije que estaba enamorada de otra persona y también que no me parecía algo apropiado siendo su alumna, pero que en otras circunstancias habría estado encantada de considerar su oferta.

—Qué amable.

—Es que es verdad. Si no hubiera sido su alumna y si nunca hubiera conocido a Ig… Me puedo imaginar yendo con él al cine a ver una película extranjera o algo así.

—¡Venga ya! ¿No has dicho que era mayor?

—Lo suficiente como para apuntarse al asilo.

Lee se hundió en la silla mientras experimentaba un sentimiento que le resultaba desconocido: asco. Y también sorpresa.

—Estás bromeando.

—¿Y por qué no? Podría aprender sobre vinos, libros y cosas de las que no tengo ni idea. La vida desde el otro extremo del telescopio. Lo que se siente al estar en una relación inmoral.

—Sería un error.

—Yo creo que a veces hace falta cometerlos. Si no, es que piensas demasiado las cosas. Y ése el peor error que se puede cometer.

—¿Y qué hay de la mujer y de la hija del tipo?

—Ya. Sobre eso no sé nada. Claro que es su tercera mujer, así que supongo que no la agarraría desprevenida. —Merrin entrecerró los ojos y añadió—: ¿Crees que todos los tipos se aburren tarde o temprano?

—Creo que la mayoría de los tíos fantasean con lo que no tienen. Yo no he estado en una relación en toda mi vida sin fantasear con otras chicas.

—Pero ¿en qué punto? ¿En qué momento un chico que tiene pareja empieza a pensar en otras chicas?

Lee miró al techo simulando que pensaba.

—No sé. ¿Quince minutos después de la primera cita? Depende de lo buena que esté la camarera.

Merrin sonrió satisfecha y dijo:

—A veces me doy cuenta de que Ig está mirando a una chica. No muchas. Cuando está conmigo se limita. Pero, por ejemplo una vez, cuando estábamos en Cape Cod este verano y fui al coche a coger la crema para el sol y me acordé de que la tenía en la cazadora. No pensaba que estaría de vuelta tan pronto y estaba mirando a una chica tumbada boca abajo que hacía topless. Guapa, de unos diecinueve años. Cuando estábamos en el colegio le habría sacado los ojos, pero ahora no digo nada. No sé qué decir, soy la única chica con la que ha estado.

—¿De verdad? —preguntó Lee en tono incrédulo, aunque ya lo sabía.

—¿Crees que a lo mejor cuando llegue a los treinta y cinco años tendrá la sensación de que se comprometió conmigo demasiado pronto? ¿Crees que me echará la culpa de haberse perdido el sexo en el colegio y que fantaseará sobre las chicas que podía haber conocido?

—Estoy segura de que ya fantasea con otras chicas —dijo la compañera de piso de Merrin, que pasaba con un hojaldre relleno en la mano y el teléfono pegado a la oreja. Siguió hasta su habitación y se encerró dando un portazo. No porque estuviera enfadada, ni siquiera porque fuera consciente de lo que hacía, sino simplemente porque era del tipo de personas que dan portazos sin reparar en ello.

Merrin se recostó en su silla con los brazos cruzados.

—¿Verdadero o falso? Lo que acabo de decir.

—No digo que fantasee en serio. Es como lo de mirar a esa chica de la playa. Seguramente disfruta pensando en ello, pero es sólo eso, un pensamiento. Así que ¿qué importancia tiene?

Merrin se inclinó hacia delante y dijo:

—¿Crees que en Inglaterra se acostará con otras chicas? ¿Para sacarse las fantasías del cuerpo? ¿O crees que se sentirá como si nos estuviera traicionando a mí y a los niños?

—¿Qué niños?

—Los niños. Harper y Charlie. Llevamos hablando de ellos desde que tengo diecinueve años.

—¿Harper y Charlie?

—Harper para la niña, por Harper Lee. Mi novelista favorita, autora de un único libro. Charlie si es niño, porque a Ig le hace mucha gracia cómo imito al chino del anuncio, lo de *Peldón, Challi,* ya sabes.

La manera en que lo dijo le resultó antipática. Parecía absorta y feliz, y por su mirada distraída supo que se estaba imaginando a sus futuros hijos.

—No —dijo.

—¿No qué?

—Que Ig no se irá acostando por ahí con nadie. A no ser que tú lo hagas primero y se lo cuentes. Entonces supongo que sí, tal vez. Míralo desde el otro lado. ¿No crees que cuando tengas treinta y cinco años pensarás en lo que te has perdido?

—No —dijo con desinteresada convicción—. No me veo con treinta y cinco años y la sensación de haberme perdido cosas. Es una idea horrible.

—¿Qué?

—Cogerme a alguien sólo para poder contárselo. —Ya no le miraba a él, sino a la ventana—. Sólo de pensarlo me pongo enferma.

Lo curioso era que parecía enferma de repente. Por primera vez Lee reparó en lo pálida que estaba, en los círculos rosáceos bajo sus ojos, en su pelo lacio. Sus manos jugueteaban con una servilleta de papel, la doblaban formando cuadrados más y más pequeños.

—¿Te encuentras bien? No tienes buena cara.

Esbozó una media sonrisa.

—Creo que he cogido algún virus, pero no te preocupes. A no ser que nos demos un beso con lengua, no te lo pegaré.

Cuando se marchó una hora después, estaba furioso. Así es como funcionaba Merrin. Lo había atraído hasta Boston haciéndole pensar que estarían solos y después lo había recibido en chándal, hecha un asco, con su compañera de piso dando lata, y se habían pasado la noche hablando de Ig. De no ser porque le había dejado besarle un pecho unas semanas atrás, habría pensado que no estaba en absoluto interesada por él. Estaba hasta las narices de que jugara con él, de sus monsergas.

Pero conforme cruzaba el puente Zakim el pulso se le fue normalizando y empezó a respirar con mayor facilidad, y entonces se le ocurrió que en todo el tiempo que había estado con ella Merrin no había mencionado en ningún momento a la rubia princesa del hielo. Y eso le llevó a otra idea, que no había ninguna princesa del hielo, sólo Merrin poniéndolo a prueba, excitándolo, dándole qué pensar.

Y estaba pensando. Desde luego que sí. Pensaba en que Ig pronto se habría ido, al igual que su compañera de piso, y que en algún momento del otoño llamaría a la puerta de Merrin y cuando ella le abriera estaría sola.

Capítulo
34

Lee tenía la esperanza de pasar un rato con Merrin a última hora de la noche, pero acababan de dar las diez cuando entró en New Hampshire y reparó en que tenía un mensaje de voz del congresista. Éste le hablaba con su voz lenta, cansada y migrañosa y decía que esperaba que pudiera pasar a verlo a la mañana siguiente para comentar con él una noticia. La forma en que lo dijo le hizo pensar a Lee que en realidad le gustaría verlo aquella noche, así que en lugar de salirse por la I-95 y conducir al oeste hacia Gideon, continuó hacia el norte y tomó la salida a Rye.

Las once. Detuvo el coche en el camino de entrada a la casa del congresista, hecho de conchas marinas trituradas. La casa, una amplia mansión georgiana con un pórtico de columnas, presidía media hectárea de césped inmaculado. Las gemelas del congresista estaban jugando al cróquet con sus novios en el jardín delantero, a la luz de los focos. Lee bajó del Cadillac y permaneció junto a él viéndolas jugar, dos muchachas esbeltas y bronceadas con vestidos de verano, una de ellas inclinada sobre el mazo mientras su novio, situado detrás, a su espalda, se ofrecía a ayudarla como excusa para restregarse contra ella. Las risas de las muchachas flotaban en una aire con ligero olor a mar, y Lee se sintió de nuevo en su elemento.

Las hijas del congresista lo adoraban y cuando lo vieron subir por el camino de entrada corrieron directamente hacia él. Kaley le rodeó el cuello con los brazos y Daley le plantó un beso en la mejilla. Veintiún años, bronceadas y felices, pero ambas habían tenido problemas, silenciados en su momento: excesos con el alcohol, anorexia, una enfermedad venérea. Lee les devolvió el abrazo, bromeó con ellas y les prometió que se uniría a la partida de cróquet si podía, pero su piel se estremeció al tocarlas. Parecían chicas sanas y puras, pero en realidad eran tan rancias como cucarachas recubiertas de chocolate; una de ellas masticaba un chicle de menta y Lee se preguntó si no lo haría para disimular olor a cigarrillos, a hierba o incluso a verga. No habría cambiado una noche de sexo con las dos a la vez por una con Merrin, que, en cierto modo, seguía estando limpia, todavía tenía el cuerpo de una virgen de dieciséis años. Sólo se había acostado con Ig, y conociendo a Ig como lo conocía Lee, eso apenas contaba. Lo más probable es que hicieran el amor con una sábana colocada entre los dos.

La mujer del congresista lo recibió en la puerta, una mujer menuda con el pelo canoso y labios finos congelados en una rígida sonrisa por efecto del bótox. Le tocó la muñeca. A todos les gustaba tocarlo, a la mujer y a las hijas, también al congresista, como si Lee fuera un amuleto de la suerte, una pata de conejo. Y de hecho lo era, él lo sabía muy bien.

—Está en el estudio —le dijo—. Se alegrará mucho de verte. ¿Has sabido que te necesitaba?

—Sí. ¿Qué es? ¿Dolor de cabeza?

—Horrible.

—De acuerdo —dijo Lee—. No pasa nada. Ya está aquí el médico.

Sabía dónde estaba el estudio y se dirigió hacia él. Llamó a la puerta pero no esperó a que lo invitaran a pasar y la abrió directamente. Todas las luces, excepto la del televisor, estaban apagadas, y el congresista estaba tumbado en el sofá con una toalla húmeda doblada sobre los ojos. En la televisión ponían *Hothouse*. El volumen estaba al mínimo, pero Lee vio a Terry Perrish entrevistando a un británico escuálido con chaqueta de cuero negra, una estrella de rock quizá.

El congresista oyó la puerta, levantó una esquina del paño, vio a Lee y esbozó una media sonrisa. Después se colocó de nuevo la toalla sobre los ojos.

—Estás aquí —dijo—. Estuve a punto de no dejarte el mensaje. Sabía que te preocuparías y vendrías a verme esta noche y no quería molestarte un viernes por la noche. Ya te robo demasiado tiempo y deberías estar por ahí con alguna chica.

Empleaba el tono suave y afectuoso de un hombre en su lecho de muerte hablando a su hijo predilecto. No era la primera vez que Lee lo oía hablarle así, ni la primera vez que lo cuidaba durante una de sus migrañas. Los dolores de cabeza del congresista estaban directamente relacionados con la recaudación de fondos y los malos resultados de las encuestas, que últimamente habían llegado a manos llenas. Menos de doce personas en todo el estado lo sabían, pero a principios del año entrante el congresista iba a anunciar que se presentaba como candidato a gobernador frente a la titular en el cargo, que había obtenido una victoria aplastante en las últimas elecciones pero que desde entonces había perdido numerosos votos. Cada vez que la gobernadora subía tres puntos en las encuestas el congresista tenía que tomarse un ibuprofeno y echarse en la cama. Nunca antes había necesitado tanto el apoyo de Lee.

—Ése era el plan —dijo éste—. Pero me ha plantado y tú eres igual de guapo, así que lo comido por lo servido.

El congresista resolló de risa. Lee se sentó en la mesita baja, en diagonal a él.

—¿Quién se ha muerto? —preguntó.

—El marido de la gobernadora —contestó el congresista.

Lee vaciló y después dijo:

—Espero que estés bromeando.

El congresista levantó de nuevo la esquina del paño.

—Tiene esclerosis lateral amiotrófica. Se la acaban de diagnosticar. Mañana habrá rueda de prensa y la semana que viene cumplen veinte años de casados. ¿Qué te parece?

Lee había venido preparado para oír hablar de pésimos números en las encuestas internas, o de que el *Portsmouth Herald* iba a publicar alguna historia fea sobre el congresista (o sus hijas; de ésas había habido ya unas cuantas). Pero ésta necesitó unos segundos para procesarla.

—Dios —dijo.

—Y que lo digas. La cosa empezó porque le temblaba un pulgar, pero ahora son las dos manos. Por lo visto la enfermedad ha progresado bastante rápido. No sabes nada de ella, ¿verdad?

—No, señor.

Se quedaron en silencio mirando el televisor.

—El padre de mi mejor amigo en el colegio la tenía —dijo el congresista—. El pobre hombre se pasaba el día sentado en una butaca frente al televisor, temblando como un flan y hablando como si el Hombre Invisible estuviera estrangulándolo. No sabes qué pena me daba. No quiero ni pensar en cómo me sentiría si una de mis hijas cayera enferma. ¿Quieres rezar conmigo por ellas, Lee?

No te imaginas lo poco que me apetece, pensó Lee. Pero se arrodilló al lado de la mesita, juntó las manos y esperó. El congresista se arrodilló junto a él e inclinó la cabeza. Lee cerró los ojos para concentrarse y pensar en la noticia sobre la gobernadora. Para empezar, subirían sus índices de aprobación. Las tragedias personales siempre se traducían en unos cuantos miles de votos. En segundo lugar, la atención sanitaria había sido siempre uno de los puntos fuertes de su programa, y esta noticia le vendría al dedillo para convertir la campaña en algo personal. Por último, ya era lo suficientemente duro presentarse contra una mujer y no parecer chovinista o machista, pero enfrentarse a una que encima estaba cuidando heroicamente de su marido enfermo, ¿qué consecuencias tendría sobre la campaña? Dependería tal vez de los medios de comunicación, del enfoque que decidieran dar a la noticia. Pero ¿había algún enfoque posible que no terminara dando ventaja a la gobernadora? Tal vez. Lee decidió que al menos había una posibilidad por la que valía la pena rezar, al menos una forma de arreglar aquello.

Después de un rato el congresista suspiró, dando por terminado el tiempo de oración. Siguieron arrodillados el uno junto al otro en amigable silencio.

—¿Crees que no debería presentarme? —preguntó el congresista—. ¿Por una cuestión de decencia?

—Que su marido esté enfermo es una cosa —dijo Lee—, pero su programa político es otra bien distinta. No se trata de ella, sino de los votantes del estado.

El congresista se estremeció y dijo:

—Me siento avergonzado sólo de pensarlo. Como si lo único que importara fuera mi ambición política. El pecado de soberbia, Lee, el pecado de soberbia.

—No podemos saber lo que va a pasar. Tal vez decida retirarse para cuidar de su marido y no se presente a las elecciones. En ese caso, mejor tú que ningún otro candidato.

El congresista se estremeció de nuevo.

—No deberíamos hablar así. Al menos no esta noche, no me parece ético. Se trata de la salud, de la vida de un hombre, y si decido o no presentarme a gobernador carece por completo de importancia comparado con eso.

Se meció hacia delante mirando fijamente el televisor. Se pasó la lengua por los labios y dijo:

—Si decide retirarse, tal vez sería una irresponsabilidad no presentarme.

—Desde luego —dijo Lee—. ¿Te imaginas que no te presentas y sale elegido Bill Flores? Enseguida empezarían a impartir educación sexual en las escuelas infantiles, a repartir condones a niños de seis años. A ver, que levante la mano el que sepa deletrear «sodomía».

—Para —dijo el congresista, pero se reía—. Eres malo.

—De todas maneras no piensan anunciarlo hasta dentro de cinco meses —dijo Lee—. Y en un año pueden pasar muchas cosas. La gente no va a elegirla sólo porque su marido esté enfermo. Una esposa enferma no ayudó a John Edwards en su estado. En todo caso lo perjudicó. Daba la impresión de que anteponía su carrera política a la salud de su mujer.

Ya le daba vueltas a la idea de que podría causar peor impresión una mujer dando discursos mientras su marido tenía espasmos en una silla de ruedas junto al estrado. Sería una mala imagen y ¿de verdad la gente votaría para seguir viendo ese espectáculo durante dos años más por televisión?

—La gente vota guiada por el programa político y no por las simpatías personales.

Vaya mentira. La gente votaba según lo que le dictaban sus instintos. Por ahí había que enfocarlo entonces. Usar de modo indirecto al marido para presentar a la gobernadora como una esposa fría y poco fina. Todo tenía solución.

—Para cuando empieces tu campaña la novedad de la noticia se habrá pasado y la gente estará deseando cambiar de tema.

Pero Lee no estaba seguro de que el congresista le prestara atención. Miraba la televisión con los ojos entrecerrados. Terry Perrish estaba hundido en su butaca haciéndose el muerto, con la cabeza inclinada en un ángulo antinatural. Su invitado, el cantante de rock inglés escuálido con la chaqueta de cuero negra, le hacía el signo de la cruz.

—¿Terry Perrish no era amigo tuyo?

—Más bien su hermano, Ig. Son gente estupenda, la familia Perrish. Me ayudaron mucho en mi adolescencia.

—No los conozco personalmente.

—Creo que son más bien demócratas.

—La gente vota a sus amigos antes que a un partido —dijo el congresista—. Tal vez todos podríamos ser amigos.

Le dio a Lee un golpe en el hombro, como si acabara de ocurrírsele una idea; parecía haberse olvidado de la migraña.

—¿No estaría bien anunciar mi candidatura a gobernador en el programa de Terry Perrish el año que viene?

—Desde luego que sí —contestó Lee.

—¿Crees que se puede hacer?

—Si te parece, la próxima vez que esté de visita me lo llevaré por ahí —dijo Lee—. Y le hablaré de ti; a ver qué pasa.

—Estupendo —dijo el congresista—. Haz eso. Vayan a una buena juerga; yo pago. —Suspiró—. Siempre me levantas el ánimo, Lee. Soy un hombre bendecido con muchos bienes, lo sé muy bien. Y tú eres uno de ellos.

Le miró con ojos brillantes, de abuelito bondadoso. Ojos de Santa Claus que podía poner en cualquier momento que fuera necesario.

—¿Sabes, Lee? No eres demasiado joven para presentarte al congreso. En un par de años mi escaño estará libre, de una u otra manera. Tienes grandes cualidades. Eres bueno y honesto. Tienes un pasado de redención por Cristo y sabes contar chistes.

—Creo que no; de momento estoy contento con lo que hago, trabajando para ti. No creo que esté llamado a ocupar un cargo político. —Y sin empacho alguno añadió—: No creo que sea lo que el Señor me tiene destinado.

—Es una pena —dijo el congresista—. Le vendrías estupendamente al partido y no tienes ni idea de lo alto que podrías llegar. Vamos, hombre, date una oportunidad. Podrías ser nuestro futuro Ronald Reagan.

—Bah, no creo —dijo Lee—. Preferiría ser Karl Rove.

Capítulo
35

Al final resultó que su madre no tenía gran cosa que decir. Lee no estaba seguro de hasta qué punto estaba lúcida en sus últimas semanas. La mayor parte de los días únicamente pronunciaba variaciones de una sola palabra, con voz enloquecida y quebrada: «¡Sed! ¡Sed-ien-ta!», mientras los ojos parecían salírsele de las órbitas. Lee se sentaba junto a su cama desnudo por el calor a leer una revista. A mediodía la temperatura del dormitorio subía a treinta y cinco grados, seguramente cinco más bajo los gruesos edredones. Su madre no siempre parecía consciente de que Lee estaba en la habitación con ella. Miraba fijamente al techo peleándose con las mantas con sus débiles brazos, como una mujer que ha caído por la borda y lucha por no ahogarse. Otras veces sus grandes ojos desorbitados dirigían a Lee una mirada aterrada, mientras éste sorbía su té helado sin prestarle atención.

Algunos días, después de cambiarle el pañal, se le olvidaba ponerle uno limpio y la dejaba desnuda de cintura para abajo. Cuando se orinaba encima empezaba a gemir: «¡Pis, pis! ¡Dios, Lee, me he hecho pis encima!». Lee nunca se daba prisa en cambiarle las sábanas, lo que era un proceso lento y laborioso. La orina de su madre olía mal, a zanahorias, a fallo renal. Cuando por fin le cambiaba las sábanas hacía una bola con las sucias y la aplastaba contra la cara de la mujer, mientras ésta aullaba con voz ahogada y confusa. Eso, a fin de cuentas, era lo que su madre solía hacerle a él, pasarle las sábanas por la cara cuando se orinaba en la cama. Era su forma de enseñarle a no hacerse pis encima, un problema que padeció en su infancia.

Hacia finales de mayo, sin embargo, tras semanas de incoherencia, la madre tuvo un momento de lucidez, un peligroso momento de clarividencia. Lee se había despertado antes del alba en su dormitorio del segundo piso. No sabía lo que lo había despertado, sólo que algo marchaba mal. Se incorporó, se apoyó sobre los codos y escuchó atento en la quietud. No eran todavía las cinco y un atisbo de aurora teñía de gris el cielo. La ventana estaba ligeramente abierta y olía la hierba nueva y los árboles recién retoñados. El aire era cálido y húmedo. Si ya hacía calor significaba que el día iba a ser abrasador, sobre todo en la habitación de invitados, donde, según estaba comprobando, era posible cocinar a fuego lento a una anciana. Por fin escuchó algo, un golpe seco y leve en el piso de abajo seguido de alguien arañando con los pies una alfombrilla de plástico.

Se levantó y bajó en silencio por las escaleras para ver a su madre. Pensó que la encontraría dormida o tal vez mirando absorta hacia el techo. No se imaginaba que estaría apoyada sobre el costado izquierdo tratando de descolgar el teléfono. Había desplazado el auricular de la horquilla y éste colgaba del cable beige rizado. Había recogido parte del cable con la mano al intentar tirar del auricular para cogerlo y éste se mecía atrás y adelante arañando el suelo y ocasionalmente chocando contra la mesilla de noche.

La madre dejó de recoger el cable cuando a vio a Lee. Su cara angustiada de mejillas hundidas estaba serena, casi expectante. En otro tiempo había tenido una espesa melena color miel que durante años había llevado larga, con ondas hasta los hombros. Una melena a lo Farrah Fawcett. Ahora en cambio estaba quedándose sin pelo, con sólo unos mechones plateados en una calva llena de manchas de vejez.

—¿Qué haces, mamá? —preguntó Lee.

—Llamar por teléfono.

—¿A quién quieres llamar?

Mientras hablaba se dio cuenta de la lucidez que, de forma inaudita, había logrado imponerse a la demencia de su madre por el momento. Ésta le dirigió una mirada prolongada e inexpresiva.

—¿Qué eres?

Bueno, parecía que era una lucidez parcial.

—Lee. ¿No me reconoces?

—Tú no eres él. Lee está caminando sobre la valla. Le he dicho que no lo hiciera, que le voy a castigar si lo hace, pero no lo puede evitar.

Lee cruzó la habitación y colgó el teléfono. Dejar un teléfono que funciona prácticamente al alcance de su madre había sido un descuido estúpido, independientemente de su estado mental.

—De todas maneras me voy a morir —dijo la madre—. ¿Por qué quieres que sufra? ¿Por qué no dejas que muera y ya está?

—Porque si simplemente te dejo morir no aprenderé nada —dijo Lee.

Esperaba una nueva pregunta, pero en lugar de ello su madre dijo, en un tono casi satisfecho:

—Ah, claro. ¿Aprender qué?

—Si existen límites.

—¿Lo que seré capaz de aguantar? —preguntó su madre, y después siguió hablando—: No, no es eso. Te refieres a límites de lo que eres capaz de hacer.

Se recostó sobre las almohadas y a Lee le sorprendió comprobar que sonreía como si supiera algo.

—Tú no eres Lee. Lee está en la valla. Si le cojo caminando por la valla se va a llevar una bofetada. Ya se lo he advertido.

Inhaló profundamente y cerró los ojos. Lee pensó que tal vez se disponía a dormirse de nuevo —a menudo perdía la consciencia en cuestión de minutos—, pero habló de nuevo. Su fino hilo de voz de anciana tenía un deje pensativo:

—Una vez compré por catálogo una máquina de hacer café expreso, creo que era el modelo de Sharper Image. Muy bonita, con sus ribetes en cobre y todo. Esperé un par de semanas y cuando por fin llegó, abrí la caja y ¿te quieres creer lo que encontré? Sólo papel de embalar. Ochenta y nueve dólares por papel de burbuja y poliestireno. Alguien debió de quedarse dormido en la fábrica de máquinas de café expreso.

Exhaló lentamente con satisfacción.

—¿Y se puede saber para qué me cuentas eso? —preguntó Lee.

—Porque contigo es lo mismo —dijo la madre abriendo unos ojos grandes y brillantes y volviéndose a mirarlo. La ancha sonrisa dejaba ver los dientes que le quedaban, pequeños, amarillos y desiguales, y se echó a reír—. Deberías pedir que te devuelvan el dinero. Te han timado, no eres más que embalaje. Una caja bonita con nada dentro.

Su risa era áspera, entrecortada y rota.

—Deja de reírte de mí —dijo Lee consiguiendo sólo que su madre riera más fuerte y que no parara hasta que le dio doble dosis de morfina. Después fue a la cocina y se bebió un Bloody Mary con mucha pimienta y manos temblorosas.

Sentía una necesidad imperiosa de prepararle a su madre una taza de agua con sal y hacer que la bebiera enterita. Ahogarla en ella.

Pero lo dejó por la paz. Si acaso, la cuidó con especial esmero durante una semana, abanicándola todo el día y cambiándole las sábanas con regularidad, poniendo flores frescas en la habitación y dejando la televisión encendida. Tuvo especial cuidado de administrarle la morfina a las horas precisas; no quería que tuviera otro momento de lucidez mientras la enfermera estaba en la casa. Pero sus temores eran infundados; su madre nunca volvió a pensar con claridad.

Capítulo

36

Se acordaba de la valla. No recordaba gran cosa de los dos años que habían pasado en West Buckport (Maine); por ejemplo, no recordaba siquiera por qué se habían mudado allí, un sitio en el culo del mundo, un pueblo en mitad de ninguna parte donde sus padres no conocían a nadie. Tampoco lograba recordar por qué habían vuelto a Gideon. Pero sí se acordaba de la valla, del gato salvaje que salió del maizal y de la noche en que impidió que la luna se cayera del cielo.

El gato salió de un campo de maíz al atardecer. La segunda o tercera vez se presentó en su jardín gimiendo suavemente. La madre de Lee salió a recibirlo. Llevaba una lata de sardinas, la dejó en el suelo y esperó mientras el gato se acercaba. Éste atacó las sardinas como si llevara semanas sin comer, tragando los peces plateados con una serie de movimientos de cabeza rápidos y espasmódicos. Después se pegó meloso a los tobillos de Kathy Tourneau ronroneando satisfecho. Era un ronroneo que sonaba algo oxidado, como si hubiera perdido la práctica de sentirse feliz.

Pero cuando la madre de Lee se agachó para rascarle detrás de las orejas, el gato le arañó el dorso de la mano, abriéndole largos surcos rojos en la carne. La madre chilló y le dio una patada, y el gato salió corriendo, volcando la lata de sardinas en su prisa por huir de allí.

La madre llevó la mano vendada durante una semana y la herida cicatrizó mal; conservó las marcas de las uñas del gato durante el resto de su vida. La siguiente vez que éste salió del maizal, maullando para atraer su atención, le tiró una sartén que le hizo desaparecer entre las hileras de maíz.

Detrás de la casa de Buckport había cerca de una docena de surcos, media hectárea con plantas de maíz chatas y de aspecto mustio. Sus padres las habían sembrado, pero después las habían desatendido. No eran granjeros y ni siquiera les interesaba la jardinería. La madre de Lee recogió unas cuantas mazorcas en agosto y las hirvió, pero no pudieron comérselas. El maíz estaba chicloso, duro e insípido. El padre de Lee se rio y dijo que era comida para cerdos.

En octubre todas las plantas se habían secado y estaban muertas, muchas de ellas quebradas o caídas. A Lee le encantaban. Amaba el aroma fragante que despedían en el fresco aire de otoño, le encantaba recorrer los estrechos caminos entre los sembrados sintiendo el roce de sus hojas secas. Años más tarde recordaría esa sensación, aunque se le había olvidado lo que era amar algo. Para el Lee Tourneau adulto tratar de recordar su entusiasmo infantil por el maíz era un poco como tratar de llenarse la barriga con el recuerdo de una buena comida.

Nunca supieron de dónde había salido el gato. No pertenecía a ninguno de los vecinos. No tenía dueño. La madre de Lee dijo que se trataba de un gato salvaje, pronunciando la palabra «salvaje» con el mismo tono ofensivo y desagradable que empleaba para referirse al Winterhaus, el bar al que acudía cada noche el padre de Lee a tomar un trago (o dos o tres) de camino a casa desde el trabajo.

Al gato se le trasparentaban las costillas y tenía varias calvas en el pelo que dejaban ver jirones de carne rosa y cubierta de costras. Tenía los testículos peludos y tan grandes como pelotas de golf, tan grandes de hecho que le golpeaban las patas traseras al caminar. Tenía un ojo verde y el otro blanco, por lo que parecía tuerto. La madre de Lee ordenó a su hijo que se mantuviera lejos del animal, que no intentara acariciarlo bajo ningún concepto y que no se fiara de él.

—Ya no puede aprender a cogerte cariño —le dijo—. Es incapaz ya de aprender a sentir algo por las personas. No le interesas ni tú ni nadie, y si no le damos comida dejará de venir por aquí.

Pero no fue así. Cada noche, cuando se ponía el sol pero las nubes aún brillaban con su luz, el gato aparecía y se ponía a maullar en el jardín trasero.

Lee salía a buscarlo algunas veces, en cuanto regresaba a casa del colegio. Se preguntaba cómo pasaría el gato sus días, adónde iría y de dónde vendría. Se subía a la valla y caminaba sobre ella, buscando al gato en el maizal.

Se quedaba subido en la cerca hasta que su madre le veía y le gritaba que bajara. Era una valla rústica, con travesaños de madera irregulares encajados en postes inclinados, que rodeaba todo el jardín trasero, incluido el maizal. El pasamanos estaba bastante alto, le llegaba a Lee a la altura de la cabeza, y los travesaños temblaban cuando caminaba sobre ellos. Su madre dijo que la madera estaba podrida, que uno de los travesaños se soltaría con él encima y que acabarían en el hospital (su padre agitaba una mano como quitándole importancia al asunto y decía: «¿Por qué no lo dejas tranquilo, que haga lo que hacen todos los niños?»). Pero Lee era incapaz de mantenerse alejado de la valla, ningún chico habría podido. No sólo se encaramaba a ella o la recorría como si fuera una barra de equilibrio, a veces incluso corría sobre ella con los brazos extendidos a ambos lados del cuerpo, como una grulla desgarbada a punto de levantar el vuelo. Se sentía bien corriendo sobre la cerca y notando los postes temblar bajo sus pies y el corazón latirle deprisa.

El gato empezó a atacar los nervios de Kathy Tourneau. Anunciaba su llegada desde el maizal con un lamento desentonado, una sola y estridente nota que repetía una y otra vez, hasta que la madre de Lee ya lo no podía soportar y salía por la puerta de atrás para arrojarle algo.

—Por Dios, ¿se puede saber qué es lo que quieres? —le gritó una noche—. No pienso darte de comer, así que ¿por qué no te largas?

Lee no le dijo nada a su madre, pero creía saber por qué el gato se presentaba allí cada noche. El error de su madre era que creía que el gato maullaba para que le dieran de comer. Lee, en cambio, pensaba que lloraba por sus antiguos dueños, por las personas que habían vivido antes en aquella casa, que lo habían tratado como le gustaba al gato. Lee se imaginaba a una niña pecosa de aproximadamente su misma edad, con pantalones de peto y melena larga y pelirroja, que dejaba cada día un cuenco con comida para el gato y se mantenía a una distancia prudencial para verlo comer sin molestarlo. Cantándole incluso. La idea de su madre —que el gato había decidido torturarlos con sus llantos perennes y penetrantes sólo para poner a prueba su paciencia— se le antojaba a Lee una hipótesis poco probable.

Decidió que aprendería a hacerse amigo del gato, y una noche se quedó fuera sentado, esperándolo. Le dijo a su madre que no quería cenar, que se había quedado lleno después de comerse un enorme cuenco de cereales para merendar y que quería estar fuera un rato. La madre le dio permiso, al menos hasta que su padre llegara a casa, y después tendría que ir derecho a ponerse el pijama y meterse en la cama. No le dijo nada de sus intenciones de esperar al gato ni que le había reservado una lata de sardinas.

Era mediados de octubre y anochecía pronto. Todavía no eran las seis cuando salió al jardín y toda la luz que quedaba en el cielo era una línea rosa intenso sobre los campos al otro lado de la carretera. Mientras esperaba, se puso a canturrear una canción que ese año se oía mucho por la radio. «Mírales marchar —cantó en un susurro—, mírales patalear.» Habían salido ya unas pocas estrellas. Echó la cabeza hacia atrás y le sorprendió ver que una de ellas se movía, trazando una línea recta en el cielo. Al momento se dio cuenta de que tenía que ser un avión o tal vez un satélite. ¡O un ovni! Vaya idea. Cuando bajó la vista el gato estaba allí.

El felino de ojos dispares asomó la cabeza entre las plantas de maíz y observó a Lee durante un largo instante en silencio, sin maullar ni una vez. Lee sacó la mano del bolsillo de su cazadora muy despacio, para no asustarlo.

—Eh, amigo —dijo arrastrando la última sílaba, como si cantara—. Eh, amigo.

La lata de sardinas se abrió con un chasquido metálico y el gato desapareció rápidamente detrás del maíz.

—Eh, no, amigo —dijo Lee poniéndose en pie de un salto. No era justo. Lo había planeado todo, cómo atraería al gato hacia sí con una canción suave y amistosa, después dejaría la lata en el suelo sin intentar tocarlo; no esa noche, sólo lo dejaría comer. Y ahora el animal se había marchado sin darle una oportunidad.

Sopló una racha de viento que agitó el maizal y Lee notó que una ráfaga de frío le traspasaba la chaqueta. Estaba allí de pie, demasiado decepcionado para moverse, mirando fijamente hacia el maíz, cuando el gato apareció de nuevo y se colocó de un salto en el pasamanos de la cerca. Volvió la cabeza para mirar a Lee con ojos brillantes y llenos de fascinación.

Lee se sintió aliviado de que el gato no hubiera escapado corriendo sin mirar atrás; se sentía agradecido hacia él porque se hubiera quedado. No hizo ningún movimiento brusco. Reptó más que caminó y no volvió a dirigirle la palabra al animal. Cuando estuvo cerca de él pensó que regresaría al maizal, que desaparecía de nuevo, pero en lugar de ello, cuando Lee estuvo junto a la valla, el gato dio unos cuantos pasos sobre ésta y después se detuvo para volver de nuevo la cabeza, con una mirada que parecía expectante. Esperando a que Lee lo siguiera, invitándole a que lo siguiera. Lee se agarró a un poste y trepó sobre la valla. Ésta tembló y pensó: *Ahora sí que el gato va a desaparecer.* Pero en lugar de ello esperó a que la valla se estabilizara y echó a andar con la cola erguida, dejando ver su gran trasero negro y sus grandes testículos.

Lee caminó detrás del gato con los brazos estirados a ambos lados para mantener el equilibrio. No se atrevía a darse prisa por miedo a espantarlo, pero avanzaba a buen ritmo. El gato trotaba perezoso abriendo el camino y alejándole más y más de la casa. El maíz llegaba justo hasta la cerca y las gruesas hojas rozaban el brazo de Lee entorpeciendo su paso. Hubo un momento complicado en que uno de los travesaños tembló violentamente bajo sus pies y tuvo que agacharse y apoyar una mano en el poste para evitar caerse. El gato esperó a que recuperara el equilibrio agazapado en el siguiente tramo de la valla y siguió sin moverse cuando Lee se puso de nuevo de pie y pasó por encima del travesaño tembloroso hasta situarse a su lado. En vez de alejarse arqueó el lomo, se le erizó el pelo y emitió de nuevo un ronroneo agudo y oxidado. Lee estaba loco de emoción al estar por fin tan cerca de él, tanto que podía tocarlo.

—Eh —susurró, y el gato intensificó su ronroneo y arqueó el lomo; era imposible pensar que no quería que Lee lo tocara.

Lee sabía que se había prometido a sí mismo que no trataría de acariciarlo, no esa noche, no cuando acababan de establecer contacto por primera vez, pero se le antojaba maleducado ignorar una solicitud de afecto tan inconfundible. Alargó lentamente un brazo para tocarlo.

—Eh, amigo —canturreó en voz baja, y el gato cerró los ojos en un gesto de puro placer animal; después los abrió y le lanzó un zarpazo.

Lee se enderezó de golpe y la zarpa arañó el aire a un milímetro de su ojo izquierdo. La cerca tembló con violencia, Lee perdió el equilibrio y cayó de costado en el maizal.

El travesaño superior de la valla estaba a poco más de un metro del suelo en casi todos los lugares, pero precisamente en el tramo en el que se encontraba Lee el suelo se hundía hacia la izquierda y la caída era casi de dos metros. Un tridente llevaba más de una década en el maizal esperando a Lee desde antes de que éste naciera, tirado en el suelo con las púas curvas y enmohecidas apuntando hacia arriba. Lee se dio con él en la cabeza.

Capítulo
37

Transcurrido un rato, se sentó. El maíz susurraba frenético, difundiendo falsos rumores sobre él. El gato había desaparecido de la cerca. Cuando levantó la vista, era ya noche cerrada y vio desplazarse a las estrellas por el cielo. Todas eran ahora satélites, cayendo aquí y allí, en diferentes direcciones. La luna se contrajo, descendió unos pocos centímetros y se contrajo de nuevo. Era como si el telón del cielo corriera el peligro de desprenderse, dejando ver un escenario vacío. Lee alargó el brazo y colocó la luna en el sitio que le correspondía. Estaba tan fría que los dedos se le quedaron insensibles, como si hubieran tocado un carámbano.

Tuvo que subir mucho para alcanzar la luna, y mientras estaba allí arriba miró abajo, a su pequeño rincón de mundo en West Bucksport, y vio cosas que no podía haber visto desde el maizal y las vio de la manera en que Dios las veía. Vio el coche de su padre bajando por Pickpocket Lane y enfilando el camino de grava que conducía a su casa. Llevaba un pack de seis cervezas en el asiento del pasajero y una lata fría entre los muslos. De haberlo querido, Lee habría podido empujar el coche con el dedo y sacarlo del camino, empotrarlo en los árboles que ocultaban su casa desde la carretera. Se lo imaginó, el coche volcado y las llamas saliendo desde debajo del capó. La gente diría que conducía borracho.

Se sentía tan distanciado del mundo a sus pies como de una maqueta de tren. West Bucksport resultaba encantador y hermoso, con sus arbolitos, sus casitas de juguete y hombrecillos que parecían muñecos. De haberlo querido, podía haber cogido su casa y colocarla al otro lado de la calle. Después, con el tacón, podría haberla aplastado. Limpiarlo todo de un plumazo con un solo gesto.

Vio movimiento en el maizal, una sombra animada que avanzaba furtiva entre otras, y reconoció al gato. Supo entonces que no había sido elevado a semejante altura sólo para recolocar la luna. Había ofrecido comida y consuelo al descarriado, y éste, después de atraerle con falsas muestras de cariño, le había lanzado un zarpazo y tirado de la valla hasta el punto de que podía haber muerto. No lo había hecho por ninguna razón en particular, sólo porque estaba hecho así, y ahora se marchaba como si no hubiera pasado nada. Bueno, tal vez al gato no le hubiera pasado nada, tal vez ya se había olvidado de Lee, pero eso no estaba bien. Así que bajó su brazo gigantesco —era como estar en el último piso de la torre John Hancock mirando por el suelo de cristal hacia el suelo— y posó un dedo sobre el gato, aplastándolo contra el suelo. Durante un solo y frenético instante que duró menos de un segundo notó el espasmo agónico que precede a la muerte en la yema del dedo; notó cómo el gato intentaba escapar, pero era demasiado tarde. Lo apachurró y éste se quebró como una vaina seca. Lo aplastó bien con el dedo, tal y como hacía su padre para apagar los cigarrillos en el cenicero. Lo mató con cierta satisfacción serena y mansa, sintiéndose de algún modo alejado de sí mismo, como le pasaba a veces cuando estaba dibujando.

Pasados unos momentos levantó la mano y se la miró. La palma tenía manchas de sangre y un mechón de pelo negro pegado. Se la olió y descubrió una fragancia a sótanos mohosos mezclada con hierba de estío. El olor le interesó, hablaba de cazar ratones en rincones subterráneos y de buscar una gata con quien aparearse entre la hierba crecida.

Bajó la vista al regazo y miró impasible al gato. Estaba sentado de nuevo entre el maíz, aunque no recordaba cómo había llegado hasta allí y había recuperado su tamaño normal, aunque tampoco recordaba el proceso. El gato era un despojo dislocado. Tenía la cabeza vuelta hacia atrás, como si fuera una bombilla que alguien hubiera tratado de desenroscar, y sus ojos abiertos de par en par miraban el cielo nocturno sorprendidos. Tenía el cráneo destrozado y deforme y los sesos se le salían por una oreja. El pobre desgraciado yacía junto a un trozo de pizarra manchada de sangre. Lee notaba un ligero escozor en el brazo derecho y cuando se lo miró vio que la muñeca y el antebrazo estaban cubiertos de arañazos dispuestos en tres líneas paralelas, como si se hubiera pasado las púas de un tenedor por la carne. No entendía cómo se las había arreglado el gato para arañarle, tan grande como era él en ese momento, pero estaba cansado y le dolía la cabeza, así que pasado un rato dejó de darle vueltas al asunto. Era agotador esto de ser como Dios, lo suficientemente grande como para arreglar las cosas que necesitaban ser arregladas. Se puso en pie con esfuerzo, pues le temblaban las piernas, y emprendió el camino de vuelta a casa.

Sus padres estaban en la habitación de la entrada discutiendo otra vez. Bueno, en realidad su padre estaba sentado con una cerveza y el *Sports Illustrated* e ignoraba a Kathy, que, de pie a su lado, le hablaba sin parar en voz baja y sofocada. Lee experimentó la nueva clarividencia que le había sobrevenido al hacerse gigante y arreglar la luna, y supo que su padre iba cada noche al Winterhaus no a beber, sino a ver a una camarera, y que eran «amigos»; que su madre estaba furiosa porque el garaje estaba hecho un desastre, porque su padre llevaba las botas puestas en el cuarto de estar, por su trabajo. De algún modo, sin embargo, sobre lo que discutían en realidad era sobre la camarera. También supo que con el tiempo —unos cuantos años, tal vez— su padre se marcharía sin llevarlo con él.

Que discutiera así no le importó. Lo que le fastidiaba era la radio, que hacía un ruido de fondo molesto y disonante, como cacerolas llenas de agua a punto de ebullición. El sonido le irritó los oídos y se volvió hacia el aparato para apagarlo, pero cuando alargó la mano hacia el botón del volumen, cayó en la cuenta de que era la canción *El demonio en el cuerpo.* No lograba entender cómo algún día le había gustado. En las semanas siguientes tendría ocasión de comprobar que le disgustaba cualquier música de fondo, que ya no le encontraba sentido a las canciones, que no eran más que un batiburrillo de incómodos sonidos. Cuando había una radio encendida, abandonaba la habitación y prefería el silencio que le acompañaba en sus pensamientos.

Al subir las escaleras se sintió mareado. Las paredes parecían latir en ocasiones y tenía miedo de que si miraba fuera, la luna podría estar contrayéndose de nuevo y esta vez quizá no pudiera arreglarla. Pensó que sería mejor meterse en la cama antes de que se cayera del cielo. Dio las buenas noches desde las escaleras. Su madre no reparó en él y su padre lo ignoró directamente.

Cuando se despertó a la mañana siguiente, la funda de su almohada estaba cubierta de manchas de sangre reseca. Las estudió sin miedo ni inquietud. El olor, como a moneda de cobre, le resultó especialmente interesante.

Unos pocos minutos después, cuando estaba en la ducha, bajó la vista y observó en el suelo de la bañera un reguero marrón rojizo colándose por el sumidero, como si hubiera óxido en el agua. Sólo que no era óxido. Distraído, se llevó una mano a la cabeza y se preguntó si se habría cortado al caerse de la cerca la noche anterior. Al tacto notó una zona dolorida en el lado derecho del cráneo. Palpó lo que parecía una pequeña depresión y por un momento fue como si alguien hubiera dejado caer un secador de pelo en la ducha con él dentro: una fuerte descarga eléctrica le cegó y transformó el mundo en el negativo de una fotografía. Cuando el dolor y la conmoción cedieron, se miró la mano y vio que los dedos estaban ensangrentados.

No le dijo a su madre que se había herido en la cabeza —no parecía importante— ni le explicó la sangre en la almohada, aunque ella se horrorizó al verla.

—Mira esto —dijo de pie en la cocina con la funda de la almohada manchada de sangre en la mano—. La has echado a perder.

—Déjalo en paz —dijo el padre sentado en la cocina, con la cabeza entre las manos leyendo la sección de deportes. Estaba pálido, sin afeitar y con aspecto enfermo, pero eso no le impidió sonreír a su hijo—. Al chico le sangra la nariz y te comportas como si hubiera matado a alguien. Tu hijo no es ningún asesino. —Le guiñó un ojo a Lee—. Al menos aún no.

Capítulo
38

Lee tenía ya una sonrisa preparada para Merrin cuando ésta le abrió la puerta, pero no reparó en ella; de hecho apenas lo miró. Lee dijo:

—Le conté a Ig que tenía que pasar aquí el día trabajando para el congresista y me dijo que si no te saco a cenar a un buen restaurante dejará de ser mi amigo.

En el sofá había dos chicas viendo en la televisión un capítulo viejo de *Los problemas crecen*. Apiladas entre ellas y a sus pies había montones de cajas de cartón. Eran chinas, como la compañera de piso de Merrin, que estaba sentada en el brazo de una butaca hablando a gritos por su teléfono móvil con aspecto de estar encantada de la vida. A Lee no le gustaban demasiado los asiáticos en general, criaturas siempre en enjambres, pegadas a una cámara o un teléfono, aunque sí le gustaba el look de colegiala asiática con zapatos negros de hebilla, medias hasta la rodilla y falda tableada. La puerta que daba a la habitación de la compañera de apartamento estaba abierta y había más cajas apiladas sobre un colchón desnudo.

Merrin examinó la escena con una suerte de perpleja desesperación y después se volvió hacia Lee. De haber sabido que le iba a recibir con esa cara gris sucia, color de agua de fregar los platos, sin maquillaje, el pelo sin lavar y un chándal viejo, se habría ahorrado la visita. Vaya forma de enfriarlo. Ya se arrepentía de haber ido. Se dio cuenta de que seguía sonriendo y se obligó a dejar de hacerlo, mientras pensaba algo apropiado que decir.

—¿Sigues mal? —preguntó.

Merrin asintió distraída y dijo:

—¿Quieres que vayamos a la azotea? Hay menos ruido.

La siguió escaleras arriba. No parecía que fueran a salir a cenar, pero Merrin subió un par de Heineken de la nevera, lo cual era mejor que nada.

Eran casi las ocho, pero aún era de día. Los chicos de las patinetas estaban de nuevo en la calle y se oía el ruido de las tablas chocando contra el asfalto. Lee caminó hasta el borde de la azotea para mirarlos. Un par de ellos llevaba crestas en el pelo y vestía corbatas y camisas abotonadas sólo a la altura del cuello. A Lee nunca le había interesado el mundo del skateboard más que por las apariencias, porque llevar una patineta bajo el brazo te daba aspecto de alternativo, de chico algo peligroso pero también atlético. No le gustaba fracasar, sin embargo; la mera idea de fracasar le producía frío y parálisis en uno de los lados de la cabeza.

Merrin le rozó la espalda y por un momento pensó que iba a empujarlo por el tejado y que tendría que retorcerse y aferrarse a su pálida garganta para hacerla caer con él. Merrin debió de ver el susto en su cara porque sonrió por primera vez y le ofreció una de las cervezas. Asintió en agradecimiento y la sostuvo en una mano mientras con la otra se encendía un cigarrillo.

Merrin se sentó en el aparato de aire acondicionado con su cerveza, pero sin bebérsela, sólo haciendo girar el cuello húmedo de la botella entre las manos. Estaba descalza. La verdad es que sus piececitos rosados eran bonitos. Al mirarlos era fácil imaginársela colocando uno entre sus piernas, con los dedos acariciando suavemente su entrepierna.

—Creo que voy a probar lo que me aconsejaste —le dijo.

—¿Vas a votar al partido republicano? Ya era hora.

Merrin sonrió de nuevo, pero era una sonrisa tenue y lánguida. Apartó la vista y dijo:

—Voy a decirle a Ig que cuando esté en Inglaterra quiero que nos tomemos unas vacaciones el uno del otro. Como un simulacro de ruptura, para que podamos conocer a otras personas.

Lee se sintió como si hubiera tropezado con algo, aunque estaba de pie, quieto.

—¿Y cuándo piensas decírselo?

—Cuando vuelva de Nueva York. No quiero hablarlo por teléfono. Ni se te ocurra decirle nada, Lee, ni darle una pista.

—No lo haré. —Estaba excitado y sabía que era importante disimularlo. Dijo—: ¿Le vas a decir que quieres que salga con otras personas? ¿Con otras chicas?

Merrin asintió.

—Y tú… ¿vas a hacer lo mismo?

—Le voy a decir que quiero intentar mantener una relación con otra persona, nada más que eso. Le voy a decir que cualquier cosa que pase mientras esté fuera no cuenta. No quiero saber con quién sale y yo no le voy a decir nada de si salgo con otros chicos. Creo que así… todo será más fácil.

Levantó la vista y sus ojos delataban cierta diversión. El viento jugó con su pelo y dibujó tirabuzones con él. Bajo el cielo violeta pálido del atardecer tenía mejor cara.

—Ya me siento culpable.

—Pues no tienes por qué. Escucha, si realmente están enamorados el uno del otro lo sabrán dentro de seis meses y querrán volver a estar juntos.

Merrin negó con la cabeza y dijo:

—No… Me parece que esto no va a ser sólo temporal. Este verano he aprendido algunas cosas sobre mí misma, no sé, he cambiado mi forma de pensar sobre mi relación con Ig. Ahora sé que no puedo casarme con él. Y cuando lleve un tiempo en Inglaterra y haya tenido ocasión de conocer a alguien cortaré con él definitivamente.

—Dios —dijo Lee mientras repetía para sí: *Este verano he aprendido algunas cosas sobre mí misma.* Recordó cuando estuvieron juntos en la cocina de su casa, con su pierna entre las de ella, su mano en la suave curva de la cadera y el aliento suave y agitado en su oreja—. Hace un par de semanas me estabas contando cómo iban a llamar a sus hijos.

—Sí. Pero cuando estás segura de algo lo estás de verdad. Y ahora sé que nunca voy a tener hijos con él. —Parecía más serena, se había relajado un poco, y dijo—: Ésta es la parte en que intervienes para defender a tu mejor amigo y hacerme cambiar de idea. ¿Estás enfadado conmigo?

—No.

—¿Te he decepcionado?

—Me decepcionarías si siguieras con Ig sabiendo que no tienen futuro.

—Exacto, a eso es a lo que me refiero. Y quiero que Ig tenga otras relaciones, que esté con otras chicas y que sea feliz. Si sé que es feliz me resultará más fácil pasar página.

—Ya, pero ¡joder! Lleváis juntos toda la vida.

La mano casi le tembló mientras sacaba un segundo cigarrillo. En una semana Ig se habría marchado y estaría sola, sin tener que darle explicaciones sobre a quién se estaba cogiendo.

Merrin hizo un gesto con la cabeza hacia el paquete de tabaco.

—¿Me das uno?

—¿En serio? Pensé que querías que yo lo dejara.

—No, perdona: Ig estaba empeñado en que lo dejaras, pero yo siempre he tenido cierta curiosidad por probarlo. Pero, claro, suponía que a Ig le parecería fatal. Así que ahora puedo probar. —Se restregó las manos contra las rodillas y añadió—: ¿Me vas a enseñar a fumar esta noche, Lee?

—Claro.

En la calle algo chocó con estrépito y algunos de los adolescentes prorrumpieron en gritos mezcla de admiración y susto cuando una patineta salió volando.

Merrin se asomó al balcón de la azotea.

—También me gustaría aprender a montar en patineta.

—Es un deporte para freaks —dijo Lee—. Ideal para partirse algo, el cuello por ejemplo.

—Mi cuello no me preocupa demasiado —dijo Merrin. Después se volvió y, de puntillas, le besó en la comisura de la boca—. Gracias. Por hacerme ver ciertas cosas. Te debo una, Lee.

La camiseta escotada le marcaba los pechos y en el aire fresco de la noche se le habían erizado los pezones, que sobresalían bajo la tela. Pensó en ponerle las manos en las caderas, preguntándose si quizá esta noche podrían empezar con un pequeño aperitivo. Pero antes de que pudiera decidirse la puerta se abrió de golpe. Era la compañera de piso mascando chicle y mirándolos con gesto interrogante.

—Williams —dijo—, tienes a tu novio al teléfono. Parece ser que él y sus amigos de Amnistía Internacional la sumaron ayer juntos, sólo para saber qué se siente, y está como loco, deseando hacerte un resumen. Parece que tiene un trabajo de puta madre. ¿He interrumpido algo?

—No —dijo Merrin. Después se volvió hacia Lee y le susurró—: Cree que eres un chico malo, lo cual es cierto. Tengo que ir a hablar con Ig. ¿Dejamos lo de la cena para otro día?

—Cuando hables con él, ¿le vas a decir algo sobre…, sobre lo nuestro, sobre lo que hemos hablado?

—No. Oye, sé guardar un secreto.

—Bien —dijo Lee con la boca seca de deseo.

—¿Me das un cigarro? —preguntó la foca china marimacho acercándose a ellos.

—Claro —dijo Lee.

Merrin hizo un gesto de despedida con una mano, cruzó la azotea y desapareció.

Lee sacó un Winston, se lo dio a la compañera de piso y se lo encendió.

—¿Así que te vas para San Diego?

—Sí. Me voy a vivir con una compañera del colegio. Va a ser genial. Tiene la consola Wii.

—¿Y tu compañera de instituto también juega a lo de los puntos y las rayas, o vas a empezar a lavar tu ropa?

La china entrecerró los ojos, agitó una mano regordeta para despejar la cortina de humo entre los dos y dijo:

—¿De qué estás hablando?

—Ya sabes, el juego ese en el que dibujas un montón de puntos en fila y después te turnas para unirlos con rayas, tratando de hacer cuadrados. ¿No es a lo que juegas con Merrin para sortear quién lava la ropa?

—¿Ah sí? —dijo la chica.

Capítulo

39

Miró arriba y abajo con el ojo bueno buscándola por todo el estacionamiento, iluminado entero por el brillo extraño e infernal del letrero de neón rojo que lo presidía todo —«El Abismo»—, de manera que hasta la lluvia era roja en la noche brumosa, y allí estaba Merrin, debajo de un árbol.

—Ahí, Lee. Ahí —dijo Terry, pero Lee ya estaba deteniendo el coche.

Le había dicho que tal vez necesitaría que alguien la llevara a casa desde El Abismo, si Ig se enfadaba mucho después de «la gran charla», y Lee le había prometido que se pasaría por allí a ver si estaba, a lo que ella contestó que no hacía falta, pero lo dijo sonriendo y con expresión agradecida, así que supo que en realidad sí quería. Era algo propio de Merrin: no siempre quería decir lo que expresaba y a menudo decía lo contrario de lo que pensaba.

Cuando la vio, con la blusa empapada y la falda pegada al cuerpo, los ojos enrojecidos por el llanto, se le contrajo el estómago de excitación, al pensar que estaba allí por él, esperándolo, deseando estar con él. Seguro que le había ido fatal, que Ig le había dicho cosas horribles; había terminado con ella por fin y no había razón para esperar más. Pensó que si la invitaba a irse con él a su casa había muchas posibilidades de que aceptara, de que dijera que sí con voz mimosa. Conforme detenía el coche, lo vio y levan-

tó una mano mientras caminaba hacia la puerta del pasajero. Lee
lamentó no haber dejado a Terry en su casa antes de ir allí, la quería sólo para él. Pensó que si estuvieran solos en el coche tal vez
ella se reclinaría sobre él en busca de calor y consuelo y podría
pasarle una mano por los hombros, quizá incluso deslizar una
mano bajo su blusa.

Quería que se sentara delante, así que volvió la cabeza para
pedirle a Terry que se pasara al asiento trasero, pero éste ya se había levantado para hacerlo. Iba hecho polvo, se había fumado la
mitad de la producción de México en las dos últimas horas y se
movía con la gracia de un elefante anestesiado. Lee alargó el brazo
para abrirle a Merrin la puerta del asiento del pasajero y de paso
empujó a Terry en el trasero con un codo para ayudarlo a moverse.
Terry se cayó y Lee escuchó un golpe metálico cuando su cabeza
chocó con la caja de herramientas abierta en el suelo del coche.

Merrin entró retirándose los mechones de pelo empapado
de la cara. Su cara pequeña con forma de corazón —una cara de
niña— estaba mojada, pálida y parecía fría, y a Lee le entró un
deseo irrefrenable de tocarla, de acariciarle suavemente la mejilla.
Tenía la blusa completamente empapada y se le transparentaba un
sujetador con pequeñas rosas estampadas. Antes de darse cuenta
ya lo estaba haciendo, estaba alargando la mano para tocarla. Pero entonces desvió la mirada y vio el porro de Terry, gordo como
un plátano, en el asiento y se apresuró a cubrirlo con una mano
antes de que Merrin lo descubriera.

Entonces fue ella la que le tocó a él, apoyando los dedos
gélidos en su muñeca.

—Gracias por recogerme, Lee —dijo—. Me has salvado la vida.

—¿Dónde está Ig? —preguntó Terry con voz espesa y estúpida, arruinando el momento. Lee lo miró por el espejo retrovisor. Estaba encorvado hacia delante con los ojos perdidos y
presionándose la sien.

Merrin se llevó una mano al estómago, como si el solo hecho
de pensar en Ig le causara dolor físico.

—No…, no lo sé. Se fue.

—¿Se lo dijiste? —preguntó Lee.

Merrin volvió la cabeza en dirección a El Abismo y Lee vio su reflejo en el cristal; reparó en que la barbilla le temblaba de los esfuerzos por no llorar. Temblaba de pies a cabeza, tanto que las rodillas casi entrechocaban.

—¿Qué tal se lo ha tomado? —preguntó Lee sin poder evitarlo.

Merrin negó con la cabeza y dijo:

—¿Podemos irnos?

Lee asintió y condujo hasta la carretera marcha atrás, por donde habían venido. Pensó en la noche que tenía por delante y la vio como una sucesión de pasos ordenados. Primero dejarían a Terry en su casa y después conduciría hasta su casa sin discusión posible. Le diría a Merrin que necesitaba quitarse la ropa mojada y darse una ducha en el mismo tono de voz calmado y decidido en que ella lo había mandado a la ducha el día que murió su madre. Y cuando le llevara una copa, descorrería suavemente la cortina para mirarla bajo el chorro de agua; para entonces ya estaría desnudo.

—Oye —dijo Terry—, ¿quieres mi cazadora?

Lee le dirigió una mirada irritada por el espejo retrovisor. Había estado tan absorto pensando en Merrin en la ducha que se había medio olvidado de que Terry seguía allí. Le invadió un frío ramalazo de odio hacia el falso, divertido, famoso, guapo y básicamente retrasado mental de Terry, que se había aprovechado de su mínimo talento, de las relaciones de su familia y de un apellido famoso para hacerse rico y cogerse a las tipas más buenas del país. Se le antojaba lógico tratar de exprimirlo, ver si había alguna manera de poner algo de su glamour al servicio del congresista, o al menos sacarle algún dinero. Pero lo cierto es que Terry nunca le había simpatizado demasiado; lo consideraba un hablador exhibicionista que lo había humillado delante de Glenna Nicholson el día en que se conocieron. Lo ponía enfermo verlo ponerse en plan baboso con la novia de su hermano cuando no hacía ni diez minutos que habían roto, como si estuviera autorizado, como si tuviera derecho a ello. Apagó el aire acondicionado, maldiciéndose interiormente por no haber pensado en ello antes.

—Estoy bien —dijo Merrin, pero Terry ya le estaba ofreciendo la chaqueta—. Gracias, Terry —dijo en un tono tan agradecido y desvalido que le entraron ganas de abofetearla.

Merrin tenía sus virtudes, pero básicamente era una mujer como todas las demás, a la que el estatus y el dinero excitaban y volvían sumisa. De no haber sido por el fondo de inversiones y el apellido familiar, dudaba de que se hubiera fijado alguna vez en Ig Perrish.

—De-deben estar pensando…

—No estamos pensando nada. Relájate.

—Ig…

—Estoy seguro de que Ig está bien. No te preocupes.

Seguía tiritando. Mucho. Lo que en realidad lo excitaba era ver cómo le temblaban los pechos. Pero entonces Merrin se volvió y extendió una mano hacia el asiento trasero.

—¿Estás bien?

Cuando retiró la mano, Lee vio que tenía sangre en las yemas de los dedos.

—Habría que vendarte eso.

—Estoy bien, no te preocupes —dijo Terry, y entonces Lee quiso abofetearlo a él. Pero en lugar de ello pisó a fondo el acelerador, impaciente por dejar a Terry en su casa, por quitárselo de en medio lo antes posible.

El Cadillac subía y bajaba, deslizándose por la carretera mojada y bamboleándose en las curvas. Merrin se arrebujó en la cazadora de Terry mientras seguía tiritando con fuerza, sus ojos brillantes y doloridos sobresaliendo de entre una mata de pelo enredado, rojo pajizo y húmedo. De repente sacó una mano y la apoyó en el salpicadero, con el brazo recto y rígido, como si estuvieran a punto de salirse de la carretera.

—Merrin, ¿estás bien?

Negó con la cabeza.

—No…, sí. Lee, por favor, para. Para aquí.

Hablaba en un hilo de voz rebosante de tensión.

Se dio cuenta de que estaba a punto de vomitar. La noche se arrugaba a su alrededor, se le iba de las manos. Merrin estaba a punto de vomitar en su Cadillac, un pensamiento que, para ser sinceros, lo anonadaba. Lo que más había disfrutado de la enfermedad de su madre y de su muerte había sido que lo dejó como único dueño del Cadillac, y si Merrin vomitaba dentro se iba a poner furioso. Era imposible hacer desaparecer el olor a vómito de un coche.

Vio el desvío a la vieja fundición a la derecha y giró para tomarlo, a demasiada velocidad. La rueda delantera derecha patinó en la tierra al borde de la carretera y el coche se escoró violentamente hacia el lado contrario, lo menos indicado si se lleva a una chica a punto de vomitar en el asiento del pasajero. Reduciendo la velocidad enfiló la abrupta pista forestal, mientras los arbustos golpeaban los costados del coche y éste levantaba nubes de grava. Los faros iluminaron una cadena que atravesaba el camino y se aproximaba hacia ellos a gran velocidad y Lee continuó pisando el freno, deteniendo el coche poco a poco, con suavidad. Por fin se detuvo con un gemido del motor y el parachoques casi incrustado en la cadena.

Merrin abrió la puerta y empezó a vomitar con una fuerte arcada que sonó como una tos. Lee puso el coche en punto muerto. Él también estaba temblando, pero de ira, y tuvo que hacer un esfuerzo por recuperar la serenidad. Si iba a meter a Merrin en la ducha aquella noche, tendría que ser paso a paso y llevándola de la mano. Podía hacerlo, podía llevarla a donde ambos estaban destinados a terminar, pero para ello necesitaba controlarse, controlar aquella noche que amenazaba con echarse a perder. Hasta ahora nada había ocurrido que no se pudiera enderezar.

Salió y caminó hasta el otro lado del coche mientras la lluvia le mojaba la espalda y los hombros de la camisa. Merrin tenía los pies apoyados en el suelo y la cabeza entre las piernas. La tormenta empezaba a perder fuerza y la lluvia golpeaba en silencio las hojas que pendían sobre el camino.

—¿Estás bien? —preguntó.

Merrin asintió y Lee siguió hablando:

—Vamos a llevar a Terry a su casa y después te vienes conmigo a la mía y me cuentas todo lo que ha pasado. Te daré una copa y podrás desahogarte. Hará que te sientas mejor.

—No, gracias. Ahora mismo quiero estar sola. Necesito pensar.

—No quiero que te quedes sola esta noche. En tu estado sería lo peor que puedes hacer. Además, en serio, tienes que venir a mi casa. Te he arreglado la cruz y quiero ponértela.

—No, Lee. Quiero irme a casa, ponerme ropa seca y tranquilizarme un poco.

Tuvo otra oleada de irritación. Típico de Merrin pensar que podían posponer aquello indefinidamente, como si pudiera esperar que la recogiera en El Abismo y la llevara a donde ella quisiera sin darle nada a cambio. Pero apartó este sentimiento. La miró con su blusa y su falda mojadas, tiritando, y caminó hasta el maletero del coche. Sacó su mochila y se la ofreció.

—Tengo ropa deportiva. Una camiseta y un pantalón. Están secos y limpios.

Merrin vaciló, después agarró la bolsa por las asas y salió del coche.

—Gracias, Lee —dijo sin mirarlo a los ojos.

Lee no soltó la bolsa, sino que se aferró a ella —y a Merrin— por un instante, impidiendo que desapareciera en la oscuridad para cambiarse.

—Tenías que hacerlo y lo sabes. Era una locura pensar que tú…, que cualquiera de los dos…

Merrin dijo tirando de la bolsa:

—Sólo quiero cambiarme, ¿de acuerdo?

Se volvió y se alejó con paso rígido y la falda pegada a los muslos. Al pasar delante del coche, los faros iluminaron su blusa, que se transparentaba como papel de cera. Pasó por encima de la cadena y continuó avanzando hacia la oscuridad, camino arriba. Pero antes de desaparecer se volvió y miró a Lee con el ceño fruncido y una ceja levantada en señal de interrogación. O de invitación. *Sígueme.*

Lee encendió un cigarrillo y se lo fumó de pie junto al coche, preguntándose si debería seguirla, dudando si internarse en el bosque con Terry mirando. Pero transcurridos un minuto o dos comprobó que éste se había tumbado en el asiento trasero con una mano sobre los ojos. Se había dado un buen golpe en la sien derecha y antes de eso ya estaba bastante drogado, más cocido que una gamba de Nochevieja, de hecho. Era curioso, encontrarse allí junto a la fundición, como el día en que conoció a Terry Perrish y éste hizo volar un gigantesco pavo por los aires con Eric Hannity. Se acordó del porro de Terry y lo buscó en el bolsillo. Tal vez un par de caladas le asentarían el estómago a Merrin y la volverían menos arisca.

Observó a Terry unos minutos más, pero cuando comprobó que no se movía tiró la colilla del cigarro en la hierba húmeda y echó a andar por el camino en busca de Merrin. Siguió los surcos de grava trazando una curva y después una pequeña pendiente, y allí estaba la fundición, perfilada contra un cielo de furiosas nubes negras. Con su gigantesca chimenea, parecía una fábrica de pesadillas a granel. La hierba mojada relucía y se agitaba con el viento. Pensó que tal vez Merrin había ido a cambiarse dentro del torreón de ladrillo en ruinas y envuelto en sombras, pero entonces la escuchó llamarle desde la oscuridad, a su izquierda.

—Lee —dijo.

La vio a pocos metros del camino.

La bolsa de gimnasio estaba a sus pies y las ropas mojadas dobladas y puestas a un lado, con los zapatos de tacón encima. Había algo metido en uno de ellos, parecía una corbata, doblada varias veces. ¡Cómo le gustaba a Merrin doblar cosas! A veces Lee tenía la impresión de que llevaba años doblándole a él en pliegues cada vez más pequeños.

—No tienes ninguna camiseta. Sólo pantalones de chándal.

—Es verdad. Se me había olvidado —dijo caminando hacia ella.

—Pues vaya mierda. Dame tu camisa.

—¿Quieres que me desnude?

Merrin trató de sonreír, pero sólo consiguió suspirar con impaciencia.

—Perdona, Lee, pero… no estoy de humor.

—Claro que no. Lo que necesitas es una copa y alguien con quien hablar.

Le enseñó el porro y sonrió, porque sentía que debía sonreír en ese momento.

—Vamos a mi casa y si hoy no estás de humor lo dejamos para otro día.

—¿De qué hablas? —preguntó Merrin frunciendo el ceño, con las cejas muy juntas—. Quiero decir que no estoy de humor para bromas. ¿De qué estás hablando tú?

Lee se inclinó y la besó. Los labios de Merrin estaban fríos y húmedos. Se estremeció y dio un paso atrás, sorprendida. La cazadora se deslizó de sus manos, pero la sujetó para interponerla entre los dos.

—¿Qué estás haciendo?

—Sólo quiero que te sientas mejor. Si estás triste es en parte culpa mía.

—Nada es culpa tuya.

Merrin lo miraba con los ojos muy abiertos y expresión desconcertada. Pero poco a poco iba cayendo en la cuenta de lo que ocurría. Parecía una niña pequeña. Era fácil mirarla y olvidarse de que tenía veinticuatro años y no era una jovencita virgen de dieciséis.

—No he roto con Ig por ti. No tiene nada que ver contigo.

—Excepto que ahora podemos estar juntos. ¿No era ése el motivo de todo este numerito?

Merrin dio otro paso atrás tambaleándose, con una expresión de suspicacia cada vez mayor y la boca abierta como disponiéndose a gritar. Sólo que no gritó. Se rio, una sonrisa forzada e incrédula. Lee hizo una mueca de dolor. Por un momento fue como oír a su madre riéndose de él. *Deberías pedir que te devuelvan el dinero.*

—Joder —dijo Merrin—. Joder, Lee, carajo. No es el momento para esa clase de bromas.

—Estoy de acuerdo.

Merrin lo miró. La sonrisa pálida y confusa se le había borrado de la cara y ahora tenía la boca desfigurada con una mueca. Una fea mueca de asco.

—¿Eso es lo que crees? ¿Qué he cortado con Ig para poder coger contigo? Eres su amigo. Mi amigo. ¿Es que no entiendes nada?

Lee dio un paso hacia ella y le puso la mano en el hombro, pero Merrin lo empujó. Esto sí que no se lo esperaba; se le enredó un zapato en una raíz y cayó al suelo de culo.

Miró a Merrin y sintió cómo algo crecía en su interior: una especie de rugido atronador que avanzaba por un túnel. No la odiaba por todo lo que le estaba diciendo, aunque desde luego era muy fuerte. Después de provocarlo durante meses —años en realidad— ahora le ponía en ridículo por desearla. Lo que en realidad lo enfurecía era la expresión de su cara. Esa mirada de asco, con los dientecillos afilados asomando bajo el labio superior.

—¿Entonces de qué me estabas hablando? —preguntó pacientemente, sintiéndose ridículo allí, sentado en el suelo—. ¿De qué hemos estado hablando todo este mes? Pensaba que querías coger con otros. Pensaba que había cosas de ti, sentimientos a los que por fin querías enfrentarte. Sentimientos hacia mí.

—Dios —dijo Merrin—. Madre mía, Lee.

—Pidiéndome que te llevara a cenar por ahí, mandándome mensajes guarros sobre una supuesta rubia que ni siquiera existe. Llamándome a todas horas para saber a qué me dedico, si estoy bien.

Alargó una mano y la apoyó en el montón de ropa de Merrin, preparándose para ponerse de pie.

—Estaba preocupada por ti, estúpido. Se acababa de morir tu madre.

—¿Crees que soy idiota? La mañana en que murió te dedicaste a ponerme como loco, restregándote contra mi pierna con el cadáver en la habitación de al lado.

—¿Cómo dices?

Hablaba en voz alta, aguda, histérica. Estaba haciendo demasiado ruido y Terry podría oírla, preguntarse por qué discutían. Lee asió la corbata metida en el zapato y cerró el puño mientras se ponía en pie. Merrin siguió hablando:

—¿Te refieres a que estabas borracho y te di un abrazo y empezaste a manosearme? Te dejé porque te vi hecho polvo, Lee, eso es todo. To-do.

Se había echado a llorar otra vez. Se cubrió los ojos con una mano y la barbilla le temblaba. Con la otra mano seguía sujetando la cazadora.

—Esto es una mierda. ¿Cómo has podido pensar que quería cortar con Ig sólo para coger contigo? Antes muerta, Lee. Antes muerta. ¿Lo entiendes?

—Ahora sí —dijo Lee y le arrancó la chaqueta de las manos, la tiró al suelo y le colocó el nudo de la corbata alrededor del cuello.

Capítulo
40

Después de que la golpeara con la piedra, Merrin dejó de resistirse y pudo hacer con ella lo que quiso. Aflojó la presión de la corbata en su garganta. Merrin volvió la cara de lado con los ojos en blanco y parpadeando de forma extraña. Un hilo de sangre le bajaba desde el arranque del pelo por la cara sucia y emborronada por el llanto.

Decidió que estaba ida, demasiado confusa como para hacer otra cosa que dejarse penetrar, pero entonces habló con voz extraña y distante.

—Está bien —dijo.

—¿Ah sí? —preguntó embistiendo con más fuerza, porque era la única forma de mantener la erección. No estaba disfrutando tanto como había pensado. Merrin estaba seca—. Te gusta, ¿eh?

Pero la había malinterpretado otra vez. No estaba hablando de si le gustaba.

—Me escapé —dijo.

Lee la ignoró y siguió concentrado en lo que estaba haciendo.

Merrin ladeó ligeramente la cabeza y alzó la vista hacia la gran copa del árbol bajo el que estaban.

—Me subí al árbol y me escapé —dijo—. Conseguí encontrar el camino de vuelta a casa. Estoy bien, Ig. A salvo.

Lee miró hacia las ramas y la hojas mecidas por la brisa pero no vio nada. No tenía ni idea de qué estaba hablando ni a qué miraba y no le apetecía preguntárselo. Cuando volvió la vista a su rostro algo había desaparecido de sus ojos y no pronunció una palabra más, lo que era una buena cosa, porque estaba asqueado y cansado de sus putas monsergas.

EL EVANGELIO SEGÚN SEGÚN MICK Y KEITH

Capítulo
41

Era temprano cuando Ig recogió el tridente de la fundición y regresó, todavía desnudo, al río. Se metió en el agua hasta las rodillas y permaneció quieto mientras el sol se elevaba en el cielo sin nubes y su luz le calentaba los hombros.

No supo cuánto tiempo había pasado hasta que vio una trucha, a menos de un metro de su pierna izquierda. Vadeaba en el lecho arenoso agitando la cola atrás y adelante y mirando el pie de Ig con expresión estúpida. Éste blandió el tridente, cual Poseidón con su arma, hizo girar el mango en la mano y lo lanzó. Acertó a la primera, como si llevara años pescando con lanza, como si lo hubiera lanzado miles de veces. No era tan diferente del lanzamiento de jabalina, que había enseñado en Camp Galilee.

Cocinó la trucha con su aliento en la orilla del río, expulsando una bocanada de calor directamente desde los pulmones lo suficientemente potente para distorsionar el aire y ennegrecer el pobre pescado, cuyos ojos se volvieron del color de una clara de huevo cocida. Todavía no era capaz de escupir fuego como un dragón, pero suponía que era cuestión de tiempo.

Emitir calor le resultaba sencillo. Todo lo que tenía que hacer era concentrarse en algo que le produjera placer odiar. La mayoría de las veces recurría a lo que había visto dentro de la cabeza de Lee. Cocinando a su madre a fuego lento en el lecho de muerte, cerrando el nudo de su corbata alrededor del cuello de Merrin para obligarla a dejar de gritar. Las vivencias de Lee se agolpaban ahora en su cabeza y era como tener la boca llena de ácido de batería de coche, un amargor tóxico y abrasador que necesitaba escupir.

Después de comer regresó al río para disfrutar observando a las truchas huir de él mientras culebras de agua se deslizaban alrededor de sus tobillos. Se inclinó para mojarse la cara y cuando la levantó estaba chorreando. Se pasó el dorso de una mano demacrada y roja por los ojos para quitarse el agua, pestañeó y miró su reflejo en el río. Tal vez era un efecto del agua, pero los cuernos parecían más grandes y las puntas empezaban a curvarse hacia dentro, como si fueran a encontrarse. Tenía la piel de un color rojo intenso y el cuerpo inmaculado y terso como la piel de una foca, el cráneo liso como el pomo de una puerta. Sólo la barba, inexplicablemente, no se había quemado.

Movió la cabeza de un lado a otro, estudiando su perfil, y decidió que era la viva imagen de un Asmodeo joven y sátiro.

Su reflejo en el agua ladeó la cabeza y le miró con timidez.

¿Qué haces pescando aquí? —dijo el diablo del agua—. *¿Acaso no eres pescador de hombres?*

—¿Pesca recreativa tal vez? —preguntó Ig.

Su reflejo se retorció de risa, una aullido obsceno y convulso de cuervo divertido, tan súbito como una ristra de cohetes explotando. Ig alzó la cabeza al instante y comprobó que se trataba de un cuervo izando el vuelo desde Coffin Rock y sobrevolando el río corriente abajo. Ig jugueteó con su perilla, su barbita de conspirador, escuchando al bosque y su resonante silencio y entonces fue consciente de otro sonido, de voces que se aproximaban río arriba. Al poco se oyó también, en la distancia, el breve graznido de una sirena de policía.

Subió por la pendiente para vestirse. Todo lo que se había llevado consigo a la fundición había ardido con el Gremlin, pero recordó las ropas cubiertas de rocío olvidadas en las ramas del roble al inicio de la pista Evel Knievel, un abrigo negro manchado con el forro roto, una media negra desparejada y una falda de encaje azul que parecía sacada de un vídeo de Madonna de los ochenta. Tiró de las ropas y metió la falda por las piernas recordando el precepto del Deuteronomio 22:5, que el hombre no vestirá ropa de mujer, porque es abominable para Jehová, tu Dios, cualquiera que hace esto. Ig se tomaba muy en serio sus responsabilidades en tanto futuro señor de los infiernos. Puestos a hacer las cosas, mejor hacerlas bien. Se puso la media negra, pero como la falda le quedaba corta y se sentía ridículo, se enfundó también el abrigo retieso con un forro impermeable y harapiento.

Se puso en marcha, con la falda de encaje azul bailándole en los muslos, abanicando su culo rojo y desnudo, mientras arrastraba el tridente por el suelo. No había llegado aún a la línea del bosque cuando vio un destello de luz dorada a su derecha, justo en la hierba. Se volvió buscando su origen y la luz parpadeó de nuevo dos veces, una chispa ardiente entre las hierbas que le enviaba un mensaje urgente e inconfundible: *Por aquí, amigo, mira aquí.* Se inclinó y recogió la cruz de Merrin. Estaba caliente tras haber pasado toda una mañana al sol y su superficie tenía mil arañazos. La sujetó contra la boca y la nariz, imaginando que conservaría el aroma de Merrin, pero no olía a nada. El broche estaba roto de nuevo. Exhaló suavemente sobre ella, calentando el metal para reblandecerlo, y empleó sus uñas puntiagudas para enderezar el delicado bucle de oro. La estudió durante unos segundos y después la levantó y se la colocó alrededor del cuello, ajustando el cierre. Parte de él esperaba que chisporroteara y quemara, que se adhiriera a la carne roja de su pecho y le dejara una ampolla negra en forma de cruz, pero se limitó a descansar suavemente contra su piel. Claro que nada que hubiera pertenecido a Merrin podía hacerle daño. Respiró el dulce aire de la mañana y prosiguió su camino.

Habían encontrado el coche, que había sido arrastrado por la corriente hasta el banco de arena bajo el puente de Old Fair

Road, donde los chicos del pueblo hacían anualmente su fogata para celebrar el final del verano. El Gremlin tenía el aspecto de haber intentado navegar río arriba, con las ruedas delanteras hundidas en el blando lecho de arena y la parte trasera sumergida en el agua. Unos cuantos coches de policía y una grúa estaban cerca de él y otros vehículos —de la policía, pero también de gente del pueblo que se había parado para mirar— estaban dispersos por la explanada de grava bajo el puente. Sobre éste había todavía más coches y gente asomada a la barandilla, mirando hacia abajo. Las radios de la policía crepitaban y murmuraban.

El Gremlin no parecía el de siempre, la capa de pintura había desaparecido por completo y la estructura de debajo estaba negra y completamente quemada. Un policía con botas de agua abrió la puerta del pasajero y del interior salió agua. Un pejerrey se deslizó en la corriente reflejando en sus escamas la luz iridiscente de la mañana y aterrizó en la arena con un *plaf*. El policía de las botas de goma lo devolvió de una patada al agua, donde se recuperó y desapareció.

Unos cuantos agentes de policía estaban agrupados en la orilla bebiendo café y riendo sin mirar siquiera el coche. A Ig le llegaron retazos de su conversación, transportada por el claro aire de la mañana.

—¿… Carajo es? ¿Un Civic?

—… No sé. Un modelo viejo y hecho una mierda.

—… Alguien decidió empezar la fogata con dos días de antelación.

Despedían un ambiente de buen humor estival y de relajada y masculina indiferencia. Mientras la grúa arrancaba lentamente y echaba a andar, tirando del Gremlin, salió agua de las ventanillas traseras, que estaban hechas añicos. Ig vio que la matrícula trasera se había caído. Seguramente la delantera también. Lee se habría preocupado de quitarlas antes de arrastrar a Ig desde la chimenea de la fundición y meterlo en el coche. La policía no sabía lo que había encontrado. Aún no.

Se abrió paso entre los árboles y se situó sobre unas rocas en una pendiente elevada para observar la orilla a través de los pinos, desde unos veinte metros de distancia. No miró abajo hasta que no escuchó un murmullo de risas. Miró por el rabillo del ojo y vio a Sturtz y Posada, de uniforme, de pie el uno junto al otro y sosteniéndose mutuamente la verga mientras orinaban entre los matorrales. Cuando se besaron, Ig tuvo que agarrarse a un árbol para no perder el equilibrio y caer sobre ellos. Se escondió de nuevo, donde no podían verlo.

Alguien gritó:

—¿Posada? ¿Dónde diantres están? Necesitamos a alguien en el puente.

Ig echó otro vistazo mientras se iban. Su intención había sido enfrentarlos, no arrejuntarlos, y sin embargo no le sorprendía lo ocurrido. Era tal vez el precepto más viejo del diablo, que el pecado siempre hace aflorar la parte más humana de las personas, para bien o para mal. Escuchó susurros mientras los dos hombres se abrochaban el pantalón y a Posada reír; después se marcharon.

Trepó hasta una posición más elevada para tener mejor vista de la orilla y del río, y fue entonces cuando vio a Dale Williams. El padre de Merrin estaba junto a la barandilla del puente con los otros espectadores, un hombre pálido con el pelo muy corto y camisa a rayas de manga corta.

Parecía fascinado por el espectáculo del coche calcinado. Se inclinaba sobre la mohosa barandilla con sus gruesos dedos entrelazados, mirándolo con expresión entre atónita y vacía. Tal vez la policía no supiera lo que habían encontrado, pero Dale sí. Dale entendía de coches, llevaba vendiéndolos veinte años y conocía éste. No sólo se lo había vendido a Ig, sino que le había ayudado a arreglarlo y llevaba seis años viéndolo a la entrada de su casa prácticamente a diario. Ig no lograba imaginar lo que estaría pensando mientras miraba los restos negruzcos del Gremlin en la orilla del río, en el convencimiento de que era el último coche en el que había montado su hija.

Había coches estacionados a lo largo del puente y a los lados de la carretera. Dale estaba en el extremo oriental del puente. Ig empezó a bajar la colina, atajando por entre los árboles en dirección a la carretera.

Dale también se había puesto en movimiento. Durante un buen rato había estado allí quieto, mirando la carcasa calcinada y llena de agua del Gremlin. Lo que le sacó de su ensimismamiento fue ver a un policía —Sturtz— subiendo la pendiente para controlar a la multitud. Dale empezó a abrirse paso entre los curiosos con su pesada figura de carabao, alejándose del puente.

Cuando Ig llegó al borde de la carretera vio el coche de Dale, un BMW sedán; supo que era el suyo por la matrícula del concesionario. Estaba estacionado en el sendero de grava, a la sombra de unos pinos. Ig salió del bosque con determinación y se sentó en el asiento trasero con el tridente sobre las rodillas.

Los cristales traseros estaban tintados, pero no importaba. Dale tenía prisa y ni siquiera miró el asiento trasero. Ig supuso que no quería ser visto por allí. Si hubiera que hacer una lista con las personas de Gideon que más deseaban ver a Ig Perrish quemado vivo, Dale estaría seguro entre los cinco primeros. Abrió la puerta y se sentó tras el volante.

Con una mano se quitó las gafas y con la otra se cubrió los ojos. Durante un rato permaneció allí sentado, respirando de forma suave pero irregular. Ig esperó, no quería interrumpirlo.

En el salpicadero había algunas fotografías pegadas. Una era de Jesús, la reproducción de un óleo en que aparecía con una barba dorada y su melena también dorada peinada hacia atrás, mirando inspirado al cielo mientras haces de luz dorada se abrían paso entre las nubes a sus pies. *Bienaventurados los que lloran, porque ellos serán consolados.* Al lado había una de Merrin con diez años, sentada detrás de su padre en la moto de éste. Llevaba gafas de aviador y un casco blanco con estrellas rojas y líneas azules, y abrazaba a su padre. Una mujer guapa con pelo color cereza estaba de pie detrás de la moto, con una mano apoyada en el casco de Merrin y sonriendo a la cámara. Al principio Ig pensó que se trataba de la madre, pero luego se dio cuenta de que era demasiado joven y que tenía que ser la hermana, la que había muerto cuando vivían en Rhode Island. Dos hijas y las dos muertas. Bienaventurados los que lloran, porque en cuanto levanten cabeza recibirán otra patada en los huevos. Esto no salía en la Biblia, pero tal vez debería.

Cuando Dale se serenó, cogió las llaves, arrancó el coche y enfiló la carretera tras dirigir una última mirada al espejo retrovisor del asiento del pasajero. Se secó las mejillas con las muñecas y se puso las gafas. Después se besó el pulgar y lo acercó a la niña de la fotografía.

—Era su coche, Mary —dijo. Mary es como llamaba a Merrin—. Completamente quemado. Creo que ha muerto, creo que el hombre malo ha muerto por fin.

Ig apoyó una mano en el asiento del conductor y la otra en el del pasajero y después tomó impulso y se deslizó hasta quedar sentado junto a Dale.

—Siento desilusionarte —dijo—. Sólo los buenos mueren jóvenes, me temo.

Al ver a Ig, Dale profirió un graznido de miedo y dio un volantazo. El coche se escoró a la derecha pisando el camino de grava. Ig se precipitó contra el salpicadero y casi se cae al suelo. Escuchó rocas chocando y golpeando los bajos del coche. Después éste se detuvo y Dale salió corriendo carretera arriba, gritando.

Ig se incorporó. No entendía nada. Nadie gritaba ni salía corriendo al ver los cuernos. A veces intentaban matarle, pero nadie gritaba ni corría.

Dale se detuvo en el centro de la carretera mirando por encima del hombro al sedán y emitiendo gorjeos de pájaro. Una mujer en un Sentra le tocó el claxon al pasar: *Apártate de la carretera.* Dale se tambaleó hasta el arcén, una delgada franja de tierra que terminaba en una zanja llena de hierba. El terreno cedió bajo su pie derecho y cayó rodando.

Ig se situó al volante y condujo despacio detrás de él.

Detuvo el coche mientras Dale se ponía de pie con dificultad. Éste echó de nuevo a correr, ya en la zanja. Ig bajó la ventanilla del pasajero y se inclinó sobre el asiento para llamarle.

—Señor Williams, suba al coche.

Dale no se detuvo, sino que continuó corriendo con la mano en el corazón. La papada le brillaba de sudor y se había hecho un roto en los pantalones.

—¡Vete de aquí! —gritó con lengua de trapo. *Vededeaquíaduda.* Tuvo que decirlo dos veces antes de que Ig entendiera que *aduda* era «ayuda» en el lenguaje del pánico.

Ig miró la estampita pegada al salpicadero como esperando que el amigo Jesús tuviera algún consejo que darle y fue entonces cuando recordó la cruz. La vio colgando entre sus clavículas, descansando ligera en su pecho desnudo. Lee no había podido ver los cuernos mientras llevaba la cruz puesta, así que lo lógico sería que ahora que Ig la llevaba nadie pudiera verlos o sentir sus efectos, lo que era una idea asombrosa, la cura para su mal. A ojos de Dale Williams, Ig era Ig, el violador asesino que había aplastado la cabeza de su hija con una roca y que acababa de salir del asiento trasero de su coche vestido con una falda y armado con una horca. La cruz de oro que pendía de su cuello era lo único que lo hacía humano, quemándolo ligeramente en la luz de la mañana.

Pero esta humanidad no le servía de nada, ni en esta situación ni en ninguna otra. Desde la noche en que Merrin desapareció le había resultado completamente inútil, una flaqueza, de hecho. Ahora que se había acostumbrado a ello, prefería ser demonio. La cruz era un símbolo del atributo humano por excelencia, la capacidad de sufrir. E Ig estaba harto de sufrir. Si había que clavar a alguien en un árbol, quería ser él quien sostuviera el martillo. Detuvo el coche, se quitó la cruz y la guardó en la guantera. Después se situó de nuevo al volante.

Aceleró para llegar hasta donde estaba Dale y detuvo el coche. Buscó en el asiento trasero, cogió el tridente y salió. Dale estaba en la zanja, metido hasta los tobillos en las aguas embarradas. Ig dio dos pasos hacia él y lanzó el tridente, que se clavó en la cuneta pantanosa cortando el paso a Dale, quien gritó. Trató de retroceder demasiado rápido y se cayó de culo con gran estrépito. Chapoteó en el barro tratando de ponerse en pie. El mango del tridente asomaba erecto del agua y vibraba por la fuerza del impacto.

Ig bajó a la cuneta con la elegancia de una serpiente reptando entre las hojas y agarró el tridente antes de que Dale pudiera ponerse en pie. La arrancó del barro y la apuntó hacia él con las púas por delante. Había un cangrejo ensartado en una de ellas, retorciéndose agónico.

—Basta de correr y métase en el coche. Tenemos mucho de qué hablar.

Dale se sentó jadeando en el barro. Miró el palo de el tridente y después a Ig con los ojos entrecerrados. Se llevó una mano sobre ellos a modo de visera.

—Te has quedado sin pelo. —Se detuvo y después añadió, a modo de ocurrencia tardía—: Y te han salido cuernos. Madre mía, ¿qué eres?

—¿A qué te recuerdo? —preguntó Ig—. Al diablo vestido de azul.

Capítulo
42

Enseguida supe que era tu coche —dijo Dale detrás del volante conduciendo de nuevo. Estaba tranquilo, en paz con sus demonios interiores—. En cuanto lo vi supe que alguien le había prendido fuego y lo había tirado al río. Y supuse que contigo dentro y me sentí...

—¿Feliz?

—Furioso.

—¿En serio?

—Por no haber sido yo quien lo hiciera.

—Ah —dijo Ig apartando la vista.

Sostenía el tridente entre las rodillas y las púas se clavaban en el tapizado del techo, pero después de llevar un rato conduciendo, Dale parecía haberse olvidado de ella. Los cuernos estaban haciendo su trabajo, tocando su melodía secreta, y mientras Ig no llevara puesta la cruz a Dale no le quedaba más remedio que bailar a su ritmo.

—Me daba demasiado miedo matarte. Tenía una pistola. La compré sólo para matarte, pero lo más cerca que estuve de matar a alguien fue a mí mismo. Me metí el cañón en la boca para ver a qué sabía. —Calló unos instantes, recordando—. Sabía mal.

—Me alegro de que no se pegara un tiro, señor Williams.

—Eso también me daba miedo. No por ir al infierno por haberme suicidado, sino precisamente porque sé que no iré al infierno…, que el infierno no existe, ni tampoco el cielo. Simplemente no hay nada. Al menos eso es lo que creo, que después de la muerte no hay nada. Eso a veces me resulta un alivio, pero otras no imagino cosa peor. No puedo creer que un Dios misericordioso me haya dejado sin mis dos hijas. Una muerta de cáncer y la otra asesinada de aquella forma en el bosque. No creo que un Dios al que merezca la pena rezar las hubiera hecho pasar por lo que pasaron. Heidi todavía reza. Reza como no te puedes imaginar. Reza para que te mueras, Ig; lleva así ya un año. Cuando vi tu coche en el río pensé…, en fin, que Dios por fin había decidido hacer algo al respecto. Pero no. Mary se ha ido para siempre y tú en cambio sigues aquí. Eres…, eres el puto demonio.

Los esfuerzos por seguir hablando le hacían jadear.

—Lo dice usted como si fuera algo malo —dijo Ig—. Gire a la izquierda. Vayamos a su casa.

Los árboles que crecían a ambos lados de la carretera enmarcaban un tramo de cielo azul y limpio. Era un día perfecto para dar un paseo en coche.

—Has dicho que teníamos que hablar —dijo Dale—. Pero ¿de qué podemos hablar tú y yo, Ig? ¿Qué es lo que quieres contarme?

—Quería contarle que no sé si yo quería a Merrin tanto como usted, pero que desde luego la quise todo lo mejor que supe. Y que no la maté. Lo que le conté a la policía, lo de que me pasé la noche durmiendo detrás del Dunkin' Donuts, era verdad. Lee Tourneau recogió a Merrin delante de El Abismo y la llevó en su coche hasta la fundición. Allí la mató. —Tras una breve pausa, continuó—: No espero que me crea.

Pero el caso es que lo hizo; no inmediatamente, pero sí enseguida. Últimamente Ig resultaba muy persuasivo. La gente se creía prácticamente todo lo que su demonio interior les decía, y en este caso era verdad, aunque Ig sospechaba que, de proponérselo, podría convencer a Dale de que a Merrin la habían matado unos payasos que la habían recogido de la puerta de El Abismo en su diminuto coche de juguete. No era justo. Pero pelear limpio era precisamente lo que hacía el Ig de antes.

Sin embargo, Dale le sorprendió al preguntarle:

—¿Y por qué habría de creerte? Dame una razón.

Ig alargó el brazo y apoyó una mano en el de Dale por un momento, después la retiró.

—Sé que después de que su padre muriera visitó a su amante en Lowell y le pagó dos mil dólares para que desapareciera. Y le advirtió que si se le ocurría llamar a su madre otra vez estando borracha saldría a buscarla y, cuando la encontrara, le arrancaría los dientes. Sé que tuvo un acostón de una noche con una secretaria en el concesionario durante la fiesta de navidad, el año antes de que Merrin muriera. Sé que una vez le pegó con el cinturón a Merrin en la boca por llamar «puta» a su madre. Es probablemente la cosa de la que se siente más culpable de las que jamás ha hecho. Sé que hace diez años que no está enamorado de su mujer. Sé lo de la botella que guarda en el cajón inferior izquierdo de su mesa en el trabajo, lo de las revistas porno del garaje y lo del hermano con el que no se habla porque no puede soportar que sus hijos estén vivos y las de usted muertas y…

—Basta ya.

—Sé lo de Lee de la misma manera que sé todo lo suyo —dijo Ig—. Cuando toco a las personas sé cosas sobre ellas. Cosas que no debería saber. Y la gente me cuenta cosas. Me hablan de lo que les gustaría hacer. No lo pueden evitar.

—Te cuentan cosas malas —dijo Dale frotándose la sien derecha con dos dedos, masajeándola con suavidad—. Sólo que cuando te miro no me parecen tan malas. Tengo la impresión de que son…, no sé…, divertidas. Ahora, por ejemplo, se me acaba de ocurrir que cuando Heidi se arrodille esta noche para rezar debería sentarme en la cama delante de ella y pedirle que me la mame. O que la próxima vez que me diga que Dios sólo nos da cargas que podamos soportar podría partirle la cara. Pegarle una y otra vez hasta que se borre de los ojos esa mirada iluminada de fe.

—No. No va a hacer eso.

—Tampoco estaría mal faltar al trabajo esta tarde. Pasar un par de horas echado, a oscuras.

—Eso está mejor.

—Echarme una siesta y después meterme la pistola en la boca y acabar por fin con tanto sufrimiento.

—No. Eso tampoco.

Dale suspiró trémulo y enfiló el camino de entrada a su casa. Los Williams tenían un chalé en una calle de chalés todos igual de deprimentes, cajas de una sola planta con un cuadrado de jardín en la parte trasera y otro más pequeño delante. El suyo era del color verde pálido y pastoso de algunas habitaciones de hospital y tenía el mismo aspecto que como Ig lo recordaba. La cubierta de vinilo estaba salpicada de manchas marrones de moho en las juntas de los cimientos de hormigón, las ventanas estaban cubiertas de polvo y el césped tenía aspecto de no haber sido segado en una semana. La calle ardía en el calor estival y nada se movía; el ladrido de un perro sonaba a infarto, a migraña, a verano indolente y recalentado que se acercaba lentamente a su final. Ig había abrigado la perversa esperanza de ver a la madre de Merrin, de descubrir sus secretos, pero Heidi no estaba en casa. En realidad ninguno de los habitantes de la calle parecía estar en casa.

—¿Y qué tal si la cago en el trabajo y consigo que para mediodía me manden a la mierda? A ver si consigo que me despidan. Llevo seis semanas sin vender un coche, así que están deseando que les dé un motivo. Si no me han despedido ya es porque les doy pena.

—Eso sí que es lo que yo llamo un plan —dijo Ig.

Dale le condujo dentro de la casa. Ig no se llevó el tridente, no creía que fuera a necesitarla de momento.

—Iggy, ¿te importa servirme una copa? Ya sabes dónde está el mueble bar. Mary y tú solían robarme bebidas. Quiero sentarme un rato a oscuras. Tengo la cabeza como hueca.

El dormitorio principal estaba al final de un pequeño recibidor con paredes enteladas de color marrón chocolate. Todas las paredes del pasillo habían estado cubiertas de fotos de Merrin, pero habían desaparecido. En lugar de ello había retratos de Jesús. Por primera vez en todo el día Ig se enfadó.

—¿Por qué han quitado a Merrin y le han puesto a Él en su lugar?

—Fue idea de Heidi. Me quitó las fotos de Mary.

Dale se desembarazó de una patada de sus zapatos negros mientras caminaba por el pasillo.

—Hace tres meses empaquetó todos sus libros, su ropa, las cartas que tú le habías escrito y lo subió todo al ático. Ahora ha convertido el dormitorio de Merrin en su despacho. Trabaja allí ensobrando cartas para causas cristianas. Pasa más tiempo con el padre Mould que conmigo, va a la iglesia cada mañana y se queda allí los domingos enteros. Tiene un retrato de Jesús en su mesa. No tiene una fotografía mía ni de sus hijas, pero sí un retrato de Jesús. Me dan ganas de perseguirla por la casa gritándole el nombre de sus hijas. ¿Sabes una cosa? Deberías subir al ático y bajar la caja. Me gustaría sacar todas las fotos de Mary y de Regan. Tirárselas a Heidi a la cara hasta hacerla llorar. Le diré que si quiere deshacerse de las fotografías de sus hijas tendrá que tragárselas. De una en una.

—Demasiado trabajo para una tarde tan calurosa.

—Pero sería divertido. Sería muy divertido.

—Pero no tan refrescante como un gin-tonic.

—No —dijo Dale, de pie en el umbral de su dormitorio—. Sírveme uno, Ig. Que esté cargadito.

Ig regresó al recibidor, que en otro tiempo había sido una galería dedicada a la infancia de Merrin Williams, llena de fotografías suyas: Merrin disfrazada de piel roja, Merrin montando en bicicleta y sonriendo dejando ver su aparato dental; Merrin en traje de baño a hombros de Ig, con éste metido en el río Knowles hasta la cintura. Ya no estaban y la habitación parecía recién redecorada por un agente inmobiliario de la manera más insustancial posible, para una sesión de puertas abiertas de mañana de domingo. Como si nadie viviera ya allí.

Y es que nadie vivía allí ya. Desde hacía meses, la casa era sólo un lugar donde Dale y Heidi Williams almacenaban sus cosas, tan poco relacionada con sus vidas interiores como una habitación de hotel.

Sin embargo, el alcohol estaba donde siempre, en el mueble situado encima del televisor. Ig le preparó a Dale un gin-tonic con agua que sacó de la nevera de la cocina y le añadió una hoja de menta y una cáscara de naranja además del hielo. De regreso al dormitorio, sin embargo, una cuerda que colgaba del techo le rozó el cuerno derecho, amenazando con quedarse enganchada en él. Ig levantó la vista y...

... allí estaba, en las ramas del árbol sobre su cabeza, la parte inferior de la casa del árbol, con las palabras escritas en la trampilla y la pintura blanca ligeramente visible en la noche: «Bienaventurado el que traspase el umbral». Ig se mareó y entonces...

... ahuyentó una repentina oleada de vértigo. Con la mano libre se masajeó la frente esperando a que se le aclarara la cabeza, a que se le pasara la sensación de mareo. Por un momento lo había visto, lo que había ocurrido en el bosque cuando acudió borracho a la fundición para desahogar su furia, pero la imagen se había desvanecido. Dejó el vaso en el suelo y tiró de la cuerda, abriendo la trampilla que conducía al ático con un fuerte chirrido de muelles.

Si hacía calor en la calle, la buhardilla de techo bajo y sin rematar era directamente un horno. Unas tablas de madera contrachapada cubrían las vigas a modo de suelo improvisado. No había espacio suficiente para estar de pie ni siquiera en el vértice del techo, pero no le importó. Tres cajas grandes de cartón con la palabra «Merrin» escrita a los lados en rotulador rojo estaban a la derecha de la trampilla.

Las bajó de una en una, las colocó en la mesa baja del cuarto de estar y examinó su contenido, las cosas que Merrin había dejado atrás al morir, mientras se bebía el gin-tonic de Dale.

Olió su sudadera de Harvard y la entrepierna de sus jeans favoritos. Repasó sus libros, su colección de libros de bolsillo. Ig rara vez leía novelas, siempre le había gustado el ensayo, tratados sobre ayuno, irrigación, viajes, vida al aire libre y sobre el reciclaje de materiales. Pero Merrin prefería la ficción, la alta literatura. Le gustaban las historias escritas por gente que había tenido vidas breves, feas y trágicas y que fueran como mínimo ingleses. Una buena novela para ella tenía que ser un viaje emocional y filosófico y además enseñarle vocabulario nuevo.

Leía a Gabriel García Márquez, a Michael Chabon, a Ian McEwan y a John Fowles. Un libro se le abrió en las manos por un pasaje subrayado: «Cómo refina la culpa los métodos de autotortura, insertando las cuentas del detalle en un bucle infinito, un rosario que se desgrana a lo largo de toda una vida». Y después otro, de un libro diferente: «Va en contra de la esencia de la narrativa norteamericana colocar a alguien en una situación de la que no puede salir, pero creo que en la vida es algo que ocurre con frecuencia». Ig dejó de hojear los libros, lo estaban poniendo nervioso.

Entre los de Merrin había mezclados algunos volúmenes de su propiedad, libros que llevaba años sin ver. Un manual de estadística, *El libro de cocina del campista*, *Reptiles de Nueva Inglaterra*. Se terminó la copa y echó un vistazo al de *Reptiles*. Alrededor de la página cien encontró el dibujo de una serpiente cascabel marrón con una raya naranja en el lomo. Era la *Crotalus horridus*, una serpiente de cascabel de bosque que habita sobre todo al sur de la frontera de New Hampshire —es muy común en Pensilvania—, pero que también se encuentra en las White Mountains. Rara vez atacan a los humanos, son tímidas por naturaleza. En el año anterior había muerto más gente golpeada por un rayo que por mordeduras de *horridus* en todo el último siglo. Y sin embargo, su veneno estaba considerado el más peligroso de todas las serpientes americanas, neurotóxico, capaz de paralizar pulmones y corazón. Colocó el libro en su sitio.

Los libros de textos de medicina y cuadernos de anillas de Merrin estaban apilados en el fondo de la caja. Ig los fue abriendo uno a uno, pasando los dedos por las páginas. Tomaba apuntes a lápiz y su caligrafía cuidada y poco femenina estaba borrosa y empezaba a desvanecerse. Definiciones de compuestos químicos. La sección trasversal de un pecho dibujada a mano. Una lista de apartamentos en Londres que había encontrado en internet para él. Al fondo de la caja había un sobre marrón de gran tamaño. Estuvo a punto de no prestarle atención, pero vaciló al distinguir unas marcas a lápiz en la esquina superior derecha. Puntos. Rayas.

Abrió el sobre y sacó una mamografía, una imagen de tejido azul y blanca en forma de lágrima. La fecha correspondía a junio del pasado año. También había papeles, arrancados de un cuaderno de espiral. Ig vio su nombre escrito en uno de ellos. Estaban todos cubiertos de rayas y puntos. Volvió a meter todo en el sobre.

Se preparó otro gin-tonic y se lo llevó de vuelta al recibidor. Cuando entró en el dormitorio, Dale estaba dormido sobre la cama, con los calcetines negros subidos casi hasta las rodillas y unos pantalones cortos con manchas de orina en la bragueta. El resto de su cuerpo era una masa desnuda de carne masculina, con el vientre y el pecho alfombrados de pelo oscuro. Caminó de puntillas hasta un lado de la cama y apoyó el vaso en la mesilla de noche. Al oír el tintineo de los hielos en el vaso, Dale se espabiló.

—Ah, Ig —dijo—. Hola. ¿Puedes creer que me había olvidado de que estabas aquí?

Ig no respondió, sino que permaneció de pie junto a la cama con el sobre marrón en la mano. Preguntó:

—¿Tenía cáncer?

Dale volvió la cara.

—No quiero hablar de Mary —dijo—. La quiero, pero no puedo soportar pensar en ella…, en nada de aquello. Ya sabes que mi hermano y yo llevamos años sin hablarnos. Pero tiene una tienda de motos acuáticas en Sarasota. A veces pienso que debería marcharme allí y dedicarme a vender motos y mirar a las chicas en la playa. Sigue enviándome felicitaciones de navidad invitándome a visitarlo. A veces pienso que me gustaría alejarme de Heidi, de este pueblo y de esta casa horrible y de lo mal que me hace sentirme esta vida de mierda que llevo, y empezar de cero. Si Dios no existe y no existe explicación para todo este dolor, entonces tal vez debería empezar de nuevo antes de que sea demasiado tarde.

—Dale —dijo Ig en voz baja—, ¿te contó Merrin que tenía cáncer?

Dale negó sin levantar la cabeza de la almohada.

—Es algo genético. Se hereda. Y no nos enteramos por ella. No lo supimos hasta después de su muerte; nos lo dijo el médico forense.

—En los periódicos no dijeron nada de que tuviera cáncer.

—Heidi quería que se supiera. Pensó que provocaría compasión y haría que la gente te odiara aún más. Pero yo le dije que Mary no había querido que nadie lo supiera y que debíamos respetar sus deseos. A nosotros no nos lo contó. ¿A ti sí?

—No —dijo Ig.

Lo que le había contado en lugar de eso era que debían salir con otras personas. Ig no había leído el informe de dos páginas que contenía el sobre, pero imaginaba su contenido. Dijo:

—Su hija mayor, Regan. Nunca les pregunté nada sobre ella. Pensaba que no era asunto mío. Pero sé que fue muy duro perderla.

—Sufrió tanto… —dijo Dale y se estremeció al tomar aire—. La enfermedad le hizo decir cosas terribles. Sé que muchas no las pensaba; era tan buena persona…, y preciosa. Trato de recordar sólo eso, pero en realidad de lo que más me acuerdo es de cómo era al final. Debía de pesar treinta y cinco kilos, de los cuales vein-

ticinco eran puro odio. Le dijo cosas imperdonables a Mary. Creo
que estaba furiosa porque Mary era tan guapa y, claro, Regan
se quedó sin pelo... y le hicieron una mastectomía y otra opera-
ción para sacarle una metástasis del intestino. Se sentía... como
Frankenstein, como un personaje de una película de terror. Nos
decía que si de verdad la queríamos teníamos que ponerle una almohada en la cara y asfixiarla. Me dijo que estaba segura de que
yo me alegraba de que fuera ella y no Merrin la enferma, porque
siempre había querido más a Merrin. He tratado de olvidar todo
eso pero algunas noches me despierto pensando en ello. O en cómo murió Mary. Te esfuerzas en recordarlas mientras estaban
vivas pero no puedes evitar que lo otro te venga a la cabeza. Supongo que hay una razón psicológica para ello. Mary estudió Psicología, habría sabido que las cosas malas dejan una huella más
profunda que las buenas. Oye, Ig, ¿puedes creer que mi niña consiguió entrar en Harvard?

—Sí —dijo Ig—. Era más lista que usted y yo juntos.

Dale rio con la cara todavía vuelta hacia el otro lado.

—Ni lo digas. Yo sólo fui dos años a la universidad. Era lo
único que podía pagarme mi padre. Dios, espero haber sido mejor
padre que él. Me decía todo lo que tenía que hacer. A qué clases
debía apuntarme, dónde debía vivir y en qué debía trabajar después de licenciarme para devolverle el dinero que había gastado
en mí. Solía decirle a Heidi que me sorprendía no encontrármelo
en nuestro dormitorio en nuestra noche de bodas dándome instrucciones sobre cómo cogérmela. —Sonrió recordando—. Eso
fue cuando Heidi y yo podíamos hacer bromas sobre esa clase
de cosas. Heidi tenía un lado divertido y pícaro antes de que se le
llenara la cabeza de Jesucristo. Antes de que el mundo le atascara
todos los grifos y le chupara toda la sangre. A veces tengo tantas
ganas de dejarla..., pero sé que no tiene a nadie más. Está sola...
a excepción de Jesús.

—Yo no estaría tan seguro de eso —dijo Ig, dejando escapar un aliento húmedo y caliente, pensando en que Heidi Wi-

lliams había quitado todas las fotos de Merrin de las paredes, había intentado enterrar el recuerdo de su hija entre polvo y oscuridad—. Uno de estos días, por la mañana, debería usted pasar por la iglesia, cuando se va a ayudar al padre Mould. Sin avisar. Creo que comprobará que mantiene una relación con los aspectos terrenales de la vida mucho más intensa de lo que usted imagina...

Dale le miró sin comprender, pero Ig puso cara de póquer y no dijo nada. Por fin Dale esbozó una sonrisa y dijo:

—Deberías haberte afeitado la cabeza hace años, Ig. Te queda bien. Yo también quise hacerlo un tiempo, pero Heidi decía siempre que si me rapaba daría nuestro matrimonio por terminado. Ni siquiera me dejó afeitarme en muestra de solidaridad con Regan, después de la quimio. Algunas familias lo hacen, para demostrar que están unidos. Pero la nuestra no. —Frunció el ceño y añadió—: ¿Por qué estamos hablando de esto? ¿Qué te estaba contando?

—De cuando fue a la universidad.

—Ah sí. Pues eso, mi padre no me dejó matricularme en Teología, pero pude ir de oyente. Me acuerdo de la profesora, una mujer negra, Tandy se apellidaba. Nos contó que en muchas religiones Satán es el bueno. El que se lleva a la cama a la diosa de la fertilidad y, después de juguetear un rato, crean el mundo. O las cosechas. Algo. Aparece para engatusar a los indignos, para llevarlos a la perdición, o al menos les anima a dejar de beber. Ni siquiera los cristianos se ponen de acuerdo sobre qué hacer con él. Si lo piensas, se supone que él y Dios están constantemente enfrentados. Pero si Dios odia el pecado y Satán castiga a los pecadores, ¿acaso no están en el mismo bando? ¿No son el juez y el verdugo de un mismo equipo? Los románticos. Creo que a los románticos les gustaba Satán, no me acuerdo por qué. Tal vez porque llevaba barba, le gustaban las chicas y el sexo y sabía armar una buena juerga. ¿No les gustaba Satán a los románticos?

—*Susúrrame al oído* —murmuró Ig—. *Dime las cosas que quiero oír...*

Dale rio de nuevo.

—Esos románticos no. Los otros.

Ig contestó:

—Son los únicos que conozco.

Al salir cerró la puerta sin hacer ruido.

Capítulo
43

Ig se sentó en el fondo de la chimenea, en un charco de cálida luz de tarde, sosteniendo en alto la brillante placa de la mamografía de Merrin. Iluminados desde detrás, por el cielo de agosto, los tejidos radiografiados parecían un sol negro, una nova formándose. Parecía el fin de los días y el cielo era una arpillera. El demonio echó mano de su Biblia, no del Viejo Testamento ni del Nuevo, sino de la última página donde años atrás había copiado el alfabeto Morse de las enciclopedias de su hermano. Antes siquiera de haber descifrado los papeles que contenía el sobre supo que era un testamento de otra clase, uno definitivo. La última voluntad de Merrin.

Empezó con los puntos y las rayas de la parte delantera del paquete, una secuencia sencilla que decía: «Ig, vete a la mierda».

Se rio, una carcajada fea y convulsa como el graznido de un cuervo.

Sacó las hojas arrancadas de un bloc de notas y cubiertas de puntos y rayas por ambas caras, el trabajo de meses, de todo un verano. Con ayuda de la Biblia se puso a traducirlas, en ocasiones llevándose la mano a la cruz que colgaba de su cuello, la cruz de Merrin. Se la había vuelto a poner en cuanto dejó a Dale. Le hacía sentir que ella estaba a su lado, lo suficientemente cerca como para rozarle la nuca con sus dedos fríos.

Fue un trabajo laborioso, convertir aquella sucesión de puntos y rayas en letras y después en palabras, pero no le importó. Si algo tenía el diablo era tiempo.

Querido Ig:

Nunca leerás esto mientras yo esté viva. E incluso cuando haya muerto no estoy segura de que quiera que lo leas.

Guau, escribir así lleva tiempo, pero supongo que no me importa. Me distrae mientras estoy sentada en alguna sala de espera aguardando a que me den el resultado de alguna prueba. Además me obliga a ceñirme a lo estrictamente necesario, y nada más.

El tipo de cáncer que tengo es el mismo que mató a mi hermana, uno de tipo genético. No te aburriré con los detalles. Todavía no está muy avanzado y estoy segura de que si lo supieras querrías que luchara. Sé que debería hacerlo, pero no va a ser así. He decidido que no quiero pasar por lo que pasó mi hermana. No quiero esperar a volverme fea, a herir a la gente que quiero y me ha querido, y ésos son tú, Ig, y mis padres.

La Biblia dice que los suicidas van al infierno, pero el infierno es por lo que pasó mi hermana cuando se estaba muriendo. Esto tú no lo sabes, pero cuando le diagnosticaron el cáncer, mi hermana estaba prometida. Su novio la dejó pocos meses antes de morir. Ella lo alejó de su lado poco a poco. Quería saber cuánto tiempo sería capaz de esperar antes de acostarse con otra chica una vez que ella hubiera muerto. No hacía más que preguntarle si se aprovecharía de su tragedia para ganarse la compasión de las chicas. Se portó de forma horrible, hasta yo la habría abandonado.

Así que, si no te importa, prefiero saltarme esa parte, pero aún no sé cómo hacerlo, cómo morir. Ojalá Dios encontrara la forma de hacerlo por mí, en el momento más inesperado. Hacerme entrar en un ascensor y después cortar los cables. Veinte segundos de caída libre y después todo habría acabado. Y ya de paso podría desplomarme sobre alguien que se lo merezca, un técnico de reparación de ascensores pederasta o algo así. Estaría bien.

Tengo miedo de que, si te cuento que estoy enferma, renuncies a tus planes de futuro y me pidas que me case contigo, temo no tener fuerzas para negarme, y entonces estarás atrapado conmigo, viendo cómo me cortan en pedazos y me encojo, me quedo calva y te hago pasar un infierno para terminar muriéndome después de haberte arruinado la vida. Tienes tanta fe en que el mundo es un lugar bueno, Ig, en que las personas son buenas... Y yo sé que cuando esté verdaderamente enferma no seré buena, seré como mi hermana. Es algo que llevo dentro, sé cómo hacer daño a las personas y es posible que no pueda controlarme. Quiero que recuerdes las cosas buenas de mí y no las malas. La gente a la que quieres debería poder siempre guardarse para sí lo peor de sí misma.

No sabes cómo me cuesta hablar de estas cosas contigo, por eso te estoy escribiendo esto, supongo. Porque necesito hablarte y ésta es la única manera. Aunque resulta una conversación un tanto unilateral, ¿no te parece?

Te hace tanta ilusión lo de Inglaterra, conocer mundo... ¿Te acuerdas de aquella historia que me contaste sobre la pista Evel Knievel y el carro de supermercado? Ése eres tú de verdad, siempre dispuesto a lanzarte desnudo por la pendiente de tu vida y perderte en la marea de los seres humanos. A salvar a quienes se ahogan por la injusticia.

Puedo hacerte el daño suficiente para alejarte de mi lado. No es algo que me apetezca, pero siempre será mejor que dejar que las cosas sigan su curso.

Quiero que conozcas a una chica con acento cockney, que te la lleves a tu apartamento y te la cojas de arriba abajo. Una chica atractiva, a la que le guste la juerga y le guste la literatura. No tan guapa como yo, mi generosidad no llega a tanto, pero que tampoco sea fea. Y después espero que te deje y que pases página hasta conocer a otra. A alguien mejor, alguien sincero y cariñoso, sin antecedentes de cáncer en la familia, tampoco de enfermedades cardiacas, de Alzheimer o de cualquier otra de esas cosas tan feas.

También espero para entonces llevar tanto tiempo muerta que no tenga que saber absolutamente nada de ella.

¿Sabes cómo me gustaría morir? En la pista Evel Knievel, bajando desnuda en mi propio carro. Cerraría los ojos e imaginaría que estás conmigo, abrazándome. Después me estamparía contra un árbol. Muerte instantánea, eso es lo que quisiera. Me gustaría poder creer en el evangelio de Mick y Keith, según el cual no puedo conseguir lo que quiera —y lo quiero eres tú, Ig, y nuestros hijos y nuestras ridículas fantasías— pero al menos sí lo que necesito, que es una muerte rápida y repentina, y la seguridad de que tú no has salido perjudicado.

Encontrarás una mujer valiente, cariñosa y maternal que te dará hijos y serás un padre maravilloso, feliz y lleno de energía. Conocerás cada rincón del mundo, verás sufrimiento y ayudarás a paliarlo. Tendrás nietos y bisnietos. Enseñarás. Darás largos paseos por el bosque y en uno de ellos, cuando seas muy viejo ya, te encontrarás debajo de un árbol sobre cuyas ramas habrá una casa. Yo te estaré esperando allí, a la luz de las velas, en la casa del árbol de nuestra imaginación.

Son un montón de líneas y puntos. Dos meses de trabajo, nada menos. Cuando empecé a escribir, el tumor era sólo un nódulo en un pecho y otro más pequeño aún en la axila. Ahora, como diría Bruce Springsteen, de las cosas pequeñas, mamá, nacerán cosas grandes.

No estoy segura de si en realidad necesitaba escribir tanto. Probablemente podría haberme ahorrado todo este esfuerzo y limitarme a copiar el primer mensaje que te envié, haciendo destellos con mi cruz: «Nosotros». Eso lo dice casi todo. Y el resto es eso: Te quiero, Iggy Perrish.

Tu chica,

Merrin Williams

Capítulo
44

Después de leer el mensaje final de Merrin, de dejarlo a un lado, de leerlo otra vez y de nuevo dejarlo a un lado, Ig salió de la chimenea; necesitaba alejarse un rato del olor a cenizas y carbón. Permaneció en la habitación que estaba debajo del horno respirando profundamente el último aire de la tarde antes de darse cuenta de que las serpientes no habían hecho acto de presencia. Estaba solo en la fundición, o casi. Una única serpiente, la serpiente de cascabel del bosque, yacía enroscada en la carretilla, durmiendo hecha un ovillo. Tuvo la tentación de ir y acariciarle la cabeza e incluso llegó a dar un paso hacia ella, pero se detuvo. *Mejor no*, pensó, y se miró la cruz que llevaba al cuello y después su sombra ascendiendo por la pared en la última luz rojiza del día. Vio la sombra de un hombre alto y flaco. Aún notaba los cuernos en las sienes, sentía su peso, cómo las puntas cortaban el aire fresco del atardecer, pero en la sombra sólo aparecía él. Pensó que si se acercaba ahora a la serpiente, con la cruz de Merrin alrededor del cuello, había muchas posibilidades de que le clavara sus colmillos.

Examinó las dimensiones de su sombra trepando por la pared de ladrillo y comprendió que, si quería, podría irse a casa. Con la cruz al cuello había recuperado su humanidad, si es que aún la quería. Dejaría atrás los últimos dos días, una pesadilla de sufrimiento y pánico, y sería el mismo de siempre. Este pensamiento le produ-

jo un alivio casi doloroso, un placer casi sensual. Podía ser Ig Perrish y no el demonio, ser un hombre y no un horno con patas.

Seguía dándole vueltas a la idea cuando la serpiente de la
carretilla levantó su cabeza iluminada por reflejos blancos. Alguien
subía por el camino. Al principio Ig supuso que se trataría de Lee,
que volvía para recuperar la cruz y cualquier otra prueba incrimi-
natoria que pudiera haber olvidado.

Pero cuando el coche se detuvo frente a la fundición reconoció el Saturno color esmeralda de Glenna. Lo vio desde la plataforma que presidía una caída de doscientos metros. Glenna salió
del coche dejando un reguero de humo tras de sí. Tiró el cigarrillo
a la hierba y lo apagó con el pie. Durante el tiempo que llevaba
con Ig había dejado de fumar dos veces, y una de ellas había conseguido resistir una semana.

Ig la miró desde la ventana mientras caminaba hacia el edificio. Se había pasado con el maquillaje, siempre lo hacía. Lápiz
de labios color cereza oscuro, pelo cardado, sombra de ojos y
rubor rosa brillante. Por la expresión de su cara, Ig supo que no
quería entrar. Bajo su máscara pintada parecía asustada y triste,
casi desvalida. Llevaba unos jeans negros ajustados de cintura baja
que dejaban ver el comienzo de su trasero, un cinturón de estoperoles y un top blanco que enseñaba su vientre fofo y el tatuaje
de la cadera, la cabeza de un conejito de Playboy. Le conmovió
verla, todo en ella parecía estar pidiendo a gritos: *Por favor, que
alguien me quiera*.

—¡Ig! —llamó—. Iggy, ¿estás ahí? ¿Estás por aquí?

Se puso una mano en la boca a modo de amplificador.

Ig no respondió y Glenna bajó la mano.

Caminó de ventana en ventana mirándola caminar entre los
matorrales hacia la parte trasera de la fundición. El sol daba al otro
lado del edificio, como la pavesa de un cigarrillo chisporroteando
en el pálido telón del cielo. Mientras Glenna cruzaba hacia la pista Evel Knievel, Ig se deslizó hasta el suelo por una puerta y se
acercó a ella en círculos. Avanzó sigiloso entre la hierba y bajo el

rescoldo de luz agonizante. Glenna le daba la espalda y no le vio llegar.

Se detuvo al principio de la pista y se fijó en las marcas de fuego en la tierra, el lugar donde el suelo había quedado calcinado. El bidón rojo de gasolina seguía allí, medio oculto entre la maleza y caído de lado. Ig continuó avanzando, cruzando el prado detrás de Glenna e internándose entre los árboles y matojos, a la derecha de la pista. En la pradera que rodeaba la fundición todavía era por la tarde, pero bajo los árboles había anochecido. Jugueteó inquieto con la cruz, frotándola entre los dedos índice y pulgar, pensando en cómo acercarse a Glenna y en qué le diría. En lo que se merecía de él.

Glenna miró las marcas de fuego en la tierra y la lata roja de gasolina y por último, pendiente abajo, al agua. Ig la veía juntar las piezas de un puzle, reconstruyendo lo ocurrido. Respiraba más fuerte y con la mano derecha buscó algo en el bolso.

—Madre mía, Ig —dijo—. Madre mía.

Sacó un teléfono.

—No lo hagas —dijo Ig.

Glenna se tambaleó sobre sus talones. Su teléfono móvil, suave y rosado como una pastilla de jabón, se deslizó de su mano y cayó al suelo, rebotando en la hierba.

—¿Se puede saber qué mierda estás haciendo? —preguntó pasando del dolor a la furia en el tiempo que necesitó para recuperar el equilibrio. Miró en dirección a una hilera de arándanos y hacia las sombras bajo los árboles—. Me has dado un susto de muerte.

Echó a andar hacia él.

—Quédate donde estás —dijo Ig.

—¿Por qué no quieres…? —empezó a preguntar, pero luego se detuvo—. ¿Llevas una falda?

Por entre los árboles se coló una pálida luz rosácea que iluminó la falda y el estómago al aire de Ig. Su torso, sin embargo, permanecía en penumbra.

La expresión de sonrojo y furia de la cara de Glenna dio paso a una sonrisa incrédula que revelaba más miedo que diversión.

—¡Ig! —exclamó—. ¡Ig, cariño!

Se acercó un poco.

—¿Qué haces aquí?

—Destrozaste nuestro apartamento —dijo Glenna—. ¿Por qué?

Ig no respondió, no sabía qué decir.

Glenna bajó la vista y se mordió el labio.

—Supongo que alguien te contó lo mío con Lee la otra noche.

Por supuesto no recordaba que ella misma se lo había contado el día anterior. Se obligó a mirarlo de nuevo.

—Ig, lo siento mucho. Puedes odiarme si quieres. Es algo con lo que ya contaba, pero quiero asegurarme de que estás bien. —Respirando suavemente y en voz baja añadió—: Por favor, déjame ayudarte.

Ig tuvo un escalofrío. Aquello era casi más de lo que podía soportar, escuchar otra voz humana ofreciéndole su ayuda, una voz llena de afecto y preocupación. Sólo hacía dos días que se había convertido en un demonio, pero el tiempo en el que supo lo que significaba ser amado por alguien parecía existir en una suerte de pasado borroso que hacía mucho que había dejado atrás. Le asombraba estar hablando con Glenna con toda normalidad, era como un milagro corriente, tan sencillo y agradable como beberse una limonada bien fresca en un día de calor. Glenna no sentía el impulso de desvelarle sus impulsos secretos o vergonzosos; sus secretos más oscuros eran sólo eso, secretos. Ig se llevó de nuevo la mano a la cruz de Merrin, su pequeño círculo particular y preciado de humanidad.

—¿Cómo sabías que me encontrarías aquí?

—Estaba en el trabajo viendo las noticias locales y dijeron lo del coche quemado que había aparecido en la orilla del río. Las cámaras estaban demasiado lejos y no podía ver si era el Gremlin, y la señora de la tele decía que la policía no había confirmado aún la marca ni el modelo. Pero tuve un presentimiento, uno malo. Así que llamé a Wyatt Farmes, ¿te acuerdas de Wyatt? Le ayudó a mi primo Gary a pegarse una barba postiza cuando éramos niños, para ver si así le vendían cerveza.

—Me acuerdo. ¿Por qué lo llamaste?

—Vi que su grúa era la que había sacado el coche del río. Es a lo que se dedica ahora, tiene un taller mecánico, y supuse que podría decirme qué coche era. Me dijo que estaba tan chamuscado que aún no lo sabían, porque no tenía nada salvo el armazón y las puertas, pero que suponía que se trataba de un Hornet o de un Gremlin, y que seguramente sería un Gremlin porque es un coche que está más de moda últimamente. Y pensé: *Madre mía, alguien ha quemado el coche de Ig.* Y después me pregunté si contigo dentro. Pensé que tal vez lo habías hecho tú mismo. Sabía que si decidías hacer algo así sería aquí. Para estar cerca de ella. —Le dirigió otra mirada tímida y asustada—. Entiendo que destrozaras nuestro apartamento…

—Tu apartamento. Nunca fue de los dos.

—Yo intenté que lo fuera.

—Ya lo sé. Sé que hiciste lo que pudiste. Pero yo no.

—¿Por qué quemaste el coche? ¿Por qué estás aquí, vestido con… eso?

Tenía los puños cerrados y apretados contra el pecho. Intentó sonreír.

—Cariño, tienes pinta de haber pasado por un infierno.

—Podría decirse que ha sido así.

—Anda, vamos, sube al coche, Ig. Vamos al apartamento, te quitas esa falda, te das una ducha y volverás a ser persona.

—¿Y volveremos adonde estábamos antes?

—Exactamente.

Ése era el problema. Con la cruz alrededor del cuello Ig podía volver a ser el mismo de antes, podía recuperar todo lo que tenía, si lo quería, pero no merecía la pena. Si vas a vivir en un infierno entonces ser uno de los diablos puede suponer una ventaja. Se llevó las manos a la nuca, se soltó la cadena de la cruz de Merrin y la colgó de una rama. Después apartó los arbustos y salió a la luz, para que Glenna le viera tal y como era ahora.

Por un instante tembló, después dio un paso atrás, tambaleándose, clavando un tacón en la tierra blanda, que cedió a su peso. Estuvo a punto de torcerse un tobillo antes de recuperar el equilibrio. Abrió la boca para proferir un grito, un verdadero grito de película de terror, un aullido profundo y torturado. Pero de su garganta no salió nada y, casi inmediatamente, su cara redonda había recuperado su expresión normal.

—Odiabas cómo estábamos antes —dijo el diablo.

—Lo odiaba —asintió Glenna, recuperando la expresión de dolor.

—Todo.

—No. Había un par de cosas que me gustaban. Me gustaba cuando hacíamos el amor. Cerrabas los ojos y yo sabía que estabas pensando en ella, pero no me importaba porque podía conseguir que te sintieras bien y eso me bastaba. Y también me gustaba cuando preparábamos el desayuno juntos los sábados por la mañana, un desayuno como Dios manda, con tocino, huevos y jugo, y después veíamos cualquier tontería en la tele y parecías feliz de pasarte todo el día sentado conmigo. Pero odiaba saber que nunca te importaría de verdad. Odiaba saber que no teníamos un futuro juntos y odiaba oírte hablar sobre lo divertida y lo lista que era Merrin. No podía competir con eso, nunca habría podido.

—¿De verdad quieres que vuelva al apartamento?

—Yo soy la que no quiere volver. Odio ese apartamento. Odio vivir allí, quiero marcharme. Me gustaría empezar de cero en alguna otra parte.

—¿Y adónde irías? ¿Dónde serías feliz?

—Iría a casa de Lee —dijo. La cara le brillaba y sonreía con una mezcla de dulzura y asombro, como una niña que ve Disneylandia por primera vez—. Iría vestida con una gabardina y no llevaría nada debajo; le daría una agradable sorpresa. Lee está deseando que vaya a verlo. Esta tarde me ha mandado un mensaje diciendo que si tú no aparecías deberíamos…

—¡No! —exclamó Ig con voz ronca y echando humo por la nariz.

Glenna se sobresaltó y se alejó de él.

Ig tomó aire y sorbió el humo que había expulsado. Cogió a Glenna del brazo, la encaminó en dirección del coche y echó a andar. La doncella y el demonio caminaron a la luz del horno del crepúsculo mientras el diablo la aleccionaba:

—No te relaciones con Lee. A ver, ¿qué ha hecho él por ti en toda su vida salvo regalarte una cazadora robada y tratarte como a una puta? Tienes que mandarlo a la mierda. Te mereces algo mejor. Tienes que dar menos y pedir más, Glenna.

—Me gusta hacer cosas por la gente —dijo Glenna con una vocecilla valiente, como si le diera vergüenza.

—Tú también eres gente, así que ¿por qué no haces algo por ti? —Mientras hablaba, concentraba su voluntad en los cuernos y experimentaba calambres de placer en los nervios que los atravesaban—. Además, piensa en cómo has sido tratada. He destrozado tu apartamento, llevas días sin verme y luego vienes aquí y me encuentras como a un maricón vestido con una falda. Cogerte a Lee Tourneau no te servirá para vengarte de mí, necesitas hacer algo más. Te voy a dar una idea. Vete a casa, saca la tarjeta del banco, vacía la cuenta y pégate unas buenas vacaciones. ¿Nunca has tenido ganas de dedicarte algo de tiempo a ti misma?

—Sería genial, ¿no? —dijo Glenna, pero al instante se le borró la sonrisa y añadió—: Me metería en problemas. Una vez pasé treinta días en la cárcel, y no quiero volver.

—Nadie te va a molestar. No después de haber venido hasta la fundición y haberme encontrado aquí con mi faldita de encaje como a un maricón. Mis padres no te van a enviar a un abogado; no quieren que cosas como ésta se sepan. Además, toma mi tarjeta de crédito. Apuesto a que mis padres seguirán unos cuantos meses pagando las facturas. La mejor manera de vengarse de alguien es mirarlos por el espejo retrovisor mientras te alejas. Te mereces algo mejor, Glenna.

Estaban junto al coche de ésta. Ig abrió la puerta y la sostuvo para que entrara. Glenna le miró la falda y después a la cara. Sonreía. Y a la vez lloraba, gruesas lágrimas de rímel negro.

—¿Es lo que te gusta, Ig? ¿Las faldas? ¿Por eso nunca nos lo pasábamos especialmente bien en la cama? De haberlo sabido habría intentado…, no sé, me habría esforzado más.

—No —dijo Ig—. Sólo la llevo porque no tengo unos leotardos rojos y una capa.

—¿Unos leotardos rojos y una capa?

Glenna parecía algo confusa.

—¿No es así como viste el diablo? Como un disfraz de superhéroe. En muchos sentidos creo que Satanás fue el primer superhéroe.

—Querrás decir supervillano.

—No. Héroe, sin duda. Piénsalo. En su primera aventura, adoptaba forma de serpiente para liberar a dos prisioneros a quienes ha encerrado desnudos en una jungla del Tercer Mundo un megalómano todopoderoso. Y ya de paso, amplió su dieta y les inició en su propia sexualidad. Es como un cruce entre Hombre Animal y el doctor Phil.

Glenna rio —una risa extraña, desgarbada y confusa—, pero le entró hipo y se le borró la sonrisa.

—Entonces, ¿dónde piensas ir? —preguntó Ig.

—No sé —dijo—. Siempre he querido ir a Nueva York. Nueva York de noche, con los taxis circulando con las ventanillas abiertas y música extranjera saliendo por ellas. Los vendedores de cacahuates, esos cacahuates dulces, por las esquinas. Los siguen vendiendo, ¿no?

—No sé si siguen. Antes desde luego sí, pero no he vuelto desde que murió Merrin. Ve a comprobarlo. Lo vas a pasar genial, como en tu vida.

—Y si largarse es tan bueno —dijo Glenna—, si resarcirme de todo es tan maravilloso, ¿por qué me siento como una mierda?

—Porque todavía no estás allí. Porque sigues aquí, y para cuando te hayas marchado todo lo que recordarás es que me viste vestido para el baile con mi mejor falda azul. Todo lo demás… lo olvidarás.

Para dar esta última instrucción concentró toda su fuerza de voluntad en los cuernos, tratando de que el pensamiento penetrara muy adentro en la cabeza de Glenna, más profundamente de lo que nunca la había penetrado en la cama.

Ésta asintió mirándole con ojos fascinados e inyectados en sangre.

—Olvidar. Bien.

Hizo ademán de meterse en el coche, después vaciló y miró a Ig por encima de la puerta.

—La primera vez que hablé contigo fue aquí. ¿Te acuerdas? Estábamos unos cuantos asando una mierda. Qué cosa, ¿eh?

—Desde luego —dijo Ig—. De hecho, algo parecido es lo que tengo planeado para esta noche. Adelante, Glenna. Ya sabes, por el espejo retrovisor.

Glenna asintió y se dispuso a meterse en el coche, después se irguió, se inclinó sobre la puerta y le besó en la frente. Vio algunas cosas malas de ella que no sabía; había pecado a menudo y siempre contra sí misma. La sorpresa le hizo dar un paso atrás, con el tacto frío de sus labios aún en la frente y el olor a cigarrillo y a pipermín de su aliento en la nariz.

—Eh —dijo.

Glenna sonrió.

—A ver qué haces, Ig. Pareces incapaz de pasar una sola tarde en la fundición sin jugarte la vida.

—Sí —dijo—. Ahora que lo mencionas, se está convirtiendo en una costumbre.

Caminó de vuelta hasta la pista Evel Knievel para observar la brasa incandescente del sol hundirse en el río Knowles y consumirse poco a poco. Allí de pie, entre la hierba crecida, escuchó un curioso gorjeo que parecía provenir de un insecto desconocido. Lo escuchó con bastante claridad, pues con la oscuridad las langostas se habían callado. De todas maneras agonizaban ya, la maquinaria zumbona de su lascivia decaía conforme el verano tocaba a su fin. Escuchó el sonido de nuevo; procedía de los matorrales a su izquierda.

Se agachó para investigar y vio el teléfono de carcasa rosa semitransparente de Glenna en la hierba pajiza, donde se le había caído. Lo cogió y lo abrió. En el buzón de entrada había un mensaje de texto de Lee:

Q llevs puesto?

Ig se retorció, nervioso, la barba mientras pensaba. Todavía no sabía si era capaz de hacerlo por teléfono, si la influencia de los cuernos podía transmitirse por radio y ser redirigida desde un satélite. Por otra parte, era un hecho de todos sabido que los teléfonos móviles los carga el diablo.

Seleccionó el mensaje de Lee y pulsó el botón de llamada. Lee contestó al segundo ring.

—Dime que llevas algo sexy. Ni siquiera tiene por qué ser verdad, se me da muy bien imaginarme las cosas.

Ig abrió la boca pero habló con la voz suave, entrecortada y melosa de Glenna:

—*Pues barro y polvo, eso es lo que llevo puesto. Estoy metida en un lío, Lee. Necesito que alguien me ayude. Me he quedado tirada con el puto coche.*

Lee vaciló, y cuando habló de nuevo lo hizo con voz baja y medida:

—¿Y dónde te has quedado tirada, corazón?

—*Aquí, en la puta fundición* —dijo Ig con la voz de Glenna.

—¿La fundición? ¿Qué haces allí?

—*He venido a buscar a Iggy.*

—Pero ¿para qué quieres buscarlo? Glenna, eso ha sido una estupidez. Ya sabes que no es de fiar.

—*Lo sé, pero no lo puedo evitar, estoy preocupada por él. Y su familia también. Nadie sabe dónde está, se ha perdido el cumpleaños de su abuela y no contesta el teléfono. Por lo que sabemos, podría estar muerto. No lo puedo soportar y odio pensar que puede haberle pasado algo y que es culpa mía. En parte es también tuya, idiota.*

Lee dijo riendo:

—Bueno, probablemente. Pero sigo sin entender qué haces en la fundición.

—*Le gusta venir por aquí en esta época del año porque es donde murió Merrin. Así que pensé en echar un vistazo y el coche se me ha quedado atascado, e Iggy no está por ninguna parte. La otra noche me hiciste el favor de llevarme a casa. ¿Te importaría repetir?*

Lee dudó un momento. Después dijo:

—¿Has llamado a alguien más?

—*Eres la primera persona que se me ha ocurrido* —dijo Ig convertido en Glenna—. *Vamos, no me hagas suplicar. Estoy sucia hasta las orejas. Necesito cambiarme de ropa y lavarme.*

—Sí —dijo Lee—. De acuerdo, pero con la condición de que me dejes mirar. Mientras te lavas, quiero decir.

—*Eso depende de lo que tardes en llegar aquí. Estoy dentro de la fundición, esperándote. Cuando veas dónde se me atascó el coche te vas a reír de mí. Vas a ver, vas a quedar muerto.*

—Estoy deseando verlo —dijo Lee.

—*Date prisa, no me gusta estar aquí sola.*

—Ya me lo imagino. No debe de haber más que fantasmas. Tranquila, que voy a por ti.

Ig colgó sin decir adiós. Después estuvo un rato agachado sobre las marcas de fuego en la pista Evel Knievel. El sol se había ocultado sin que se diera cuenta y el cielo había adquirido un color ciruela intenso, pespunteado por estrellas. Se irguió y se dirigió de vuelta a la fundición, para prepararse para la llegada de Lee. Se detuvo y recogió la cruz de Merrin de la rama del roble donde la había colgado y también cogió el bidón rojo de gasolina. Aún quedaba un cuarto de su contenido.

Capítulo
45

S upuso que Lee necesitaría al menos media hora para llegar
hasta allí, más si venía desde Portsmouth. No parecía mucho
tiempo y se alegró de ello. Cuanto más pensara en lo que tenía que
hacer, menores eran las posibilidades de que llegara a hacerlo.

Había caminado hasta la entrada de la fundición y se disponía a trepar por la abertura que daba a la sala grande cuando escuchó un ruido de motor de coche a sus espaldas. De inmediato
experimentó una descarga de adrenalina que le produjo escalofríos.
Las cosas estaban sucediendo a gran velocidad; no era posible que
fuera Lee, a no ser que se encontrara ya en su coche cuando Ig lo
llamó. Pero no era el Cadillac rojo de Lee, sino un Mercedes negro, y por alguna razón Terry estaba al volante.

Ig se agachó y dejó el bidón de gasolina apoyado contra la
pared. Estaba tan poco preparado para ver a su hermano —aquí,
ahora— que le costó trabajo aceptarlo. Terry no podía estar allí
porque su avión ya debía haber aterrizado en California, y a estas
alturas Terry tendría que estar ya disfrutando del calor semitro-
pical y el sol del Pacífico en Los Ángeles. Ig le había ordenado
marcharse, hacer lo que más le apetecía —que era poner tierra por
medio— y eso debía haber bastado.

El coche giró y aminoró la marcha al acercarse al edificio,
avanzando entre la hierba crecida y frondosa. Al ver a Terry, Ig se

enfureció y se alarmó. Su hermano no tenía nada que hacer allí y ahora casi no tendría tiempo de deshacerse de él.

Se arrastró a hurtadillas por el suelo de cemento, manteniendo la cabeza agachada. Llegó a la esquina de la fundición al mismo tiempo que el Mercedes, entonces apretó el paso y alargó una mano hacia la puerta del asiento del pasajero. La abrió y saltó dentro del coche.

La primera reacción de Terry fue gritar e intentar abrir la puerta de su lado para salir, pero entonces reconoció a su hermano y se detuvo.

—Ig —jadéo—, ¿qué eres? —Su mirada se detuvo en la falda mugrienta y después regresó a la cara de su hermano—. ¿Se puede saber qué demonios te has hecho?

Al principio Ig no le entendió, no comprendía por qué estaba Terry tan conmocionado. Pero después reparó en la cruz, que aún sujetaba en la mano izquierda, con la cadena enrollada alrededor de los dedos, y comprendió que estaba neutralizando el poder de los cuernos. Por primera vez desde que había vuelto a casa, Terry estaba viendo a Ig tal y como era. El Mercedes avanzó a trompicones entre los matorrales de verano.

—¿Por qué no paras el coche, Terry? —dijo Ig—. Antes de que nos caigamos por la pista Evel Knievel y terminemos en el río.

Terry pisó el freno y el coche se detuvo con brusquedad. Los dos permanecieron sentados en silencio. Terry respiraba entrecortadamente con la boca abierta. Estuvo largo tiempo mirando a Ig con expresión vacía y perpleja. Después se echó a reír, una risa convulsa y aterrorizada, pero que vino acompañada de una mueca en los labios que era casi una sonrisa.

—Ig, ¿qué estas haciendo aquí… así?

—Perdona, pero esa pregunta me corresponde hacerla a mí. ¿Qué estás haciendo aquí? Tenías un vuelo hoy.

—¿Cómo has…?

—Tienes que irte de aquí, Terry. No tenemos mucho tiempo.

Mientras hablaba miró por el espejo retrovisor, vigilando la carretera. Lee estaría a punto de aparecer.

—¿Tiempo para qué? ¿Qué va a pasar? —Terry vaciló un segundo y luego dijo—: ¿Por qué llevas falda?

—Tú, más que cualquier otra persona, deberías reconocer un homenaje a Motown cuando lo ves.

—¿Cómo que Motown? ¿De qué hablas?

—De que tienes que largarte de aquí inmediatamente. Más claro, ni el agua. Eres la persona equivocada en el lugar equivocado y en el momento equivocado, Terry.

—Pero ¿de qué me estás hablando? Me estás asustando. ¿Qué es lo que va a pasar? ¿Por qué no haces más que mirar por el espejo retrovisor?

—Estoy esperando a alguien.

—¿A quién?

—A Lee Tourneau.

Terry palideció.

—Ah —dijo—. Ya. ¿Y por qué?

—Sabes perfectamente por qué.

—Ah. O sea que ya lo sabes. ¿Qué es lo que sabes exactamente?

—Todo. Que estabas en el coche y que habías perdido el conocimiento. Y que lo organizó todo para que no pudieras contar nada.

Terry tenía las manos en el volante y movía los pulgares de arriba abajo. Tenía los nudillos blancos.

—Lo sabes todo. ¿Y por qué sabes que viene hacia aquí?

—Lo sé.

—Lo vas a matar —dijo Terry. Era una afirmación, no una pregunta.

—Evidentemente.

Terry observó de nuevo la falda, los pies descalzos y sucios de Ig, su piel enrojecida, que parecía haberse quemado al sol. Dijo:

—Vámonos a casa, Ig. Vamos a casa y hablamos de esto. Mamá y papá están preocupados por ti. Vamos a casa para que sepan que estás bien y hablamos los cuatro. Seguro que pensamos en algo.

—Yo ya lo tengo todo pensado. Deberías haberte marchado a Los Ángeles. Te dije que lo hicieras.

Terry negó con la cabeza.

—¿Qué es eso de que me dijiste que me fuera? No te he visto en todo el tiempo que llevo aquí. No hemos hablado ni una sola vez.

Ig miró por el espejo retrovisor y vio los faros de un coche. Se volvió en el asiento y miró por la ventanilla trasera. Un coche pasaba por la autopista, al otro lado de la pequeña franja de bosque que separaba la fundición de la carretera. Los faros parpadearon entre los troncos de los árboles en un veloz staccato, una persiana que se abría y cerraba enviando señales de luz: rápido, rápido. El coche pasó de largo sin desviarse, pero era cuestión de minutos hasta que llegara otro que sí se desviaría por el camino de grava hacia donde ellos estaban. Ig bajó la mirada y entonces reparó en la maleta de Terry y en la funda de su trompeta junto a ella.

—Has hecho el equipaje —dijo—. Así que debías de tener planeado irte. ¿Por qué no lo has hecho?

—Lo hice.

Ig le miró, interrogante, pero Terry negó con la cabeza.

—No tiene importancia. Olvídalo.

—No, cuéntamelo.

—Después te lo cuento.

—No, ahora. ¿Qué quieres decir? Si te fuiste, ¿cómo es que estás aquí?

Terry le miró con los ojos brillantes y vacíos de expresión. Tras unos instantes empezó a hablar, meditada y lentamente.

—No tiene ningún sentido, ¿vale?

—No, no vale. Para mí tampoco tiene ningún sentido, por eso quiero que me lo expliques.

Terry se pasó la lengua por los labios resecos. Cuando habló, lo hizo con voz serena pero algo apresurada. Dijo:

—Decidí volver a Los Ángeles. Que tenía que largarme del «pabellón psiquiátrico». Papá estaba molesto conmigo. Vera está en el hospital y nadie sabe dónde te has metido. Se me metió en la cabeza que no estaba haciendo nada de provecho en Gideon y que tenía que irme, volver a Los Ángeles, ponerme a ensayar y mantenerme ocupado. Papá me dijo que irme así era lo más egoísta que podía hacer, estando como están las cosas, y sabía que tenía razón, pero de alguna manera no me importaba. Lo único que me apetecía era marcharme. Pero según me alejaba de Gideon iba sintiéndome cada vez peor. Si encendía la radio y ponían una canción que me gustaba, empezaba a pensar en cómo adaptarla para tocarla con el grupo. Y entonces me acordaba de que ya no tengo grupo, de que no tengo a nadie con quien ensayar.

—¿Cómo que no tienes a nadie con quien ensayar?

—No tengo trabajo —dijo Terry—. Renuncié. He dejado *Hothouse*.

—¿Qué me estás contando? —preguntó Ig. Al visitar los pensamientos de Terry no había encontrado nada sobre eso.

—La semana pasada. No lo podía soportar. Después de lo de Merrin dejó de ser divertido. De hecho era lo contrario de divertido. Era un infierno. Me refiero a tener que sonreír y fingir que la estás pasando bien, y tocar canciones alegres cuando lo que quieres es gritar. Cada vez que tocaba la trompeta, en realidad estaba gritando. Los de la Fox me pidieron que me tomara un fin de semana libre para pensar las cosas. No es que me hayan amenazado directamente con demandarme por incumplimiento de contrato si no me presento a trabajar la semana que viene, pero sé que eso es lo que hay. Y además me importa un carajo. No tienen nada que ofrecerme que me pueda interesar.

—Así que cuando recordaste que ya no tienes un programa de televisión fue cuando decidiste dar la vuelta y volver a casa.

—No inmediatamente. La verdad es que me dio un poco de miedo..., era como tener doble personalidad. Una parte de mí necesitaba salirse de la interestatal y volver a Gideon. La otra volvía a imaginar que tenía ensayos. Al final, cuando casi había llegado al aeropuerto de Logan... ¿Sabes esa colina con la cruz gigantesca, la que está justo después de pasar el circuito de carreras de Suffolk Downs?

A Ig se le pusieron los brazos de piel de gallina.

—¿Como de seis metros de alto? Ya sé cuál es. Antes pensaba que se llamaba Don Orsillo, pero no.

—Don Orione. Es el nombre de la residencia de ancianos que se ocupa de su mantenimiento. Me paré allí. Hay una carretera que lleva hasta la cruz, atravesando el barrio de viviendas protegidas. No llegué hasta la cruz, sólo paré el coche para poder pensar y me estacioné a la sombra.

—¿A la sombra de la cruz?

Su hermano asintió distraído.

—La radio seguía puesta, la emisora de la universidad, ya sabes cuál es. Allí, tan al sur, no llega bien la señal, pero no había cambiado de emisora. Entonces entró el chico que da las noticias y dijo que el puente de Old Fair Road en Gideon estaba ya abierto, después de haber permanecido cerrado unas cuantas horas mientras la policía sacaba un coche que se había incendiado del banco de arena. Oír aquello del coche me dio mala espina, así tal cual. Porque llevábamos dos días sin saber nada de ti y porque el banco de arena está al lado de la fundición. Y más o menos ésta es la época del año en que murió Merrin. Me pareció que todo estaba relacionado. Y de repente no entendí por qué tenía tanta prisa por salir de Gideon. No sabía por qué era tan importante para mí marcharme. Así que volví y cuando estaba entrando en el pueblo se me ocurrió que debería acercarme a la fundición, por si se te ocurría venir hasta aquí para estar cerca de Merrin..., y por si te había pasado algo. Sentí que nada era más importante que asegurarme de que estabas bien. Y aquí estoy. Y tú no estás bien.

Miró a Ig de nuevo y cuando volvió a hablar lo hizo con voz vacilante y temerosa:

—¿Cómo tenías pensado… matar a Lee?

—Una muerte rápida, que es más de lo que se merece.

—¿Y sabes lo que yo hice y a mí me perdonas la vida? ¿Por qué no matarme a mí también?

—No eres el único en cagarla cuando está asustado.

—¿Qué quieres decir con eso?

Ig pensó un momento antes de contestar.

—Odiaba cómo te miraba Merrin cuando tocabas la trompeta. Siempre me daba miedo que se enamorara de ti, en lugar de mí, y no podía soportarlo. ¿Te acuerdas de los diagramas de flujo que dibujabas burlándote de la hermana Bennett? Escribí una nota acusándote. La que te hizo sacar un cero en Ética y consiguió que te expulsaran del recital de final de curso.

Terry le miró confundido, como si Ig le hubiera hablado en un lenguaje incomprensible. Después se echó a reír, una risa tensa y débil pero una risa al fin y al cabo.

—Carajo. Todavía me duele el culo de la paliza que me dio el padre Mould.

Pero era incapaz de mantener la sonrisa, y cuando ésta se le hubo borrado de la cara, añadió:

—Pero eso no se puede comparar con lo que yo te hice. Ni de lejos.

—Ya lo sé —dijo Ig—. Sólo lo menciono a modo ilustrativo. Es una regla general, cuando la gente está asustada toma malas decisiones.

Terry trató de sonreír pero más bien parecía a punto de llorar. Dijo:

—Tenemos que irnos.

—No —dijo Ig—. Te vas sólo tú. Ahora mismo.

Mientras hablaba bajó la ventanilla del pasajero. Hizo una bola con la cruz y la cadena, y la tiró a la hierba, se deshizo de ella. Acto seguido concentró su fuerza y su voluntad en los cuernos invocando a todas las serpientes del bosque, instándolas a que se reunieran con él en la fundición.

Terry emitió un sonido desde la garganta, un silbido de asombro.

—¡Aaaaah! ¡Cuernos! Tienes…, tienes cuernos. En la cabeza. Pero…, Dios, Ig, ¿qué eres?

Ig se volvió. Los ojos de Terry eran como platos llenos de terror, un terror inmenso, casi reverencial.

—No lo sé —dijo Ig—. Hombre o demonio, no estoy seguro. La locura es que aún no está decidido. Lo que sí sé es que Merrin quería que fuera una persona y las personas son capaces de perdonar. Los demonios, en cambio…, no tanto. Así que si te perdono es por ella tanto como por mí. Porque Merrin también te quería.

—Tengo que irme —dijo Terry con voz débil y atemorizada.

—Desde luego. No te conviene estar aquí cuando llegue Lee. Si las cosas salen mal podrías resultar herido, y en todo caso piensa en el perjuicio a tu reputación. Esto no tiene nada que ver contigo, nunca lo tuvo. De hecho, enseguida olvidarás esta conversación. Nunca has estado aquí y esta noche no me has visto. Está todo olvidado.

—Olvidado —repitió Terry estremeciéndose y a continuación parpadeando varias veces, como si le hubieran tirado un jarro de agua fría a la cara—. Dios, necesito largarme de aquí. Si quiero volver a trabajar tengo que salir de este puto sitio.

—Así es. Esta conversación se ha terminado y tú también has terminado aquí. Vete. Vete a casa y diles a papá y a mamá que has perdido el vuelo. Quédate con la gente que te quiere y mañana echa un vistazo al periódico. Todo el mundo dice que ya nunca dan buenas noticias, pero creo que mañana te sentirás mejor después de haber visto la primera página.

Ig quería darle un beso en la mejilla a su hermano, pero tuvo miedo, le preocupaba descubrir algún feo secreto que le hiciera replantearse sus deseos de dejarle ir.

—Adiós, Terry.

Salió del coche y permaneció quieto mientras se alejaba. El Mercedes avanzó lentamente, surcando la hierba crecida. Después trazó lentamente una curva amplia y desapareció detrás de un gran montón de basura, ladrillos, tablones y latas. Fue entonces cuando Ig se dio la vuelta sin esperar a verlo salir por el otro lado; tenía cosas que hacer. Caminó deprisa junto a la pared exterior de la fundición lanzando miradas hacia la línea de árboles que separaba el edificio de la carretera. En cualquier momento esperaba ver faros de coche acercándose entre los abetos, los faros del coche de Lee.

Subió hasta la habitación que estaba detrás del horno. Daba la impresión de que alguien hubiera entrado en ella con un par de cubos llenos de serpientes, las hubiera soltado y después hubiera salido corriendo. Aparecían desde todos los rincones, caían desde lo alto de pilas de ladrillos. La serpiente que había permanecido en la carretilla se desenroscó y cayó al suelo con un ruido seco. Habría unas cien. Suficiente.

Se agachó y levantó la serpiente de cascabel, agarrándola por la parte central del cuerpo; ya no le daba miedo que le mordiera. El animal le miró con los ojos entrecerrados y expresión de afecto. Sacó su lengua negra y le susurró sin aliento frías palabras de cariño al oído. Ig la besó suavemente en la cabeza y la llevó hasta el horno. Mientras la transportaba se dio cuenta de que no podía leer en ella ningún pecado o culpa, de que no tenía recuerdos de haber hecho alguna vez algo malo. Era inocente, como todas las serpientes. Reptar por la hierba, morder a alguien y causarle parálisis, ya fuera con veneno o con la fuerza de sus mandíbulas, tragarse y sentir el bulto peludo, sabroso y escurridizo de un ratón en la garganta, deslizarse por un agujero oscuro y enroscarse sobre un lecho de hojas. Éstos eran placeres puros, de los que el mundo debería estar hecho.

Se inclinó sobre la chimenea y depositó al animal sobre la manta apestosa que cubría el colchón. Después encendió las velas, creando una atmósfera íntima y romántica. La serpiente se enroscó confortablemente.

—Ya sabes lo que tienes que hacer si me atrapan —le dijo Ig—. A la siguiente persona que abra la puerta tienes que morderla y morderla. ¿Lo entiendes?

La serpiente sacó la lengua y lamió dulcemente el aire. Ig la tapó con los bordes de la manta para esconderla y después colocó encima el teléfono rosa con forma de pastilla de jabón de Glenna. Si Lee lo mataba a él en lugar de que fuera al revés, entraría allí a apagar las velas y cuando viera el teléfono querría llevárselo con él. Había sido usado para llamarle y no le convenía ir dejando pruebas por ahí.

Salió por la portezuela y dejó la puerta casi cerrada. La luz de las velas se escapaba por el resquicio abierto, como si el viejo horno estuviera funcionando de nuevo. Agarró el tridente, que estaba apoyada contra la pared justo a la derecha de la puerta.

—Ig —susurró Terry a su espalda.

Ig se volvió con el corazón saliéndosele por la boca y vio fuera a su hermano de pie, de puntillas para ver el interior de la fundición.

—¿Qué haces aquí todavía? —le preguntó nervioso.

—¿Eso son serpientes?

Terry se alejó de la puerta cuando vio salir a Ig, que aún llevaba en la mano la caja de cerillos. Las tiró al suelo, hacia la lata de gasolina. Después cogió el tridente y la apuntó al pecho de Terry. Alargó el cuello para mirar hacia el prado oscuro, pero no vio ningún Mercedes.

—¿Dónde está tu coche?

—Detrás de ese montón de mierda —dijo Terry haciendo un gesto en dirección a una pila especialmente alta de basura. Después levantó una mano y apartó suavemente las púas de su pecho.

—Te dije que te marcharas.

La cara de Terry brillaba de sudor en la noche de agosto.

—No —dijo.

A Ig le llevó unos segundos procesar aquella inesperada respuesta.

—Sí —dijo, concentrándose en los cuernos tanto que la sensación de presión y calor le resultó, por una vez, desagradable—. No puedes estar aquí y además yo no te quiero aquí.

Terry se tambaleó, como si Ig le hubiera empujado. Pero recuperó la compostura y se quedó donde estaba, con gesto de concentración.

—Y yo te digo que no. No me puedes obligar. Sea lo que sea lo que me estás haciendo, tiene sus limitaciones. Tú me invitas a marcharme y yo decido si acepto la invitación. Y no la acepto. No pienso irme de aquí y dejar que te enfrentes solo a Lee. Eso es lo que le hice a Merrin y desde entonces mi vida es un infierno. Así que si quieres que me vaya, métete en el coche y ven conmigo. Juntos pensaremos en cómo solucionar esto, en cómo ocuparnos de Lee sin que nadie tenga que morir por ello.

Ig emitió un sonido ahogado de rabia desde el fondo de la garganta y arremetió contra Terry blandiendo el tridente. Terry dio un salto atrás esquivando las púas. A Ig le enfurecía no tener poder sobre su hermano. Cada vez que arremetía contra él con el tridente, Terry lo esquivaba con una sonrisa débil, de incertidumbre. Ig se sentía como si tuviera otra vez diez años y estuviera jugando al látigo.

La luz de unos faros de coche se coló por la línea de árboles que separaba la fundición de la carretera. Alguien se acercaba. Ig y Terry dejaron lo que estaban haciendo y miraron hacia la carretera.

—Es Lee —dijo Ig mirando de nuevo furioso a su hermano—. Ya estás desapareciendo. No puedes ayudarme, lo único que vas a hacer es cagarla. Mantén la cabeza agachada y escóndete en algún lugar seguro.

Le amenazó de nuevo con el tridente mientras hacía un último intento de usar los cuernos para doblegar a su hermano.

Esta vez Terry no discutió, sino que echó a correr entre los matorrales hacia el montón de desechos. Ig lo miró hasta que hubo llegado a la esquina de la fundición. Después trepó hasta la puerta y entró. A su espalda las luces del Cadillac de Lee cortaban la oscuridad como un abrecartas rasgando un sobre negro.

Capítulo
46

En cuanto entró, los faros del coche iluminaron puertas y ventanas. Cuadrados blancos de luz se proyectaron en las paredes cubiertas de grafitis, revelando mensajes antiguos: «Terry Perrish es un imbécil»; «Paz 79»; «Dios ha muerto». Ig se apartó de la luz, y se situó a un lado de la entrada. Se quitó el abrigo y lo tiró al suelo, en medio de la habitación. Después se agazapó en su esquina y convocó a las serpientes con ayuda de sus cuernos.

Salieron de todos los rincones, cayeron de agujeros en la pared, asomaron de debajo del montón de ladrillos. Reptaron hasta el abrigo, tropezándose unas con otras con la prisa, y la prenda se retorció cuando estuvieron debajo. Después empezó a erguirse. El abrigo se levantó y se enderezó, las hombreras empezaron a cobrar forma y las mangas a moverse, hinchándose como si un hombre invisible estuviera metiendo los brazos por ellas. Por fin, del cuello salió una cabeza con cabellos enredados que se desparramaban sobre los hombros. Parecía un hombre con melena, o tal vez una mujer, sentado en el suelo en el centro de la habitación, meditando con la cabeza inclinada. Alguien que temblaba a un ritmo constante.

Lee hizo sonar la bocina de su coche.

—¡Glenna! —llamó—. ¿Qué haces, cariño?

—*Estoy aquí* —contestó Ig con la voz de Glenna. Se agachó justo a la derecha de la puerta—. *Joder, Lee, me he torcido el tobillo.*

Una puerta de coche se abrió y se cerró. Ruido de pasos sobre la hierba.

—¡Glenna! —llamó de nuevo Lee—. ¿Qué pasa?

—*Estoy aquí sentada, cariño* —dijo Ig-Glenna—. *Justo aquí.*

Lee apoyó una mano en el cemento y tomando impulso cruzó la puerta. Desde la última vez que Ig le había visto había engordado cincuenta kilos y se había afeitado la cabeza, una transformación casi tan asombrosa como que a uno le salgan cuernos. Por un momento Ig no entendió nada, no fue capaz de asimilar lo que veía. Aquél no era Lee; era Eric Hannity, con sus guantes azules de látex sujetando su porra y la cabeza quemada y llena de ampollas. A la luz de los faros la silueta huesuda de su cráneo estaba tan roja como la de Ig. Las ampollas de la mejilla izquierda eran gruesas y grandes y parecían estar llenas de pus.

—Eh, chica —dijo Eric con voz suave, lanzando miradas aquí y allá por la amplia y oscura habitación. No vio a Ig con el tridente, agazapado como estaba en un rincón, en la más profunda de las sombras. Sus ojos aún no se habían acostumbrado a la oscuridad y con las luces de los faros enfocándolo directamente nunca lo harían. Y Lee tenía que estar fuera, en alguna parte. De alguna manera había imaginado el peligro y había traído a Eric. Pero ¿cómo sabía Ig eso? Ya no llevaba encima la cruz a modo de protección. No tenía sentido.

Eric dio unos cuantos pasos cortos hacia la figura con abrigo, balanceando su porra obscenamente con la mano derecha.

—Di algo, zorra —dijo.

El abrigo tembló, agitó débilmente un brazo y negó con la cabeza. Ig no se movió, estaba conteniendo el aliento. No se le ocurría qué hacer. Había supuesto que sería Lee quien entrara por la puerta, no otra persona. Pensó que lo cierto es que ésa era la historia de su breve vida como demonio. Se había esforzado cuanto sus poderes satánicos lo habían permitido para organizar un asesinato limpio y sencillo y sus planes se estaban yendo al garete, como cenizas al viento. Tal vez era siempre así. Tal vez todos los planes del demonio no eran nada comparados con lo que eran capaces de tramar los hombres.

Eric avanzó despacio hasta situarse justo detrás del abrigo. Blandió la porra con ambas manos y asestó un golpe con todas sus fuerzas. El abrigo se desplomó y las serpientes se desparramaron como un gran saco que revienta. Eric dejó escapar un grito de asco y estuvo a punto de tropezarse con sus Timberlands al dar un paso atrás.

—¿Qué? —gritó Lee desde alguna parte de fuera de la fundición—. ¿Qué ha pasado?

Eric aplastó con su bota la cabeza de una serpiente jarretera que se retorcía entre sus pies. Se deshizo con un frágil crujido, como se rompe una bombilla. Eric emitió un quejido de asco, empujó de una patada una culebra de agua y retrocedió hacia donde se encontraba Ig. Vadeaba en un géiser de serpientes y cuando se disponía a salir tropezó con una, que se enroscó alrededor de su tobillo. Eric realizó una pirueta sorprendentemente ágil, girándose ciento ochenta grados, antes de perder el equilibrio y caer sobre una rodilla, mirando a Ig. Se le quedó mirando son sus ojos pequeños y porcinos en su cara grande y quemada. Ig interpuso el tridente entre los dos.

—¡Puta madre! —gritó Eric.

—Vas a joderte —dijo Ig.

—Vete al infierno, cabrón —dijo Eric mientras sacaba algo con una mano. Fue entonces cuando vio el revólver de cañón corto.

Sin pensarlo dos veces dio un salto y hundió el tridente en el hombro izquierdo de Eric. Fue como clavarla en el tronco de un árbol, el retemblor del impacto subió por el mango del tridente hasta llegarle a las manos. Una de las púas hizo astillas la clavícula de Eric; otra se le clavó en el deltoides. El revólver se disparó al aire con una explosión semejante a la de un petardo, el sonido de un verano en Estados Unidos. Ig siguió empujando, haciendo que Eric perdiera el equilibrio y cayera de culo. El brazo izquierdo de éste soltó la pistola, que salió volando, y al caer al suelo se disparó otra vez, partiendo en dos a una serpiente ratonera.

Hannity gruñó. Daba la impresión de estar tratando de levantar un inmenso peso. Tenía la mandíbula cerrada y su cara, ya roja de por sí y salpicada de gruesas pústulas blancas, se estaba volviendo carmesí. Dejó caer la porra, levantó el brazo derecho y tiró de la cabeza de hierro del tridente como si quisiera arrancársela del torso.

—Déjala —dijo Ig—. No quiero matarte. Si te la intentas sacar te harás más daño.

—No estoy... —dijo Eric— intentando... sacármela.

Con gran esfuerzo se volvió hacia la derecha arrastrando el tridente por el mango, y con él a Ig, fuera de la oscuridad hacia la puerta brillantemente iluminada. Ig no supo lo que iba a pasar hasta que pasó, hasta que se encontró perdiendo el equilibrio y arrancado de las sombras. Retrocedió tirando del tridente y por un momento las puntas curvadas desgarraron tendón y carne, luego se soltaron y Eric gritó.

No tenía duda de lo que iba a ocurrir a continuación e intentó llegar hasta la puerta, que lo enmarcó como una diana roja sobre papel negro, pero fue demasiado lento. La explosión del disparo no se hizo esperar y la primera víctima fue el oído de Ig. El revólver escupió fuego y los tímpanos de Ig entraron en colapso. De repente el mundo estaba envuelto en un silencio antinatural e imperfecto. Avanzó a trompicones y se abalanzó sobre Eric, quien profirió una especie de tos áspera y blanda, como un ladrido.

Lee se agarró al marco de la puerta con una mano y, tomando impulso, entró. En la otra mano llevaba una escopeta, que levantó sin prisa. Ig lo vio quitar el seguro y distinguió con claridad cómo el casquillo usado saltaba de la recámara y trazaba una parábola en la oscuridad. Trató de saltar trazando él también un arco, para convertirse en un blanco móvil, pero algo le sujetó del brazo: Eric. Lo había cogido del hombro y se aferraba a él, ya fuera para usarle de muleta o de escudo humano.

Lee disparó de nuevo y alcanzó a Ig en las piernas, que se doblaron bajo su peso. Por un instante pudo sostenerse en pie. Hincó el mango del tridente en el suelo y se apoyó en ella para mantenerse erguido. Pero Eric continuaba sujetándolo por el brazo y él también había sido alcanzado por el disparo, no en las piernas, como Ig, sino en el pecho. Cayó de espaldas arrastrándolo con él.

Ig vio de refilón un retazo de cielo negro y una nube luminiscente donde antes, casi un siglo atrás, había habido un techo. Después cayó de espaldas al suelo con un golpe sordo que le retumbó en todos los huesos del cuerpo.

A su lado estaba Eric y tenía la cabeza prácticamente apoyada en su cadera. Había perdido toda la sensibilidad en el hombro derecho y también por debajo de las rodillas. La sangre se agolpaba en su cabeza y el cielo parecía volverse más y más amenazadoramente profundo, pero hizo un esfuerzo desesperado por no desmayarse. Si perdía el conocimiento ahora, Lee lo mataría. A este pensamiento le siguió otro: que su lucidez relativa no le iba a servir de nada, pues de todas formas iba a morir allí y en ese mismo momento. Reparó, casi distraídamente, en que seguía sujetando el tridente.

—¡Me has dado, cretino hijo de puta! —aulló Eric, aunque para Ig fue un sonido apagado, como si estuviera oyendo todo con un casco de moto puesto.

—Podría haber sido peor. Podrías estar muerto —le dijo Lee a Eric mientras se colocaba de pie ante Ig y le apuntaba con el cañón de la escopeta a la cara.

Ig arremetió con el tridente y el cañón quedó encajado entre dos púas. Tiró hacia la derecha y entonces la escopeta se disparó, acertando a Eric Hannity en pleno rostro. Ig vio la cabeza de Eric explotar como un melón lanzado desde una gran altura. La sangre le salpicó la cara; estaba tan caliente que parecía quemar y recordó desesperado aquel pavo de navidad volando en pedazos con un crujido ensordecedor. Las serpientes se deslizaban restregándose contra la sangre mientras huían hacia los rincones de la habitación.

—¡Mierda! —exclamó Lee—. Ahora sí que la he cagado. Lo siento, Eric. A quien quería matar es a Ig, te lo juro.

Soltó una carcajada histérica y de lo menos alegre. Después dio un paso atrás, liberando el cañón de la escopeta de las púas de el tridente. Bajó el arma, lo que Ig aprovechó para embestirlo de nuevo, y hubo un cuarto disparo. La bala salió alta, rebotó en el mango del tridente y lo hizo astillas. El tridente salió girando como una peonza en la oscuridad y se estrelló en algún lugar del suelo de cemento, con lo que Ig se quedó sujetando tan sólo un pedazo de madera inútil.

—¿Quieres hacer el favor de estarte quieto? —le dijo Lee antes de descorrer de nuevo el seguro de la escopeta.

Retrocedió un poco y cuando estuvo a más o menos un metro de distancia apuntó una vez más a la cara de Ig y apretó el gatillo. El percutor cayó con un crac seco. Lee levantó el rifle y lo miró con cara de decepción.

—¿Qué pasa? ¿Es que estos trastos sólo llevan cuatro balas? No es mía, es de Eric. Te habría disparado la otra noche, pero ya sabes, pruebas forenses. Esta vez, sin embargo, no hay de qué preocuparse. Tú matas a Eric, él te mata a ti, yo no intervengo para nada y todo encaja. Lo único que siento es haber usado todas las balas con Eric, porque ahora tendré que matarte a golpes.

Le dio la vuelta a la escopeta, sujetó el cañón con ambas manos y se lo apoyó en el hombro. A Ig le dio tiempo a pensar que Lee debía de haber estado practicando bastante el golf, pues describió un swing limpio con la escopeta que acto seguido le golpeó el cráneo. Uno de los cuernos se quebró con ruido de esquirlas e Ig rodó por el suelo.

Quedó boca arriba; jadeaba y sentía un pinchazo caliente en un pulmón mientras el cielo giraba sobre su cabeza. El cielo daba vueltas, las estrellas caían como copos de nieve en una bola de cristal que alguien acaba de agitar. Los cuernos zumbaron como un gigantesco diapasón. Habían parado el golpe y su cráneo seguía de una pieza.

Lee avanzó hacia él, levantó de nuevo la escopeta y la dejó caer sobre la rodilla de Ig. Éste chilló y se irguió hasta quedar sentado, sujetándose la pierna con una mano. Tenía la sensación de que le había roto la rodilla en tres grandes piezas, como si tuviera tres fragmentos de cristal sueltos bajo la piel. Sin embargo, nada más conseguir sentarse, Lee atacó de nuevo, asestándole un golpe en la cabeza que le hizo caer otra vez de espaldas. El palo de madera que había estado sujetando, la lanza afilada que había sido el mango del tridente, voló de su mano. El cielo seguía girando y escupiendo copos de nieve.

Lee lo golpeó entre las piernas con la escopeta con toda la fuerza de la que fue capaz, acertándole en los testículos. Ig no pudo chillar, le faltaba aire. Se retorció tumbándose de costado y doblado sobre sí mismo. Un grueso nudo de dolor le subía desde la entrepierna alcanzándole las entrañas y los intestinos, expandiéndose como aire tóxico que inflaba un globo y desembocando en una náusea abrasadora. El cuerpo entero se le tensó mientras trataba de no vomitar, cerrándose como un puño.

Lee tiró la escopeta, que cayó al suelo junto a Eric. Después empezó a caminar por la habitación buscando algo. Ig era incapaz de hablar, apenas conseguía hacer llegar aire hasta los pulmones.

—¿Qué ha hecho Eric con su pistola? —preguntó Lee en tono pensativo—. Me tenías engañado, Ig. Es increíble cómo consigues manipular la mente de las personas. Cómo consigues que olviden cosas. Dejarles la mente en blanco, hacerlos oír voces. De verdad que creí que era Glenna. Venía de camino cuando me llamó desde la peluquería para mandarme a la mierda. Más o menos con esas palabras. ¿Lo puedes creer? Le dije: «Bien, yo me voy a la mierda, pero ¿cómo has logrado desatascar el coche?». Y me contestó: «¿Se puede saber de qué me estás hablando?». Te imaginarás cómo me sentí. Tenía la impresión de estar volviéndome loco, como si al mundo entero se le hubiera ido un tornillo. La misma sensación que tuve hace tiempo, Ig, cuando era pequeño. Me caí de una valla y me hice daño en la cabeza, y cuando me levanté la luna temblaba como si estuviera a punto de descolgarse del cielo. Intenté contártelo una vez, cómo conseguí arreglarla. La luna. Puse los cielos en orden y voy a hacer lo mismo contigo.

Ig escuchó abrirse la puerta del horno con un chirrido de bisagras y por un instante albergó un atisbo de esperanza. La serpiente se haría cargo de Lee. Cuando entrara en el horno lo mordería. Pero entonces le escuchó alejarse, sus tacones pisando de nuevo el suelo de cemento. Sólo había abierto la portezuela, quizá para tener más luz para buscar la pistola.

—Llamé a Eric. Le dije que pensaba que estabas aquí, tramando algo, y que debíamos tomar cartas en el asunto. Le dije que, puesto que habíamos sido amigos, debíamos darte un tratamiento especial. Ya conoces a Eric, no tuve que esforzarme mucho para convencerlo, ni tampoco decirle que se trajera las armas. Eso lo decidió él solito. ¿Sabes que no había disparado un arma en toda mi vida? Ni siquiera la había cargado. Mi madre siempre decía que las armas las carga el diablo y se negaba a tener una en casa. ¡Anda, mira! Bueno, mejor que nada...

Escuchó a Lee recoger algo del suelo con un arañazo metálico. Las náuseas habían cedido un poco y era capaz de respirar, a intervalos cortos. Pensó que si conseguía descansar un minuto más tendría fuerzas para sentarse, para hacer un último esfuerzo. También pensó que en menos de un minuto tendría cinco balas del calibre treinta y ocho en la cabeza.

—Estás lleno de sorpresas, Ig —dijo Lee, ya de vuelta—. La verdad es que hace un par de minutos, cuando nos estabas gritando con la voz de Glenna, realmente pensé que eras ella, aunque sabía que era imposible. Te salen genial las voces, aunque nada puede superar aquello de salir como si tal cosa de dentro de un coche en llamas.

Se detuvo. Estaba de pie frente a Ig y sostenía no la pistola, sino el tridente. Dijo:

—¿Cómo pasó? ¿Cómo te convertiste en esto? ¿De dónde has sacado los cuernos?

—Merrin.

—¿Qué pasa con ella?

Ig hablaba con voz débil y temblorosa, poco más que un susurró.

—Sin Merrin en mi vida... me convertí en esto.

Lee se agachó y, apoyado sobre una rodilla, miró a Ig con lo que parecía ser genuina compasión.

—Yo también la quería, ya lo sabes. El amor nos ha convertido a los dos en demonios, supongo.

Ig abrió la boca para hablar y Lee le puso una mano en el cuello, y todas las maldades que había cometido le bajaron por la garganta como un compuesto químico gélido y corrosivo.

—No. Creo que sería un error dejarte decir nada más —dijo Lee levantando el tridente por encima de su cabeza y apuntando con los dientes al pecho de Ig.

El sonido de la trompeta fue un berrido agudo y ensordecedor, como cuando se va a producir un accidente de coche. Lee levantó la cabeza para mirar hacia la entrada, donde estaba Terry haciendo equilibrios sobre una rodilla con la trompeta apoyada en los labios.

En cuanto Lee apartó la vista, Ig tomó impulso y se lo quitó de encima. Lo agarró por las solapas del abrigo y le embistió en el torso, hundiéndole los cuernos en el estómago. El impacto le reverberó en la espina dorsal. Lee gruñó mientras dejaba escapar todo el aire que tenía dentro.

Los cuernos parecían succionados por el abdomen de Lee y resultaba difícil sacarlos. Ig se retorció de un lado a otro perforándole más y más. Lee cerró los brazos alrededor de la cabeza de Ig, tratando de apartarlo, y éste lo embistió de nuevo, venciendo la resistencia elástica de su vientre. Olía a sangre mez-

clada con otro olor, un hedor a basura podrida, tal vez a intestino perforado.

Lee apoyó las manos en los hombros de Ig y empujó, tratando de liberarse de los cuernos, que hicieron un ruido húmedo
y de succión al soltarse, el sonido que hace una bota al salir del
barro.

Lee se dobló y se volvió de costado con las manos sobre el
estómago. Por su parte, Ig no aguantaba más tiempo sentado y se
desplomó en el suelo. Seguía frente a Lee, que estaba casi en posición fetal, abrazándose a sí mismo, con los ojos cerrados y la
boca abierta de par en par. Ya no gritaba, no conseguía reunir el
aliento necesario para hacerlo, como tampoco pudo ver la gigantesca serpiente ratonera que se deslizó a su lado. El animal buscaba un sitio donde esconderse, donde refugiarse del caos. En ese
momento giró la cabeza y lanzó a Ig una mirada desesperada con
sus ojos de papel dorado.

Ahí —le dijo Ig con la mente mientras señalaba con la mandíbula a Lee—. *Escóndete. Ponte a salvo.*

La serpiente se detuvo y miró a Lee y después otra vez a Ig.
Éste creyó distinguir en su mirada una inconfundible gratitud.
Después el animal se giró, deslizándose con elegancia entre el polvo que cubría el suelo de cemento, y reptó directamente hacia la
boca abierta de Lee.

Éste abrió los ojos, el bueno y el malo al mismo tiempo. Le
brillaban de puro horror. Intentó cerrar la boca, pero al morder
el cuerpo de ocho centímetros de diámetro de la serpiente sólo
consiguió asustarla, que agitara la cola con furia y se internara con
gran rapidez en la garganta de Lee. Éste gimió, se atragantó y retiró las manos de su maltrecho vientre para intentar detenerla,
pero tenía las palmas empapadas de sangre y el resbaladizo animal
se le escabulló entre los dedos.

Mientras esto ocurría, Terry se acercaba corriendo a su hermano.

—¿Ig? ¿Estás…?

Pero cuando vio a Lee revolviéndose en el suelo se detuvo en seco y le miró.

Lee se tumbó de espaldas, gritando, aunque le resultaba difícil emitir sonido alguno con una serpiente en la garganta. Daba patadas contra el suelo y su rostro iba adquiriendo un color casi negro, mientras las sienes se le surcaban de venas hinchadas. El ojo malo, el ojo de la perdición, seguía vuelto hacia Ig y le miraba con una expresión rayana en el asombro. Aquel ojo era un agujero negro sin fin que contenía una escalera de caracol de humo pálido que conducía a un lugar donde las almas podían ir, pero del que nunca regresaban. Dejó caer las manos a ambos lados del cuerpo. De su boca abierta sobresalían aún al menos veinte centímetros de serpiente ratonera, la mecha larga y oscura de una bomba humana. La serpiente por su parte estaba inmóvil, parecía consciente de que le habían mentido, de que había cometido un grave error tratando de esconderse en el estrecho y húmedo túnel de la garganta de Lee. Ya no podía avanzar más ni tampoco salir, e Ig sintió lástima de ella. No era una forma agradable de morir, atascada en el garganta de Lee Tourneau.

El dolor había vuelto, le nacía en las entrañas y se irradiaba a la entrepierna, al hombro destrozado y a las rodillas rotas, cuatro afluentes contaminados vertiendo sus aguas en un profundo embalse de tormento. Cerró los ojos y trató de concentrarse en controlar el dolor. Entonces, por unos instantes, todo fue silencio en la vieja fundición, con el hombre y el demonio yaciendo el uno junto al otro; aunque la cuestión de decidir cuál era cuál muy bien podría ser objeto de un debate teológico.

Capítulo
47

Las sombras lamían las paredes, creciendo y decreciendo, y la oscuridad venía en oleadas. El mundo rebosaba y fluía a su alrededor también en olas e Ig luchó por aferrarse a él. Una parte de sí mismo quería dejarse llevar, escapar al dolor, bajarle el volumen a su cuerpo maltrecho. Empezaba a perder la consciencia y el dolor se compensaba con una sensación creciente y placentera de plenitud. Las estrellas navegaban lentamente sobre su cabeza, desplazándose de izquierda a derecha, así que le parecía estar flotando de espaldas en el Knowles, dejándose arrastrar río abajo por la corriente.

Terry se inclinó sobre él, confuso y angustiado.

—Vamos, Ig. Estás bien. Voy a llamar a alguien. Tengo que ir al coche y coger el teléfono.

Ig esbozó lo que pensaba que era una sonrisa tranquilizadora e intentó decirle a su hermano que lo único que tenía que hacer era prenderle fuego. La lata de gasolina estaba fuera, apoyada en la pared. Que lo rociara con ella y encendiera un cerillo; estaría bien. Pero no encontró aire suficiente para pronunciar las palabras, le dolía demasiado la garganta para hablar. Lee le había dado un buen repaso.

Terry le apretó la mano e Ig supo, porque sí, que su hermano mayor le había copiado las respuestas en un examen de Geografía de séptimo curso a un chico que se sentaba delante de él en clase. Terry dijo:

—Enseguida vuelvo. ¿Me oyes? Tardo un minuto.

Ig asintió, agradecido a Terry por hacerse cargo de todo. Su hermano le soltó la mano y desapareció.

Ig echó la cabeza atrás y miró la luz rojiza de las velas proyectándose en las viejas paredes de ladrillo. El movimiento cambiante de la luz lo reconfortó, acrecentó su sensación de estar fuera de la realidad, flotando. Lo siguiente que pensó fue que si se veía la luz de las velas la puerta del horno debía de estar abierta. Ah, claro, Lee la había abierto para poder ver mejor cuando buscaba la pistola.

Entonces Ig supo lo que estaba a punto de ocurrir, y la conmoción del descubrimiento lo sumió en un estupor profundo e irreal. Terry estaba a punto de ver el teléfono, el teléfono de Glenna, colocado sobre la manta dentro del horno. No debía meter la mano ahí. Terry, que a los catorce años había estado a punto de morir a causa de una picadura de avispa, tenía que mantenerse alejado del horno. Intentó llamarlo, gritarle, pero era incapaz de emitir sonido alguno excepto un silbido quebradizo y discordante.

—Un segundo, Ig —dijo Terry desde el otro lado de la estancia. En realidad parecía estar hablando solo—. Aguanta y… ¡Espera! ¡Hemos tenido suerte! Aquí hay un teléfono.

Ig volvió la cabeza y lo intentó de nuevo, intentó detenerle y logró proferir una sola palabra:

—Terry.

Pero a continuación aquella dolorosa sensación de opresión le volvió a la garganta y no pudo decir nada más. Y de todas maneras Terry no le había prestado atención al oír su nombre.

Se inclinó sobre la portezuela para coger el teléfono que estaba sobre la manta abultada. Cuando lo cogió, uno de los pliegues se abrió y Terry vaciló, mirando los anillos de la serpiente allí enroscada, cuyas escamas brillaban como cobre pulido a la luz de las velas. Se escuchó un castañeteo.

La serpiente saltó como un resorte y mordió a Terry en la muñeca con un sonido que Ig oyó aunque estaba a casi un metro de distancia, el sonido que se hace al morder un trozo de carne. El teléfono voló por los aires, Terry gritó y al ponerse en pie se dio en la cabeza con el marco de hierro de la puerta. El impacto le hizo perder el equilibrio. Alargó las manos para evitar caer de bruces en el colchón mientras la mitad inferior de su cuerpo seguía fuera de la portezuela.

Los colmillos de la serpiente seguían clavados en su muñeca. Terry la agarró y tiró de ella y el animal le rasgó la muñeca y, tras retirar los colmillos, se enroscó y lo atacó de nuevo, esta vez clavándole los dientes en la mejilla izquierda. Terry logró asirla y tirar de ella, y entonces la serpiente se hizo una bola y le mordió por tercera vez, como un boxeador golpeando un saco en el gimnasio.

Terry sacó el cuerpo de la trampilla y cayó al suelo de rodillas, sujetando a la serpiente a la altura de la cola. La levantó en el aire y la lanzó contra el suelo, como cuando se golpea una alfombra con una escoba para sacudirle el polvo. El cemento se cubrió de sangre y sesos de serpiente. Terry alejó la serpiente de sí y ésta rodó hasta quedar boca arriba, coleando frenéticamente contra el suelo. Poco a poco el ritmo descendió hasta que sólo movía la cola suavemente atrás y adelante, y se detuvo por completo.

Terry estaba arrodillado junto a la puerta del horno con la cabeza inclinada, como un hombre orante, un devoto penitente en la iglesia de la sagrada y perpetua chimenea. Los hombros le subían y bajaban con cada respiración.

—Terry —consiguió decir Ig.

Pero Terry no levantó la cabeza para mirarlo. Si lo oía —e Ig no estaba seguro de que así fuera—, no podía responder. Necesitaba concentrarse en llenar otra vez los pulmones de oxígeno. Si estaba teniendo un shock anafiláctico, entonces había que ponerle inmediatamente una inyección de epinefrina, de lo contrario, los tejidos de la garganta, al hincharse, lo asfixiarían.

El teléfono de Glenna estaba en algún lugar del horno, a escasos metros de él, pero no sabía dónde lo había dejado caer Terry y no quería arrastrarse por todo el lugar mientras Terry se ahogaba. Se sentía muy débil y no estaba seguro de poder siquiera subir hasta la portezuela, a menos de un metro del suelo. En cambio el bidón de gasolina estaba fuera.

Sabía que ponerse en movimiento sería lo más duro y sólo el hecho de pensar en intentar volverse de costado encendió amplias e intricadas redes de dolor en el hombro y la entrepierna, cien fibras ardiendo. Cuanto más lo pensara, peor sería. Se giró hacia un lado y fue como si tuviera una ganzúa hundida en el hombro y alguien la estuviera retorciendo, empalándole poco a poco. Gritó —no supo que era capaz de gritar hasta ese momento— y cerró los ojos.

Cuando se le pasó el mareo, alargó el brazo bueno, lo apoyó en el suelo y empujó, levantándose unos centímetros. Después volvió a gritar. Intentó darse impulso hacia delante con las piernas, pero no sentía los pies, no sentía nada por debajo del dolor intenso y persistente de las rodillas. Tenía la falda empapada de sangre. Probablemente se había echado a perder.

—Y era mi preferida —susurró con la nariz aplastada contra el suelo—. La que pensaba ponerme para el baile.

Después se rio, una risa áspera y seca que le pareció especialmente desquiciada.

Se irguió unos centímetros más ayudándose de la otra mano y una vez más los cuchillos se clavaron en su hombro izquierdo y el dolor le irradió al pecho. La puerta no parecía más cerca y casi rio ante la aparente futilidad de todo aquello. Se arriesgó a mirar a su hermano, quien seguía arrodillado ante la portezuela, pero la cabeza se le había caído de modo que casi tocaba las rodillas. Desde donde estaba, Ig ya no podía ver lo que ocurría en el interior de la chimenea. Sólo veía la puerta entreabierta y la luz temblorosa de las velas colándose por ella y…

… *había una puerta por la que se colaba una luz temblorosa.*

Estaba muy borracho. No había estado tan borracho desde la noche en que habían matado a Merrin y quería estarlo todavía más. Había orinado sobre la virgen María, había orinado sobre la cruz. Se había orinado copiosamente los pies y se había reído de ello. Con una mano se subía los pantalones y mantenía la cabeza inclinada hacia atrás para intentar beber directamente de la botella cuando la vio, apoyada sobre las ramas enfermas de un viejo árbol seco. Era la parte de debajo de la casa del árbol, a unos cinco metros del suelo, y distinguió el amplio rectángulo de la trampilla de entrada, resaltado por una luz tenue y vacilante que se asomaba por los bordes. Las palabras escritas en la puerta apenas se distinguían en la oscuridad: «Bienaventurado el que traspase el umbral».

—Oooooh —dijo Ig distraído mientras ponía el corcho a la botella y la dejaba caer—. Ahí estás. Ya te veo ahí arriba.

La casa del árbol de la imaginación lo había engañado por completo —a él y a Merrin, a los dos— escondiéndose de su vista todos aquellos años. Nunca antes había estado allí ni tampoco la había visto las otras veces que había ido a visitar aquel lugar después de que mataran a Merrin. O tal vez siempre estuvo allí, pero él no se encontraba en la disposición mental adecuada para verla.

Subiéndose la cremallera con una mano, se balanceó y empezó a avanzar...

... unos centímetros más por el suelo de cemento. No quería levantar la cabeza para comprobar cuánto había avanzado, temía descubrir que seguía tan lejos de la puerta como unos minutos antes. Alargó el brazo derecho y entonces...

... se agarró a la rama más baja y empezó a trepar. Su pie resbaló y tuvo que asirse con fuerza a una rama para no caer. Esperó a que se le pasara el mareo con los ojos cerrados, con la sensación de que el árbol estaba a punto de caerse con él encima. Después se recuperó y continuó subiendo con la temeridad que da el exceso de alcohol. Muy pronto se encontró sobre una rama que estaba justo debajo de la trampilla y se dispuso a abrirla. Pero és-

ta tenía algo pesado encima y sólo golpeaba ruidosamente contra el marco.

Alguien habló suavemente desde dentro, una voz que conocía bien.

—*¿Qué ha sido eso?* —*chilló Merrin.*

—*¡Eh!* —*gritó otra persona, una voz que conocía aún mejor, la suya propia. Desde el interior de la casa del árbol sonaba apagada y distante, pero aun así la reconoció de inmediato*—. *¿Hay alguien ahí?*

Por un momento fue incapaz de moverse. Ahí estaban al otro lado de la trampilla Merrin y él, los dos jóvenes, ilesos y completamente enamorados. Estaba allí y aún no era demasiado tarde para salvarlos de lo que estaba por venir, así que se levantó con determinación y empujó de nuevo la trampilla con los hombros...

... y abrió los ojos y miró perplejo a su alrededor. Llevaba un buen rato parpadeando, tal vez incluso diez minutos, y tenía el pulso lento y pesado. Antes el hombro izquierdo le ardía, pero ahora estaba frío y húmedo. El frío le preocupó; los cuerpos se enfrían al morir. Levantó la cabeza para orientarse y comprobó que estaba a menos de un metro de la puerta y de la caída de casi cuatro metros en la que no había querido pensar. El bidón de gasolina seguía allí, justo a la derecha. Sólo necesitaba salir por la puerta y...

... podía contarles lo que iba a ocurrir, avisarles. Podía decirle al Ig joven que debía amar mejor a Merrin, confiar en ella, permanecer a su lado, advertirle de que les quedaba poco tiempo de estar juntos. Empujó la trampilla una y otra vez, pero ésta se limitaba a levantarse unos milímetros y a encajarse de nuevo en el marco.

—*¡Deténgase de una puta vez!* —*gritó el joven Ig desde dentro de la casa del árbol.*

Ig se preparó para embestir una vez más la trampilla y entonces se detuvo, acordándose de cuando estaba al otro lado de la puerta.

Le había dado miedo abrir la trampilla y sólo reunió el suficiente valor para hacerlo cuando aquella cosa que les esperaba fuera dejó de intentar entrar a la fuerza. Y cuando la abrió no había nadie, no había nada fuera.

—Si hay alguien ahí... —dijo el joven Ig desde dentro—, ya te has divertido lo suficiente. Estamos asustados, lo has conseguido. Vamos a salir.

Escuchó cómo apartaban la butaca que obstruía la puerta e Ig empujó la trampilla desde debajo en el momento preciso en que el joven Ig la abría de golpe. Ig creyó ver la sombra fugaz de dos amantes saltando a su lado, pero era sólo un efecto de la luz de las velas, que conferían brevemente vida a la oscuridad.

Había olvidado apagar las velas y cuando metió la cabeza por la puerta abierta vio que seguían encendidas, así que...

... metió la cabeza por la abertura y entró. Dio en el suelo con los hombros y una descarga eléctrica, una explosión, le recorrió el brazo derecho, haciéndole pensar que se lo había fragmentado, roto en pedazos por la fuerza de la detonación. Encontrarían partes de él colgando de los árboles. Rodó hasta situarse de espaldas y abrió bien los ojos.

El mundo temblaba por efecto del impacto y un zumbido átono le llenaba los oídos. Cuando miró el cielo nocturno, fue como ver el final de una película muda: un círculo negro que empezaba a encogerse, a cerrarse sobre sí mismo, borrando el resto del mundo, dejándolo...

... solo en la oscuridad de la casa del árbol.

Las velas se habían derretido hasta quedar reducidas a cabos de vela amorfos. La cera había formado columnas gruesas y brillantes, ocultando casi por completo al demonio agazapado a los pies de la menorá. La llama de luz proyectaba sombras por la habitación. La butaca manchada de moho estaba a la izquierda de la trampilla abierta. Las sombras de las figuras de porcelana temblaban en las paredes, los dos ángeles del Señor y el alienígena. La virgen María estaba caída de lado, tal y como recordaba haberla dejado.

Ig miró a su alrededor. Sólo unas cuantas horas, no años, habían transcurrido desde que estuvo en aquella habitación por última vez.

—¿Qué sentido tiene? —preguntó. Al principio pensó que estaba hablando consigo mismo—. ¿Por qué traerme aquí si no puedo ayudarlos?

Mientras hablaba se sentía más y más furioso. Sentía tensión en el pecho, una extraña opresión. Algunas de las velas humeaban y la habitación olía a cera derretida.

Tenía que haber una razón, algo que se suponía que debía hacer, encontrar. Tal vez algo que habían dejado allí olvidado. Miró la mesa con las figuras de porcelana y reparó en que el pequeño cajón estaba abierto unos milímetros. Caminó hasta él y lo abrió pensando que dentro habría algo, algo que pudiera usar, que le diera alguna información. Pero no había nada, a excepción de una caja de cerillos rectangular. Un diablo negro saltaba en la tapa con la cabeza echada hacia atrás, riendo. Tenía escritas las palabras «Cerillos Lucifer» en tipografía florida y decimonónica. La cogió y la miró fijamente, después cerró el puño como queriendo estrujarla. Pero no lo hizo. En lugar de ello permaneció allí con los cerillos en la mano observando las figurillas de porcelana... hasta que sus ojos repararon en el trozo de tela debajo de ellas.

La última vez que había estado en la casa del árbol, cuando Merrin aún estaba viva y el mundo era un lugar bueno, las palabras escritas en la tela estaban en hebreo y no había comprendido lo que significaban. Pero a la luz temblorosa de las velas las floridas letras negras bailaban como sombras fijadas mágicamente a un papel, desplegando un sencillo mensaje:

La Casa del Árbol de la Imaginación
El Árbol del Bien y del Mal
Vieja Carretera de la Fundición, 1
Gideon, New Hampshire, 03880

Reglas y salvedades:
Coge lo que quieras mientras estés aquí
Llévate lo que necesites al marchar
Di «Amén» al salir
No está prohibido fumar
L. Morningstar, propietario

Ig no estaba seguro de comprender aquello tampoco ahora, aunque era capaz de leerlo. Lo que quería es a Merrin y nunca la recuperaría y, a falta de eso, lo único que deseaba era quemar aquel puto lugar, y como no estaba prohibido fumar, antes de darse cuenta había barrido la mesa con una mano, derribando la menorá encendida y las figuras de porcelana. El alienígena se tambaleó y rodó hasta el suelo. El ángel que tocaba la trompeta, el que se parecía a Terry, cayó en el cajón entreabierto. El segundo ángel, el que estaba junto a la virgen María con aire de fría superioridad, cayó sobre la mesa con un golpe seco y su cabeza altanera se desprendió del cuerpo.

Ig se volvió furioso…

… y vio el bidón de gasolina donde lo había dejado, apoyado contra la pared de piedra, a la derecha de la entrada. Se arrastró a través de un frondoso matorral y alargó la mano hasta tocar la lata con un sonido metálico y un chapoteo. Encontró el asa y la agarró. Le sorprendió comprobar que pesaba mucho, como si estuviera llena de cemento líquido. Palpó la parte de arriba en busca de los cerillos Lucifer y las colocó a un lado.

Permaneció inmóvil unos segundos, haciendo acopio de fuerzas para el acto final. Los músculos de su brazo derecho temblaban y no estaba seguro de poder llevar a cabo lo que necesitaba hacer. Por último decidió que estaba preparado para intentarlo y, con gran esfuerzo, levantó el bidón y le dio la vuelta.

La gasolina cayó sobre él como una lluvia vaporosa y brillante. La sintió en el hombro herido con un repentino escozor. Gritó, y un hongo de humo gris salió de sus labios. Los ojos le lloraban. El dolor era tan insoportable que tuvo que tirar el bidón y doblarse. Temblaba de pies a cabeza, enfundado en aquella ridícula falda azul, con unas sacudidas violentas que amenazaban con convertirse en convulsiones. Movió a tientas la mano derecha sin saber muy bien qué buscaba hasta que encontró la caja de cerillos Lucifer en el suelo.

El cri-cri de los grillos y el zumbido de los motores de los coches que circulaban por la autopista en la noche de agosto llegaban muy débilmente. La mano temblorosa dejó escapar varias cerillas. Cogió una de las pocas que quedaban y la pasó por la tira de lija de la caja. Se prendió con una chispa blanca.

Las velas se habían caído al suelo y habían rodado en varias direcciones. La mayoría seguían encendidas. El alienígena de caucho gris descansaba sobre una de ellas y una lengua blanca de fuego lo derretía y ennegrecía uno de los lados de la cara. Uno de los ojos negros ya se había fundido, dejando en su lugar una cuenca vacía. Tres velas más habían terminado junto a la pared, bajo la ventana, cuyas cortinas de color blanco inmaculado ondeaban suavemente con la brisa de agosto.

Ig agarró las cortinas y tiró de ellas hasta arrancarlas de la ventana. Después las acercó a las velas encendidas. El fuego trepó por el nailon hasta amenazar con quemarle las manos. Las dejó caer sobre la butaca.

Algo chisporroteaba y crujía bajo sus pies, como si hubiera pisado una bombilla. Miró al suelo y se dio cuenta de que había pisado el diablo de porcelana. El cuerpo estaba hecho añicos pero la cabeza seguía intacta, rebotando en el suelo de tablones. Esgrimía una sonrisa demente, mordiéndose la barba.

Ig se agachó y recogió la cabeza del suelo. Permaneció allí, en la casa del árbol en llamas, examinando las facciones corteses y apuestas de Satán, las pequeñas agujas que hacían las veces de cuernos. Lenguas de fuego trepaban por las paredes y el humo negro se acumulaba bajo el techo. Las llamas devoraron la butaca y la mesa. El pequeño diablo parecía mirarlo con placer, con aprobación. Sentía respeto por un hombre capaz de provocar un buen incendio. Pero la labor de Ig había terminado y era el momento de pasar a otra cosa. El mundo estaba lleno de incendios esperando que alguien los provocara.

Hizo rodar la figurilla unos instantes entre los dedos y después la colocó de nuevo en la mesa pequeña. Cogió la virgen María, besó su pequeño rostro y dijo: «Adiós, Merrin». La puso de pie.

Cogió el ángel que había estado frente a ella. La expresión de su cara antes había sido autoritaria e indiferente, una cara de mírame y no me toques, yo soy más santo que nadie, pero ahora había perdido la cabeza. Ig se la colocó en su sitio, pensó que María estaría mejor con alguien que tenía pinta de saber divertirse.

El humo le quemaba los pulmones y lo hacía llorar. Notaba la piel tirante por el calor, tres copas de fuego. Se dirigió hacia la trampilla, pero antes de salir la levantó parcialmente para leer lo que estaba escrito dentro; recordaba muy bien que había algo escrito con pintura blanca: «Bienaventurado serás al salir». Sintió deseos de reír, pero no lo hizo y en lugar de ello pasó la mano por la suave madera de la trampilla y dijo: «Amén». Después salió.

Con los pies apoyados en la ancha rama que estaba justo debajo de la trampilla se detuvo para echar un último vistazo a su alrededor. La habitación era el ojo de un huracán de fuego y los nudos de la madera chisporroteaban con el calor. La butaca rugía y silbaba. Con todo, se sentía satisfecho consigo mismo. Sin Merrin, aquel lugar ardía. Y por lo que a él respectaba, lo mismo podía hacer el resto del mundo.

Cerró la trampilla y empezó a bajar cuidadosamente por el árbol. Necesitaba descansar.

No. Lo que en realidad necesitaba era echar la mano al cuello de la persona que se había llevado a Merrin de su lado. ¿Qué decía aquel trozo de tela en la casa del árbol de la imaginación? Que se llevara lo que necesitara al salir. Así que aún había esperanza.

Se detuvo una sola vez, a medio camino del descenso, para recostarse contra el tronco del árbol y restregarse con las palmas de *las manos las sienes, donde empezaba a acumularse un dolor sordo y peligroso, una sensación de presión, como si algo puntiagudo estuviera a punto de rasgarle la carne. Dios, si ya se sentía así ahora, no quería ni pensar en la resaca del día siguiente.*

Suspiró sin reparar en el pálido humo que salía de su nariz y continuó bajando por el árbol, mientras sobre su cabeza el cielo ardía.

Miró el cerillo encendido durante exactamente dos segundos —*tres..., dos..., uno...* — hasta que el fuego bajó por sus dedos, entró en contacto con la gasolina e Ig estalló en llamas con un *fluosss* y un siseo hasta explotar como un gigantesco petardo.

Capítulo
48

Ig era una antorcha humana, un diablo envuelto en un traje de fuego. Las llamas de gasolina lo envolvían y ondeaban en el viento desde su carne. Después, tan rápido como había venido, el fuego empezó a decrecer hasta quedar en un simple chisporroteo. En pocos instantes se había apagado por completo y del cuerpo de Ig ascendía una columna de humo aceitoso y negro, gruesa y asfixiante. O, para ser más exactos, lo que para cualquier hombre habría resultado asfixiante para el demonio que se encontraba en el centro era tan refrescante como una brisa alpina.

Se despojó de su túnica de humo y quedó completamente desnudo. La vieja piel se había quemado y la nueva era de un color carmín más intenso y oscuro. Todavía le dolía el hombro izquierdo, aunque la herida se había cerrado y dado paso a una cicatriz blancuzca. Tenía la cabeza despejada; se sentía bien, como si acabara de correr cinco kilómetros y estuviera preparándose para nadar. La hierba a su alrededor estaba negra y humeante. Una línea de fuego avanzaba entre los matorrales secos hacia el bosque. Ig miró hacia el cerezo muerto, cuya silueta se dibujaba pálida contra las copas verdes de los árboles.

Había dejado la casa del árbol de la imaginación en llamas, había quemado el cielo y el cerezo seguía intacto. El viento soplaba en rachas calientes y agitaba las hojas, e incluso desde donde estaba podía ver que la casa del árbol había desaparecido. Aunque era curioso cómo el fuego parecía dirigirse hacia ella, abriendo un camino por entre la hierba en dirección al tronco. Era el viento, que lo encauzaba en línea recta a través del prado enfilándolo hacia el viejo bosque.

Trepó por la puerta de la fundición y tropezó con la trompeta de su hermano.

Terry estaba arrodillado junto a la puerta abierta del horno con la cabeza inclinada. Ig lo observó, estaba completamente inmóvil y con expresión de serena concentración, y pensó que, incluso muerto, su hermano tenía aspecto de buena persona. La camisa tersa le cubría la espalda y llevaba los puños cuidadosamente doblados por encima de las muñecas. Ig se arrodilló junto a él. Dos hermanos en actitud orante. Tomó la mano de Terry en la suya y supo que cuando Terry tenía once años le había pegado un chicle en el pelo mientras viajaban en el autobús del colegio.

—Mierda —dijo Ig—. Me lo tuvieron que cortar con tijeras.

—¿Cómo? —preguntó Terry.

—El chicle que me pegaste en el pelo. En la ruta escolar número diecinueve.

Terry tomó aire y le silbaron los pulmones.

—Estás respirando —dijo Ig —. ¿Cómo es que estás respirando?

—Tengo que hacerlo —respondió Terry—. Muy fuerte. Pulmones. Tocar la trompeta. Ahora. Y antes también. —Pasado un instante añadió—: Es un milagro. Los dos. Haber salido de ésta. Vivos.

—Yo no estaría tan seguro de ello —dijo Ig.

El teléfono de Glenna seguía en el horno, había rebotado contra la pared y se había abierto la tapa. La batería se había caído fuera. Ig pensó que no funcionaría, pero cuando lo abrió escuchó el tono de llamada. La suerte del diablo. Marcó el número de urgencias y le dijo a un operador de voz impersonal que le había mordido una serpiente y que estaba en la fundición junto a la autopista 17, que había gente muerta y también un incendio. Después colgó y trepó hasta el horno para acuclillarse de nuevo junto a Terry.

—Has llamado —dijo éste—. Pidiendo ayuda.

—No —dijo Ig—. Has llamado tú. Escúchame bien, Terry. Déjame decirte lo que vas a recordar y lo que vas a olvidar. Tienes mucho que olvidar. Cosas que han pasado esta noche y cosas que pasaron antes de esta noche. —Mientras hablaba los cuernos le latían con placer animal—. En esta historia sólo hay lugar para un héroe, y todo el mundo sabe que el diablo nunca es el bueno de la película.

Le contó una historia con voz agradable y reconfortante, una buena historia, y Terry asintió mientras escuchaba, como si se tratara de una canción que le gustaba especialmente.

En pocos minutos concluyó. Ig siguió sentado a su lado un rato y ninguno de los dos habló. No estaba seguro de que Terry estuviera allí; le había ordenado olvidar. Parecía haberse dormido de rodillas. Ig se quedó hasta que escuchó el gemido lejano de una trompeta, tocando una única nota burlona de alarma, el hilo musical de las urgencias: los coches de bomberos. Tomó la cabeza de su hermano entre las manos y le besó en la sien. Lo que vio fue menos importante que lo que sintió.

—Eres una buena persona, Ignatius Perrish —susurró Terry sin abrir los ojos.

—Blasfemo —dijo Ig.

Capítulo
49

S alió por la puerta abierta y después, como si lo hubiera pensado mejor, alargó la mano y cogió la trompeta de su hermano. Después se volvió y miró en dirección al prado, a la avenida ígnea que discurría en línea recta hasta el cerezo. El fuego subió y abrazó el tronco durante un momento y después el árbol estalló en llamas, como si lo hubieran rociado con queroseno. La copa rugió, un paracaídas de llamas rojas y amarillas, y en sus ramas estaba la casa del árbol de la imaginación. Sólo el cerezo ardió en todo el bosque; los otros árboles quedaron intactos.

Caminó por el sendero que había abierto el fuego, cual joven señor recorriendo la alfombra roja que conduce a su mansión. Por un curioso efecto óptico, los faros del Cadillac de Lee le dieron de lleno y proyectaron una sombra gigantesca y amenazadora de cuatro pisos de altura en la cortina de humo. Un primer coche de bomberos se acercaba traqueteando por el camino de tierra y su conductor, un veterano de treinta años de edad llamado Rick Terrapin, lo vio, un demonio con cuernos tan alto como la chimenea de la fundición. Dio un volantazo sobresaltado y el coche se salió de la pista y chocó contra un abedul. Terrapin se jubilaría tres semanas después. El demonio rodeado de humo y los horrores que vio en el interior de la fundición le quitaron las ganas de trabajar apagando incendios. Prefería dejar que las cosas ardieran tranquilamente.

Ig se internó con su trompeta robada en la hoguera amarilla y llegó hasta el árbol. Sin perder un instante empezó a trepar por la escalera que formaban las ramas ardiendo. Le pareció oír voces que venían de arriba, voces alegres, irreverentes, y risas... ¡Una celebración! También había música, timbales y la melodía sensual de las trompetas. La trampilla estaba abierta e Ig entró en su nuevo hogar, su torre de fuego donde se encontraba su trono también de fuego. Había acertado; había una fiesta en marcha —una boda, su boda— y su novia lo esperaba allí, con el pelo en llamas, desnuda a excepción de un cinturón de fuego. La tomó en sus brazos, su boca encontró la de ella y juntos ardieron.

Capítulo
50

Terry regresó a casa la tercera semana de octubre. Era la primera tarde en que no hacía frío y se encontró sin nada que hacer. Condujo hasta la fundición para echar un vistazo.

El gran edificio de ladrillo se alzaba sobre un prado calcinado, entre montones de basura que habían ardido como hogueras y ahora formaban colinas de cenizas, cristal ahumado y cables carbonizados. El edificio estaba cubierto de hollín y todo el lugar emanaba un ligero olor a quemado.

Pero en la parte de atrás, en el principio de la pista Evel Knievel, se estaba bien, la luz penetraba lateralmente entre los árboles con sus disfraces de Halloween, rojo y oro. Estaban en llamas, ardían como gigantescas antorchas. Abajo, el río emitía un suave murmullo que daba el contrapunto al manso susurro del viento. Terry pensó que no le importaría quedarse allí sentado todo el día.

En las últimas semanas había caminado mucho, había pasado mucho tiempo sentado, observando, esperando. A finales de septiembre había puesto a la venta su casa de Los Ángeles y desde que había regresado a Nueva York iba a Central Park casi todos los días. El programa se había terminado y, sin él, no veía razón alguna para seguir viviendo en un lugar sin estaciones en el que no se podía ir caminando a ninguna parte.

Los de la Fox todavía tenían esperanzas de que volviera; habían emitido un comunicado después del asesinato de su hermano diciendo que Terry había decidido tomarse un año sabático, cuando en realidad había renunciado semanas antes de lo ocurrido en la fundición. Que la gente de la televisión dijera lo que quisiera. No pensaba volver. Tal vez dentro de un mes o dos empezaría a tocar otra vez en locales, aunque no tenía ninguna prisa por volver a trabajar. Todo lo que pasara en el mes siguiente ocurriría porque lo hubiera organizado él. Con el tiempo terminaría por decidir qué hacer con su vida. Ni siquiera se había comprado una trompeta nueva aún.

Nadie sabía lo ocurrido aquella noche en la fundición, y puesto que Terry se había negado a hacer declaraciones y todos los demás protagonistas estaban muertos, circulaban todo tipo de teorías absurdas sobre la noche en que Lee y Eric habían muerto. TMZ había publicado la más demencial de todas. Afirmaban que Terry había ido a la fundición en busca de su hermano y se había encontrado allí a Eric Hannity y a Lee Tourneau, discutiendo. Terry oyó lo bastante para averiguar que habían asesinado a su hermano, que lo habían quemado vivo en su coche y estaban buscando pruebas que pudieran incriminarlos. Según TMZ, Lee y Eric descubrieron a Terry tratando de escabullirse sin ser visto y lo habían arrastrado a la fundición. Tenían intención de matarlo, pero primero querían saber si había llamado a alguien, si alguien sabía dónde estaba. Lo encerraron en una chimenea en compañía de una serpiente venenosa, tratando de asustarlo y hacerlo hablar. Pero mientras estaba encerrado empezaron de nuevo a discutir. Terry escuchó gritos y disparos. Para cuando logró salir de la chimenea había un incendio y los dos hombres estaban muertos: Eric Hannity, de un tiro; Lee, traspasado por un tridente. Era como el argumento de una tragedia de venganza isabelina, sólo faltaba que hiciera su aparición el diablo. Terry se preguntaba de dónde había sacado TMZ su información, si habrían sobornado a alguien en el departamento de policía, tal vez al detective Carter, ya que su disparatada versión de los hechos se parecía mucho a la declaración que él mismo había firmado.

El detective Carter había ido a verlo en su segundo día de hospital. Del primero Terry no recordaba gran cosa. Recordaba llegar a urgencias, a alguien colocándole una mascarilla de oxígeno en la cara y una bocanada de aire frío que olía ligeramente a medicamentos. Recordaba que más tarde había tenido alucinaciones, había abierto los ojos y había visto a su hermano muerto sentado en el borde de su cama. Tenía su trompeta y estaba improvisando un bebop. Con él estaba Merrin, bailando descalza con un vestido corto de seda carmesí, girando al ritmo de la música con su melena pelirroja ondeando. Cuando el sonido de la trompeta se fundió con el pitido intermitente del monitor cardiaco, ambos se evaporaron. Más tarde, esa misma mañana, había levantado la cabeza de la almohada y, tras mirar a su alrededor, había visto a su madre y su padre sentados en sendas sillas apoyadas contra la pared, ambos dormidos y la cabeza de su padre descansando en el hombro de su madre. Estaban cogidos de la mano.

Llegada la tarde del segundo día empezó a sentirse como si se estuviera recuperando de una fuerte gripa. Le dolían las articulaciones, tenía una sed horrible y notaba una gran debilidad en todo el cuerpo… pero, aparte de eso, estaba bien. Cuando su médica, una atractiva asiática con gafas estilo ojo de gato, entró en su habitación para comprobar sus signos, le preguntó si había estado a punto de morir. La doctora le dijo que sus posibilidades de salir adelante habían sido de una entre tres. Terry le preguntó cómo podía calcular así las probabilidades y ella le contestó que era sencillo. Existían tres clases de serpiente cascabel, y la que le había mordido era la que tenía el veneno menos dañino. De haberse tratado de alguna de las otras dos, no habría tenido ninguna posibilidad de sobrevivir. Así pues, una entre tres.

El detective Carter entró cuando salía la doctora. Con gesto impasible tomó nota de la declaración de Terry, haciendo algunas preguntas pero dejando que contara la historia de la forma que mejor le pareció, como si en vez de un agente de policía fuera una secretaria tomando una carta al dictado. Después le leyó la declaración introduciendo mínimas correcciones y por último, sin levantar la vista de su bloc amarillo, dijo:

—No me creo una sola palabra de toda esta mierda. —No parecía divertido, ni enfadado. Hablaba con una voz neutra, sin inflexiones. Después levanto la cabeza y lo miró por fin—. Lo sabes, ¿no? Ni una sola palabra.

—¿De verdad? —dijo Terry desde su cama de hospital, una planta por debajo de donde estaba ingresada su abuela con la cara destrozada—. Y entonces, ¿qué piensa usted que ocurrió?

—Se me ocurren otras explicaciones —dijo el detective—. Y todas son más absurdas que la sarta de idioteces que me acabas de contar. Lo cierto es que no tengo ni puta idea de lo que pasó, maldito seas.

—¿No lo somos todos? —preguntó Terry.

Carter le miró con antipatía.

—Ojalá pudiera contarle otra cosa, pero eso es lo que pasó de verdad —dijo Terry.

Y lo cierto era que la mayor parte del tiempo, mientras era de día, estaba convencido de ello. De noche, en cambio, cuando trataba de dormirse…, de noche a veces se le ocurrían otras cosas. Cosas malas.

El sonido de neumáticos en la grava lo sacó de su ensimismamiento y, levantando la cabeza, miró hacia la fundición. Segundos después un Saturno color esmeralda dobló la esquina, traqueteando por el paisaje arrasado. Cuando el conductor lo vio, detuvo el coche y se quedó dentro mirándolo. Después lo puso en marcha otra vez y no frenó hasta que no estuvo a pocos metros de él.

—Hola, Terry —dijo Glenna mientras bajaba del coche. No parecía en absoluto sorprendida de verle allí, era como si hubieran planeado encontrarse.

Tenía buen aspecto, una chica con curvas enfundada en unos jeans grises desgastados, una camisa negra sin mangas y un cinturón negro con estoperoles. Llevaba las caderas al aire dejando ver su tatuaje del conejito de Playboy, lo que le daba un toque algo vulgar, pero ¿quién no se había equivocado alguna vez? ¿Quién no se había hecho cosas en el cuerpo de las que ahora se arrepentía?

—Hola, Glenna —dijo—. ¿Qué te trae por aquí?

—A veces vengo aquí a comer —contestó Glenna mientras le enseñaba un sándwich envuelto en papel blanco—. Está tranquilo. Es un buen sitio para pensar, sobre Ig y sobre otras cosas.

Terry asintió.

—¿De qué es?

—De berenjenas a la parmesana. Y también tengo un Dr. Pepper. ¿Quieres la mitad? Siempre pido el grande, no sé por qué. No puedo comérmelo entero, o al menos no debería. —Arrugó la nariz—. Estoy intentando quitarme cinco kilos.

—¿Por qué? —preguntó Terry mirándola de nuevo.

Glenna rio.

—Basta ya —dijo.

Terry se encogió de hombros.

—Si te cae bien para la dieta, te acepto medio sándwich, pero no tienes nada de lo que preocuparte. Estás estupenda.

Se sentaron en un tronco caído a uno de los lados de la pista Evel Knievel. Con la luz de la tarde el agua lanzaba destellos dorados. Terry no había sido consciente de que tenía hambre hasta que Glenna le dio la mitad de su bocadillo y empezó a comer. Pronto se lo terminó y se estaba chupando los dedos, y compartiendo el último sorbo de refresco. No hablaron y a Terry no le importó. No tenía ganas de hablar por hablar y Glenna parecía darse cuenta de ello. Su silencio no lo ponía nervioso. Tenía gracia, en Los Ángeles la gente no era capaz de estar callada, parecía horrorizarle la idea de pasar un minuto en silencio.

—Gracias —dijo Terry por fin.

—De nada.

Terry se pasó una mano por el pelo. En algún momento en las últimas semanas había reparado en que el pelo empezaba a escasearle en la coronilla y su reacción había sido dejárselo crecer, así que ahora llevaba greñas. Dijo:

—Debería pasar por la peluquería para que me cortaras el pelo. Parezco un león.

—Ya no trabajo allí —dijo—. Ayer hice mi último corte.

—¿Sí?

—En serio.

—Bueno, pues brindo por cambiar de vida.

Ambos dieron un trago de Dr. Pepper.

—¿Y el último corte qué tal fue? —preguntó Terry—. ¿Tuviste ocasión de lucirte?

—Le afeité la cabeza a un tipo. Un tipo mayor. Normalmente no te piden que les afeites, eso es más una cosa de chicos jóvenes. Lo conoces. Es Dale, el padre de Merrin.

—Sí, lo conozco algo —dijo Terry e hizo una mueca en un esfuerzo por no sucumbir a una repentina oleada de tristeza que no entendía muy bien a qué se debía.

Claro que a Ig lo habían matado por lo de Merrin. Lee y Eric lo habían quemado vivo por lo que pensaban que le había hecho. El último año de Ig había sido muy malo, muy triste, tanto que Terry casi no podía ni pensar en ello. Estaba seguro de que Ig no lo había hecho, nunca habría matado a Merrin. Suponía que ahora ya nunca conocerían el nombre del asesino. Se estremeció al recordar la noche en que Merrin había muerto. Había salido por ahí con el cabrón de Lee —ese repugnante sociópata— e incluso la estaba pasando bien. Un par de copas, un porro de marihuana barata junto al río y después se había quedado dormido en el coche de Lee y no se había despertado hasta la mañana siguiente. A veces tenía la sensación de que aquélla había sido la última noche en que había sido realmente feliz, jugando a las cartas con Ig y después conduciendo sin rumbo fijo por Gideon en una noche de agosto que olía a cohetes y fogatas. Se preguntaba si había en el mundo un olor más dulce.

—¿Por qué se quería afeitar la cabeza? —preguntó.

—Me dijo que se muda a Sarasota y que cuando llegue allí quiere sentir el sol en la cabeza desnuda. También porque su mujer odia a los hombres con la cabeza afeitada. O tal vez ya sea su ex mujer. Creo que se marcha a Sarasota sin ella.

Mientras hablaba, Glenna alisó una hoja contra la rodilla, después la cogió por el tallo y la soltó al viento, mirándola mientras se alejaba volando.

—Yo también me mudo, por eso he dejado la peluquería.

—¿Adónde te vas?

—A Nueva York.

—¿A la ciudad?

—Sí.

—Pues háblame cuando estés allí y te llevaré a un par de clubes de jazz —dijo Terry mientras le escribía su número de móvil en un recibo viejo que guardaba en un bolsillo.

—¿Qué quieres decir? ¿Pero tú no vivías en Los Ángeles?

—No. Después de dejar *Hothouse* ya no tenía sentido quedarme allí y prefiero mil veces Nueva York. ¿Sabes? Es un sitio… como más real.

Le dio el papel con su número de teléfono.

Glenna se sentó en el suelo sujetando el trozo de papel y sonriéndole, con los codos apoyados en el tronco y el sol proyectando motas de luz en su cara. Estaba guapa.

—Bueno —dijo—. Aunque supongo que viviremos en barrios diferentes.

—Por algo Dios inventó los taxis —dijo Terry.

—¿Los inventó Dios?

—No. Fueron los hombres, para poder llegar a casa sanos y salvos después de una noche de juerga.

—Si lo piensas —dijo Glenna—, casi todas las buenas ideas sirven para que resulte más fácil pecar.

—Eso es verdad —convino Terry.

Se levantaron y dieron un paseo para bajar el sándwich, rodeando la fundición. Al llegar a la parte delantera Terry se detuvo y contempló de nuevo la gran extensión de tierra calcinada. Era curioso cómo el viento había encauzado el fuego directamente hacia el bosque y después había quemado un solo árbol. Ese árbol en particular. Seguía en pie, un esqueleto rematado por grandes astas ennegrecidas, como cuernos terribles clavándose en el cielo. Al verlo se detuvo, momentáneamente absorto. Luego se estremeció, el aire se había enfriado repentinamente y era más propio de finales de octubre en Nueva Inglaterra.

—Mira eso —dijo Glenna inclinándose para coger algo de entre la negra maleza.

Era una cruz de oro ensartada en una delgada cadena. Al sostenerla en alto se balanceó atrás y adelante, proyectando destellos de luz dorada en su bonita cara de facciones regulares.

—Es linda —dijo.

—¿La quieres?

—Si me la pongo es probable que acabe envuelta en llamas —dijo Glenna—. Quédatela tú.

—No —dijo Terry—. Es de chica.

La llevó hasta un árbol joven que crecía junto a la fundición y la colgó de una de sus ramas.

—Tal vez quien la perdió vuelva a buscarla.

Siguieron caminando sin hablar gran cosa, sólo disfrutando de la luz del día. Rodearon de nuevo la fundición y fueron hasta el coche de Glenna. Terry no supo con seguridad en qué momento se cogieron las manos, pero para cuando llegaron al Saturno ya las habían entrelazado. Los dedos de Glenna se deslizaron de los suyos con evidente desgana.

Se levantó una brisa que recorrió la explanada, transportando olor a cenizas y el frío del otoño. Glenna se abrazó a sí misma y se estremeció de placer. De lejos llegaba el sonido de una trompeta, una melodía insolente y alegre, y Terry levantó la cabeza, escuchando. Pero debía provenir de un coche que pasaba por la autopista, porque enseguida se calló.

—Lo extraño, ¿sabes? —dijo Glenna—. No te puedes imaginar cómo.

—Yo también. Aunque es curioso. A veces... A veces lo siento tan cerca que tengo la impresión de que si me doy la vuelta lo voy a ver. Sonriéndome.

—Sí, yo también tengo esa sensación —dijo Glenna sonriendo. Una sonrisa amplia, generosa, sincera—. Oye, tengo que irme. Nos vemos en Nueva York, a lo mejor.

—A lo mejor no. Seguro.

—Bueno. Seguro.

Subió al coche, cerró la puerta y le hizo un saludo con la mano antes de dar marcha atrás.

Terry permaneció allí dejando que la brisa jugueteara con su abrigo y miró de nuevo hacia la fundición vacía, a la tierra arrasada. Sabía que debería sentir algo por Ig, que debería estar roto de dolor..., pero en lugar de ello se preguntaba cuánto tiempo dejaría pasar Glenna antes de llamarle y dónde podría llevarla cuando se vieran en Nueva York. Conocía buenos sitios.

El viento sopló de nuevo, ya no fresco sino directamente gélido, y Terry alargó la cabeza una vez más, por un momento tuvo la sensación de que había escuchado de nuevo una trompeta, un saludo insolente. Era un riff hermosamente ejecutado y al oírlo sintió, por primera vez, deseos de tocar otra vez. Entonces la música se apagó, transportada por la brisa. Era el momento de irse.

—Pobre diablo —musitó Terry antes de subirse a su coche de alquiler y alejarse de allí.

Agradecimientos, notas y confesiones

Los expertos no se ponen de acuerdo respecto a la letra del gran éxito de los Romantics de la década de 1980 *What I Like About You.* Ig canta «Susúrrame al oído», pero mucha gente afirma que lo que grita Jim Marinos es «Un cálido susurro en mi oído» o incluso «Un teléfono me susurra al oído». Dadas las múltiples versiones decidí que dejaría que Ig tuviera la suya propia, pero pido disculpas a los puristas del rock si he cometido un error.

La correctora de este libro me hizo saber, muy acertadamente, que las langostas mueren en julio, pero el autor ha elegido no enmendar el desliz por razones artísticas, ésas de las que tantas veces hemos oído hablar.

Doy las gracias al doctor Andy Singh por su explicación del BRCA1, el tipo de cáncer que mató a la hermana de Merrin y que podría haberla matado también a ella si mi argumento no la hubiera llevado por otros derroteros. Cualquier error o inexactitud relativo a la información médica es únicamente mío. Gracias también a Kerri Singh y al resto de los miembros del clan Singh por aguantar mis dudas y nervios mientras escribía esta novela en el transcurso de muchas veladas.

Estoy muy agradecido también a Danielle y al doctor Alan Ades. Cuando necesité un lugar donde trabajar sin ser molestado me consiguieron uno. Gracias también a la gente del Lee Mac's por darme de comer durante cuatro meses. Tengo una deuda de gratitud con mis amigos Jason Ciaramella y Shane Leonard; ambos leyeron este libro cuando aún era un borrador y sus aportaciones me resultaron de gran ayuda. Gracias asimismo a Ray Slyman, quien me habló de la cruz Don Orione; a mi hermana, la clériga Naomi King, quien me remitió a varios pasajes bíblicos que me fueron de gran utilidad. Un libro, *God's Problem: How the Bible Fails to Answer Our Most Important Question-Why We Suffer* [«El problema de Dios. El fracaso de la Biblia a la hora de responder a nuestra pregunta más importante y por qué sufrimos»], de Bart Ehrman (HarperOne), también me resultó de gran ayuda. Lo leí cuando estaba inmerso en el quinto borrador del libro y sospecho que de haberlo hecho antes esta novela sería muy distinta.

Un equipo de gente entregada y apasionada de los libros trabajó en éste en William Morrow/Harper Collins: Mary Schuck, Ben Bruton, Tavia Kowalchuk, Lynn Grady, Liate Stehlik, Lorie Young, Nyamekye Waliyaya y la editora de textos Maureen Sugden. Mi agradecimiento a todos ello por ayudarme a hacer de esta novela lo que es.

También doy las gracias a Jody Hotchkiss y Sean Daily, ambos lectores apasionados (y cinéfilos) y que desde el primer momento fueron ardientes defensores de esta historia.

Hubo un momento en que llegué a pensar que este libro era el demonio mismo; por eso estoy agradecido a mis editores, Jen Brehl, Jo Fletcher y Pete Crowther, y a mi agente, Mickey Choate, por su paciencia mientras luchaba por terminarlo y por toda la ayuda que me brindaron en los momentos más duros.

Por último gracias a mi familia, Leonora y los chicos. Sin ellos no habría tenido la más mínima posibilidad de terminar *Cuernos.*

J. H., agosto de 2009

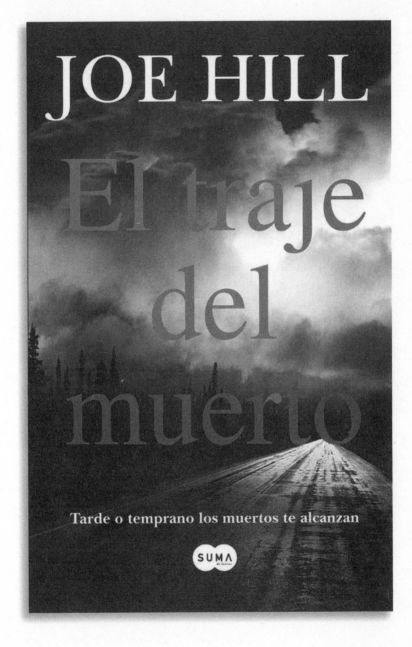

JOE HILL

El traje del muerto

Tarde o temprano los muertos te alcanzan

SUMA
de letras

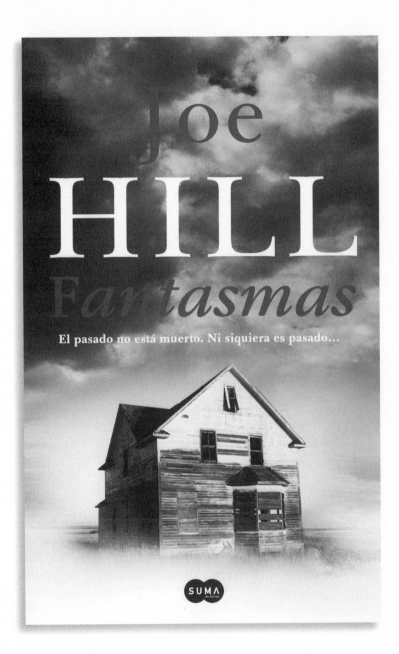

Joe
HILL
Fantasmas

El pasado no está muerto. Ni siquiera es pasado…

SUMA
de letras

Este libro se terminó de imprimir en octubre de 2010
en Worldcolor Querétaro, S.A. de C.V.
Fracc. Agro Industrial La Cruz
El Marqués, Querétaro
México

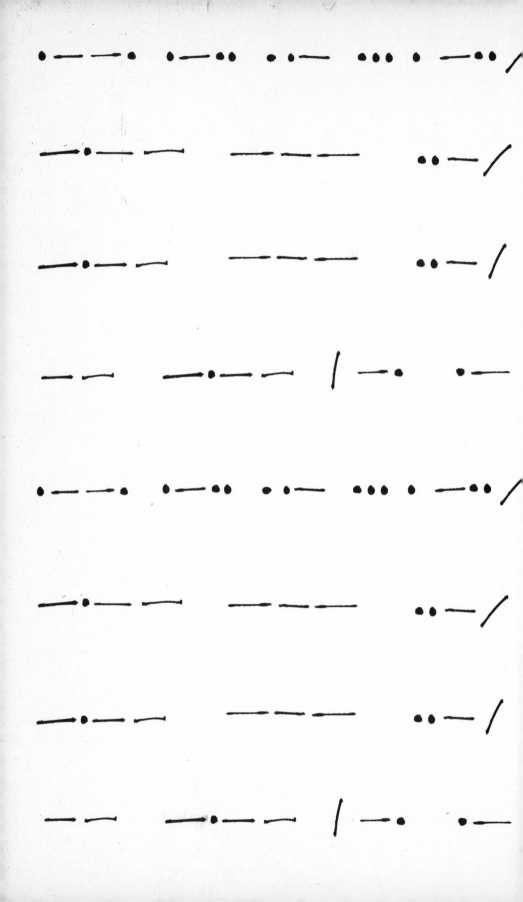